I0681865

Heiße Turumba
Eine Innenweltreise im Ausland

Christina Karrer

Christina Karrer

Heiße Turumba
EINE INNENWELTREISE IM AUSLAND

Bibliografische Information der Deutschen Nationalbibliothek
Die Deutsche Nationalbibliothek verzeichnet diese Publikation in der
Deutschen Nationalbibliografie; detaillierte bibliografische Daten
sind im Internet über dnb.d-nb.de abrufbar.

TWENTYSIX – der Self-Publishing-Verlag
Eine Kooperation zwischen der Verlagsgruppe Random House
und BoD – Books on Demand

Lektorat
Ina Kleinod

Titel-Illustration
Anne Stickel

Gestaltung
Kerstin Fiebig

Herstellung und Verlag
BoD – Books on Demand, Norderstedt

© 2019 Christina Karrer

ISBN 978-3-7407-0965-5

Inhalt

Für alle,
die sich aufmachen,
dem Ruf des Lebens
zu folgen.

»Go, Katharina! Go!«, tönt es barsch in meinen Ohren.

Ein kräftiger Schlag auf meine Schulter, und ich stolpere vorwärts. Eine Woge von Wut und Schamhitze brandet in mir hoch. Gleichzeitig verstehe ich: Dieses Umdrehen, Nachwinken und mein trauriges Abschiedsherz sind nicht im Sinne dessen, was ich hier, in einem abgelegenen buddhistischen Nonnenkloster in Nordindien über »Festhalten und Loslassen« begierig in mich aufgesogen habe. Der Schlag auf meine Schulter ist die Abschiedslektion des Geshe.

»Nicht anhaften! Life is movement!«, betont er ununterbrochen.

Verstanden habe ich sehr wohl, dass es darum geht, sich vom Lebensfluss tragen zu lassen, dass Leben ständige Veränderung bedeutet und diese mit Zurücklassen einhergeht. Das ist auch nichts wirklich Neues. Ich weiß aber auch, dass Einsichten allein noch kein Verhalten ändern. So habe ich zwar von den Nonnen und dem Geshe mit Worten Abschied genommen, doch innerlich bin ich noch gar nicht bereit, fortzugehen. Am liebsten würde ich länger in der Überschaubarkeit und Geborgenheit des Klosters bleiben oder meine Lieblingsnonne einfach mitnehmen. Aber es ist unmöglich, der Rückflug ist fest gebucht. Ich atme tief durch. Alles, was ich mit nach Hause bringen kann, sind vollkommen neue Erlebnisse, tiefe Erfahrungen und große Erkenntnisse, ein spiritueller Reichtum.

Ich bin für einen winzigen Moment weit abseits jeglicher Zivilisation gewesen. In unfassbarer Stille. Reizarmut. Es gab nicht einmal den Flügelschlag eines Vogels oder das Summen von Insekten in diesem kargen Hochgebirge. Nur das melodische Rezitieren jahrhundertealter tibetischer Texte. Für das Auge nur das fade Braun und Grau der Berge, das ständige Tiefblau des wolkenlosen Himmels, die leuchtend bunten Gebetsfähnchen. Sonst nichts für die hungrigen Sinne einer Westlerin. Ich bin weit weg gewesen von vertrauten Komfortzonen. Alles war auf das Nötigste reduziert. Name, Herkunft, Status und überhaupt, mein bisheriges Leben war vollkommen bedeutungslos an diesem Ort. Niemand hat danach gefragt. Unter dem eindringlichen und forschenden Blick des Klostervorstehers kam ich mir oft nackt und ungeschützt vor, und doch fühlte ich mich in der Tiefe erkannt und angenommen.

Diese grandiose Einfachheit, dieses unglaubliche Gleichmaß der Tage hat mich entspannt. Tag für Tag fiel etwas von mir ab: Druck. Hier kam es nicht auf meine Leistung an, es gab weder Müssen noch Sollen noch Wollen. Der Blick auf die Uhr wurde überflüssig. Welche Wohltat! Welcher Frieden! Besonders das will ich mir in Deutschland unbedingt bewahren!

Nix isch für immer!, sagt Samsa, meine innere Stimme, betont liebevoll. Nur sie begleitet mich auf dem langen Weg nach Hause.

Amchi in den Bergen

Im darauffolgenden Sommer bin ich wieder in derselben Region Nordindiens. Wochen vorher schon habe ich mit einer dort lebenden Amchi – einer Naturheilärztin, die zugleich Nonne ist – eine Vereinbarung getroffen. Nach meiner Ankunft werde ich bei ihr Unterricht in Tibetischer Medizin nehmen und eine Prüfung in Pulsdiagnostik ablegen. So weit, so gut. Wir schickten ein paar Faxe, Mailkontakt gab es nicht, dann war alles klar. Mit dem Schwung einer wissensdurstigen Deutschen, für die Verbindlichkeit einen hohen Stellenwert hat, komme ich gleich am Anreisetag mächtig aufgeregt in ihre Praxis. Ich platze schier vor Ungeduld und Erwartungen, weil ich möglichst schnell ans Ziel kommen will. Ich gedulde mich nur mühsam in der langen Reihe der wartenden Patienten. Als ich endlich im Sprechzimmer sitze, sinkt meine Stimmung blitzartig Richtung Nullpunkt. Es ist nur Sonam da, die Assistentin. Ich habe sie im Jahr zuvor kennengelernt. Obwohl ich sie mag, bin ich enttäuscht.

Oft haben wir gefachsimpelt, und sie hat mir manches Unverständliche ihrer Arbeit langmütig erklärt. Von Anfang an hat mich die Pulsdiagnostik fasziniert, die sie und die Ärztin an allen Patienten vornahmen. Es ist ein Verfahren, mit dem die sogenannten »Geistesgifte«, Gier, Hass und Verblendung, gefunden werden. Nach tibetischen Erkenntnissen haben sie Einfluss auf die Gesundheit. Gemeint sind damit umgangssprachlich Habenwollen, Nichthabenwollen und Nichtwissenwollen. Seit dem ersten Moment wollte ich diese Form der Diagnostik unbedingt selbst beherrschen. Dass ich also selbst gierig war, wäre mir aber nicht einmal im Traum eingefallen. Sonam ließ mich bereitwillig an Patienten »üben«, doch so einfach war es natürlich nicht.

»Slowly, Katharina«, hat sie mich immer wieder nachsichtig ermahnt, wenn ich mit mir selbst unzufrieden war, wenn ich die verschiedenen Pulsqualitäten nicht spüren konnte oder durcheinanderbrachte. Zeit, Geduld, vor allem Konzentration und Erfahrung waren dabei wichtig, das war klar. Es ist mir auch jetzt klar, dennoch will ich so schnell wie möglich ein weiteres Verfahren lernen, ein weiteres Zertifikat für meine Praxis haben. Ich bin Heilpraktikerin, das klingt für die meisten nach gelassener Souveränität. Doch schon immer bin ich eine Meisterin darin, mich selbst unter Erfolgsdruck zu setzen und alles im Galopp nehmen zu wollen ... Dieses »Slowly, slowly« ist mir immer schon lästig gewesen.

Ich fühle mich abgeblockt! Meine Amchi ist in den Bergen? Sonam lächelt. Sie sei Heilkräuter sammeln und unterrichte ihre Schülerinnen. Ich kann es kaum glauben. Und ich? Was ist mit mir? Ich habe mich so auf sie gefreut! Sie weiß doch, dass ich komme, ausgemacht ist ausgemacht! Das Wort einer Ärztin und Nonne gilt doch hier auch! Ich bin fassungslos und verärgert, frustriert und gekränkt. Ein ganzer Himalaya dunkler Gefühle türmt sich in mir auf, samt Gewitterwolken. *Ich, ich, ich! Anhaftung, Starrheit, Sturheit und Gier!*, kommentiert Samsa nüchtern.

»Wann kommt denn die Amchi wieder zurück?«, frage ich genervt. »Wann beginnt mein Unterricht bei ihr?«

Ein Achselzucken, ein mitfühlender Blick, mehr antwortet Sonam nicht.

»Und wann kann ich die Prüfung ablegen?«, hake ich nach. Ich will noch nicht akzeptieren.

Wieder dieser sprechende Blick. Sie weiß es nicht, niemand weiß es. Sie wendet sich dem nächsten Wartenden zu. Ich bin entlassen. In mir rumort es gewaltig, doch ich versuche, zumindest nach außen ruhig zu bleiben. »Reiß dich zusammen, sei nicht so bockig, sei nicht hysterisch«, habe ich schon in meinem Elternhaus oft zu hören bekommen, wenn ich gefühlsstark reagierte.

Auf dem langen Weg zurück zum Guesthouse komme ich innerlich etwas zur Besinnung. Mir fällt eine Geschichte ein. Ein Suchender kommt zu einem Lehrer und bittet darum, von ihm unterrichtet zu werden. Der Lehrer reicht dem Mann schweigend eine Teetasse und füllt diese bis zum Rand voll. Noch bevor dieser danach greifen kann, gießt der Lehrer weiter heißen Tee in die Tasse, sodass sie überläuft. Entsetzt und verwirrt fragt der Schüler, warum er das tue. »So voll, wie diese Tasse ist, bist auch du«, gibt der Lehrer zurück. »Wie soll da noch etwas hineinpassen?« Ich stelle mir die Frage, ob die Amchi das Gleiche beabsichtigt wie dieser Lehrer. Ist auch meine »Tasse« bereits voll? Voller Wissen, voller Erwartungen und Meinungen? Geht es auch für mich zuerst um ein Leerwerden?

Ich tröste mich mit dem Gedanken, dass ganze sechs Wochen Aufenthalt vor mir liegen. Da kann noch viel geschehen. Also wenn es nicht gleich heute klappt, dann vielleicht morgen, übermorgen, spätestens in der kommenden Woche, beruhige ich mich. Soll sie also ruhig Heilkräuter sammeln!, denke ich gönnerhaft und spüre Samsa in mir belustigt lächeln.

Immerhin habe ich jetzt Zeit, mich an 4.000 Höhenmeter anzupassen, mal etwas runterzukommen von meinem Lebenstempo, es mir bewusst gut gehen zu lassen. Meine alteingespielte innere und äußere Gangart lässt sich allerdings nicht von einem Tag auf den anderen ändern. Slowly, slowly!, scheint der Dauerappell für mich hier zu sein. Mal kommt er von der besorgten Guesthouse-Mutter, Ama-Le genannt, das Mütterchen, bei dem ich wohne, ein anderes Mal von kopfschüttelnden Einheimischen, die mich keuchend auf einem Stein sitzen sehen – oder an eine Hauswand gelehnt, mühsam nach Luft ringend.

Auch Samsa vernehme ich deutlich in ihrer guten Absicht, mich liebevoll und aufmerksam zu verlangsamen. *Was pressiersch denn du so, hosch doch koine Termine, oder?* Sie ist immer da, diese innere Stimme, die vieles kommentiert, mich oft genug mit den Worten *Mei, bisch du blöd* kritisiert und herabsetzt. Sie ist eine unbarmherzige Besserwisserin, die größte Antreiberin überhaupt. Sie giftet mich in der Du-Form an. Nur selten ist das, was sie sagt, lobend oder unterstützend. Sie ist Freundin und Feindin in einem. Manchmal stürzt sie mich in ein wahres Gedanken- und Gefühlschaos. Wenn ich sie nur los wäre! Doch je mehr ich sie loshaben will und mir innere Stille und Frieden wünsche, desto weniger hält sie sich zurück. Im Gegenteil, sie wird noch lauter und unnachgiebiger. Trotzig wie ein unvernünftiges Kind will ich meinen Speed dennoch nicht anpassen. Die viel gerühmte Kunst, langsam und achtsam zu sein, erscheint mir geradezu öde und langweilig. *Du stohsch dir selbscht im Weg! Lieber freiwillig entschleunigen als durch Höhenkrankheit oder Unfall dazu g'zwunge werden!*, warnt Samsa. Als ob ich das nicht wüsste.

Warum fällt es mir nur so schwer, mein Tempo zu drosseln und mir ein Beispiel am gemächlichen Schritt der Einheimischen zu nehmen? Hier, in dieser Höhe und extrem trockenen Luft, sollte ich mich anpassen. *Eigentlich hosch doch Urlaub, überhaupt koin Zeitdruck, koin äußern Stress, aber den machsch du dir ständig selbscht.* Doch ich bin noch im gewohnten Müssen, Sollen und Wollen. Ich bin skeptisch, ob ich es schaffe, den Alltagsmodus abzulegen wie im letzten Jahr. Meine verflixte Gier nach dem Nachweis über den Unterricht und die bestandene Prüfung, das Hechten nach der nächsten Legitimierung, scheinen die einzige Erschwernis dabei zu sein. Nicht einen Moment denke ich daran, dass der innere Druck und meine äußere Hetze sich auf meine Gesundheit auswirken könnten. Ich tue so, als hinge mein Leben oder zumindest der Erfolg meiner Praxis allein von diesem Zertifikat ab.

Obwohl ich mich ehrlich analysiere und dabei nichts beschönige, komme ich nur allmählich aus dieser Spur heraus. Ich sehe nur die drei Probleme: zu hohes Tempo, zu viel Gier und die lästigen Kommentare von Samsa. *Sauber, da gibt's was zu tun!*, muss ich mir prompt anhören. Am besten gelingt es mir noch, mich ruhiger zu bewegen, wenn mich Kurzatmigkeit und höllische Schmerzen in der Brust plagen. Der Atem beginnt mein unerbittlicher Lehrer zu werden, vor allem auf dem Weg vom Guesthouse in einem gemütlichen, ruhigen Vorort ins quirlige, staubige Zentrum der Stadt oder auf der stufenreichen Treppe hoch zur Stupa, einer Art Kapelle. Ich lerne, mein Tempo bei den ersten Anzeichen von Atemnot zu drosseln, noch bevor in meinen Schläfen der harte Puls zu hämmern beginnt, meine Kehle brennt oder salziger Schweiß sich in Sturzbächen über meine erhitzte, brennende Gesichtshaut ergießt. *Du bisch doch no lernfähig, zwar nur slowly, aber immerhin*, meint Samsa ermutigend.

Nichtsdestotrotz nerve ich Sonam weiterhin mit meiner Frage nach der Amchi. Sie lässt es sich kaum anmerken, nur ihre leicht hochgezogenen Augenbrauen verraten es. Vielleicht ist sie aber auch amüsiert und denkt sich: Typisch Westler, ständig machen sie sich Stress! Jeden Tag aufs Neue wiederholt sie gleich freundlich und stereotyp:

»Nein, die Amchi ist nicht hier. Ich weiß nicht, wann sie zurückkommt.«

Du bischt ja noch einige Zeit hier, ganz ruhig, wird schon klappen!, tröstet Samsa.

Woche um Woche vergeht mit diesen vergeblichen Gängen. Nach 21 Tagen platze ich fast, denn ich sehe die Zeit verrinnen und nichts geschieht. Vermeintlich. Meine Höhenanpassung halte ich für abgeschlossen, die Stadt ist nach allen Richtungen erkundet. Trecking, Klostertouren, das ganze Touristenprogramm interessiert mich nicht. Zum einen kenne ich es von früheren Aufenthalten, zum anderen sehe ich mich in der Warteschleife: Schon morgen könnte mein Unterricht beginnen, und ich meine, mich bereithalten zu müssen. Zum Lesen habe ich nichts dabei, rumhängen und chillen mit anderen Touristen will ich schon gar nicht. Schließlich bin ich nicht eine von »denen«, sondern Studentin! Doch was soll ich mit der vielen Zeit anfangen? So habe ich mir den Aufenthalt wirklich nicht vorgestellt. *Mach was Sinnvolles draus*, drängt Samsa. Aber was? Ich verstricke mich in dieses innere Nölen, in wiederkehrende Opfergedanken, mariniere mich geradezu in Selbstmitleid: Jetzt sitze ich im Himalaya rum und kann nicht den Abschluss machen! Sechs lange Wochen Urlaub umsonst! Da hätte ich gleich woanders hinfliegen können. Ich bin außer mir vor Enttäuschung und Ärger.

Ich gelange an einen Punkt, an dem ich blind werde für mein Beharren auf Erwartungen und Wünsche. Botschaften an den Steinmauern, wie »Don't suffer« und das überall zu lesende »Be happy!«, springen mich geradezu an und verspotten mich höhnisch grinsend. Nur in wenigen, geistig lichten Momenten bin ich mir meiner Gedanken und Gefühle bewusst und die Herrin im eigenen inneren Haus. *Katharina, wann schnallsch endlich, dass du es einfach so nehmen sollsch, wie's kommt?* Aber wie? So einfach geht das doch nicht! Gibt's dazu etwa ein Rezept? Wenn ja, dann her damit!

God bless you, Katharina!

Schließlich hat Sonam eine Idee, womit sie meine Unruhe und Ungeduld stillen kann. Sie gibt mir einen dicken, abgegriffenen Wälzer mit, ein englisches Fachbuch über die drei sogenannten »Geistesgifte« im tibetischen Buddhismus und deren Einfluss auf die körperliche Verfassung. Es ist das theoretische Wissen für die Prüfung. Wie eine Ausgehungerte stürze ich mich darauf. Mein Geist bekommt eine riesige Portion Studierfutter! Juchu! Weggewischt ist der Zustand der Unterforderung. Für eine kleine Weile bin ich wirklich »happy« und dann kippt es um. Ich fühle mich überfordert, ohne dass ich es mir erklären könnte. *Kann ma es dir auch mal reacht macha, Katharina?*, fragt Samsa. Ich stelle mich taub. Hauptsache ist jetzt, meinen Geist zu beschäftigen, die verbleibende Zeit sinnvoll zu nutzen und die Prüfung in Theorie und Praxis zu bestehen. Noch immer halte ich an der Vorstellung fest, mit diesem Zertifikat heimzufliegen. Was daran ist vermessen?

Für mich typisch, gehe ich nach den Grundsätzen des effizienten Lernens vor und stelle als Erstes einen Zeit- und Lernplan mit den entsprechenden Nah- und Fernzielen auf. Alles soll strukturiert sein, alles optimiert. Schließlich habe ich es so in meinem Studium vor vielen Jahren gelernt und beibehalten. Samsa hat dafür nur ein müdes Lächeln übrig. Ich beweise wieder einmal mehr, dass ich eine Superschülerin sein will. Aber für wen? Das erforsche ich jetzt lieber nicht. Schließlich habe ich eine ganz andere Priorität gesetzt. Nicht unbedingt Spaß am Lernen, aber egal. Hauptsache ist das Zertifikat! Ab jetzt frage ich nur noch einmal wöchentlich nach der Amchi, und Sonam bleibt stoisch bei der immer selben Antwort.

Das Lernen nach Plan beruhigt mich zunehmend. Selten noch nagen Ärger oder Enttäuschung an mir oder die Angst, ich könnte ohne Urkunde heimkommen. *Es wird scho alles seinen Sinn haben*, kommentiert Samsa weise. Sogar ein zartes Pflänzchen namens Vertrauen beginnt in mir zu wachsen. Insgesamt bin ich mit mir zufrieden. Ich fühle mich flexibel, ja sogar klug, denn ich mache das Beste aus der ganzen Misere. Samsa bricht in schallendes Gelächter aus, sagt aber nichts. Ein schales Gefühl schleicht sich ein. Lüge ich mir etwa selbst in die Tasche?

Die Tage haben jetzt ein wohltuendes Einerlei: Fladen aus Gerstenmehl mit einem Hauch Margarine und einer dicken Schicht köstlicher Aprikosenmarmelade zum Frühstück, dann Lernen, und mittags gibt es einen großen Teller gedünstetes Gemüse und frisch zubereiteten, duftenden Kräutertee zur Stärkung. Die Pause endet mit einem Maxistück Apfelkuchen, herrlich saftig und angenehm süß aus der German Bakery. Bis zum Abendessen wieder Lernen. Die immer gleiche einfache Gemüsesuppe beendet den aktiven Teil des Tages, denn es gibt keinen Strom, kein Licht. Meist steige ich dann, warm gekleidet, die steile Treppe zur Dachterrasse hinauf. Langsam und mit Pausen, in denen sich mein rasselnder Atem beruhigt, erklimme ich eine Stufe nach der anderen. Sie sind ungleichmäßig hoch und verlangen Aufmerksamkeit. Der helle Strahl meiner Taschenlampe leuchtet die schadhaften Trittflächen aus, ein

Geländer fehlt. »Slowly« ist selbstverständlich, um nicht zu stürzen. Der letzte Absatz liegt im hellen Mond- und Sternenlicht. Hier, am andern Ende der Welt, gibt es keine Lichtverschmutzung. Am weiten Himmel zeigt sich eine unglaublich nahe, funkelnde Sternenpracht. Ehrfürchtig blicke ich zu ihr hoch. Hier erscheint mir das Wort »Himmelszelt« nicht kitschig. Mir ist, als ob sich das Firmament über mir wölbt und mich beschützt. Wie treue Wächter, unverrückbar und majestätisch, reihen sich die Berge zu einer kaum wahrnehmbaren Kette aneinander. Schemenhaft, wie von weichem Bleistift gezeichnet, ihre Konturen.

Einmal fällt mir ein Psalm ein, in dem es sinngemäß heißt: Ich schaue auf zu den Bergen, von denen mir Hilfe kommt. Sicher auch mir, denke ich. Ihre machtvolle Größe lässt im Vergleich alles andere klein und unwesentlich erscheinen. Frieden liegt tröstend und ausgleichend über allem und gebietet meinen Gedanken Einhalt. Stille senkt sich in mein Herz. Absolute Bedürfnislosigkeit erfüllt mich, weitet mich. Wollte ich jemals eine Prüfung ablegen? War ich jemals enttäuscht von der Amchi? Mein Blick verweilt am nachtblauen, samtenen Himmel, und ich entdecke einen Stern, der mit seinem kristallklaren Funkeln zu mir spricht: »Katharina, du bist beschützt, geborgen und geliebt!« Ich spüre es. Aus dem häuslichen Andachtsraum dringen sanft der helle Klang einer Glocke und das gleichförmige, melodische Rezitieren von Texten und Gebeten sanft an mein Ohr. Absolute Zeitlosigkeit und tiefer Frieden erfüllen mich. Ein unbeschreibliches Glücksgefühl breitet sich in mir aus. Ich spüre einen warmen Strom der Verbundenheit mit denen, die jetzt beten, arbeiten oder schlafen, mit dem Himmel und den Bergen, mit allem, was ist. Es singt in mir: Mein Atem kommt und geht, geht und kommt, wie alles Lebendige. Der ewig gleiche Rhythmus seit Anbeginn der Zeit. Kann man diesen Zustand mit »purem Sein« beschreiben? Ich habe davon gehört und gelesen und mich immer danach gesehnt. Ist es das?

Ich lege meine Hände auf die Brust, spüre ihr Heben und Senken bei jedem Atemzug. Ein altes Wissen steigt in mir auf: Der Atem ist nicht nur mein Lehrmeister, sondern auch mein ältester Freund und Begleiter. Ich lächle ihm dankbar zu. Dank sage ich dafür, dass ich hier sein darf, für mein bisheriges Leben und meine Gesundheit, für alle Menschen hier und in der Ferne, die mich begleiten. Diesen Tag lege ich zurück in Gottes Hände. Möge sich Frieden in die Herzen aller Lebewesen senken.

Während ich mir später ein bequemes, warmes Nest als Schlafplatz baue, erinnere ich mich an eine Ordensfrau, mit der ich eine Nacht unter freiem Himmel verbracht habe. Sie riet mir: »Verbinde dein Herz mit einem Stern und du wirst schlafen wie ein Bär!« So gleite ich in einen tiefen, traumlosen Schlaf.

Bei Tagesanbruch schäle ich mich, frisch und ausgeruht, aus den schweren Decken und schlüpfe aus meinem kuschligen, warmen Schlafsack, stehe auf, verneige mich in jede Himmelsrichtung, so, wie ich es mir von meiner Gastmutter, Ama-Le, abgeschaut habe. Laut spreche ich die Affirmation:

»Ein neuer, kostbarer Tag liegt vor mir. Ich heiße ihn willkommen. Mögen alle Lebewesen glücklich sein!«

Den letzten Satz spricht Ama-Le mit. Auf leisen Sohlen war sie unbemerkt gekommen und reicht mir nun eine große Tonschale mit Räucherkohle, die aussieht wie von Kinderhand gemacht. Während die anderen Bewohner des Hauses noch schlafen, beginnen wir unser tägliches, gemeinsames Morgenritual. Nach ihrer Anweisung lege ich selbstgetrocknete Kräuter auf die weißlich glimmenden Kohlestückchen. Ein duftendes Rauchfähnchen steigt zum Himmel. Ama-Le betet und gibt goldfarbene Weihrauchbröckchen dazu. Im Nu verbreitet sich ein beißender durchdringender Geruch, der sicher alle Geister der Nacht vertreibt. Sie verbeugt sich mit den Gebeten nach Osten und Westen, Süden und Norden.

Dann erheben wir uns. Ama-Le geht mir voraus, in der einen Hand ein Eimer Wasser, in der anderen ein kleiner Handbesen. Sie reinigt damit die Flure auf den Stockwerken und murmelt dabei ein Mantra. Ich folge ihr überallhin mit der Räucherschale. Vor jeder Zimmertür verneigen wir uns ehrfürchtig. In der Vorstellung schiebe ich den Rauch in den geschlossenen Raum dahinter, zu den Menschen und zu den Tieren im Erdgeschoß. Danach steigen wir wieder zur Dachterrasse hinauf. Ama-Le stellt Besen und Eimer in eine Ecke, ich setze die Räucherschale an ihrem Platz ab. Noch immer steigt eine sich kringelnde Rauchsäule in das stetig heller werdende Grau der Morgendämmerung. Erste, fein gemalte, blassblaue Inseln zeigen sich am Himmel. Während ich meinen Schlafplatz ordne, durchströmen mich Dankbarkeit und Freude. Es ist ein Privileg, mit Ama-Le auf diese besondere Weise zusammen sein zu können.

Wir treffen uns wieder zur Morgenandacht. Ein Mönch sitzt dort, tief versunken in seine Gebete. In der einen Hand hält er eine Glocke, in der anderen den Donnerkeil, beides buddhistische Ritualgegenstände. Sie verkörpern das männliche und weibliche Prinzip. Nach und nach schlüpfen, kaum hörbar, die anderen Familienmitglieder durch die angelehnte Tür. Aus den Augenwinkeln nehme ich die Geschmeidigkeit wahr, mit der sie ihre Niederwerfungen vollziehen. Ama-Le hat mir erklärt, dass dies nicht nur eine geistige, sondern auch eine ausgezeichnete körperliche Übung sei, sicher auch gut für mich. Doch heute bleibe ich Beobachterin, Zuhörerin. Ich meditiere auf meine Weise, und nur selten schweifen meine Gedanken in die Ferne ab.

Von Tag zu Tag wächst in mir die innere Ausgeglichenheit. *Du bisch scho viel mehr in der Balance als am Anfang. Du kommsch in deine Mitte, Katharina. Jeden Tag a bizzla mehr,* raunt Samsa mir freudig zu. Inzwischen gleicht meine Gangart dem Schritt der Einheimischen. Keiner muss mich mehr mit »Slowly« bremsen. Mein inneres Wohlgefühl strahlt anscheinend nach außen. Auf dem wöchentlichen Weg zu Amchis Praxis komme ich an vielen kleinen Läden vorbei. Einer der Händler steht immer vor dem Eingang seines Geschäftes und grüßt mich freundlich. Anfangs sagte er: »Hello, Mam!«, später: »Hello, Lady!« In den letzten beiden Wochen höre ich: »Hello, Maharani! You look very happy!« Er verbeugt sich dann jeweils tief vor mir. Es freut mich, doch wenn er wüsste, welch langen Weg das Glück zu mir gebraucht hat ...

Am letzten Tag vor meinem Abflug gebe ich einem Treffen mit der Amchi nicht einmal mehr die winzigste Chance. Es ist mir auch nicht mehr wichtig, sie zu sehen, denn ich fühle mich bereits zutiefst beschenkt. Allerdings möchte ich mich bei Sonam in der Praxis verabschieden. Wie die vielen Male zuvor, warte ich geduldig in der langen Reihe der anderen, durch deren Finger die braunen Perlen ihrer Gebetsketten gleiten. Ihre Münder formen ununterbrochen lautlose Worte. Ist es mir tatsächlich gelungen, so ruhig und ausgeglichen wie sie zu werden? Ich schließe kurz die Augen und lausche in mich hinein.

Habe ich es geschafft, das anzunehmen, was geschehen ist, und zu akzeptieren, dass ich morgen ohne Prüfung und Zertifikat heimfliege? Gleich werde ich es wissen.

Noch bevor ich Sonam meine Routinefrage stellen kann, sagt sie:

»Nein, die Amchi ist noch nicht zurückgekommen!«

Unerwartet durchzieht mich ein heftiger Sturm von Gedanken und Gefühlen und meine Knie geben nach. Schnell drückt mich Sonam auf einen Stuhl und fächelt mir mit der Hand frische Luft zu. Die innere Ruhe und die Ausgeglichenheit von eben sind wie eine Seifenblase zerplatzt. *Wie konntesch du auf so was hoffa? Selber schuld!* Mit dieser starken Reaktion habe ich nicht gerechnet. Also, aus und vorbei! Kein Zertifikat! Sechs Wochen umsonst. Der herrliche Geschmack des puren Seins, von dem ich hier ausgiebig gekostet habe, erscheint mir schlagartig wie nie erlebt. Ich fühle mich plötzlich müde, ausgehöhlt und leer.

»God bless you, Katharina.« Sonams Blick gleitet von mir weg in die weite Ferne.

»Dich auch, Sonam, Danke für Alles!«, quetsche ich unter Tränen mühsam zwischen den Zähnen heraus. Den dicken Wälzer über die drei Geistesgifte lege ich enttäuscht zurück auf ihren Schreibtisch. *Nix isch umsonscht, gar nix!*, vernehme ich Samsas nachdrücklichen Kommentar. Auch wenn meine Lebenserfahrung ihr beipflichtet, will ich jetzt keinen billigen Trost hören, schon gar keine lästige Besserwisserei. In mir schluchzt und schreit es: »Amchi, wo bist du?« Heiße Tränen strömen über meine Wangen.

Auf dem Rückweg komme ich an einer großen Gebetsmühle vorbei, deren Verzierungen mit tibetischen Texten mich anlocken. Ich umrunde sie wie eine Wilde, um den alles vernebelnden Dampf meiner hochgekochten Gefühle loszuwerden. Ich merke zunächst gar nicht, dass ich falsch herumlaufe. Meine Füße durchfurchen bockig den lockeren Sandboden, und als ich die Walze mit einem brutalen Stoß meiner Hand in Gang setzen will, heult sie heftig auf. Einige Tibeter bleiben erschrocken stehen. Ihre entsetzten Blicke lassen mich innehalten und ihr fassungsloses Kopfschütteln bringt mich in die Gegenwart zurück. Beschämt und verlegen entschuldige ich mich. *Reiß dich bloß zamm. Was sollen die jetzt von dir denke?* Ernüchtert wechsle ich die Richtung und umrunde jetzt die Gebetsmühle so, wie es gemacht werden soll. Voller Ehrfurcht bringe ich sie nun mit angemessenerem Schwung zum Drehen. In meiner Vorstellung vervielfältigen sich die Texte in ihrem dicken Bauch und werden dann auf unsichtbare Weise in die Welt getragen. Sicher auch in meine Innenwelt. Diese Vorstellung tut mir gut. Freundlich lächeln die Tibeter mir jetzt zu, klatschen in die Hände und setzen dann ihren Weg fort. *Hallo, wach, bisch wieder im Jetzt angekommen, Katharina? Jetzt schnaufsch tief durch und denksch dir: Was soll's? Es isch koi Boinbruch oder a andres Unglück! Des Leaba goht weiter. Mit oder ohne Zertifikat.*

Innerlich ruhig, gehe ich mit gemächlichem Schritt weiter. Ja, was soll's, denke ich erstaunlich gelassen. Eine weitere Urkunde wäre zwar schön gewesen, aber nur für mein Ego. Für meine Patienten vielleicht nur ein interessanter Hingucker, reine Dekoration. Nicht mehr. Ein Stück vor mir läuft eine Gruppe dunkelrot gekleideter Gestalten, alle mit kahl geschorenen Köpfen. Sie unterhalten sich angeregt, und ich genieße ihr fröhliches Schnattern und Lachen. Sind es Nonnen oder Mönche? Noch während ich versuche, das herauszufinden, geschieht etwas

Merkwürdiges. Es geschieht ganz unerwartet. Eine Person aus der Gruppe bleibt stehen und dreht sich in meine Richtung um. Sie schaut aufmerksam zu mir, dann breitet sie die nackten braunen Arme weit aus und ruft freudig überrascht:

»Hello, Katharina!«

Jetzt erkenne ich sie auch und ich traue kaum meinen Augen. Es ist meine geliebte Amchi. Wir laufen einander entgegen, ungestüm werfe ich mich in ihre Arme. Ich spüre die mütterliche Weichheit und Wärme ihres Körpers und lasse meinen Kopf auf ihre Schulter sinken. Die spontan ausbrechenden Gefühle kann ich nicht zurückhalten und schluchze laut auf. Eine ganze Sturzflut von Tränen ergießt sich auf ihr abgetragenes kratziges Nonnengewand. Jetzt begegne ich ihr also doch noch! Ende gut, alles gut! Meine aufgestauten, inneren Spannungen lösen sich in mehreren Wellenphasen, dann verebben sie schließlich. Ich spüre Amchis ruhigen Herzschlag. Er überträgt sich auf meinen. Die Zeit scheint stillzustehen. Vielleicht sind es nur wenige Sekunden, in denen wir so eng zusammen stehen, aber sie erscheinen mir wie Stunden.

»Komm mit zu mir, Katharina. Ich lade dich in mein Haus zum Essen ein.« Nur verzögert dringen Amchis Worte in mein Bewusstsein.

Behutsam löst sich die Nonne aus meiner Umklammerung und schiebt mich ein wenig von sich weg. Ihr forschender Blick verweilt auf meinem Gesicht. Langsam steigt ein erleichtertes Glucksen aus dem Irgendwo in mir auf. Unsere Augen treffen sich einen Augenblick lang in aller Offenheit, und wie auf ein geheimes Zeichen hin beginnen wir beide zu lachen. Nicht, dass ich wüsste, worüber, aber das ist in diesem Augenblick vollkommen egal. Die letzten Reste meiner Anspannung lösen sich und mir wird ganz leicht ums Herz vor lauter Freude. Arm in Arm gehen wir los und plaudern, als hätten wir uns gestern zum letzten Mal gesehen. Wir reden über Alltägliches, Allgemeines und das Wetter, lachen über nichts und alles, und ab und zu wische ich mir dabei salzige Tränen der Freude und Erleichterung aus den Augen.

»Weinen und Lachen liegen eng beieinander, Katharina, und alles soll seinen Platz haben!«

Das warme Gefühl der vertrauten Nähe und die Vorfreude auf die gemeinsame Zeit rieseln durch mein Inneres. Dass mich die Amchi zu sich nach Hause eingeladen hat, ist eine besondere Ehre für mich. Womit habe ich es verdient, etwas von ihrem Privatleben kennenzulernen? *Muss man sich alles immer erscht verdienen? Kannsch du it einfach mal was annehmen und dich freuen?*, fragt Samsa. Ich weiß, dass es schon immer leichter für mich war, zu geben, als zu nehmen. Ich frage mich also sofort, was ich ihr im Gegenzug zurückgeben könnte. Ich habe kein Geschenk für die Amchi bei mir. Ihre Lieblingsschokolade, die ich eigens für sie aus Deutschland mitgebracht habe, haben Ama-Le und ich gestern als Betthupferl vertilgt. Während ich noch an unser seliges Schmatzen denke, höre ich die Amchi davon sprechen, dass ich später, wohl nach dem Essen, die Prüfung in Pulsdiagnostik ablegen kann. Habe ich richtig gehört? Unvermittelt, von einem Moment auf den anderen, zieht es mir beinahe den Boden unter den Füßen fort. Ich bleibe stehen. Wie bitte? So ganz nebenbei? Heute? Vielleicht habe ich die Amchi nicht richtig verstanden. Ich frage nach und sie bestätigt mir kopfnickend ihren Vorschlag. Mein Puls schnellt in extreme Höhe und mein Herz stolpert vor Aufregung. Darauf bin ich ganz und gar nicht vorbereitet, und mein erster Impuls ist,

»Nein, jetzt nicht mehr!« zu sagen oder einfach nur wegzulaufen. *Des kannsch it bringa. Reiß di zamm, sei vernünftig und froh, dass du jetzt doch no die Chance hosch, des Zertifikat heimzubringen.* Samsa ruft mich zur Ordnung.

Ich stehe vor einem Dilemma. Mittlerweile habe ich alle Erwartungen diesbezüglich aufgegeben, schon vor Wochen, vor etwa zwei Wochen, um genau zu sein. Oder war es erst vorhin, beim Abschied von Sonam? Ich habe zwar das dicke Fachbuch studiert, mich mit den Grundlagen, mit Achtsamkeit, Erkennen und Akzeptieren beschäftigt, Loslassen, Mäßigung und Mitgefühl erforscht und mich der Vergänglichkeit aller Formen und Dinge angenähert. Aber all das war Theorie. Praktisch geübt habe ich die Pulsdiagnostik kein einziges Mal. Es scheint mir unmöglich, jetzt die Prüfung zu machen. Ich gerate in Panik und Samsa geizt nicht mit ihren Vorhaltungen. *Warum hosch du it an der Sonam, den Patienten in Amchis Praxis, an der Ama-Le oder ihrer Familie geübt? So viele verpasste Gelegenheiten!* Ich gebe es zu, vielleicht war es Faulheit, vielleicht aber auch eine Trotzreaktion. Wenn schon die Amchi nicht da war, wollte ich auch nicht üben. Samsa versucht es mit Trost: *Es wird scho klappen. Du hosch ja nix zu verlieren!*

Langsam glätten sich die Wellen meiner Aufregung. Die Amchi will wissen, wie ich die vergangenen Wochen verbracht habe. Während ich erzähle, gehen mir Lichter wie Kronleuchter auf. Das eigentliche Lernen, die eigentliche Prüfung hatte wohl darin bestanden, meine eigenen Geistesgifte und ihren Einfluss auf mich kennenzulernen. Ich sollte lernen, die Gegenwart, wie auch immer sie gerade war, zu akzeptieren, zu leben statt zu leiden. Nicht umsonst hat mich »Be happy!« genervt, zumindest am Anfang. Ich erzähle von meiner Enttäuschung, von

Ärger und Groll über ihr Fernbleiben, dem gierigen Verlangen, die für mich ganz besondere Urkunde auf die Schnelle einstecken zu können, von meinem Nicht-sehen-Wollen, dass sich alles ständig ändern kann, und dem Unvermögen, ihr zuzugestehen, dass sie sicher gute Gründe hatte, in den Bergen zu sein. Ich berichte von meiner Selbstbezogenheit und dem Hochmut anderen Touristen gegenüber. Auch davon, wie dann doch Ruhe und Frieden in mich eingekehrt sind. Ich berichte berührt, dass ich Gefallen an den Rezitationen in der Shanti Stupa gefunden und dort gelernt habe, den Rhythmus der Trommeln mit meiner kleinen Handtrommel einzuhalten. Ich lasse sie teilhaben an der tiefen Freude im stillen Schauen auf die hohen, dunklen Berggipfel und in die blinkenden Sterne am Nachthimmel. Ich erzähle ihr auch von den Momenten der absoluten Bedürfnislosigkeit und Zeitlosigkeit und von dem seltenen Glücksgefühl, einfach da sein zu dürfen. Deutlich spüre ich Amchis ungeteilte Aufmerksamkeit, ihr ganzes Wohlwollen. Zu guter Letzt mache ich sie mit Samsa bekannt, gebe ihr Kostproben von ihren Kommentaren, Zurechtweisungen und ihrem Lob, wenn mir etwas gut gelungen ist. Die Amchi lacht dabei Tränen.

»Es gab aber auch Phasen, in denen Samsa geschwiegen hat und ich sie beinahe vergessen habe.«

Die Amchi nickt verständnisvoll.

»Das Beste von allem aber war und ist«, betone ich abschließend mit Begeisterung, »dass mich zunehmend ein Gefühl von Verbundenheit mit den Menschen und der Landschaft erfüllt hat. Ich bin hier heimisch geworden. Ich spüre, dass ich Teil von allem bin, und das tut mir unendlich gut!«

Lange schweigt die Amchi. Ihr Gesichtsausdruck ist nach-denklich und ernst. Von meiner Seite ist alles gesagt und so bin ich auch still. Nach geraumer Weile lacht sie auf:

»Oh, meine Liebe, ihr im Westen habt alle Waschmaschinen für eure Kleidung, doch uns geht es um das innere Waschen, um die Reinigung des Geistes.«

Ich verstehe auf Anhieb, worauf sie anspielt. Durch ihre Ab-wesenheit sind in mir Enttäuschung und Verlassenheitsgefühle zum Vorschein gekommen. Ich pochte auf Grundsätze und Werte, doch mein Denken und Fühlen war nicht sauber. Ich habe sie gedanklich verurteilt, war rastlos und hielt mich an Ge-sagtem fest. All das wurde hoch- und herausgespült, manches wohl sogar weichgespült. Vielleicht auch mein Starrsinn.

»Du hast die Zeit gut genutzt. Danke, Katharina!« Anerken-nung funkelt in Amchis dunklen Augen. Ja, und nochmals: Ja! Ich fühle mich porentief gereinigt. *Schau'n ma mal, wie lang des vorhält.* Samsa kann es sich nicht verkneifen.

Padmas Brief

Vor einem kleinen, holzverzierten Haus, mit einer bunten, leuchtenden Blumenpracht davor, bleibt die Amchi stehen.

»Schau, Katharina, hier lebe ich. Willkommen. Zuerst die Prüfung, dann das Essen!«

Auch gut. Essen könnte ich vor Aufregung jetzt sowieso nichts, keinen Bissen brächte ich hinunter. Mein Hals ist wie zugeschnürt, das Herz pocht aufgeregt, und ich spüre, wie mich im Sekundentakt eine Hitzewallung nach der anderen durchflutet und Gesicht und Hals tomatenrot aufleuchten lässt. Schweißperlen bilden sich auf meiner Stirn, das T-Shirt klebt am Rücken. Wie immer, wenn ich aufgeregt bin, schiebe ich energisch eine dicke Haarsträhne hinter das Ohr. Geradeso, als wolle ich den Blick frei machen.

Wir setzen uns an einen Holztisch. Mit einer runden, weichen Bewegung schiebt die Amchi Bücher und Papiere zur Seite, rollt die Ärmel ihres weinroten Strickpullovers hoch, und dabei bemerke ich zwei kleine Löcher im Maschenbild. Wieso sehe ich ausgerechnet jetzt etwas so Banales? Voller Erwartung streckt mir die Amchi ihre nackten, tiefbraunen Unterarme entgegen. Ihr glucksendes Kichern erfüllt die Stille des Raumes. Mir hingegen ist ganz und gar nicht nach Lachen zumute. Meine Gedanken verheddern sich. Kann es sein, dass die Prüfung jetzt und hier in ihrem Wohnzimmer stattfinden soll? Dass ich die Pulsqualitäten an der Nonne höchstpersönlich bestimmen soll? Damit habe ich ganz und gar nicht gerechnet. Wie kann ich dieser überrumpelnden und peinlichen Situation jetzt noch entkommen? Schon im Voraus spüre ich starke Hemmungen, der verehrten Amchi im Ergebnis meiner Untersuchung sagen zu müssen, welches Geistesgift in ihr vorrangig ist. Ihr, einer der ranghöchsten und bekanntesten Nonnen der Region, die schon von Kindheit an auf dem spirituellen Weg ist. Ich bemerke meine Irritation darüber, dass sie möglicherweise überhaupt mit einem so negativen Einfluss selbst zu tun haben könnte. Nach all den vielen Jahren der geistigen Praxis. Was ist, wenn ich mich täusche? Innere Unsicherheit und die Angst vor Blamage versuchen mich zu krallen, nehmen mir die Luft. *Los jetzt, entweder du packsch die Chance beim Schopf oder kneifsch wie ein Feigling.*

Leichter gesagt als getan. Ich spüre den forschenden Blick der Amchi, sehe ihr ermunterndes Kopfnicken und erwidere es. Entschlossen rücke ich meinen Stuhl zurecht und lege behutsam meine Finger auf ihre Handgelenke. Bewusst versuche ich meine Aufregung auszuatmen und konzentriere mich dann auf das, was meine Fingerkuppen spüren. Ich suche, forsche und nehme mir die Zeit, die ich brauche. Allmählich baut sich zuerst ein Verdacht und dann eine Sicherheit in mir auf: Es ist Gier! Wie, Gier? Die Amchi? Ich kann es selbst nicht ganz fassen. *Des kann doch it wahr sein! Du täuschst dich ganz b'schtimmt!*, gibt Samsa besserwisserisch bei. Einen Augenblick lasse ich mich verunsichern, nur einen kleinen. Aber da gibt es nichts zu rütteln oder gar zu überprüfen. Ich bin mir jetzt hundertprozentig sicher: Es ist Gier. Nichts anderes.

Einer der unzähligen Schleier meiner Täuschungen ist damit zur Seite geschoben. Bisher hatte ich die Amchi auf einen Sockel gestellt, sie über alle Geistesgifte erhaben gesehen, ganz nach dem Motto: »Die doch nicht!« Jetzt aber hatte ich Einblick in ihr Innerstes nehmen dürfen. Meine verwunderten Augen spiegeln ihr vermutlich meine ehrliche Überraschung: Ich sehe eine neue Amchi, ich sehe auch sie ganz als Mensch. Meine Gedanken laufen weiter: Hat sie ihr vorrangiges Geistesgift nicht oder noch nicht überwunden? Oder geht es gar nicht darum? Vielleicht geht es mehr um das Bewusstsein und die Akzeptanz dieser Anlage. Doch bevor ich mich in weitere Überlegungen vertiefen kann, drängt die Amchi:

»Also, was ist es? Deine Diagnose, Katharina!«

Jetzt heist's, ins kalte Wasser springe und it lang denka. Du weisch es doch!, drängt Samsa. Wieder klemme ich mir die lästige Haarsträhne hinter das Ohr, dann sage ich mit fester Stimme, den Blick selbstsicher in ihre Augen richtend, nur ein Wort:

»Gier!«

Einen Moment lang scheinen die Zeit und mein Atem stillzustehen. Dann spüre ich spontan Erleichterung darüber, dass ich es ausgesprochen habe. Ich bin über die Maßen dankbar für die intime Nähe, die ich jetzt ganz fühlen kann. Mein bis eben noch höchst angespanntes Herz tanzt fröhlich in meiner Brust. In Amchis Augen lese ich richtig: Freude und Anerkennung.

»Katharina, Kollegin, Glückwunsch! Du bist sicher in der Pulsdiagnostik. Ich möchte dir Freundin sein und wünsche mir, dass du mich ab jetzt mit meinem Vornamen ›Padma‹ ansprichst.« Sie lächelt mich offen an. »Die Urkunde bekommst du nach dem Essen.« Als besonderes Zeichen von Vertrautheit und

Wertschätzung in dieser buddhistisch geprägten Welt legt sie ihre Stirn an meine, und während wir so verweilen, durchströmt mich tiefe Geschwisterlichkeit.

Sei froh, du hosch es jetzt hinter dir. Ende guat, alles guat!, meint Samsa. Doch weit gefehlt, es wird sogar noch aufregender als je zuvor in meinem Leben.

Wir wechseln in ein Mini-Esszimmer, wo ein hochgewachsener, dunkelhaariger, älterer Mann am Tisch sitzt. Sein Lächeln berührt auf Anhieb mein Herz, Wissen und Güte leuchten aus ihm. Padma stellt ihn als Tom, Arzt und Geistheiler aus den USA, vor. Beinahe bekomme ich den offenstehenden Mund nicht zu. Diese Information ist nicht nur interessant, sondern superaufregend für mich. Über Geistheiler habe ich bisher nur gelesen, jetzt aber wird mir einer persönlich vorgestellt. Er sitzt leibhaftig vor mir. Vielleicht kann ich von ihm lernen, ihn vieles fragen. *Eindeutig wieder Gier!* Samsas Kurzkommentar dämpft mich in keiner Weise.

Bei dampfender Nudelsuppe mit Fladenbrot stellt stattdessen Tom die Fragen. Er will wissen, wie lange ich schon da sei, was ich erlebt habe und schließlich, ob ich im folgenden Jahr wieder hierherkommen werde. Im Brustton tiefster Überzeugung verkünde ich:

»Ja klar! Ich werde die Leitung eines meditativen Treks für eine Gruppe deutscher Freunde übernehmen. Ein einheimischer Ortskundiger wird uns führen. Erst gestern habe ich mit ihm den Ablauf, die Route und die Unterkünfte festgelegt. Alles ist unter Dach und Fach.« Begeistert sprudelt es nur so heraus aus mir: »Natürlich möchte ich danach Padma wiedersehen, bei ihr in der Praxis hospitieren und in Südindien Ayurvedische Medizin studieren. Es wird eine berufliche Auszeit sein und ich bleibe ein ganzes Jahr in Indien.« Meine blauen Augen strahlen Tom wie Scheinwerfer an.

Kaum habe ich das letzte Wort ausgesprochen, nähert sich reflexartig sein bedrohlich ausgestreckter Zeigefinger meinem Gesicht:

»Nein«, donnert Toms Stimme. »Du wirst ganz woandershin reisen. Wohin ...?«

Ich bin vollkommen überrascht, erschrocken, aus dem Takt gekommen. Gleichzeitig bin ich wie elektrisiert und stehe unter Hochspannung. Sprachlos schnappe ich nach Luft und will mich erst einmal sammeln. Doch bevor ich überhaupt einen klaren Gedanken fassen kann, antwortet »Es« schon aus mir – eine Stimme, die keinen Widerspruch duldet:

»Nach Ecuador!«

Ja, bisch denn jetzt vollkommen verrückt geworden?, höre ich zeitgleich Samsa aufkreischen. *Wie kommsch du nur auf den Blödsinn?*

»Nein, natürlich nicht ...«, stammle ich unsicher und merke, wie mir etwas schwindelig wird. »Ich fliege hierher ... Es ist alles geplant ..., also ... festgelegt! Ich weiß auch nicht, warum ich gerade ›Ecuador‹ gesagt habe«, versuche ich mich schnell zu berichtigen.

Ist das etwa ein Film oder ist das wahr? Habe ich wirklich ›Ecuador‹ gesagt? Gedanken wirbeln und toben durch meinen Kopf. Meine Stirn glüht wie im hohen Fieber. Total verwirrt und verunsichert schaue ich in die aufmerksamen Gesichter von Tom und Padma, bemerke, dass ihre Mundwinkel zucken, und plötzlich brechen beide in schallendes Gelächter aus. Was ist hier so lustig? Ich verstehe nicht, was sie so amüsiert, ich verstehe gar nichts mehr und mich selbst am allerwenigsten. Ist das ein abgekartetes Spiel oder bin ich gerade das Opfer von Telepathie oder irgendwelchen übersinnlichen Kräften geworden? *Zum Lachen isch des Ganze scho überhaupt it*, tönt auch Samsa, dann beruhigt sie: *Ach, lass die zwei nur. Du machsch es wie geplant. Des war nur ein kleiner Versprecher. Schließlich willsch du scho lang nach Indien und hosch darauf hing'schafft! Des lässch du dir jetzt it neahma!*

Ich fühle mich wie ein Kind, über das gelacht wird, und bin verlegen. Am liebsten würde ich auf der Stelle verschwinden und das Weite suchen. Ich habe nur noch den einen Wunsch, wieder zur Ruhe zu kommen und mich innerlich zu ordnen. Aber so leicht entkomme ich den beiden nicht. Als ich mich erheben will, drückt Tom mich sanft, aber bestimmt wieder auf den Stuhl hinunter. Seine Hände streichen meine Stirn glatt.

Also guat, dann bleibsch halt no ein bizzla, vielleicht erfährsch du mehr. Es muss doch an Grund geben, warum aus dir genau die verrückte Antwort komma isch, lenkt Samsa gütlich ein. Freundlich nicken mir die beiden zu, und ich muss zugeben, dass sie nichts anderes als reine Liebe ausstrahlen. Langsam werde ich nun doch neugierig und will mehr erfahren.

»Ja, Katharina, genau dahin musst du! Dorthin ruft es dich, da wirst du schon lange erwartet!«, sagt Tom jetzt mit großer Eindringlichkeit. Sein Blick ist ernst und zwingend. Ich schlucke mühsam. Im Hals steckt mir ein Kloß und mein Magen hat sich inzwischen schmerzhaft zu einem dunklen Ball zusammengezogen. Um mich zu beruhigen, stehen die beiden auf und stellen sich links und rechts neben meinen Stuhl. Sie nehmen mich sozusagen in ihre Mitte und legen mir jeder einen Arm um meine Schultern. Einen Augenblick lang entspannen sich meine Nerven und der Magen, hört das Drücken des Kloßes in der

Kehle auf. Ich spüre, wie Ruhe und Vertrauen zu mir zurückkehren, doch nur kurze Zeit.

»Was hast du gesagt? Ich werde in Ecuador ERWARTET? Von wem denn? Wie kommst du auf so was?«, bricht es ungestüm aus mir heraus.

»Du fliegst dorthin und basta! Ich melde dich bei einem Freund an, er ist ein bekannter Schamane.«

»Wie jetzt? Du kannst doch nicht einfach so über mich verfügen!« Ich bin fassungslos. »Schließlich habe ich Abmachungen und einen Vertrag mit dem hiesigen Guide.« Ich habe jetzt das dringende Bedürfnis, allein zu sein. Daheim muss ich mir das alles in Ruhe erst einmal überlegen. Dann wird sich alles klären.

Mit einem lässigen Schulterzucken, und einen kurzen Blick in meine Richtung werfend, wendet Tom sich Padma zu. Die beide beginnen, über Menschen zu plaudern, die ich nicht kenne. Das Thema ist beendet, heißt das für mich. Ich nutze die Gelegenheit, um innerlich nachzukommen, mich zu fassen und mich von der großen Überraschung zu erholen. Doch eigentlich bin ich viel zu verwirrt und kann die sich überschlagenden Gedanken in meinem Kopf nicht entknoten. Wenigstens sind die beiden jetzt miteinander beschäftigt und lassen mich in Ruhe. Ich erinnere mich daran, dass eine gute Bekannte schon öfter begeistert von Ecuador erzählt hat, von Projekten, für die man sich engagieren könne. Dabei hat sie mich immer bedeutungsvoll angesehen. »Ich helfe dir auch bei allen Formalitäten, Katharina.« Ihr Angebot war ganz ernst gemeint, aber ich habe mich immer taub gestellt. Ecuador hat mich noch nie interessiert. Mexiko, Peru und Patagonien hingegen, das waren alte Träume. Schon während der Schulzeit hatte ich einen Brieffreund in Lima. Alles Greifbare über die Kulturen der Inka, Maya und Azteken hatte ich verschlungen. Ich hatte Bilder von Machu Picchu in Peru gesehen und gedacht, dass ich vielleicht irgendwann einmal dorthin reisen könnte. Es war bei diesem Gedanken geblieben. Aber jetzt, Ecuador? Eine vollkommen absurde Idee. Schon vor Jahren hat mich der »Indien-Virus« infiziert. Für mein Sabatical ist alles bereits fixiert. Dennoch ist in mir jetzt eine unbestimmte Unruhe, ist irgendwo irgendetwas erwacht. Vielleicht ist es nur ein kleiner Kobold, der mich narren will, oder eine bisher unbekannte Sehnsucht, die ich zwar noch nicht fassen kann, mir aber dennoch vertraut ist. *Krass, total abgefahren des Ganze!*, mischt sich Samsa in meine Gedanken ein. *Hier im Himalaya lernsch du an Geischtheiler aus den Staaten kennen und der meldet dich einfach aufm andren Kontinent, in dem Südamerika da, bei am Schamanen an.*

Ich mache den wiederholten Versuch, nüchtern und sachlich zu überlegen: Nächstes Jahr, wenn ich beruflich frei bin, könnte ich noch vor Indien nach Ecuador fliegen. Zeit ist genug. Zwölf lange Monate, in denen ich tun und lassen kann, was ich will. Es arbeitet in mir, walkt in mir. Was hat Tom gerade gesagt? Ich würde dort schon lange erwartet? Ich finde das absurd, aber auch merkwürdig. Vielleicht sollte ich wirklich herausfinden, was es damit auf sich hat. Okay, dann also auch dorthin! Vielleicht ...

»Hör jetzt auf, zu denken«, unterbricht Tom meine Innenschau. »Du musst den Kopf wieder frei bekommen für die Gegenwart. Lass uns zusammen eine kleine Atemübung machen, okay?« Ich nicke stumm. Er erklärt mir kurz eine Übung, die sich Wechselatmung nennt. Padma macht sie vor und ich folge ihrem Beispiel:

Rechte Nasenöffnung mit rechtem Daumen zuhalten, tief einatmen. Mit dem rechten Zeigefinger das linke Nasenloch verschließen und durch das rechte ausatmen. Durch das rechte Nasenloch einatmen, mit dem Daumen wieder verschließen und durch das linke ausatmen.

Ich staune, wie erfrischt ich schon nach wenigen Atemzügen bin. Ruhig und glasklar höre ich Samsa in mir: *Was soll's? Lass des mit Ecuador einfach wirken. Jetzt braucht's überhaupt koi Entscheidung. Die kann reifen. Entwicklungszeit isch ang'sagt, meine Liebe.*

Mit guten Wünschen und Stirn an Stirn hat sich Padma von mir verabschiedet. Im letzten Moment drückte sie mir einen verschlossenen Brief in die Hände. Erst jetzt, im Flieger, will ich ihn öffnen, ich vermute eine Spendenquittung darin. Während mich die Lufthansa in Richtung Heimat trägt, ziehe ich das Papier aus dem Umschlag und falte es auseinander. Überrascht blicke ich auf ihre fein säuberliche Handschrift. Das Blatt ist mit wunderschönen Mandalas und dem buddhistischen Glücksknoten verziert.

Liebe Katharina,

Als an deinem letzten Abend das Wort »Ecuador« aus deinem Innersten kam und du darüber vollkommen fassungslos warst, empfand ich tiefes Mitgefühl mit dir. Ja, so geht es uns allen. Wir sind überrascht, was in unserem Herzen schlummert und unvermutet erwacht. Jetzt heißt es für dich, entschlossen und mutig zu sein. Das Unbekannte zu wagen. Das Leben will es so.

Schau, für uns hier zählt die Verbundenheit mit dem Lebensfluss. Er trägt uns an neue Ufer. Er will, dass wir im Augenblick leben, und ruft: »Vertrau!« Sicherheit ist reine Illusion.

Ihr Westler lasst euch vom Verstand, von der Vernunft leiten. Ihr meint, mit dem Leben argumentieren, diskutieren oder verhandeln zu können. Ihr glaubt, es sei wichtig, alles im Griff zu haben. Wir hingegen üben vorbehaltlos, aus einem reinen Geist und aus einem weiten Herzen heraus zu leben. Wir lassen zu, dass sich das Leben entwickelt, und vertrauen darauf, dass alles, was geschieht, seine Richtigkeit hat. Tag für Tag. Das ist nicht Fatalismus, sondern die stetige Übung, unser Sein zu weiten.

Ursprünglich wollte ich dich nach deiner Ankunft unterrichten, für dich da sein. Doch der Alltag verlangte anderes. Ich vertraute darauf, dass du während meiner Abwesenheit das Beste aus jedem Tag machst.

In meiner großen Heilkräuter-Apotheke waren oft gebrauchte Pflanzenmittel ausgegangen. Also nutzte ich die Gelegenheit und nahm einige der jungen, im Sammeln der Heilkräuter unerfahrenen Nonnen mit. Kälte, Eisregen und unwegsames Gelände ließen uns nur langsam zu den mir bekannten Sammelplätzen gelangen. Aber es war diesen Sommer nur wenig gewachsen. Also hofften wir auf unser Glück an anderen Stellen. Das unwegsame Gelände beanspruchte unsere ganze Aufmerksamkeit. Während unsere Füße im Geröll Halt suchten, sangen und beteten wir. Nur langsam kamen wir vorwärts, teilten Atem und Kraft gut ein, schliefen unter Felsnasen oder in Höhlen. Selten trafen wir Nomaden, die mit uns ihre spärliche Mahlzeit teilten und uns Unterschlupf in ihren ärmlichen Unterkünften gaben. Vor dem Einschlafen rezitierten wir Texte und sprachen Segnungen. Auch für dich, Katharina.

Ein Tag war wie der andere: Die ersten wärmenden Sonnen-strahlen weckten uns, wir machten unsere Übungen, reinigten unsere Seele durch Gebete und Gesänge von den Schatten der Nacht und packten die wenigen Habseligkeiten in unseren Beu-tel. Unser Frühstück bestand aus der mitgebrachten gerösteten Gerste, die wir mit ein wenig Wasser zu kleinen Kugeln form-ten. Erinnerst du dich an diese nachhaltig sättigenden Bäll-chen? Wir haben sie viele Male miteinander geteilt. Unterwegs nutzten wir das Gletscherwasser zum Waschen, füllten die Trinkflaschen auf und setzten unseren Weg fort.

Was zählt, Katharina, ist der achtsame Blick, das bewusste Atmen und Gehen. Atem-Schritt-Atem-Schritt. Ich habe es jeden Tag mit meinen Nonnen praktiziert. Der Geist wird dabei leer und klar. Man ist dabei ganz präsent. Halte dich daran, wo auch immer du bist, ob hier, in deinem Land oder in Ecuador.

Ich grüße dich.
Tu, was ansteht, und mache es so gut wie möglich.
Möge Frieden in dir sein.
Mögest du glücklich sein.
Mögen alle Lebewesen glücklich sein.

Sorgfältig falte ich den Brief wieder zusammen, stecke ihn in den Umschlag zurück. Danke, Padma! Ich schließe die Augen und entspanne mich tief in die Lehne meines schmalen Sitzes, in meinem Herzen formt sich eine Art Zusammenfassung der letzten Wochen meiner außergewöhnlichen Reise:

Mitten im geschäftigen Tun
eintauchen in heilende Stille.
Spüren, wonach die Seele dürstet.
Anspannung, Unerledigtes ausatmen.
Einatmen.
Mich überlassen
einem Höheren,
Namenlosen,
Wissenden.
Geschehen lassen,
was geschehen will.

Traumfänger gesucht

Kaum bin ich wieder in Deutschland, erzähle ich die Neuigkeit aufgeregt meiner Freundin Carmen:

»Du, stell dir vor, ich soll in meinem berufsfreien Jahr nach Ecuador fliegen!«

»Was? Wieso das auf einmal? Du willst doch nach Indien!« Noch bevor ich überhaupt darauf reagieren kann, schiebt sie nach: »Kann ich mitkommen?«

Überrascht schaue ich sie an. Meint sie das ernst? Noch einmal werfe ich einen prüfenden Blick auf sie. Es sieht ganz danach aus, dass sie wirklich mitreisen will. Da brauche ich nicht zweimal zu überlegen, es könnte mir nichts Besseres passieren, als sie an meiner Seite zu haben. Sie ist die erfahrene, die perfekte Reisebegleiterin. Auch wenn sie, wie ich, noch nie in Südamerika war. Von meinem inneren Druck fällt ein Quäntchen ab. Außerdem weiß ich selbst noch nicht, was ich von der ganzen Sache halten soll.

»Jedenfalls werde ich dort von einem Schamanen erwartet«, sage ich bedeutungsvoll.

»Wie jetzt, ehrlich?« Ungläubig schaut sie mich an, ihre Stirn in tiefe Falten gelegt. »Oder willst du mich auf den Arm nehmen?« Staunen und blanke Neugier funkeln aus Carmens tiefbraunen Augen. »Mensch, erzähl endlich und spann mich nicht auf die Folter!« Jetzt kann ich das Lachen nicht mehr unterdrücken.

»Genauso wie du reagierst, hab ich sicher auch dreingeschaut, als die Idee auftauchte.« Ich erzähle ihr im Detail von der seltsamen Begegnung mit Tom und dem Wort »Ecuador«, das mir einfach so aus dem Mund gefallen war. Carmen scheint nur Bahnhof zu verstehen.

»Ein amerikanischer Geistheiler? Und was hat er konkret gesagt?«, forscht sie nach. Sie will wissen, warum es denn ausgerechnet Ecuador sein soll und wo genau Tom mich anmelden wird. Ihre Stimme hat sich eine Spur nach oben geschraubt und klingt inzwischen nicht nur ungläubig, sondern auch genervt. *Die denkt sicher, dass du a verrücktes Huhn bisch*, vermutet Samsa. Ich habe meine Freundin Carmen schon manchmal mit Spontanideen oder beruflichen Hauruck-Veränderungen nicht nur überrascht, sondern fassungslos gemacht. So wie jetzt. »Schnapsidee, Katharina!«, fährt sie mich an. »Hast du sie denn noch alle? Glaubst du den ganzen Käse? Bevor du etwas sagst oder machst, denk lieber zuerst scharf nach!«

»Ja, klar doch, krieg dich mal wieder ein und hör zu«, pariere ich ihre Attacke mit Oberlehrerinnenstimme, als wolle ich einer dummen Grundschülerin etwas beibringen. Ich erzähle ihr der Reihe nach, was an dem Abend bei Padma weiter passiert ist. »Und jetzt werde ich eben vom besten Schamanen in Ecuador erwartet!«, schließe ich stolz. Das hat Tom zwar nicht gesagt, aber im Eifer rutscht mir die Übertreibung heraus.

Verständnislos schaut mich Carmen an. Tausend Fragen stehen in ihren Augen. Bestimmt sind darunter viele, die auch mich beschäftigen. Ich erzähle einfach weiter, von dem außergewöhnlichen letzten Tag im Himalaya und von meiner Prüfung an der Amchi. Kaum bin ich mit meiner Schilderung fertig, fährt sie mich an:

»Dir ist doch nicht mehr zu helfen, so eine Spinnerei. Du bist auf irgendeinen Kerl reingefallen, der dir einen Floh ins Ohr gesetzt hat.« Sie zieht die Augenbrauen ärgerlich zusammen. »Außerdem, seit wann tust du widerstandslos das, was andere von dir wollen, Katharina? Haben die dir irgendwelche Drogen gegeben?«

»Aber die doch nicht! Nie und nimmer! Da schwöre ich alle Eide drauf.« Jetzt ist es an mir, sie ungläubig anzusehen. Ich bin entrüstet. Noch einmal erzähle ich ihr langsam, sachlich und nüchtern von der Begegnung mit Tom, davon, dass ich großes Vertrauen in ihn und Padma setze, obwohl ich noch nie zuvor einen solchen »Abruf« bekommen habe. Jemand auf einem ganz anderen Kontinent erwartet mich. Ich kenne ihn nicht. Das gibt natürlich Rätsel auf, die so groß wie Wolkenkratzer sind. Das größte Rätsel aber ist ein logistisches: Wie will Tom es bewerkstelligen, mich von den USA aus bei einem Schamanen in den Anden von Ecuador anzumelden? »Mysteriös ist das Ganze, daran gibt es keinen Zweifel.«

Carmen guckt verstört und hört mir wortlos zu. Sie erkundigt sich, was aus meiner geplanten Trekkingreise im Himalaya werde und ob ich auf die Ayurveda-Ausbildung in in Südindien verzichten wolle.

»Kommt danach oder auch gar nicht mehr ... Weiß ich noch nicht ...«, antworte ich mit einem leichten Zittern in der Stimme, das wahrscheinlich nur ich wahrnehme.

Carmen zuckt mit den Schultern und verabschiedet sich knapp. Sie hat es plötzlich eilig. Es bleibt unklar, ob sie mich irgendwie doch verstanden hat, wenigstens im Ansatz. Eher aber nicht, denke ich enttäuscht. Ich kann es ja selbst noch nicht glauben. Später einmal, auf unserer gemeinsamen Reise, werde ich ihr vielleicht erzählen, was ich innerlich sehr wohl verstanden habe: Es kommt im Außen immer das zum Vorschein, was im Innern bis dahin geschlummert hat. Falls unser gemeinsames Abenteuer wirklich zustande kommt, erzähle ich ihr auch von den anderen Einsichten und Erkenntnissen. Später, denn jetzt ist es noch zu früh, zu kompliziert. Vieles kann ich nicht einmal für mich selbst in klare Worte fassen. Absolutes Neuland im Denken!, schießt es mir durch den Kopf, während ich meiner Freundin skeptisch nachblicke.

Noch immer erscheint es mir ungeheuerlich, dass ich selbst es war, die »Ecuador« gesagt hatte. Was hatte Padma in ihrem Brief geschrieben? Wir Westler lassen uns von Verstand und Vernunft leiten, sie hingegen erlauben, dass sich das Leben entwickelt, und vertrauen darauf, dass alles, was geschieht, seine Richtigkeit hat. Davon bin ich meilenweit entfernt. Mein Leben war bis heute vom Kalender, von Zielen, Plänen und konkreten To-do-Listen bestimmt. *Kopf vor Herz, isch doch scho lang dei Motto, Katharina. Zuerscht prüfen, reflektieren, analysieren, dann a Bedenkpause, a Entscheidung fällen und wenn die sich wirklich guat anfühlt, handeln. Wo käm man denn sonscht hin? Sicher it zu dem Erfolg, den du hosch. Sich dem Leabe überlassen, davon kannscht doch niemandem was erzählen. Die würden dich alle für a g'schpinnerte Gans halten. Überleg dir guat, was sagsch und machsch.*

Im Gegensatz zu mir ist Carmen eine Globetrotterin, die, allein auf sich gestellt, schon viele Länder bereist hat. Eine solche Begleiterin kann nur gut in Ecuador sein. Dieses Land steht wie eine riesige, herausfordernde Hürde vor mir, die mich gleichermaßen anzieht und ängstigt. Etwas mir völlig Unbekanntes drängt mich, herauszufinden, was es damit auf sich hat. Ein Zurück gibt es nicht. Oder doch?

Schon in der darauffolgenden Woche spricht Carmen wie selbstverständlich von unseren Langstreckenflügen. Ich habe sie neugierig gemacht, sagt sie fröhlich, und dieser amerikanische Geistheiler in Nordindien nur noch mehr.

»Ich komme mit, das ist sonnenklar. Andernfalls machst du vielleicht einen Rückzieher.«

Ich erkläre mich einverstanden, obwohl mir das Herz gerade bis zum Hals schlägt. Carmen, die Frau der konkreten Taten, schlägt ihr Laptop auf und bucht: zwei Flüge nach Quito, einen davon mit Rückflug, einen von Quito nach Lima und einen von Lima nach Deutschland. Drei Wochen wollen wir gemeinsam in Ecuador verbringen, dann fliegt Carmen zurück nach Deutschland. Ich reise anschließend allein weiter nach Peru, für vier Wochen. Der Abflug ist schon in knapp zwei Monaten.

»Die Weichen sind für eine Reise der ganz besonderen Art gestellt«, erzähle ich aufgeregt meinem erwachsenen Sohn, der mich größenmäßig weit überragt und noch immer bei mir wohnt. Schweigend blickt er auf mich herunter, legt seinen Arm um meine Schulter und nickt kurz.

»Mama, du wolltest doch schon immer Abenteuer!«, kommentiert er sparsam meine Erregung in seiner liebevollen trockenen Art, dann verschwindet er in Richtung seines Zimmers.

»Ja, schon, aber mit gutem Ausgang!«, rufe ich ihm eilig hinterher, doch ich höre nur noch das leise Schließen der Tür. Habe ich wirklich einmal gesagt, dass ich Abenteuer will?

Ich besorge einen Reiseführer von Ecuador, schon das Cover macht Appetit auf mehr. Freundlich dreinblickende Lamas am Fuße eines Bergriesen, dessen breiter Gipfel eine strahlend-weiße Gletscherhaube ziert, und eine strickende indigene Frau im hohen Gras. Ob Lamas wirklich spucken? *Des und noch viel mehr wirsch bald herausfinden, Katharina.* Eine kleine Woge der Vorfreude lässt mich für den Bruchteil einer Sekunde ein paar Millimeter vom Boden abheben. Es wird schon alles gut gehen. Bis zum Abflug bleibt der Reiseführer allerdings jungfräulich eingeschweißt. Neben der mangelnden Zeit hält mich etwas anderes, viel Stärkeres vom Lesen ab: ein ständig wiederkehrender Albtraum. Nacht für Nacht sehe ich Tausende junger, wunderschöner indigener Männer von Pyramiden herabstürzen. Jedes Mal wache ich schweißgebadet und mit Herzrasen auf. Die Angst vor meinem Träumen wächst mit der Zeit, sodass ich mich schließlich sogar vor dem Schlafengehen fürchte. Ich zögere es buchstäblich hinaus. Was hat das nur zu bedeuten? Wird etwas Schlimmes in Ecuador geschehen? Droht Gefahr? Begehe ich den größten Fehler meines Lebens mit dieser Reise? Sind das alles Einbildungen oder eindeutige Warnungen aus meinem Unterbewusstsein?

»Ich kann nicht nach Ecuador, ich habe Angst!«, beteuere ich sicher zum hundertsten Mal meiner Freundin am Telefon. Ich bin total verunsichert, doch Carmen bleibt die Ruhe selbst:

»Wir fliegen nach Ecuador, ganz klar! Du bist bei einem Schamanen angemeldet, schon vergessen?« Es klingt fast so, als ob sie sagen wollte, ich hätte einen Termin beim Bundespräsidenten, beim Dalai Lama oder beim Papst.

»Lass uns nach Australien fliegen, nach Neuseeland, von mir aus auch nach Afrika«, pokere ich. Im Augenblick ginge ich wohl jeden Kompromiss mit ihr ein. Seit Langem liebäugelt sie schon mit Neuseeland, doch mein Köder bleibt wirkungslos.

»Wir fliegen nach Ecuador, nirgendwohin sonst!«, wiederholt sie erbarmungslos. Es klingt wie von einer Schallplatte mit Sprung, und ich beginne ihre Antworten zu hassen. Alle Versuche, Carmen umzustimmen, scheitern. Sie spielt den beharrlichen Anwalt für die Stimme, die im Himalaya aus mir gesprochen hat. Für den »Ruf des Lebens«, wie sie behauptet. »Sei froh, dass ich mitfliege, so, wie du dich jetzt schon anstellst.«

»Das bin ich ja auch, aber vielleicht ist diese Reise eine riesengroße Dummheit.« Oh Gott, ich bin jetzt zweiundfünfzig Jahre alt, mit drei erwachsenen Kindern, die ich zum größten Teil allein großgezogen habe. Bisher war ich vor allem vernunftgesteuert und mache jetzt etwas so Verrücktes? Carmen macht ein zischendes Geräusch mit den Lippen, und ich weiß, dass sie jetzt gelangweilt zum Fenster hinaussieht. Das Gespräch ist zu Ende, wir legen auf.

Mir ist, als säße ein zusammengekauertes, nachtaktives Ungeheuer in meinem Inneren, das mir ständig neue mögliche Horrorszenarien meiner Reise vorspielt. Eine dunkle, machtvolle Angst würgt mich. Daneben lockt mich noch immer, leise und beharrlich, in Phasen der inneren Ruhe ein unbeschreibliches »Etwas« in das Land am Äquator. Es ermutigt zur neuen Erfahrung. Ich bin in einem saftigen inneren Konflikt hin- und hergerissen. *Du hasch doch lang g'nug zum Thema Konfliktlösungen unterrichtet. Also komm, nutz dei Wissen un frag doch ganz einfach dei Körper, was' Richtige isch*, ermuntert Samsa.

Also gut. Ich lege drei große Blätter Papier mit den Aufschriften »Ecuador und Indien«, »Nur nach Indien« und »Nur nach

Ecuador« auf den Boden. Als Erstes stelle ich meine Füße auf die Option »Ecuador und Indien« und spüre in mich hinein. Fest wie ein Baum stehe ich da, der Atem fließt ruhig und wohliges Behagen ist in mir. Ich wechsle nach »Nur Indien« und beobachte, was in mir passiert. Mein Stand wird unsicher, zentnerweise Druck lastet auf den Schultern, Enge ist in der Brust und ein flaues Gefühl in der Magengrube. Das Atmen fällt schwer. *Des kannsch vergesse*, kommentiert Samsa sofort. Als ich mich schließlich auf dem Blatt »Nur Ecuador« in Position bringe, ändert sich mein Befinden schlagartig. Es pulsiert deutlich eine aufgeregte Freude im ganzen Körper und eine angenehme Kraft durchströmt mich. Ich fühle mich wie damals als junge Frau, als ich zum ersten Mal schwanger war.

Isch doch klar wie Soßenbrühe, was machsch, meint Samsa. *Bei der Option »Nur Ecuador« goht's dir am beschten. Also, was zögersch noch?* Doch es meldet sich ein großes Aber: mein Pflichtgefühl. *Vielleicht isch es ja nur aufgebläht und du nimmsch dich einfach zu wichtig?*, wendet Samsa hinterlistig ein. Sofort verteidige ich mich. Ich habe schließlich einen Vertrag mit meinen Freunden und dem Guide im Himalaya. Das kann ich nicht so einfach alles canceln. Schon als Kind ist mir eingehämmert worden: Wer A sagt, muss auch B sagen. Doch wenn ich es genau nehme, hat mir Padma eigentlich selbst ein gutes Beispiel gegeben. Sie hat mich versetzt und das getan, was Vorrang hatte. Ich hingegen habe Angst, zehn liebe Menschen zu enttäuschen und zu riskieren, dass ich in ihren Augen als unzuverlässig gelte. *Isch dir die guate Meinung von deane wichtiger als du dir selbscht?*, provoziert Samsa sofort. Ich stecke in der Zwickmühle. Wie auch immer ich mich entscheide, es gibt mindestens einen Verlierer: ich selbst, die Gruppe oder

der Guide vor Ort. *Schluss jetzt mit dem Dilemma da! Jetzt über-
legsch dir einfach: Was könnt beschtenfalls, was auch
schlimmschtenfalls passieren, wenn mit Carmen nach Ecuador
fliegsch und anschließend nach Indien?*

Ich setze mich in Ruhe hin und liste alle möglichen und un-
möglichen, alle wahrscheinlichen und alle unwahrscheinlichen
Dinge auf. Am Ende steht fest, dass beide Länder machbar sind.
Die Entscheidung ist also getroffen, und ab jetzt will ich darüber nicht mehr nachdenken!

Die Wochen kommen und gehen. Die Nächte drangsalieren
mich weiterhin mit Albträumen und an den Tagen spüre ich das
vertraute Sehnen nach dem Unbekannten. Das schwarzmalende
Ungeheuer in mir ist geschrumpft, bleibt aber in Bereitschaft.
Es passt den einen oder anderen günstigen Moment ab und wartet dann urplötzlich mit einer neuen Warnung auf: Du könntest
in Ecuador umkommen, wie dein Cousin in Kolumbien! Es ist ein
Blödsinn, in ein solch gefährliches Land zu reisen! Die politische
Situation ist bedenklich, es kann zu Unruhen kommen! Einer der
vielen Vulkane ist immer aktiv, das kann dich dein Leben kosten!
Hast du an deine Kinder, an deine Mutter gedacht? Was ist,
wenn denen etwas zustößt, während du in der Weltgeschichte
herumgondelst? Das würdest du dir nie verzeihen!

Um mich selbst zu beruhigen, drehe ich innere Filme, in
denen die Entscheidung für beide Länder zum Happy End führt.
Ich sehe mich nach beschwingter Andenmusik tanzen, lerne
aufregend schöne Menschen kennen und erblühe in einer wun-
dersamen Begegnung mit dem Schamanen. In meinen Medita-
tionen flüstert Samsa beruhigend: *Vertrau, alles isch guat, alles
wird guat!* Einerseits werde ich ruhiger, andererseits schwanken

meine Gefühle. *Nix wird einem g'schenkt. Vertrauen, Katharina, musch dir halt erarbeiten!* Ich folge ihr wie ein Schulkind, das das Gelernte brav nachspricht: »Alles ist gut. Alles wird gut.« Mit der rechten Faust klopfe ich dabei in den linken Handteller und beame mich innerlich an meinen geliebten Bergsee. Er ist seit Jahren der Inbegriff von Ruhe für mich.

Carmen ist und bleibt mein Fels in der Brandung. Wir telefonieren täglich, und ihr Lob für meinen Umgang mit der Angst zergeht wie meine absolute Lieblingsschokolade auf der Zunge. Im Fokus der knappen Zeit, die mir bis zum Abflug bleibt, stehen meine Arbeit, das ständige Ausbalancieren meines Seelenzustandes und die anstrengenden Bemühungen, meine 75-jährige Mutter zu beruhigen. Ich hüte mich davor, ihr etwas von meinen eigenen Albträumen und Ängsten zu sagen. Das wäre nicht nur Wasser auf ihre Sorgenmühle, sie würde natürlich auch prompt fragen, warum ich dann trotzdem reisen wolle. Wie ihr Duft nach Lavendel, die Lockenwickel morgens im Haar und ihre stolze Haltung, gehört das Sorgenmachen ganz zu ihr. Sie verbindet es mit Liebe. Schon vor Langem habe ich es aufgegeben, sie vom Gegenteil überzeugen zu wollen.

»Was sagen denn die Kinder zu deinen Plänen?«, fragt sie eines Tages.

»Sie wünschen mir das Beste.« Ich lese vor, was mir meine Kinder ins Reisetagebuch geschrieben haben: Für deinen neuen Lebensabschnitt wünschen wir dir nur das Beste. Genieße die schönen Stunden in vollen Zügen und nutze die schweren, um daran zu wachsen. Lasse deine Reisen und deine Erlebnisse kommen und gehen wie das Meer. Begib dich in den ständigen Rhythmus des Lebens: Auf und Ab. Ebbe und Flut. Freude und Traurigkeit.

Die Augen meiner Mutter zeigen sofort Wehmut und Schmerz. Eine einzelne Tränenperle kullert einsam über ihre rechte Wange. Ich greife nach einem Taschentuch und will sie wegtupfen, doch sie steht eilig auf und geht in Richtung Tür. Ohne sich nach mir umzudrehen, grollt sie:

»Schon schicksalshaft: Deinen Vater konnte ich davon abhalten, mit uns nach Südamerika auszuwandern. Dich wohl nicht!«

»Äh, auswandern? Daran denke ich doch gar nicht!«, rufe ich ihr hinterher. »Ich werde nur sieben Wochen weg sein.« Innerlich habe ich aber das ganze Jahr meines Wegseins vor Augen. Früh habe ich gelernt, ihr meine Überlegungen und Pläne häppchenweise zu servieren. Mehr will ich ihr und mir auch jetzt nicht zumuten. Sie wendet sich mir wieder zu, ihre Augen blicken aber über mich hinweg, in weite Fernen. Was sie wohl sieht? Woran sie denkt? »Komm, Mami, du hast doch noch meine Schwester in der Nähe. Wir halten Kontakt und meine Kinder schauen auch nach dir.« Meine einlenkenden Worte erreichen sie nicht, schaffen sogar noch größeren Abstand. *Lass sie! So machsch dir den Abschied leichter*, höre ich Samsa. Doch ich spüre die innere Not meiner Mutter, und das tut mir weh. Es ist belastender, als Vorwürfe von ihr zu hören. Ich will sie umarmen, aber zu spät. Leise schließt sich die Tür hinter ihr, in doppelter Hinsicht. *Du hasch es falsch ang'stellt und jetzt leidet sie. Des nächschte Mal gibsch dir mehr Mühe.* Gewissensbisse plagen mich.

Ob meine Mutter jemals ermutigt worden ist, ihren eigenen Weg zu gehen? In ihrer Herkunftsfamilie sicher nicht. Ungebeten und ungeduldig habe ich ihr manchmal Ratschläge erteilt und sie sogar aufgefordert, sich wegen der häufigen Streitigkeiten von meinem Vater zu trennen. Vielleicht hätte sie anderes von mir gebraucht. Ihr Leben lang war sie eine Meisterin im Aus- und Durchhalten, und ich habe darin nur Schwäche, Zögern, Unterordnen oder Kuschen gesehen. Fest nehme ich mir vor, ihr bei nächster Gelegenheit zu sagen, welch große Kraft und Selbstdisziplin ich heute in ihr sehe und wie ich sie dafür bewundere. Allein der Gedanke daran macht mich weich und zärtlich.

Je näher unsere Abreise rückt, desto seltener ist mir bang. Ich vermute, das abartige Ungeheuer in mir hat das Weite gesucht. Vielleicht liegt es an den Beruhigungs- und Ausgleichsübungen, vielleicht auch daran, dass ich mir einen Traumfänger gekauft habe. Die Verkäuferin hat gemeint:

»Wenn schon Südamerika, dann brauchen Sie unbedingt einen Traumfänger. Darin werden alle Schatten der Nacht festgehalten und verlieren so ihre Macht. Das gilt übrigens auch für dunkle Tagesgeister.«

Aufbruch in eine neue Welt

Ich treffe Carmen am Flughafen. Schön und cool sieht sie aus, die Ruhe in Person. Ich bewundere ihre Souveränität. Ihre goldbraunen Arme und Beine bilden einen tollen Kontrast zur gepflegten schwarzen Kleidung. Sie gleicht einer Dozentin, die zu einem Kongress fliegt, oder einer erfolgreichen Geschäftsfrau, wären da nicht ihre sportlichen Wanderstiefel und der lederne Rucksack mit Adlerfeder. Sie leuchtet mit 1000 Watt von innen heraus, und ich ahne, dass etwas Außergewöhnliches passiert ist. In Superlativen und mit funkelnden Augen beginnt sie, mir ohne große Einleitung von einem »Juan« (Huan gesprochen) vorzuschwärmen.

»Ist er Latino?«, frage ich neugierig.

»Ach wo, der ist waschechter Bayer. Aber im Spanisch-Crashkurs hat sich jeder einen spanischen Vornamen gegeben«, erklärt sie nachsichtig.

»Aha«, sage ich mit einem leicht bissigen Unterton in der Stimme, denn ich vermute jetzt schon, dass ihre Verliebtheit zum Dauerthema unserer Reise werden könnte. *Oh je, des wird dir it so schmecka!*, prophezeit Samsa. Aber immerhin finde ich super, dass sie diesen Kurs gemacht hat. Dafür hatte ich keine Zeit oder, ich gestehe, mir keine Zeit genommen. Ich hoffe, dass ich mit Englisch oder meinen Italienischkenntnissen zur

Verständigung beisteuern kann. Zudem habe ich das »Kauder-welsch für Ecuador«, ein kleines Reisewörterbuch, eingepackt. Das muss für den Anfang reichen, wenn wir erst da sind, werde ich vor Ort Unterricht nehmen.

Carmen leidet, kein Wunder, sofort unter Trennungsschmerz. Das kann in den nächsten drei Wochen heiter werden. Ihre Monologe, die Sprache ihrer Augen und ihre sehnsuchtsvollen Seufzer lassen auch mich seufzen, wenn auch aus anderem Grund. Ich nehme mir fest vor, geduldig und nachsichtig zu sein, denn ich gönne ihr das Verliebtsein von Herzen. Nur kurz versuche ich es mit Rat:

»Don't suffer, be happy!« und: »Nicht anhaften, loslassen!« Ihre Augen strafen mich beredt ab. *Siehsch it, dass des nix bringt? Lass sie einfach.*

Meine Freundin lässt einen prüfenden Blick über mein Outfit gleiten. Anerkennend pfeift sie durch die Zähne und meint:

»Dich kann man mitnehmen, die Latinos werden dir zu Füßen liegen.« Sie schwört, ich würde noch vor ihrem Rückflug selbst verliebt sein! Da bin ich ja mächtig gespannt. Ihr Wort in Gottes oder Amors Ohr. In einem der Schaufenster sehe ich mich kurz an und muss zugeben, dass mir mein Spiegelbild gefällt. Es zeigt eine große, schlanke, blonde Frau in engem blauen Rock, der seitliche Schlitze hat, schwarze Leggins darunter, ein weißes Blüschen, aus dessen Ausschnitt ein schwarzes Spitzentop blitzt. Ein auffälliger Bergkristall am schwarzen Lederband schmückt den Hals. *Bloß it hoffärtig werden, aber zugegeben, für deine Johr siehsch no recht passabel aus*, kommentiert Samsa.

Endlich sitzen wir im Flieger. Carmen seufzt, atmet anhaltend aus und jeder ihrer Sätze beginnt mit »Weißt du, der Juan ...!«

Nein, weiß ich nicht! Ich will es eigentlich auch gar nicht so genau wissen. Ich habe mit meiner Aufregung und Anspannung genug zu tun. Jetzt wird es ernst. Es gibt kein Aussteigen mehr. Meine Hände sind eiskalt, dabei glüht der Kopf wie im Fieber. Ich werde doch jetzt nicht noch krank? Ich bräuchte Entspannung auf Knopfdruck und wünsche mir nichts sehnlicher, als im Vertrauen »einzuchecken«. Ich versuche es mit einer Übung, die mir schon oft geholfen hat:

Langes Ausatmen und innerlich sagen: »Alle Anspannung raus!« Langes Einatmen: »Vertrauen strömt in mich ein!« Im Voraus bedanke ich mich beim Himmel für diese wunderbare Reise mit gutem Ausgang. Ich stelle mir vor, gesund, glücklich und mit neuen guten Erkenntnissen ausgestattet zu sein, bereit für Indien.

Meine Bemühungen funktionieren nur halbwegs, ich werde von Carmens sehnsüchtigem Seufzer unterbrochen:

»Weißt du, der Juan hat für einen Mann außerirdisch schöne Hände. Und erst seine Augen!«

Das hat sie mir zwar schon in München erzählt, aber ich will sie ernst nehmen, zumal ich diese Sehnsucht auch gerne wieder einmal selbst spüren würde.

»Ist dein Herz, oder ein Teil davon, denn in München geblieben?«

Tränen stehen in ihren Augen. Sie schnieft in ihr Taschentuch, auf das kleine Herzchen gedruckt sind. Au weh, es hat sie wohl noch schlimmer erwischt, als ich dachte. *Des Sülzen und Nachtrauern packsch du koine drei Wochen!*, gibt Samsa zu bedenken. Ich gehe nicht darauf ein, spüre aber eine vertraute Anspannung, die bis unter die Haarwurzeln greift. Sie tritt immer dann auf, wenn ich mich vernachlässigt fühle. Was soll ich mit einer Freundin anfangen, die nur mitkommt, weil wir es so geplant haben? Ich hoffe inständig für uns beide, dass ihre »Verliebung« nicht zum Problem wird.

»Was willst du eigentlich in Ecuador machen? Hast du außer dem Termin beim Schamanen noch was anderes vor?«, fragt sie auf halber Flugstrecke. Es frohlockt in mir: Aha, jetzt stellt sie sich doch auf unsere Reise ein. Beinahe rutscht mir ein »Keine Ahnung!« heraus. Nicht einen Gedanken habe ich mir bisher dazu gemacht. Da rettet mich eine Spontanidee.

»Die drei ›S‹: Spanisch lernen, Salsa tanzen und Schamanen begegnen.« In mir tobt der Samsa-Bär, ich fühle mich aufgedreht und lebendig, voller Abenteuerlust. Carmens kurzer Seitenblick streift mich.

»Beim dritten ›S‹ bin ich dabei.«

Klare Ansage! Ich weiß, dass sie Tanzen nicht mag und genügend Spanisch gelernt hat für drei Wochen Urlaub. Schweigen breitet sich wieder zwischen uns aus. Mir fällt erst jetzt auf, dass es überhaupt die erste große Reise ist, die wir zusammen machen, und ich frage mich, wie es uns miteinander gehen wird. Noch dazu unter dieser besonderen Voraussetzung, dass sie mit einem halben Herz losgeflogen ist.

Jede Flugmeile bringt uns näher heran an Ecuador, dem Land, in das ich nach Toms Überzeugung schon lange hätte fliegen sollen. Die hohen Andengipfel mit den blendend weißen Kappen aus ewigem Schnee sehen verheißungsvoll aus, wenn ich durch die kleine Fensterluke schaue. Die anderen Berge sind wie mit smaragdgrünem Samt überzogen, flauschig weiße Wolkengrüppchen ziehen wie Willkommensgrüße über sie hinweg. Landschaften, so bunt wie Fleckerlteppiche, breiten sich unter mir aus, und die auftauchenden Städte erscheinen so klein wie

Spielzeug. Ich erhasche einen kurzen Blick auf den Pazifik und frage mich, ob wir uns dort vielleicht an einem weißen Traumstrand sonnen werden. Ich denke an die riesige Fläche, die vom Regenwald bedeckt ist. Dorthin möchte ich in jedem Fall. Ich bin aufs Herrlichste darauf eingestimmt, das kontrastreiche Ecuador zu erleben.

»Die Anden sind das Pendant zum Himalaya: fruchtbar bis auf große Höhen, sie verkörpern das Weibliche und gelten als Sitz der Herzensweisheit. Den Himalaya hingegen kennzeichnen Fels und Stein. Er ist männlich, hart, karg, Sitz des Geistes und der Kraft«, beginne ich belehrend, einen neuen Gesprächsfaden zu knüpfen. »Du kennst ihn doch auch.« Carmen reagiert nicht, beschäftigt sich eingehend mit ihren Fingernägeln. Aber ich brauche keine Bestätigung, denn ich bin in meinem geliebten Element des Dozierens und fahre fort, wiederzugeben, was ich darüber gelesen habe: »Das weibliche und das männliche Prinzip finden jetzt zusammen. Das nennt man den Beginn einer neuen Zeit.« Carmen gähnt. *Du Wichtigmacherin, behalte deine Weisheiten besser für dich, sie nerven nur, des siehsch doch*, höre ich von Samsa. Schade, ich hätte so gern ...

Ankommen in Ecuador

Der Anflug steht unmittelbar bevor. Quito, die Hauptstadt von Ecuador, breitet sich wie ein endlos langer Häuserschlauch unter uns aus. Die ersten Palmen werden sichtbar, und das auf einer Höhe von 2.800 Metern. Der Pilot setzt direkt über den Dächern zur Landung an, es ist aufregend. Ich klebe mit der Nase am Fenster. Plötzlich geschieht etwas total Unerwartetes. Obwohl ich bereits in wunderbarer Grundstimmung bin, erfasst mich von einem Moment zum anderen eine noch viel intensivere, massivere, höchste Erregung. Ich könnte die ganze Welt umarmen und weiß kaum, wohin mit mir. Mit einer unerklärlichen, absoluten Sicherheit verkünde ich spontan:

»Du, Carmen, hier bleibe ich ... Hier lebe ich und hier liebe ich!«

Meine Freundin schaut mich so beredt an, dass es nicht einmal ein Tippen auf die Stirn braucht. Ja, vielleicht bin ich jetzt total übergeschnappt. Wer weiß. Aber vielleicht finde ich hier auch, wie von Tom vorhergesagt, meine Bestimmung. Was den Schamanen angeht. Und vielleicht erfüllt sich hier sogar die Prophezeiung des tibetischen Geshe, als er mir beim Orakeln verkündete, ich würde meine Heimat verlassen. Wie dem auch sei, ich bin zutiefst glücklich, in mir singt und swingt es. Es fühlt sich an wie ein Heimkommen nach einer endlos langen Zeit in der Fremde ...

Wir lassen uns mit dem Taxi zu einer kleinen Pension fahren. Unser Fahrer, Felipe, kurvt uns fröhlich pfeifend im Slalom durch ein unüberschaubares Verkehrschaos.

»Wenn erst der neue Flughafen außerhalb der Stadt und die Umgehungsstraße gebaut sind, werden wir weniger Smog haben«, sagt er hoffnungsfroh in tadellosem Englisch und kurbelt seltsamerweise die beiden vorderen Fenster bis zum Anschlag herunter. Dunkle Abgaswolken drängen sich herein und machen das Atmen schwer. Unsere Bitte, die Fenster wieder zu schließen, ignoriert er. Oder hat er sie nicht verstanden? Straßenschilder scheinen für keinen Autofahrer zu existieren, Ampeln gibt es nur vereinzelt, dafür aber ständig kreischende Bremsen und lautes, anhaltendes Hupen. Felipe klärt uns auf: »Hier ist nicht die Bremse wichtig, sondern die Hupe!« Aha, da wären wir jetzt nicht drauf gekommen.

Eine Weile bestaune ich die Vielfalt der Palmen und dann deute ich ungläubig auf die rot blühenden Weihnachtssterne, die fast zwei Meter hoch aufstreben. »Sterne von Panama«, erklärt Felipe. An der nächsten Ecke entzücken mich Bäume mit prächtigen lavendelblauen Blüten und noch ein Stück weiter die Farborgien der Bougainvillea, die zur Familie der Wunderblumengewächse zählt. Sie rankt sogar hier und da bis zu fünf Meter an den Häuserwänden hoch, schätze ich grob und bin schier überwältigt. Am meisten aber faszinieren mich die vielen unterschiedlichen Menschen, die sich durch Aussehen und Kleidung viel stärker voneinander unterscheiden als Europäer, wie mir scheint. Der Fahrer folgt meinen Blicken beständig und steuert bei, was er weiß. Er erklärt, welche Indígenas, Ureinwohner, sind und aus welchen Teilen des Landes sie jeweils stammen, welche Mestizen, Mischlinge, oder sogenannte

»Blancos – Weiße« sind. Auf meine Feststellung, dass sicher in allen spanisches Blut fließt, folgt allerdings ein verbales Donnerwetter, dem Carmen entnimmt, dass ungefähr dreißig Prozent der Einwohner reine Indígenas seien und definitiv kein einziger Tropfen Blut in deren Adern irgendeine Verbindung zu den spanischen Eroberern habe. Während nun meine Freundin mit ihm spricht, spuckt er geradezu eine Flut von »Sure, sure!« heraus, lächelt sich immer wieder selbst im Spiegel an und streicht stolz über sein Gesicht. Dann dreht er seine Schlägermütze so, dass ihr Schild nach hinten zeigt. Sein makelloses Gebiss leuchtet perlweiß, als er uns nacheinander anlächelt. Es bleibt ein offenes Rätsel, ob in seinen Adern spanisches Blut fließt.

Wir richten den Blick wieder auf die Straße. Die Menschen scheinen hier eine Menge Zeit zu haben, sie schlendern gemütlich dahin, halten ihre Schwätzchen und lachen viel. Wo sind bloß die gestressten, ernsten Gesichter, die grauen oder weißen Haarschöpfe und der zielstrebige Gang, den wir in Deutschland so gewohnt sind? Es scheint nicht nur das Klima gut gelaunt zu sein. An den Kreuzungen wird auf kleinsten Verkehrsinseln Fleisch gebraten, gegessen, und überall hört man Musik aus der Konserve. Felipe sagt, dass ein Leben ohne Musik hier nicht denkbar sei, dabei löst er seine Hände vom Lenkrad und bewegt sich im Rhythmus der Klänge, um uns zu zeigen, was er meint. Salsa und Cumbia seien seine persönlichen Favoriten.

»Bewegt eure Hüften, Chicas – Mädels«, ermuntert er uns. »Ihr braucht das jetzt, nach dem langen Flug!«

Das lasse ich mir nicht zweimal sagen und schwinge im Sitzen mit, so gut es eben geht in dieser Haltung. Felipe hält anerkennend beide Daumen hoch. Ich deute auf eine Straßenverkäuferin, die im Singsang verlockend aussehende Mandarinen anbietet, und da unser Fahrer ein helles Köpfchen ist, erfasst er sofort, was ich will, und legt mitten auf der Straße eine Vollbremsung ein. Mich wundert, dass wir keinen Auffahrunfall haben oder das Geschimpfe anderer Autofahrer nicht einsetzt. Felipe winkt aus dem Autofenster und ruft die dunkelhäutige, dralle Verkäuferin heran. Sie ist im mittleren Alter, ihr schwarzer Pferdeschwanz wippt bei jedem Schritt, der pralle Busen schaukelt wie ein voll beladener Lastkahn und auf dem Kopf balanciert sie freihändig einen Korb Mandarinen. Im Gehen schält sie in Windeseile eine der leuchtend orangenen Früchte. Ich bewundere dabei ihre superlangen, kunstvoll gestylten Fingernägel. Sicher wurden sie im Nagelstudio gemacht. Als sie näher kommt, sehe ich auf jedem einzelnen Sonne und Mond prangen, im Nagelbett und unter den Nägeln sind gelbe Farbspuren. Wir deuten darauf, machen ihr Komplimente und geben das Daumen-hoch-Zeichen. Sie versteht, strahlt uns an, und ehe wir uns versehen, schiebt sie uns nacheinander je ein Viertel der Mandarine in den Mund. Lecker, oberlecker, superlecker. Es sind die besten unseres Lebens. Wir können gar nicht anders, als uns die größte Tüte füllen zu lassen. Es ist ein Schlauch aus Plastik, in den sie 25 Stück schiebt. Wir bezahlen und verpassen uns, wie Süchtige, auf der Stelle etliche der erfrischend süßen Köstlichkeiten, wobei wir großzügig an Felipe abgeben. Währenddessen strecken vorbeikommende Indígenas, in blütenweißer Hochwasserhose, dunkelblauem Poncho und mit langem schwarzen Zopf, neugierig ihre Köpfe zum Fenster herein. Schade, dass wir nicht verstehen, was sie sagen. Wir bieten ihnen von unseren Mandarinen an und werden auf der Stelle mit »Amigita – Freundin-chen«, angesprochen. Zwei elegant gekleidete Herren von heller Hautfarbe schlendern mit teuren Aktenköfferchen vorbei und nicken uns lachend zu.

Ein Polizist nähert sich, sicher ist er durch das Hupkonzert der Autos, die uns umrunden müssen, aufmerksam geworden. Unser Fahrer lässt augenblicklich den Motor an und will losfahren, aber der Polizist stellt sich mit ausgebreiteten Armen direkt vor den Kühler. Felipe bleibt nichts anderes übrig, als den Zündschlüssel wieder herumzudrehen. Die beiden Männer halten intensiven Blickkontakt. Unsere Spannung steigt, wir erwarten eine ernste Ermahnung oder sogar ein saftiges Bußgeld. Doch weit gefehlt, der Polizist deutet augenzwinkernd auf uns Frauen und bricht in schallendes Gelächter aus. Ist das jetzt Kino oder Theater? Die ganze Situation erscheint vollkommen irreal. Er lässt sich weder den Führerschein zeigen, noch zückt er einen Strafzettel. Stattdessen gibt er uns mit irgendwelchen Worten ein Visitenkärtchen, und wir glauben zu verstehen, dass wir ihn besuchen sollen. »Mañana.« Gleich Morgen. Wir nicken pflichtschuldig und denken nicht im Traum daran. Er und Felipe reden offensichtlich über uns. Wir hören etwas von »Flughafen« und »Deutschland«, dann nennt Felipe ihm unsere Namen. Der smarte Mann in der schicken Uniform reckt sich jetzt weit durch das Fenster zu uns hinein und verabschiedet sich mit zärtlichem Wangenkuss. Noch ein paar Zentimeter weiter und er landet wahrscheinlich auf unserem Schoß. Er klopft Felipe freundlich auf die Schultern, winkt und geht.

Unser Fahrer hupt uns durch den Verkehr, sein Blick ist im Rückspiegel unablässig auf uns gerichtet. Mir wird himmelangst. Was findet er an uns Gringitas, Westlerinnen, so interessant? Sicher denkt er: hübsche deutsche Chicas. Bald hageln seine Fragen auf uns ein, verbunden mit beredten Gesten.

»Wie heißt ihr? Woher kommt ihr? Wie lange bleibt ihr? Wie alt seid ihr? Verheiratet?« Wir antworten jeweils nur knapp, aber das scheint Felipe noch weiter anzuregen. Er nimmt beide Hände vom Steuer und wendet sich nach uns um. Wir haben Sorge, er könne am Ende doch noch einen Unfall bauen, und beten für ein gutes Ankommen. Um ihn abzuwimmeln, beginnen wir uns auf Deutsch zu unterhalten, lachen und versuchen ihn auszublenden. Er begreift schnell. Mit totaler Hingabe und wohlklingender Stimme schmettert er uns erst die Nationalhymne und dann ein Lied hin, in dem viele Male das Wort »Quito« vorkommt. Gottlob richtet er dabei den Blick auf die Straße. Wir belohnen ihn mit kräftigem Applaus. Er freut sich sichtlich, zeigt uns seine blitzweißen Zähne und legt sich eine Hand auf das Herz.

»Ecuador, mi querida patria«, mein geliebtes Vaterland.

Wir nicken und werden dabei nachdenklich. Carmen fragt mich leise, ob ich als Willkommen jemandem die deutsche Nationalhymne vortragen würde. Ich versichere ihr, genauso flüsternd, dass mir das noch nicht einmal in den Sinn kommen würde. *Warum eigentlich it?* Tiefsinnige Samsa.

Endlich halten wir vor der Pension, ein Haus, das eher wie eine private, spanische Villa aussieht und einen gepflegten Eindruck macht. Ein Schild zeigt, dass es tatsächlich die uns empfohlene Adresse ist. Unser beflissener Fahrer schleppt zunächst unser Gepäck an den Zaun, dann läutet er Sturm und rüttelt wie ein Wilder an dem hohen Eisentor, dessen oberer Rand mit Flaschenscherben bestückt ist. Es ist geschlossen. Ein Schäferhund bellt wütend und springt von innen dagegen. Felipe klopft weiter und ruft. Eine runde Mittsechzigerin schiebt sich, mehr als sie geht, auf uns zu. Mein Gott, denke ich, die nimmt sich ja alle Zeit der Welt! Eine Mischung aus Irritation und Ärger flammt in mir hoch, doch dann staune ich, wie gekonnt sie, lediglich mit einem Fingerschnippen, den riesigen Hund wegscheucht. Sie sperrt das Tor auf und drückt Carmen und mir einen feuchten Kuss auf die rechte Wange. Ehe ich nach meiner Brieftasche greifen kann, reicht sie dem Taxifahrer das Geld für die Fahrt und verabschiedet ihn unmissverständlich. Er kommt gerade noch dazu, unsere Koffer durch das Tor zu schieben, ehe sie es schließt und mit drei verschiedenen Vorhängeschlössern sichert. Ich drehe mich nach Felipe um. Er steht wie ein ausgeschlossener, verlassener Mann da. Durch das Gitter strecken wir die Hände einander entgegen.

»Adios, Felipe.«

»No, no, bis zum nächsten Mal, ihr Schönen!«, ruft er fröhlich, während er in sein Taxi steigt und uns dabei eine leidenschaftliche Serie von Flugküssen zuwirft.

Die Pensionsinhaberin mit dem schönen Namen »Rosita – Rös-chen«, scheint plötzlich ungeduldig zu sein. Sie sagt irgendetwas und zieht, jetzt flink wie ein Wiesel trotz ihrer Fülle, unsere Trolleys zum Haus. Carmen und ich sind beeindruckt. Resolut nimmt Rosita jede von uns an die Hand und führt uns als Erstes in ein plüschiges Zimmer wie aus Großmutters Zeit: Möbel tiefbraun, Spitzendeckchen auf Tisch und Stühlen, auf der Kommode und sogar auf den Fensterbänken. Alles hat einen liebenswert-muffigen Charme. Der Geruch von Mottenkugeln hängt schwer in der Luft, ich kenne und hasse ihn. In meiner Kindheit steckte er im Kleiderschrank mit den »guten Sachen« und der Sonntagskleidung für den Kirchgang. In einem Fach befanden sich die handgestrickten Schafwollpullover und die kratzigen Socken, in einem anderen handgestrickte Unterwäsche, die für die kalten Winter gedacht war. Motten lieben Wolle. Aber hier in Ecuador? Ich will das Fenster öffnen und bemühe mich redlich.

»Lass mich mal ran!« Carmen schiebt mich ungeduldig zur Seite. Sie versucht es erst mit Kraft, dann mit List und Tücke und schließlich unter Zuhilfenahme einer Feile aus ihrem Leatherman-Tool. »Oh, Mist, jetzt habe ich mir auch noch einen Fingernagel abgebrochen«, schimpft sie vor sich hin. Der massive Eisenriegel sichert die Schiebefenster im wahrsten Sinne des Wortes, keinen Millimeter ist er zu bewegen.

»Da muss Rosita her!«, sage ich schließlich laut und schaue zu ihr rüber. Sie schaut schweigend, aber höchst interessiert zu, wie wir uns anstellen. Was sie wohl denkt? Carmen ist genervt. Schließlich ist sie erfolgreich und der Metallriegel gibt nach. »Selber machen« ist ihr Leitspruch, meiner nicht, zumindest nicht in handwerklichen Angelegenheiten. Ich wundere mich über die dicken Metallgitter vor den Fenstern. Ich denke dabei nicht nur an Einbruchsicherheit, sondern auch an Einsperren.

»Das ist ja wie in einem Hochsicherheitstrakt«, sage ich skeptisch. Doch Rosita bleibt friedfertig und scheint die Ruhe in Person zu sein.

Sie winkt uns und geht jetzt voraus, um uns das Flachdach zu zeigen. Dort stehen Wassertank und Brunnen, Wäscheleinen sind gespannt und bequeme Sonnenliegen laden zum Relaxen ein. Da offensichtlich keine anderen Gäste da sind, gehört die Dachterrasse uns. Wir erklären sie auf der Stelle zu unserem Lieblingsort. Der Panoramablick auf die Stadt in der Mitte der Welt ist atemberaubend schön. Unter uns breitet sich ein farbenfrohes, ineinander geschachteltes Häusermeer aus. Wir bestaunen die grandiose Skyline der Hochhäuser und die grünen Berge dahinter, die bis weit hinauf besiedelt sind, und noch mehr den vollkommen geformten Kegel des Cotopaxi, stolze 5.897 Meter hoch. Er ist der zweithöchste Vulkan Ecuadors und der höchste aktive Vulkan der Erde. Sein poetischer Name bedeutet: »Der sanfte Nacken des Mondes«.

»So, genug besichtigt, jetzt machen wir es uns gemütlich!«, beschließt Carmen und geht in unser Zimmer zurück. Ich folge ihr und vermute, dass sie sich ausruhen will. Doch ehe ich mich versehe, rückt sie kraftvoll die beiden Betten auseinander, zerrt ein farbenprächtiges Seidentuch, mit Dschungel und Elefanten bedruckt, aus ihrem Handgepäck, drapiert es malerisch um die nackte Glühbirne an der Decke, stellt ein Teelicht und eine hübsche Karte mit der Aufforderung »Fest verwurzelt, doch federleicht!« auf den Tisch. »Komm, hilf mir mal mit dem Schrank! Der muss an die andere Wand.« Also gut. Wir verrücken dieses Ungetüm, das allerdings viel leichter ist, als es den Anschein hatte. »Jetzt sieht es schon viel besser aus!«, stellt sie zufrieden fest. Ich kann nur staunen. Welche ungeahnten Eigenschaften und Handlungsweisen meiner Freundin lerne ich wohl noch auf dieser Reise kennen? Im Leben nicht wäre mir auf einer Reise die Idee gekommen, Möbel zu verrücken oder das Zimmer zu dekorieren. Ich denke pragmatisch und arrangiere mich schnell. *Isch ja nur für kurze Zeit!*, würde Samsa sagen. Carmen hingegen vertritt vehement die Auffassung, was man verschönern kann, wird gemacht! Das will ich mir merken. *Jetz wirsch auf deine alte Tage hin no a Äschthet*, klinkt Samsa sich nun tatsächlich ein.

Einige Zeit später ruft Rosita uns zum Saft, zum ersten »Jugo« (klingt wie Hugo) von vielen, die wir uns noch einverleiben werden. Ein absoluter Powerkick, ein Hit! Mithilfe des Wörter-buches fragen wir, welche Früchte darin sind.

»Ananas, Papaya, Banane und ein bisschen Aloe Vera«, ver-kündet die Hausherrin.

Für uns ist »Jugo« ein köstliches Geschmackserlebnis. Ein paar Kekse dazu und Fruchtriegel von daheim, und unser Magen gibt sich fürs Erste zufrieden. Die zunehmende Müdig-keit macht uns still und träge, immerhin sind wir jetzt mehr als vierundzwanzig Stunden auf den Beinen. Es ist Zeit, ins Bett zu gehen, zwar nach hiesiger Uhrzeit zu früh, aber was soll's. Müde ist müde, da hilft nur Ausruhen. Wir sind uns einig, dass wir den Jetlag durch Anpassung an die Ortszeit überwinden werden. Für die Abendtoilette nehmen wir das Bad in Augen-schein, es macht einen sauberen Eindruck. Ansonsten bleibt uns der Mund offen stehen. Lose hängende Kabel und offene Drähte schmücken wie Girlanden die kahlen Wände. Ein wahres Wunderwerk von Provisorium. Hier soll neben Strom auch Was-ser fließen? Die Installationen sehen alles andere als vertrauen-erweckend aus. Unser Leben wollen wir nicht schon am ersten Tag riskieren, wenn überhaupt.

Rosita erklärt mit vielen Worten die Handhabung von Toilet-tenspülung und Dusche, leider auf Spanisch. Unsere fragenden Blicke sagen ihr genug. Clever beginnt sie mit einer praktischen Vorführung: Zuerst den Lichtschalter betätigen. Den Wasser-hahn in der Dusche langsam und behutsam aufdrehen und wäh-renddessen wachsam auf die Glühbirne an der Decke schauen. In dem Moment, wo das Licht zu flackern beginnt oder schwä-cher wird, sollte warmes Wasser fließen. Bei Rosita funktioniert es. Wir sind begeistert und probieren es selbst. Wir üben, üben und üben. Der Wasserstrahl ist und bleibt ein dünnes, eiskaltes

Rinnsal. Rosita zuckt mit den Schultern und wünscht uns eine gute Nacht. Verdrossen stehen wir da und geben uns nur widerwillig in unser Schicksal. Auf dem Pensionsschild steht immerhin: »24 Stunden fließend heißes Wasser«, sogar in Englisch! Wir sind frustriert, aber selbst Duschen mit kaltem Wasser ist unserer Erfahrung nach besser als eine »Wäsche« am Waschbecken, mit je einem Tüchlein für »oben« und »unten«. Der Naturheilkundler und Hydrotherapeut Sebastian Kneipp hätte jetzt seine Freude an uns.

Wir machen es uns in den quietschenden Betten bequem. Nach kürzester Zeit stehe ich auf heftigem Kriegsfuß mit den sechs übereinander liegenden Wolldecken. Zentnerschwer lasten sie auf mir. Bei jeder Bewegung rutschen sie zur Seite, und ich muss befürchten, dass sie zu Boden gleiten. Mir wird klar, dass ich, als gewohnheitsmäßige Seitenschläferin, hier zur Rückenschlafen-Umerziehung eingeladen bin. Doch dazu bin ich nicht bereit. Ich zerre drei der Decken unter dem Einschlagtuch hervor und verspreche mir davon, die schwere Last zu minimieren. Kaum ist es jedoch geschafft, ist mir zu kalt. Also mache ich die Aktion wieder rückgängig und füge mich in die Gegebenheiten. Von Carmen ist kein einziger Mucks zu hören. Quälend langsam verstreicht eine Stunde nach der anderen. Die grünen Leuchtzeiger meiner Uhr scheinen sich im langsamsten aller Schneckentempos zu bewegen. Aus der Nachbarschaft beschallt eine männliche Stimme das Zimmer, es hört sich nach einer Ansprache an. Tosender Applaus und Bravo-Rufe scheinen aus nächster Nähe zu kommen. Dann ertönen Kirchenlieder, aus einer anderen Ecke kommen Tanzmusik, Schreien und Lachen. Mein Kopf dröhnt, in den Schläfen klopft und hämmert es. Ich bin doch hoffentlich nicht höhenkrank, so wie im Himalaya? Hier und dort, das sind immerhin nur etwa 500 Meter Höhenunterschied. Was habe ich darüber gelesen? Pro 1.000 Meter sollte man einen Liter Flüssigkeit zu sich nehmen? Demnach fehlen mir heute noch ganze zwei Liter. Wo ist bloß unser »Wassertank«? Rosita hat uns vor dem Schlafengehen eine Vier-Liter-Flasche in der Nähe der Tür hingestellt, »für alle Fälle«, wie sie fürsorglich meinte. Ich schwinge mich also aus dem laut stöhnenden Eisenbett und stoße auf dem Weg zur Tür an einen Stuhl. Laut polternd stürzt er um.

»Mach doch Licht!«, knurrt Carmen ärgerlich, aber mit vollkommen klarer Stimme. Sie schläft also auch noch nicht.

»Ich dachte, du schläfst selig wie ein Baby. Ich wollte dich nicht wecken«, entschuldige ich mich kleinlaut.

»Ach, ja? Dafür machst du aber ziemlich viel Krach.«

»Ich will nur etwas trinken, sorry.«

Im Halbdunkel taste ich mich in Richtung Tür und suche an den Wänden nach dem Lichtschalter. Schließlich werde ich am Fenster fündig und fühle mich stolz wie ein Pfadfinder, der seinen ersten Knoten beherrscht. Carmen blinzelt mich an und gestikuliert, sie habe auch Durst. Ich wuchte das Ungetüm von Wasserflasche auf den Tisch und mühe mich mit dem Plastikverschluss herum. Ich lasse nicht locker und schaffe es tatsächlich, den »Tank« zu öffnen. Doch wie daraus trinken? Der Kanister ist schwer und unhandlich, Gläser sind nicht im Zimmer. Ich versuche es auf kreative Art. Ich setze mich auf den Fußboden und kippe die Flasche so weit nach vorn, dass etwas von dem lauwarmen, abgestandenen Wasser in meinen trockenen Mund läuft. Carmen beobachtet mich und krümmt sich vor Lachen. Dann steigt sie aus dem Bett und folgt meinem Beispiel. Wir beschließen, morgen unbedingt kleinere Flaschen zu besorgen. Ich lege mich wieder in das krächzende Bett, wuchte die Decken hin und her und hoffe, dass ich endlich ein Auge zutun kann. Von meiner Freundin ist nichts mehr zu hören.

Am anderen Morgen gleicht mein Bett einem Schlachtfeld, das von Carmen sieht wie frisch gemacht aus. Wie bringt sie es nur fertig, die ganze Nacht wie eine Statue dazuliegen? *Kannsch dir a Beispiel dran neahme.* Na klar.

Der Tumi im Traum

Meine Freundin sitzt auf der Dachterrasse, macht einen ausgeruhten Eindruck und liest im Reiseführer. Ich hingegen bin noch völlig erschöpft von der unruhigen Nacht. Auf meine Frage, ob ich ihr meinen Traum erzählen kann, weil ich wissen will, ob sie die mir verborgen bleibenden Botschaften darin erkennt, nickt sie und schaut mich interessiert an. Ich sinke in einen der Liegestühle und überlege, wie ich am besten beginne.

»Also ... Ich war in einem riesigen, weiß gekachelten Raum und entkleidete mich. Dann stellte ich mich unter die warme Dusche.« Carmen kichert leise, als sie »warme Dusche« hört. »Auf Geheiß eines alten Mannes sollte ich dann unbekleidet vor einen Tisch treten. Während er mich forschend betrachtete, begann mein Herz betonhammermäßig zu klopfen. Ich spürte: Seine Augen sahen in jeden Winkel meines Denkens, meines Herzens und meiner Seele. In seinem Blick lag Güte, seine Gesichtszüge wurden weich. Er forderte mich auf, mir die auf dem Tisch ausgebreiteten Gegenstände genau anzusehen und einen davon zu nehmen. Ich war verwirrt, denn es waren alte, zum Teil rostige, für mich undefinierbare Gegenstände aus Metall. Warum sollte ich einen auswählen?

›Wähle! Du bist reif dafür‹, sagte der Alte, doch ich zögerte. Eine namenlose Angst stieg in mir auf, schnürte mir die Kehle zu. In mir waren Entsetzen und Abwehr. Ich wollte keinen dieser Gegenstände und ich wollte auch nicht zu etwas gezwungen werden ... Von dem Mann ging eine solch starke Autorität aus, dass ich einwilligte und auf ein Etwas deutete. Behutsam, als wäre es eine filigrane, zerbrechliche Kostbarkeit, legte er mir diesen alten, abgenutzten Gegenstand in die Hand. Eiskalt war er und unerwartet schwer ... ›Schau immer genau hin und wähle sorgsam. Du bist reif dafür!‹, hörte ich noch, bevor der Traum endete.«

Carmen will wissen, ob ich mich an die Form des Metallgegenstandes erinnern könne. Ich kann ihn nicht verbal beschreiben, aber er steht so deutlich vor meinem inneren Auge, dass ich ihn kurzerhand auf ein Blatt Papier zeichne und ihr unter die Augen halte. Sie schnellt aus ihrem Sitz hoch.

»Das ist ein Tumi, ein Skalpell, das OP-Messer der Inkas!« ruft sie überrascht aus.

»Was, ein Skalpell? Wieso? Was hat das zu bedeuten?« Die Fragen purzeln nur so aus mir heraus. Ich wollte noch nie etwas mit Schneiden, Operieren, mit invasiven Methoden in meinem Beruf als Heilpraktikerin zu tun haben. Ich bin etwas beunruhigt. Steht etwa bei mir selbst eine Operation an? Bin ich krank?

»Schneiden«, sagt Carmen gelassen, »bedeutet auch Heilen. Zuerst muss alles Kranke entfernt werden, dann kann es auch in der Tiefe heilen!« Sie rückt meine Sichtweise zurecht. Das weiß ich natürlich selbst, aber mich interessiert, was für mich die genaue Botschaft des Traumes ist, in diesem speziellen Zusammenhang. Habe ich vielleicht aufgrund meiner Vorbehalte eine berufliche Fehlentscheidung getroffen? Sollte ich ab jetzt anders als bisher arbeiten? Oder bin ich tatsächlich krank und weiß es nur noch nicht? *Was soll denn bei dir g'schnitte werden?,* mischt sich Samsa ein. Ich werde still. Es arbeitet in mir. Die innere Waschmaschine ist wieder einmal in Gang gesetzt. Widersprüchliche Gedanken und Gefühle toben eine ganze Weile, bis ich genug von ihnen habe. Ich will meine innere Ruhe nicht gleich am ersten Tag verlieren. Um dem entgegenzuwirken, beginne ich mit einer Übung, die normalerweise gut bei mir funktioniert, die sogenannten »Sechs heilenden Töne«. Es heißt, dass die richtige Schwingung heilt, und genau das will ich auch erleben. *Ich, ich und ich. Was du alles willsch. Des isch reine Gier.* Dann ist es eben reine Gier. Ich bleibe dabei, dass ich meinen inneren Sturm sofort loshaben will.

»AAAA ... I I I ... OOO ... UUU ... SCH ... SSS ...«

Carmen kommt dazu und stimmt begeistert mit ein. Die Laute »S« und »Sch« klingen scharf, zischen schlangenmäßig aus unserem Mund und wir lachen. Meine Fragen sind bald Schnee von gestern und meine gute Laune kehrt zurück. Versonnen schaut Carmen in die Berge. Woran sie wohl denkt? Auf meine Frage, ob sie ihren Juan vermisst, reagiert sie nicht. Stattdessen fängt sie auf ihre unnachahmlich sinnliche Art an, ihr Dekolleté, ihre Arme und Beine mit Sonnenöl einzureiben. Ich massiere ihr mit langen, streichenden Bewegungen den Rücken. Sie seufzt und summt eine sehnsüchtige Melodie vor sich hin. Alles ist gut. Wir sind in Quito, spüren noch den Jetlag, aber er stört uns nicht die Bohne. Jetzt beginnt die Zeit des Relaxens. Vielleicht auch die Zeit der drei »S«. Wer weiß. Drei lange Wochen liegen vor uns, Ecuador uns zu Füßen, und der Himmel über uns ist weiß-blau. Wir machen es uns auf den Sonnenliegen gemütlich. Während ich in die Wolken schaue, verschwinden die Geräusche der nahen Straße in immer weiterer Ferne. Meine Augenlider werden schwer und ich gleite in tiefen Schlaf.

Eintauchen mit allen Sinnen

Vermutlich ist es Mittag, ich wache wieder auf. Dumpfe Hitze hüllt mich ein, will mich machtvoll zurück in die Schläfrigkeit ziehen. Von Carmen ist nur ein buntes XXL-Tuch zu sehen, das sie vermutlich für mich als Sonnenschutz über die Wäscheleine drapiert hat. Laute Stimmen und Rasselatmen verraten, dass sich Rosita und Carmen nähern. Beide unterhalten sich lebhaft, Rosita balanciert dabei geschickt ein großes Tablett mit unserem späten »Frühstück«. Mit einem gewaltigen Wortschwall begrüßt sie mich und drückt mir ihren typischen feuchten Kuss auf die rechte Wange. Ostentativ wartet sie den Retourkuss ab, den sie natürlich von mir bekommt. Sie stellt das Tablett ab und versucht, uns irgendetwas mit vielen Worten und großer Leidenschaft klarzumachen. Aber was? Es scheint sich um eine »Paro«-Sache zu drehen, aber wir kennen das Wort nicht. Wir schlagen im Wörterbuch nach. »Niederlegung«. Häh? Was bedeutet das? Wir stehen auf dem Schlauch.

»Komm, lass uns endlich was essen. Ich habe einen Bärenhunger«, fordert Carmen. Offensichtlich ist ihr das jetzt wichtiger als das Worträtsel. Sie greift beherzt nach dem Obstsalat.

Unser erstes Ecuador-Frühstück besteht aus einem rosaroten Saft mit unbekanntem Geschmackserlebnis, einem oberleckeren Obstsalat mit Karamellsoße, Kaffee, Bergen von schwammigem

Weißbrot und Marmelade, unseren mitgebrachten Fruchtriegeln und, als besonderer Kick für jede von uns, drei köstlichen Schokowaffeln von daheim. Als wir satt sind, wollen wir voller Tatendrang die Stadt erobern. Schließlich ist die koloniale Altstadt von Quito Weltkulturerbe und wartet sicher schon auf uns. Wir sind bereit dafür.

Rosita gibt uns zuvor eindringliche, aber teils unverständliche Ratschläge. Wie am Abend zuvor im Bad, handelt sie entschlossen. Mit einem entschiedenen »No, no! – Nein, nein!« nimmt sie mir Halskette, Uhr und Ring, Carmen die Ohrringe und den Rucksack ab. Stattdessen bekommen wir von ihr schwarze, hauchdünne Plastiktüten. Dahinein packt sie für jede eine Flasche Cola und ein kleines Päckchen Toilettenpapier. Sie will wissen, wo wir unser Geld haben. Wir zeigen auf das Innenfach im Rucksack, kopfschüttelnd nimmt sie es heraus und demonstriert uns, es entweder in den BH oder in die Socken zu stecken. Wir kichern wie alberne Teenager und staunen über ihre ausgefallene Unterwäsche. Das rot-schwarze Spitzenunterhemd mit dazu passendem BH hat es mir sofort angetan.

»Aha«, meine ich zu Carmen gewandt, »Reizwäsche auch noch mit Mitte sechzig, aber warum eigentlich nicht?«

»Nimm dir ein Beispiel, Katharina. Denk mal an deine lumpigen Fetzen. Wir könnten dir hier was kaufen gehen.«

»Aber doch nicht hier, in Quito!«, kontere ich entrüstet. »Auf Reisen habe ich immer altes Zeug an. Das kann ich zum Schluss einfach entsorgen.« *Des Alte tuats hier no lang*, pflichtet auch Samsa bei.

Ein bisschen Kleingeld stecken wir in unsere Hosentaschen. Rositas Tipps könnten dazu verführen, in jedem Ecuadorianer einen potenziellen Dieb zu sehen. Das wollen wir aber nicht, stattdessen liegt uns an guter Laune und am vorbehaltlosen Interesse an den Menschen hier.

Eine lange Straße führt steil abwärts. Holprige, unterschiedlich hohe Gehsteige, offene Kanaldeckel, so niedrig gespannte Stromleitungen, dass wir die Köpfe einziehen müssen, fordern unsere volle Aufmerksamkeit. Langsam registrieren wir, dass es auffallend ruhig ist. Kein Straßenverkehr, keine gelben Taxen, von denen es am Tag zuvor noch so viele gab wie Sand am Meer, kein Bus, nur ganz vereinzelt ein knatterndes Moped oder ein einsamer Radfahrer. Nur wenige Menschen sind unterwegs, und wir vermuten, dass heute alle frei haben. Vielleicht ist ein Feiertag? Es kümmert uns wenig, zumindest jetzt noch. Unser Weg mündet in eine breite Hauptstraße, auch hier ist kaum Verkehr, nur ein paar Fußgänger schlendern. Alles ist ruhig, wie verlassen. Wir gehen und gehen, die heiße Sonne brennt auf uns herunter. Mit Rositas Toilettenpapier trocknen wir unsere schweißnasse Stirn. Unsere Unternehmungslust kühlt hingegen nicht ab, auch wenn uns beiden der Schädel brummt und die Altstadt vermutlich auf einem anderen Planeten liegt.

»Komm, wir schauen mal, was Quito in Sachen Cafés zu bieten hat. Ein Cappuccino wäre jetzt genau das Richtige.« Da kann ich Carmen nur beipflichten. Wir gehen weiter und weiter, doch es ist kein Café in Sicht. Unsere Topstimmung ist nicht mehr ganz so gut. »Da vorne ist eine Bushaltestelle mit Bank. Da setzen wir uns hin und schauen, was passiert«, schlägt sie weiter vor. Gesagt, getan. Ein kleiner Snack wäre jetzt hilfreich, haben wir aber nicht. Lauwarme Cola aus unserer Flasche muss fürs Erste genügen. »Fasten ist eh besser für die Linie. Ich nehme bestimmt mindestens drei Kilo ab in der Zeit hier«, freut sich Carmen, die es irgendwie drauf hat, in allem einen Vorteil zu sehen. »Mei, der Juan wird schauen: ich, schlank, braungebrannt und sexy-hexy!« Oh, je, der Juan. Zum Glück wechselt sie rasch das Thema.

»Sag mal, wir könnten doch jetzt unsere ersten Feldstudien betreiben.« Ein genialer Einfall, gar keine dumme Idee, denke ich. Das Prozedere ist simpel: vorbeigehende Menschen ansehen und einschätzen. Wir sind Meisterinnen im Beobachten von Leuten und im Spekulieren über ihr Wesen, ihre Herkunft, ihre Art zu leben und was sie innerlich bewegt. Unsere blühende Fantasie hat uns dabei oft anhaltende Lachsalven beschert. Ich erinnere mich an einen Herbstausflug nach Südtirol. Wir schlenderten auf einem schönen Spazierweg und erzählten einander in bester Stimmung heitere Episoden aus unserem Alltag. Dabei sahen wir uns die Entgegenkommenden möglichst unauffällig an. »Geteilte Aufmerksamkeit heißt das.« »Nein, Multitasking nennt man das.« Die meisten Spaziergänger waren »Silberlinge«, Grauhaarige, trugen beste Wanderkleidung und waren schweigsam und ernst. Bei fast allen Paaren war der Mann seiner Frau mindestens drei Schritte voraus. Uns packte der Schalk. Höflich grüßten wir und fragten einander laut und bedeutungsvoll: »Haben Sie heute schon mal gelacht?« Wenn das Pärchen irritiert war, brachen wir in schallendes Gelächter aus. »Alberne Gänse!«, hatte einer der Männer gesagt, aber das brachte uns keineswegs von unseren Beobachtungen ab und von dieser provozierenden Frage.

Hier, in Ecuadors Hauptstadt, ist es anders, jedes Mal, wenn wir eine der wenigen Personen, die an uns vorübergehen, freundlich anblicken, bekommen wir ein breites Lächeln oder gar ein herzhaftes Lachen und hören etwas, wie: »Hola, guapas.« Das Wörterbuch liegt leider bei Rosita, doch wir grüßen höflich mit »Hola« oder »Buenas tardes – Guten Tag« zurück. Dann bleibt die Person stehen, redet und redet auf uns ein, bis sie unsere hilflose Miene oder das bedauernde Achselzucken bemerkt, und versucht es mit holprigem Englisch. Bevor jemand weiterzieht, verabschiedet er sich lachend mit einem Kuss auf die Wange, ob man sich nun kennt oder nicht. Man dreht sich nach uns um und winkt. Bald schon sind wir uns einig, diese Ecuadorianer sind einsame Spitze, und vergeben die höchste Punktzahl in Sachen »Sympathie«.

Nach einer Weile hat Carmen eine bedrohliche Erkenntnis, die uns sofort bedenklich stimmt. Wenn wir zu Fuß in dieser brüllenden Hitze den langen, steilen Weg zu unserer Pension zurückgehen müssen, dann Prost Mahlzeit! Wir bekommen ernste, besorgte Gesichter und malen uns aus, wie beschwerlich der Rückweg sein wird. Noch immer sehen wir keine Taxen, doch wir wollen kein Trübsal blasen. Als unser Blick auf ein riesiges Schild fällt, auf dem in großen roten Lettern »Supermaxi« steht, stehen wir beide spontan auf und folgen zielgerichtet dem darauf abgebildeten Pfeil. Wenn wir heute schon nicht das Weltkulturerbe erobern, dann wenigstens den Supermarkt.

Wir sind überwältigt: ultra-lange Reihen der immer selben Thunfischmarke, derselben Wasch- und Putzmittelmarke, zwei Sorten Reis, in großen Packungen, die in überdimensionalen Mengen kunstvoll zu Pyramiden aufgebaut sind. Berge von Mehltüten, zumindest glauben wir, dass es Mehl ist, und endlose Regale mit Zucker, braun oder weiß, als Pulver oder in unterschiedlich großen Blöcken abgepackt. Riesige »Zuckerbrocken« in der Größe von Emmentaler-Käse-Laiben sind aufeinandergestapelt. Die Menge der Produkte, bei denen wir höchstens vermuten können, was es ist, erweist sich als unüberschaubar, sodass wir uns fast verlaufen.

»Du, schau! Da vorne ist die Theke mit Brot, Gebäck und Frischem«, animiere ich Carmen zum Weitergehen. Wir stehen beide auf Süß, fast egal in welcher Form. Tatsächlich sind wir von der Fülle herrlichster Törtchen und Kuchen geplättet. Sogar Carmens heißgeliebte »Schweinsöhrchen« aus Blätterteig gibt es in S-, X- und XXL-Packungen. Wir quittieren den Fund mit wortreichem Beifall. Unsere Augen werden immer größer und runder und der Einkaufswagen voll und voller.

Dann stehen wir vor den Obstständen. Ecuador sei das Paradies der Früchte, haben wir im Reiseführer gelesen. Viele der Sorten haben wir noch nie zuvor gesehen, geschweige denn gegessen. Wir wollen daran riechen, doch das meiste ist eingeschweißt. *Zu schade!*, meckert Samsa.

»Wollen wir mutig sein, Katharina?« Carmen sieht mich lüstern an. »Äpfel, Bananen, Trauben, Birnen, das haben wir auch daheim in Deutschland. Nehmen wir was Exotisches.«

»Am Anfang einer Reise ist es besser, kein Risiko einzugehen!«, gebe ich zu bedenken. Carmen hat keine Lust zum »G'scheiteln«, doch mein Einwand ist nicht nur angelesen und doziert, sondern ein bewährter Tipp. In fremden Ländern habe ich mich immer an den altbekannten Rat gehalten: Koch es, schäl es oder lass es! Wir einigen uns auf ein reduziertes Risiko und nehmen Chirimoyas und Granadillas, unbekannte Früchte, die ausgelöffelt werden. Bei den Obstkiepen sind kleine Heftchen mit Erklärungen und Essensvorschlägen auf Spanisch und Englisch ausgelegt, sodass wir uns orientieren können. Chirimoya schmecke nach Erdbeeren mit Sahne und die orangefarbene Granadilla habe leckere Kerne. Wir packen goldgelbe Bananen in Fingergröße dazu und schieben den Einkaufswagen in Richtung Kassen.

Vor und hinter uns ist eine Warteschlange, nur langsam rücken wir vorwärts. Die propere Frau hinter mir will unsere Namen wissen, ich nenne sie ihr gerne und lächle freundlich. Eine Sekunde später setzt ein ganzer Sprechchor ein:

»Katharina! Catalina!«

»Carmen! Carmencita!«

Im Gegenzug hören wir all die Namen der uns inzwischen umrundenden Menschen, es sind so viele, dass wir sie schon beim Nennen gleich wieder vergessen.

Endlich können wir unsere Waren auf das Förderband legen. Ein junger Mann in schwarzer Hose und weißem Hemd mit roter Fliege und einem ebenso roten Käppi packt die von der Kassiererin eingetippten Waren in Plastiktüten. Das nenne ich Service! Wir lesen den Endbetrag, er ist so hoch, dass unser Kleingeld nicht ausreicht. Wir müssen an den »Safe«. Ein kurzer Blickkontakt genügt und ich ziehe so diskret wie möglich, jedoch unter den aufmerksamen Blicken aller Umstehenden, ein Bündel schweißnasser Geldscheine aus meinem Büstenhalter. Ich entfalte die abgegriffenen Scheine und streiche sie glatt. Auf dem Flughafen haben wir nach der Ankunft Geld für die ersten Tage gewechselt und ausschließlich Fünf- oder Zehn-Dollar-Scheine bekommen, zusammen mit der Erklärung, man könnte mit größeren Scheinen höchstens in sehr guten Hotels bezahlen.

Die schätzungsweise fünfzehnjährige, bildhübsche Kassiererin im dunkelblauen Kostümchen und mit goldfarbenem Häubchen erweist sich als die Geduld und Gelassenheit in Person. Im krassen Gegensatz dazu rücken uns die anstehenden Frauen auf die Pelle, recken die Hälse, um nicht eine Sekunde unserer Aktion zu verpassen, reden und gestikulieren viel. Wir verstehen kein einziges Wort, vermuten aber, dass sie vielleicht hier im Supermaxi zum ersten Mal zwei Gringas sehen, die auf solch besondere Weise Geld zaubern. Ehe ich mich versehe, greift die Nächststehende nach den Scheinen. Ich will sie noch festhalten, doch zu spät! Ich bin fassungslos, schon beim ersten Ausgang beklaut, so ein Mist! Rosita hat uns doch eindringlich vor den »Ladrones«, den Dieben, gewarnt. Carmen stößt mich in die Seite und grinst, dann zeigt sie fröhlich auf die Grapscherin, Typ »Komm-an-meinen-großen-Busen-Kleine«. Die zählt sekundenschnell den entsprechenden Betrag ab und, ich kann es kaum glauben, bezahlt für uns. Genau schaut sie sich das Wechselgeld an, faltet die übrigen Scheine wieder BH-passend zusammen und reicht es uns mit dem langen Kassenbon und dem herzlichsten Lächeln zurück. Ein kleiner Sprechchor skandiert unsere Namen auf Spanisch und gratuliert uns zu etwas, was wir nicht enträtseln können. Einige Frauen drängen uns sanft, aber unmissverständlich von der Kasse in Richtung Ausgang. Ihren Tipp, dass wir Gringitas gut auf uns aufpassen sollen, verstehen wir sofort. Unter fröhlichen Zurufen und viel Gelächter verlassen wir also das Einkaufsparadies. In einiger Entfernung wartet der junge Mann mit dem roten Käppi. Er hält unsere Tüten in den Händen und macht einen erleichterten Eindruck, als wir endlich herauskommen. Er will wissen, wo unser Auto parkt, um den Einkauf dorthin zu tragen.

»Gracias, Danke, nein, wir haben kein Auto.« Wir müssen laufen.

Rosita erwartet uns schon ungeduldig am Tor und will wissen, wie es uns ergangen ist. Wegen der Sprachbarriere fassen wir uns kurz:

»Alles gut, ein super Einkauf im Supermaxi, Training für die Beinmuskulatur und die Lachmuskeln.«

Rosita klärt uns sofort darüber auf, dass im Supermaxi vor allem Obst mit Exportqualität angeboten werde, was bedeute, teuer und unreif. Auf einheimischen Märkten dagegen gebe es reifes Obst und das sei auch wesentlich billiger. Unsere mitgebrachten Früchte entpuppen sich als ein Mittelding, teuer und reif. Unsere wohlbedachte Auswahl schütze uns vor Montezuma's Rache, meint die Hausherrin, nachdem sie alles inspiziert hat, und wir sind froh, dass wir von dem Griff in unsere Reiseapotheke verschont bleiben werden. Carmen ist schulmedizinisch ausgerichtet und hat Durchfallmittel, Antibiotika, Schmerzmittel, Spritzen, Kanülen und isotonische Kochsalzlösung eingepackt. Ich hingegen habe nur ein kleines Täschchen mit rein pflanzlichen und homöopathischen Mitteln bestückt. Für den Fall der Fälle sind wir also gemeinsam gut ausgerüstet.

Rosita fragt nach, ob wir bestohlen worden seien. Wir verneinen und erzählen kichernd, mit Hilfe des Wörterbuches, von unserer Erfahrung an der Kasse. Rositas Lachen schallt auch noch Stunden später durch das Haus. Wir vermuten, dass sie ihrem Mann und den Nachbarn unsere Story erzählt hat, zumal wir die Wörter »Supermaxi« und »Gringita« deutlich heraushören.

Den Abend verbringen wir ferienmäßig mit unseren Delikatessen, wie Saft, Schweinsöhrchen, Schokotörtchen, Baguette mit Frischkäse und Fingerbananen auf unserer Dachterrasse. Carmen ist leicht, oder besser gesagt, leichtest bekleidet und gibt sich der untergehenden Äquatorsonne hin. Ab jetzt werde ich sie Carmencita nennen, das klingt weich, »ita – chen«, also Carmen-chen. Ich hingegen genieße das Schauspiel in hochgeschlossenem, langärmeligem T-Shirt und langer Hose. Meine spuky-weiße Haut ist heute genug strapaziert worden. Bei unserer Ankunft gestern hat Rosita auf den ersten Blick zutreffend diagnostiziert: »Tu piel, muy, muy delicada, Catalina! – Sehr, sehr delikat, empfindlich.« Delikat war für mich bisher nur Essbares.

Wir sind uns einig darin, dass wir unseren ersten Ausgang einfach prima gemeistert haben. »Prima!«, beschließen wir, wird unser Dauerbrenner in Sachen Selbstlob werden. Wir wollen uns selbst und uns gegenseitig immer ein Höchstmaß an Lob und Anerkennung schenken und sozusagen gleich hier und sofort ein »Selbstaufbau-Training« starten. Wir lachen. Oder ist das womöglich ein Aufblähen unseres Egos? Sicher nicht. Wir sind mit uns äußerst zufrieden. Ich erzähle Carmen von meinen Erfahrungen als Trainerin für Mitarbeiter der mittleren und gehobenen Führungsebene. Anerkennung sei immer zentral, ob für Leistung oder Persönlichkeit. Wir schmieden das Motto: »Eigenlob stimmt und klingt!«, und finden, dass Erfolge nach außen hin sichtbar gemacht werden sollten. Übermütig klopfen wir abwechselnd einander und uns selbst kräftig auf die Schultern.

Ich denke daran, dass in meiner Heimat das Gegenteil gilt. *Nix g'sagt, isch g'nug g'lobt*, würde auch Samsa sagen. Schon als junge Erwachsene habe ich mir geschworen, niemals erwartungsvoll auf ein Lob zu warten, und begonnen, meine Werte und Erfolge selbst herauszustellen. Im Laufe der Jahre gab es erstaunliche, höchst unterschiedliche Reaktionen darauf. Sie reichten von Bestärkung bis zu besorgten Blicken oder relativierenden Bemerkungen. *Sooo toll warsch nu auch it*, bekam ich auch von Samsa oft zu hören. Umso besser, dass ich in Carmen eine echte Mentorin habe.

Festgehalten in Quito

Mit unserem »USP«, scherzhaft abgekürzt für »Unterneh-mungs-Spar-Programm«, was konkret Dachterrasse plus Su-permaxi bedeutet, bringen wir Tag um Tag vergnügt zu, allerdings ungewollt. Der Grund ist ein Generalstreik! Das mys-teriöse Wort »Paro« ist uns inzwischen klar geworden, es be-deutet, dass der gesamte Straßenverkehr lahmgelegt ist. Vom Morgen bis weit in die Nacht hinein plärren Berichte darüber aus Radio und Fernsehen, meist gleichzeitig. Rosita bietet uns an, dass wir uns jederzeit bei ihr informieren können. Von den Nachrichten verstehen wir wenig, doch die Bilder vermitteln Erschreckendes: Streikende kämpfen mit Schlagstöcken und Steinen, bilden hohe Barrieren brennender Autoreifen und Eu-kalyptusäste gegen Tränengas und Wasserwerfer von Polizei und Militär. Gewaltsame Festnahmen und das Abholen von Ver-letzten sind Dauerthema. Die Ansprachen des Präsidenten sind emotional geladen. Dank eines neuen Gastes in »unserem« Haus, einem echten Gringo aus den USA, erfahren wir, dass es um den Sturz des Präsidenten geht. Quito, wie auch andere Städte des Landes sind vom Militär abgeriegelt und weite Stre-cken der Panamericano, die vom Norden bis in den Süden des Landes verläuft, sind gesperrt, Versammlungsverbot und Aus-gangssperre sind verhängt. Was heißt das für uns Touristen?

»Auf jeden Fall müssen wir in der Stadt bleiben, Demonstrationen meiden und weiterhin abwarten!«, rät der Gringo.

So hatten wir uns Ecuador nicht vorgestellt. Wir wollten nach wenigen Tagen der Eingewöhnung in den Norden des Landes reisen. Er lockt mit Seen, einem Park mit Adlern und Kondoren und der Metropole des Kunsthandwerkes. Ein mulmiges Gefühl der Ungewissheit macht sich in uns breit.

»Komm, lassen wir uns die gute Stimmung nicht verderben! Irgendeinen tieferen Sinn wird das Ganze schon haben«, ermuntern wir uns gegenseitig.

Rosita erklärt uns anhand des Stadtplanes, welche Viertel wir meiden sollten. Es sind ausgerechnet all die Plätze und Sehenswürdigkeiten, die wir unbedingt sehen wollen. Der Paro lässt also auch uns alles »niederlegen«. Nur gut, dass wir nicht schon beim ersten Ausgang ahnungslos unter die Streikenden geraten sind. Wir beschließen, dass wir das Beste aus der Lage machen und vor allem die Beschaulichkeit unserer »Mmm« genießen. Das langgezogene M bezieht sich auf unsere fantastische Dachterrasse, die wir mehrmals am Tag mit verzücktem Augenaufschlag aufsuchen. Wir schmökern im Reiseführer und studieren die Gegebenheiten des Landes, träumen von Abenteuern mit gutem Ausgang, philosophieren über den Lebenssinn und lernen Spanisch. Auch das ist Urlaub. Nicht zu vergessen, das Höhenanpassungstraining, eine früchtebetone Ernährung, bei der spielend die Pfündchen purzeln sollen. Der tägliche Weg zum Supermaxi steht als fester Programmpunkt auf unserem Fitnessplan.

Rosita gibt uns ihren umfangreichen Einkaufszettel mit. Auf dem Weg liegt ein kleiner Obststand am Straßenrand. Da finden wir die herrlichsten reifen Früchte zu den günstigen Preisen für Einheimische. Papayas, Mangos zum Ausschlürfen,

Kaktusfrüchte und Drachenfrüchte, Guayaba und Babaco locken. Wir legen eine Top-Ten-Liste an. Lourdes, die kleine, niedliche Verkäuferin mit der blau-weiß karierten Schürze um den Babybauch, gibt uns Gratisunterricht im Verzehr der Früchte und bekommt dafür einen ordentlichen Bonus an Sympathiepunkten. Auch im Supermaxi werden wir immer experimentierfreudiger und wagen uns an unbekannte Köstlichkeiten, wie zum Beispiel Humitas und Empanadas (gefüllte Teigtaschen), Churros (süßes Brandteiggebäck), Chifles (Bananenchips), geröstete Sojakerne, süß und salzig, und, und, und ... Inzwischen bezahlen wir souverän aus der Hosentasche und die nette Verkäuferin winkt uns schon beim Eintreten zu.

Durch den täglichen Weg steigert sich spürbar unsere Kondition. Wir nehmen den Rückweg bergauf immer sportlicher, brauchen nur noch kurze Atempausen und belohnen uns mit großzügigem Schulterklopfen. Wir finden uns einfach prima!

Eines Morgens, inzwischen ist es unser siebter Tag auf der schönen »Mmm«, ergießt sich Rositas Redeschwall über uns, gewürzt mit temperamentvollen Handbewegungen, als sie das Frühstück serviert. Zwei Wörter kommen gehäuft vor: »Bus« und »Paro«. Ist das erste dasselbe wie im Deutschen? Wir befragen das »Kauderwelsch für Ecuador«, es sagt: »Bus«. Wir aktivieren unsere Gehirnzellen und fahren unsere Sinnesantennen aus. Fahren die Busse wieder? Tatsächlich, über die Brüstung der Dachterrasse gelehnt, sehen wir eine Menge Fahrzeuge auf der Straße. Also ist der Streik aufgehoben? Kann sein, meint Rosita. So ganz passt uns das jetzt nicht ins Konzept. Wir haben uns an das gemütliche »USP« gewöhnt und sind fast bedürfnislos geworden. Das Leben, auch ein Urlaub, kann durch Einfachheit und stetig gleiche Strukturen unerwartet schön sein, selbst in Südamerika, auch wenn uns noch kein einziger Schamane begegnet ist. Sollen wir unsere Komfortzone jetzt wirklich verlassen? Wollen wir noch etwas vom Land sehen?

»Ja, ihr wollt!«, entscheidet Rosita.

Der mir aus Nordindien vertraute Appell »Go!« holt mich hier wieder ein. Go! Nicht anhaften! Nicht kleben bleiben, auch wenn es noch so schön ist, zumal von Carmens kostbarer Urlaubszeit nur noch knappe zwei Wochen übrig sind. Also nichts wie weg, startklar machen für eine Reise in den Norden!

»Lieber erst Mañana, also morgen früh«, rät Rosita.

Egal, wir sind ja sehr flexibel geworden. Samsa grinst, ich spüre es ganz deutlich. Wir packen. Die großen Rucksäcke, Flugtickets, Originalpässe und einen Teil des Geldes wollen wir bei Rosita lassen. Dann wollen wir den letzten Tag nutzen für den Besuch eines Marktes für Kunsthandwerk. Wir beratschlagen uns mit Rosita. Wir sollen den Bus nehmen, der in der Nähe unserer Pension hält, und zum Park El Ejido fahren. Sie erteilt uns die schon gewohnten Anweisungen: ohne Rucksack oder Tasche, nur das Nötigste am Körper verteilen, Kleingeld in der Hosentasche tragen für den Bus und für kleine Käufe, die eingeschweißte Kopie des Passes in die Innentasche der Jacke stecken, keinen Fotoapparat mitnehmen und, bevor es dunkel wird, also vor 17:30 Uhr, unbedingt mit einem registrierten Taxi direkt zurückfahren.

Uff! Diese vielen Vorsichtsmaßnahmen! Auch wenn uns Rositas Sorge übertrieben erscheint und wir uns wie Kinder vorkommen, denen man alles sagen muss, richten wir uns widerspruchslos nach ihrer Erfahrung. Bevor wir losziehen, werfe ich noch einen kurzen Blick auf die Uhr.

»Halt! Armbanduhr hierlassen!«, befiehlt unser überbesorgtes Mamachen. Verflixt, vergessen. Jetzt aber endlich los!

Wir steigen aus dem Bus, alles ist gut gegangen. Wir wurden weder beklaut noch von Männern belästigt oder gar mit K. o.-Tropfen flachgelegt. Schon von Weitem sehen wir die bunten Marktstände. So wie es sich für Touristinnen geziemt, steuern wir geradewegs auf sie zu und bestaunen herrliche Webarbeiten, kuschelige farbenfrohe Tücher. Alles Alpaka, wird uns beteuert. Die Augen fließen uns über, bunte Ponchos, Jacken und Pullover in leuchtenden Farben, außergewöhnlicher Schmuck, Bilder, wunderschön bemalte Federn, Traumfänger, Obst an kleinen Ständen, Handkarren mit grünen Kokosnüssen und vieles, vieles mehr. Wir sind begeistert. Aus den Lautsprechern tönt das vielleicht bekannteste Südamerika-Lied »El condor pasa«. Das entspricht vollkommen der klischeehaften Vorstellung, die man von den Anden hat.

»Mei, wenn jetzt nur der Juan da wäre!«, seufzt Carmen sehnsuchtsvoll.

Ich hingegen bin froh, nur mit ihr hier zu sein, und tauche mit jeder Faser meines Seins in diese farbenfrohe Sinneswelt ein. Was haben wir nur alles durch den Streik oder durch unser Faulenzerprogramm versäumt!

»Aber schön war es dennoch, Catalina!« Der strenge Blick meiner Freundin verlangt Zustimmung. Ich nicke.

An einem Stand liegen auf nachtblauem Samt dicht an dicht viele Gegenstände. Carmen hat sie zuerst gesehen und lässt einen Aufschrei los. Meiner folgt im Handumdrehen.

»Hier, diese Dinger hast du doch in deinem ersten Traum gesehen, oder?« Carmen deutet auf die Tumis. Ich kann mich nur wundern. Ja, klar doch!

Ein junger Indígena, der mir knapp bis zur Brust geht und einen tiefschwarzen, glänzenden Zopf trägt, erklärt in gut verständlichem Englisch:

»Das sind Tumis, Instrumente für Rituale aus der Zeit der Inkas.«

»Für welche Rituale?«, will ich wissen.

»Heute würde man sagen: für Operationen und Opferhandlungen.«

Ich bin sprachlos. Mein Herz klopft zum Zerspringen. Carmen hatte am Tag nach meinem Tumi-Traum mit ihrer Erklärung des Gegenstandes vollkommen richtig gelegen.

»Du musst einen kaufen!«, fordert sie mich energisch auf.

Bei Appellen wie: »Du musst!«, stelle ich mich taub. Das zählt schon lange zu meinen Gewohnheiten. So brav und folgsam ich vielleicht sonst auch sein mag, eines weiß ich ganz genau: Einen Tumi will und brauche ich nicht! Jedenfalls jetzt nicht! Auch wenn ich dafür »reif« wäre. Basta! Keine Diskussion. *Esel sei der Mensch, störrisch und klug,* sagt Samsa amüsiert. Carmen kennt mich und lässt mich in Ruhe, doch unsere gute Stimmung ist ein wenig eingetrübt und hat etwas unbestimmt Schweres bekommen. *Nicht denken, einfach sein!,* mahnt Samsa. Ach, die nun wieder. Die letzten Tage war sie stumm und vermutlich zufrieden gewesen, ich hatte sie fast vergessen.

Die schöne, bunte Marktszene ist heiter und friedlich. Die Leichtigkeit überträgt sich nach und nach auf uns und hebt den kleinen Einbruch des Zwischenfalls wieder auf, zumal uns die beschwingte Andenmusik immer mehr einhüllt. Viele der

Indígenas, Männer und Frauen, Junge und Ältere, so schön wie einem Bildband entstiegen, grüßen uns höflich und mit Respekt, geradezu liebevoll mit »Freundin-chen«. Es ist mehr sanftes Umwerben als lautes Anpreisen der Ware oder gar ein aufdringliches Auf-die-Pelle-Rücken. Wir genießen die reiche Fülle des Angebots, kaufen wollen wir aber noch nichts. Stattdessen löffeln wir genüsslich einen oberleckeren Becher Eis. Montezuma's Rache kann uns gestohlen bleiben. Wir sind dennoch erleichtert, dass Magen und Darm friedlich bleiben. Vielleicht sind wir inzwischen an Ecuadors Keime gewöhnt. Vielleicht trägt auch der »tragito«, das Bitterkräuter-Schnäpschen von daheim, das wir jeden Abend zu uns nehmen, dazu bei. Wer weiß?

Die Redewendung »Wer weiß?« scheint hier beliebt zu sein. Im Wörterbuch lesen wir, dass es viele Redewendungen gibt, um sich nicht festzulegen, beispielsweise: vielleicht, könnte sein, eventuell oder möglicherweise. Wer weiß, warum sich Ecuadorianer ungern festlegen. Wir wollen es herausfinden. Vielleicht.

Unseren letzten Abend verbringen wir natürlich auf unserer »Mmm« im romantischen Kerzenschein. Über uns leuchtet der Vollmond rotgolden, sein Hof trägt die Farben des Regenbogens. Wir rätseln, ob unsere Lieben daheim auch einen roten Mond mit bunter Aura sehen und ob sich Carmens Juan nach ihr verzehrt. Dann wenden wir uns wieder der Bedeutung des Tumi zu, meine Freundin lässt nicht locker. Noch einmal erkläre ich mit Nachdruck, dass ich, als Heilpraktikerin, noch nie etwas von invasiven Behandlungsverfahren haben wissen wollen.

»Das ist einfach nicht mein Gebiet. Ich will es nicht und ich kann es nicht!«

»Das wissen wir inzwischen, aber vielleicht ist es an der Zeit, deine Denke zu ändern, Katharina!« Ihre Stimme ist ernst.

Ich weiß, dass sie in der Sache recht hat. Doch vielleicht hat mein Traum ja auch eine völlig andere Bedeutung. Was heißt schon »Wähle sorgsam. Du bist reif dafür«? Hätte ich den Tumi etwa doch gleich kaufen sollen? Fragen türmen sich wieder einmal zu Bergen auf. *Stopp, it denken, einfach nur Dasein. Die Antworten kommen scho zur rechten Zeit.* Samsa hat gut reden. Carmen schweigt, ich schließe mich an, einvernehmlich entsteht Stille zwischen uns und auf der Dachterrasse. Gelegentlich hupt ein Auto oder Rositas Schäferhund bellt, sonst nichts.

Ein Stück vom Himmel

Im frühen Morgengrauen hängen dicke Nebelschwaden in den Bergen. Wir kommen mit dem Taxi am Busbahnhof an, es herrscht gähnende Leere und es ist kalt und ungemütlich. Wir sind noch müde. Weder Busse noch Menschen sind zu sehen, doch wir lassen uns von unserem Plan, Quito endlich zu verlassen, nicht abbringen. Langsam tröpfelnd finden sich andere Reisewillige ein, alle Einheimische.

»Fahren die Busse jetzt wirklich wieder?«, fragen wir in holprigem Spanisch, als sich ein kleines Grüppchen gebildet hat. Schulterzucken, »Wer weiß?«, »Vielleicht?«, so oder ähnlich lauten die Antworten. Wir nehmen uns ein Beispiel an der Ruhe und der Geduld der anderen. Nur setzen wir uns nicht, wie sie, auf den kalten Boden, sondern spazieren auf und ab.

Nach, gefühlt, Stunden des Wartens fährt der erste Bus ein. »Baños – ein Stück vom Himmel« steht in verheißungsvollen, sonnengelben Lettern am Fenster über dem Kopf des Fahrers. Inzwischen haben wir die Straßenkarte unseres Reiseführers so eingehend studiert, dass wir sofort wissen, wo Baños liegt. Es ist ein bekannter Badeort mit Thermalwasser und Ausgangspunkt für Touren in den Regenwald. Wir schauen uns an, mit erhobenen Augenbrauen.

»Also, dann eben nicht in den Norden«, sagt Carmen in pragmatischem Ton.

»Ein Stück vom Himmel ist auch wunderbar«, stimme ich ihr zu.

Unsere gemeinsame Zeit ist uns kostbar, und Schamanen gibt es ganz sicher auch im Regenwald. Wir sind schließlich enorm flexibel. Wir sind prima!

Im Reiseführer lesen wir, dass über Baños ein Feuerberg namens »Tungurahua« thront. Seit Jahren ist er aktiv, aber die »Jungfrau des Heiligen Wassers« soll ihre schützende Hand über den Wallfahrtsort halten. An jeder Straßenecke gebe es Reiseanbieter, bei denen wir eine Regenwald-Tour buchen könnten, inklusive Heilsession bei einem Schamanen. Eine solche Begegnung steht jetzt an, so sicher wie das Amen in der Kirche. Samsa lächelt. *Nix isch sicher! Was versprichsch dir eigentlich davon?*

Dazu kann ich auf Anhieb etliche sachliche Gründe aufzählen. Ich will vor allem die praktische Arbeit der Schamanen kennenlernen. Entscheidender aber ist, dass es mich unwiderstehlich dorthin zieht. Außerdem nehme ich Tom, den amerikanischen Geistheiler, beim Wort. Diese Schamanenbegegnung steht mir sozusagen direkt zu, und der Regenwald könnte sich als der ideale Ort dafür herausstellen.

Ich bin voller Spannung und Erwartung, also nichts wie rein in den modernen Bus mit der zauberhaften Ankündigung, in den Himmel zu fahren. Wer da widersteht, dem ist nicht zu helfen. Meine Freundin steigt vor mir ein, hinreißend sieht sie wieder aus, sie trägt eine knallrote Hose und ein kanariengelbes T-Shirt. Die langen schwarzen Haare hat sie kunstvoll mit einem rot-gelben Tuch zusammengeflochten, ein Hingucker.

Ein indianisches Paar, beide geschätzt achzig Jahre alt, deutet auf Carmen und zeigt ein »Daumen hoch«, um spontan Bewunderung auszudrücken. Wir sind die einzigen Fahrgäste.

In Schritttempo verlassen wir den großen, leeren Busplatz und passieren zunächst etliche Polizeiposten. Auch das Militär ist im Einsatz, bei jeder Kontrolle steigt ein Schwerbewaffneter, von Kopf bis Fuß in Schwarz gekleidet und mit Gesichtsschutz, mit ein und will die Pässe sehen. Wen oder was sie suchen, bleibt ein Geheimnis. Vielleicht Waffen? Überall verglimmen Straßenfeuer, aber je weiter wir an den Stadtrand kommen, desto mehr Feuer brennen noch. Gruppen von laut diskutierenden Männern kontrollieren sie und legen Eukalyptuszweige nach. Schwere, schwarze Rauchwolken hängen traurig darüber. Manche Streikposten haben weiß bemalte Gesichter, halten Spaten, Mistgabeln oder Eisenstangen in den Händen. Eine eigenartige, bedrückende und subtile Bedrohung liegt in der Luft. Wir bewundern, mit welcher Geschicklichkeit der Fahrer eine Blockade nach der anderen umrundet und hinter sich lässt, und wir sind froh, dass wir nicht im Straßengraben landen oder eine Böschung hinabdonnern. Anscheinend fällt auch ihm selbst und seinem jungen Helfer ein Stein vom Herzen, als wir die Stadtgrenze erreichen. Weit und breit ist kein anderes Fahrzeug zu sehen, nur Polizei und Militär.

Rosita hat uns erklärt, die Blockaden würden sich auch weiter auf die Panamericana erstrecken. Sie unterbrächen und verzögerten den Transport von Personen und Waren oder machten es gar unmöglich, überhaupt weiterzufahren. Das bedeute Engpässe bei Lebensmitteln und Treibstoffen. Obst, Fleisch und Fisch würden verderben, Benzin- oder Gaspreise steigen. Sicher ein starkes Druckmittel! Ein deutsches Touristenpaar steigt an einer Haltestelle zu und setzt sich hinter uns. Die beiden erzählen, das Militär stehe noch immer hinter dem Präsidenten und es sei inzwischen zu starken Gewaltausschreitungen gekommen. Die Regierung wolle den Forderungen der Streikenden nachkommen, weil diese gedroht hätten, andernfalls den Präsidenten und die obersten Militärs zu stürzen. Also eine Erpressung, drastische Zustände! Im Vergleich dazu leben wir in Deutschland in geordneten Verhältnissen. Wir hoffen für das Land und seine Menschen, dass jetzt wieder Normalität einkehrt.

Die Hindernisse, denen unser Busfahrer ausweichen muss, werden seltener, dafür stinken sie entsetzlich. Auf der Fahrbahn liegen nicht nur Ansammlungen von Baumstämmen, sondern auch riesige Berge Abfall und große Tierkadaver. Ob wir es wirklich bis Baños schaffen, oder ob der Fahrer umkehren muss? Niemand weiß es, jeder ist angespannt und bangt. Inzwischen herrscht eine drangvolle Enge im Bus, denn es steigen immer mehr Menschen zu. Plätze für zwei Personen sind von vieren belegt, vielen Fahrgästen bleibt nur das Stehen. Zwei Stunden später passieren wir die letzten Straßenblockaden, dann ist nichts mehr vom Streik zu sehen, es ist nicht einmal zu ahnen, dass es sie überhaupt gegeben hat. Der Busfahrer schaltet den Fernseher laut ein, obwohl schon aus dem Radio Salsa-Musik plärrt, und am Spiegel vorne schaukeln rhythmisch dazu der Gekreuzigte, Maria und einige Engelchen. Es ist gut gegangen. Wir atmen erleichtert auf und entspannen uns. Gott sei Dank, der Stress liegt hinter uns! Carmen spendiert zur Feier eine Runde »Caramelos – Bonbons«. Bei einem zugestiegenen Verkäufer hat sie eine Fünf-Pfund-Tüte gekauft, kleinere Mengen gab es nicht. Sie erweisen sich als wahre Plombenzieher, und ich halte mich nach einer Kostprobe vorsorglich zurück.

In Baños ist alles still und friedlich, jedenfalls ist das unser erster Eindruck. Wir lassen uns mit dem Taxi zu einer »Hosteria« fahren, einem noblen Hotel, mit Swimmingpool, Sauna und kleinen Ferienhäuschen. Das Anwesen entspricht zu hundert Prozent der Beschreibung im Reiseführer, ein Bilderbuchparadies mit herrlichsten Pflanzen, umherspazierenden Pfauen und einem Luxus, der Geborgenheit und Liebe zu den Gästen ausstrahlt.

»Das gönnen wir uns jetzt mit allem Drum und Dran!«, ruft Carmen begeistert.

»Ohne die geringste Hemmung!«, pflichte ich bei. »Die Bescheidenheit haben wir schon bei Rosita gemeistert.« Schließlich wissen wir nicht, was uns danach im Regenwald erwartet. Carmen schwört, dass sie erst einmal für mindestens vier Wochen einchecken will, am liebsten sogar für immer. Beredt schauen wir uns tief in die Augen, wohl wissend, dass vom Urlaub meiner Freundin nur noch knappe zwei Wochen übrig sind und ich nach Lima weiter muss. Die Tickets liegen bei Rosita, doch komme, was will. Wir wappnen uns, wie auf ein Geheimkommando hin, mit dem Satz, den uns Rosita beim Abschied mitgegeben hat und schmettern ihn gemeinsam in die Ruhe der Hosteria:

»Alles ist möglich, nichts ist sicher!«

Sicher ist jedenfalls, dass wir jetzt sofort ins Thermalwasserbecken gehen werden!

»Komm, beeil dich, Catalina!«

In Windeseile zieht sich meine Freundin um und stemmt ungeduldig die Hände in die Hüften. Im Vergleich zu mir ist sie eine unersättliche Badenixe. Ich spute mich zwar, schicke sie aber dennoch voraus, um meine Ruhe zu haben. Minuten später sehe ich sie in einem der drei Pools liegen und auf mich warten. Um uns herum ist es menschenleer. Ich steige in weiches, warmes Wasser, nach der langen, unbequemen Fahrt ist es einfach göttlich. Wir lassen uns von der herrlichen Feuchte tragen, streicheln und verwöhnen. In diesem Moment zählen wir uns zu den Reichen und Schönen des Landes, denn die große Mehrheit der Ecuadorianer kann sich diesen Luxus sicher nicht leisten. Ich nicke Carmen wohlig zu und genieße es, dass uns dieser Zauber gerade ganz allein gehört.

Nach einer geruhsamen Nacht in großartigen Betten klappern wir gleich nach dem Frühstück einige der vielen Reisebüros ab, um uns schnell einen Überblick zu verschaffen. Alle bieten mehr oder weniger die gleichen Touren an, immer inklusive Besuch beim Schamanen. Wir schieben uns weiter von Tür zu Tür, auf den Straßen herrscht überall ein heilloses Gedränge und Geschiebe.

»Warum ist es hier nur so voll? Gibt es irgendetwas Besonderes?«, fragt Carmen laut beim Eintreten in ein Minibüro, dessen einziges kleines Schaufenster mit Reiseplakaten dicht beklebt ist.

»Chicas, Chicas!« Ein Typ mit gewichtiger Miene stellt sich ihr als »Marco, das Krokodil« vor und krault sich die Haare. Er plustert sich, hinter einem Stapel von Büchern und Prospekten auftauchend, zu seiner vollen Größe auf. »Wisst ihr nicht, was heute los ist?« Carmen und ich schauen uns verdutzt an. »Es ist Karfreitag, Ostern, heute gibt es die große Prozession.«

Wir wechseln einen erstaunten Blick. Ach so, Ostern, das haben wir ganz vergessen. Karfreitag scheint also ein hoher Feiertag im weitgehend katholischen Ecuador zu sein. Marco betont, es sei das Highlight überhaupt. Wir bedanken uns für die Aufklärung und wollen wissen, warum dann trotzdem alle

Geschäfte geöffnet haben und Jahrmarktstimmung herrsche. Seine Antwort ist verblüffend einfach: Die Leute machen heute den besten Umsatz des Jahres. Die Stadt sei voller Touristen, nationaler und ausländischer. Wir nicken verständnisvoll, er strahlt von einem Ohr zum anderen, dann unterbreitet er uns sein Angebot für eine Regenwaldtour, es ist in etwa identisch mit den anderen.

Schließlich unterschreiben wir bei Marco, dem Krokodil, einen umfangreichen Vertrag: drei Tage Regenwald mit geführten Wanderungen. Es sind Begegnungen mit Ureinwohnern und Schamanen geplant und es gibt eine Unterkunft mit Vollverpflegung. Gummistiefel und Taschenlampen bekommen wir leihweise. Der Preis ist moderat. Eine Hälfte davon ist im Voraus, die andere am Ende der Tour zu bezahlen. Morgen geht es schon los. Es hört sich alles gut und unkompliziert an. *Alles isch möglich, nix isch sicher!*, frotzelt Samsa.

Ein Strom von Menschen ist auf den Beinen, wir folgen ihm bis zur Hauptstraße. Dort breitet sich vor unseren Augen das überwältigende Spektakel der Karfreitagsprozession aus. Wir drücken uns in die vorderste Reihe am Straßenrand und beobachten mit einer Mischung aus Abscheu und Faszination den nicht enden wollenden feierlichen Umzug. Er wälzt sich im Schneckentempo in Richtung Kirche. Männer, auch junge Frauen, schleppen ein großes Holzkreuz auf der Schulter, tragen Dornenkronen und geißeln sich mit Ketten oder Peitschen. Sie vollziehen den Leidensweg Christi bei sengender Hitze nach. Mit gesenktem Kopf zieht eine große Gruppe von lila oder weiß gekleideten Kapuzenmännern, sogenannte »Büßer«, an uns vorbei, dann sehen wir den Bischof. Er segnet die zuschauende Menge, nur seine auffallend modische Sonnenbrille in Weiß wirkt dabei verstörend. In seinem Gefolge sind schwarz gekleidete Priester, Gruppen von Männern mit Klappern und Rasseln und Fanfarenbläser. Sämtliche Statuen aus der Kirche scheinen »auf den Beinen« zu sein, allen voraus die »Heilige Jungfrau«, Schutzpatronin des Ortes. Die schwitzenden Träger stellen die schweren Gipsfiguren, die auf Tischen fixiert sind und dennoch bedrohlich schwanken, in kurzen Abständen immer wieder ab. Sie sammeln Kraft für die nächsten Schritte und bekommen von Zuschauern Schnaps angeboten. Der eine oder andere Träger nimmt einen Schluck. Blut, Schweiß und Tränen fließen in Strömen bei allen Beteiligten. Ein schauriges Bild, das mir tief unter die Haut geht und mich frösteln lässt.

Am Straßenrand wird es immer enger. Wir sind eingekeilt, werden hin- und hergedrückt und bekommen kaum noch Luft zum Atmen. Mein linker Arm klebt an meiner Freundin, rechts von mir steht eine herzzerreißend weinende junge, hübsche Frau. Ihr praller Busen schwappt bei jedem Aufstöhnen und Schluchzen an meine Rippen. Die prallen Schenkel und ihr Po sprengen beinahe ihre knallrote Lederhose. Carmen und ich wechseln ausdrucksstarke Blicke. Andere Umstehende beten unablässig, mit schon krächzender Stimme und lautem Singsang, irgendetwas, von dem wir annehmen, dass es das Vaterunser ist. In den Reihen hinter uns schwenken Männer torkelnd zu dröhnender Tanzmusik ihre Flaschen mit Rum. Einer der Männer hält uns die Flasche an den Mund. Wir lehnen ab und werden von ihm angegrapscht und beschimpft. Die Hübsche neben mir bedeutet uns, den Rum zu trinken, es sei das Lebenswasser von Ecuador und billiger als Brot. Als ich entschieden verneine, schwenkt sie die Arme. Wir sollen gehen, verschwinden.

Wahrscheinlich will sie uns damit sagen, dass am Ende alle betrunken sein werden. Wir nehmen ihren Hinweis ernst, es reicht auch, wir haben genug gesehen.

Mit Mühe drücken wir uns durch die Menge zurück und laufen am Rand weiter, wo es mehr Platz gibt. Vor den Geschäften liegen Alkoholleichen in ihrer Kotze, Männer und Frauen, alte und junge. Eines ist sicher, dieses Drama ist nicht nach meinem Geschmack. Es entspricht in keiner Weise meinem Verständnis vom Karfreitagsgeschehen! *It werten, nur hinschauen!*, ermahnt Samsa, doch ich bin zu aufgebracht, um auf sie zu hören. Wie soll das denn, bitteschön, gehen? Ich kann nicht neutral oder unbeteiligt bleiben. Alte, längst vergessene Erfahrungen mit der Amtskirche kommen mir hoch. Abneigung, Groll und Scham bilden ein wildes Gefühlsdurcheinander, das in mir tobt. Carmen sieht nicht weniger zermürbt aus als ich. Also nichts wie zurück in unsere Oase und »poolen«! Wir betrachten uns kurz von oben bis unten. Haben wir noch alles? Ist noch alles an uns dran? Ein prüfender Blick in die Plastiktüten, in denen die Wasserflasche, unsere Jacken und der Tour-Vertrag mit Marco, dem Krokodil, stecken. Alles ist da.

Mit jedem Schritt in Richtung Hosteria rückt das schaurige Geschehen von uns ab. Das emotional hochgekochte Chaos in mir lichtet sich allmählich, und ich finde langsam wieder zu innerer Ruhe. Wir kommen an Gärten vorbei, deren Blumen eine prachtvolle Farbsinfonie aus sattem Violett, feurigem Rot und leuchtendem Orange bilden. Die Vielfalt von Bromelien, Orchideen und zahllosen anderen, nie zuvor gesehenen Baumblüten entzückt uns. Weiß-graue Wolkengebilde haben sich jetzt am Himmel vor die Sonne geschoben, so ist ihre Hitze etwas erträglicher. Wir freuen uns auf das Liegen im weichen Thermalwasser und hoffen innigst, dass die Unbeschwertheit von heute Morgen wieder ganz zu uns zurückkehrt.

»Vamos, Chicas!«

»Was, wir haben kein eigenes Auto?« Wir hetzen keuchend hinter Marco her, der das Busterminal anpeilt.

»Nein, zuerst mit dem Bus«, ruft er uns fröhlich zu. »Dann per Taxi ein Stück und dann ungefähr drei Stunden zu Fuß!«

Haben wir uns verhört? Oder haben wir etwas überhört? In unserer Vorfreude auf den Trip in den Regenwald sind wir automatisch davon ausgegangen, dass wir bequem gefahren werden. Wie Ladys eben. Das scheint ein Irrtum zu sein, also rein in den Bus.

Wir fahren auf einer holprigen, ausgewaschenen, steil abwärts führenden Straße bis in das nächste Städtchen. Dort sucht uns Marco, das Krokodil, ein Taxi. Es bringt uns auf einer ungeteerten, großlöchrigen Straße weiter. Die Landschaft wechselt, binnen kurzer Zeit fahren wir nur noch durch unüberschaubares, dichtes Grün. Irgendwo im Niemandsland heißt es aussteigen, den Rucksack schultern und zu Fuß weitergehen.

Stundenlang kämpfen wir uns bei prasselndem Regen und in reichlich zu großen Gummistiefeln vorwärts. Der Friesennerz ist nur ein Alibi, denn darunter bin ich klatschnass von meinem eigenen, übel riechenden Schweiß. Ich bedaure bald schon, diese Idee überhaupt gehabt zu haben. Das Einzige, was mich aufbaut, sind Carmens unverdrossene Bemerkungen, die sie mir ab und zu spendet.

»Catalina, wir schaffen das! Wir beide sind prima! Das soll uns erst mal einer nachmachen ...«

Ich muss lachen, ob ich will oder nicht. Wie eine getunkte Maus sieht sie aus, selbst in dieser Situation ganz entzückend. Ich sicher auch. Der Vorsatz, unserem »Guía – Führer« zu beweisen, dass wir keine Weicheier sind, sondern toughe Deutsche, wird immer fraglicher. Das stramme Tempo bringt uns an Grenzen, doch wir halten durch. Endlich erreichen wir eine kleine Siedlung. Um einen kleinen Platz sind bescheidene Hütten auf Stelzen errichtet.

»Alles Naturmaterialien«, prahlt Marco. »Alles rein ökologisch! Nach wenigen Jahren sind sie verrottet und werden bei einem Dankesfest, auf dem gebetet und getanzt wird, bei abnehmendem Mond verbrannt. Das Wichtigste ist, im Einklang mit Pachamama zu leben.«

Unser Guía kennt sich nicht nur gut aus, sondern scheint auch mit ganzem Herzen dabei zu sein. Er erklärt uns alle Gepflogenheiten genauestens. Bevor ein neues Haus gebaut werde, warten die Menschen hier bis zum Neumond. In dieser Zeit dürfe kein Alkohol getrunken oder getanzt werden. Dann feiern sie ein Ritual, in dem für ein gutes Haus gebetet werde. Ein besonderer Tanz sei der Start für den Neubau, der dann bei Vollmond eingeweiht wird. Das sei das Prinzip: Nehmen von der Natur und Zurückgeben, was nicht mehr nützt. Ein Kreislauf.

Das Prinzip des Zurückschenkens an die Natur erinnert mich unmittelbar an ein spezielles Erlebnis in einem buddhistischen Kloster im Himalaya. Ich hatte den Mönchen bei der Herstellung eines kunstvollen Sandmandalas zusehen dürfen. Voller Hingabe hatten sie zwei Tage und Nächte daran gearbeitet. Für diese ganz besondere Aufgabe hatten sie vorher lange gefastet und meditiert. Nachdem das farbenprächtige, mehrdimensionale Kunstwerk fertig gewesen war, hatten sie es ins Freie getragen und dem Wind überlassen.

»Wie schade!«, hatte ich damals bedauert.

»Das ist nur das Prinzip der Vergänglichkeit!«, hatte mich einer der Mönche mit einem raschen Seitenblick korrigiert.

Marco weist lässig auf eines der Stelzenhäuser und lädt uns ein, es uns darin bequem zu machen. Mehr oder weniger elegant balanciere ich die Außentreppe, die einer Hühnerleiter gleicht, hinauf. Ich bemühe mich, einen guten Eindruck zu machen, denn er schaut mir von unten zu. Samsa runzelt nur die Stirn.

Unsere »Luxusunterkunft« besteht aus einem hohen luftigen Raum, dessen Außenwände aus Schilf bestehen und mir nicht einmal bis zum Bauch reichen. Der zwar sauber gekehrte, doch schmierige Holzboden verlangt langsames Gehen. Die Einrichtung ist puristisch. Außer zwei einfachen Bettgestellen mit harten Strohmatten, die dünn wie Läppchen sind, gibt es nur noch von der Decke baumelnde Moskitonetze. Keine Beleuchtung. Kein Stuhl. Nichts. Spätestens jetzt wird uns klar, wozu wir die geliehenen Taschenlampen brauchen werden. Das Ganze ist äußerst gewöhnungsbedürftig, aber wir trösten uns gegenseitig. Es sind ja nur zwei Nächte, die wir hier verbringen müssen. Im Moment interessiert uns nur eins, wir wollen die nasse Kleidung vom Leib bekommen. Doch daraus wird nichts.

»Vamos, vamos, Chicas!«, brüllt Marco von unten.

»Warum? Willst du gleich die erste Tour mit uns machen? Bei dem Regen?« Ich betone das Wort »dem« auf eine Weise, die ihm zu denken geben soll, aber das ist natürlich naiv gedacht.

»Schon vergessen? Wir sind im Regenwald!«

Ich will wissen, ob es nicht vorher ein Mittagessen gibt. Wir sind furchtbar hungrig und haben gehofft, nach dieser anstrengenden Aktion eine Pause zur Stärkung machen zu können. Marcos Stimme klingt herrisch, seine Antwort duldet keinen Aufschub.

»Nein, später! Vamos!«

Innerhalb weniger Minuten schlüpfen wir mit raschen Handgriffen in trockene Hosen und Blusen, dann fügen wir uns. Brave Chicas! Schließlich wollen wir nicht gleich zu Anfang herumzicken, sondern stattdessen dem Ruf der deutschen Powerfrau alle Ehre machen. Zum Glück haben wir eine Vielzahl von hoch kalorischen Powerriegeln mit und stecken uns schnell einige in die Tasche. Dann tänzeln wir gut gelaunt unsere Hühnerleiter hinunter. Unser Guía wartet mit zwei großen Flaschen Limo, eine grasgrün, die andere giftig gelb. Was immer darin ist, wir wollen es gar nicht wissen.

Marco geht mit einem gewissen Abstand voraus, er schlägt mit einer Machete Schneisen ins grüne Dickicht. Wir folgen ihm, schwer atmend, so gut wir eben können in den rutschigen Riesenstiefeln. Schon nach wenigen Minuten sind wir erneut tropfnass bis auf die Haut, trotz Regenmantel. Das Wasser läuft in die Gummistiefel hinein und jeder Schritt macht ein glucksendes, schmatzendes Geräusch. Die extreme Luftfeuchtigkeit plagt uns und der Weg verlangt unsere volle Aufmerksamkeit. Derart anstrengend hatte ich es mir nicht vorgestellt. Wir gehen entweder ständig bergauf oder schlittern und rutschen die steilen Abhänge wieder hinunter.

»Nicht festhalten, Catalina!«, schreit Marco immer wieder, wenn meine Hände reflexartig Halt suchen und nach Wurzeln oder Ästen greifen. »Das könnten Schlangen sein!«

Mir stockt jedes Mal vor Schreck der Atem. *Was tuscht du hier eigentlich? Du könntescht es jetzt am Pool in Baños um vieles bequemer haben!* Ich würde Samsa gerne wie einem Radio den Strom abdrehen. Das kann ich jetzt gar nicht brauchen! Leichte Panikgefühle beschleichen mich, ich habe ernsthaft Angst vor Überforderung. Wenn mir schon dieser erste Marsch so zusetzt, überstehe ich vielleicht den nächsten nicht mehr. Selbstvorwürfe und Selbstmitleid kreisen in mir. *Aufgepasst!*, warnt Samsa. *Du brauchsch di jetzt bloß auf den Weg konzentrieren!* Sicher hat sie recht, und eine wilde Rutschpartie, notfalls auf dem Hosenboden, ist einem Schlangenbiss in jedem Fall vorzuziehen. *Außerdem hosch ja die Plaschtikjacke an, da rutscht b'sonders guat.* Die Vorstellung daran lässt mich lächeln.

Vielleicht will uns Marco demonstrieren, was eine echte Regenwaldtour ist, oder er will den Ruf der deutschen Powerfrau testen. Wir geben unser Bestes, mobilisieren Kräfte und Energien, von denen wir vorher nicht einmal die leiseste Ahnung hatten. Carmen geht hinter Marco her und lässt mich, das Schlusslicht, dabei nicht aus den Augen. Gut so, denn mir wird gerade bewusst, dass ich knapp zwanzig Jahre älter bin als sie, und vermutlich doppelt so alt wie Marco. Ich lasse es mir egal sein und versuche, die Situation möglichst gut zu nutzen. Die Übung des achtsamen Gehens scheint hier überhaupt erst richtig Sinn zu ergeben. Ich ermutige mich selbst mit geeigneten Affirmationen: Mein Tritt ist fest und sicher! – Schlangen, Spinnen und wilde Tiere sind kein Thema! – Ich komme heil und sicher wieder heraus! ...

»Catalina, ACHTUNG! Bück dich, über dir ist eine Schlange im Baum!« brüllt Marco und reißt mich abrupt aus meinen Autosuggestionen heraus. Vor Schreck gehe ich sofort in die

Hocke und mache Anstalten, auf allen Vieren zu robben. Der Guía lacht sich scheckig. Aha, meine Reaktion war also übertrieben? Auch gut, besser, als gebissen zu werden. Es stellt sich heraus, dass er sich ein Späßchen mit mir erlaubt hat. Wenn Blicke töten könnten, fiele er jetzt auf der Stelle um. Aber mir ist eigentlich nicht danach, mich in Mordgelüste zu verstricken. Von der Selbsthypnose habe ich auch genug. Ab jetzt werde ich einfach nur präsent sein. *Reacht so, it mehr und au it weniger.*

Unvermutet gibt das Dickicht einen sagenhaften Blick frei und meine Augen werden so groß wie meine Handteller. Vor uns stürzt mit lautem Tosen ein mächtiger Wasserfall aus großer Höhe herunter in einen tiefblauen See. Wir befinden uns in einer paradiesischen Fülle von Grün mit weiß-gelb gefleckten Orchideen. Ich bin im Märchenland. Hier treiben Elfen und andere Zauberwesen ihr Spiel. Der Wasserfall schickt uns feinen Sprühnebel, kühl wie Tau, als Willkommensgruß. Alle vorherigen Strapazen sind wie weggewischt. Dieser magische Ort strahlt eine immense Kraft aus, oder bilde ich mir das nur ein? Ist es etwa nur eine Fata Morgana?

»Zwick mich, Carmencita, ist das wirklich echt?«

Meine Freundin nickt stumm. Ihrem ehrfürchtigen Gesichtsausdruck entnehme ich, dass sie vermutlich dasselbe empfindet wie ich.

»Empfangt jetzt die Kraft des Wasserfalls, Chicas!«, platzt Marco aufdringlich und plump in unsere Ergriffenheit. Wie er sich das mit dem »Empfangen« wohl gedacht hat? Entpuppt er sich womöglich als Schamane, der eine Zeremonie mit uns vorhat? Weit gefehlt, er macht es sich auf einem großen Stein bequem, verfolgt mit Adlerblick jede unserer Bewegungen und wartet ab. Womöglich hat er es bloß auf einen Augenschmaus abgesehen. Soll er haben! Rasch entledigen wir uns der Kleidung, bis auf Unterhöschen und BH, und tauchen ins kühle Nass! Ein letzter Blick geht in Richtung unseres Guía. Kommt er nun mit ins Wasser oder sollen wir die »Kraft des Wasserfalls« allein empfangen? Er bleibt auf seinem Stein sitzen, prostet uns mit der grasgrünen Limo zu und nimmt einen Schluck aus der Plastikflasche. Dabei heftet er seine Augen auf unsere Körper, sicher entgeht ihm keine einzige unserer Rundungen.

»Lass uns noch etwas von der Limo übrig, Marco! Wir haben auch Durst!«, ruft Carmen ihm zu.

»… und Hunger!«, ergänze ich.

»Später, später, Chicas! …«

Wir nähern uns dem Wasserfall, sein Tosen verschluckt Marcos Stimme. Adios, Marco, bleib wo du bist! Wie übermütige Kinder plantschen wir im Wasser, bespritzen uns gegenseitig mit dem kristallklaren Nass. Die ungezügelte Wildheit des Wasserfalls wütet direkt vor uns. Ob es ratsam ist, sich direkt darunter zu stellen? Die herabdonnernde Wucht schmerzt wie Nadelstiche auf der Haut, aber beherzt arbeiten wir uns durch sie hindurch auf die andere Seite. Rot wie Krebse, atemlos und adrenalindurchströmt lehnen wir uns an die kühle Felswand. Die Haut prickelt und bitzelt, Akupunktur vom Feinsten. Jetzt haben wir einen dichten Schleier aus Abertausenden von regenbogenfarbenen, schillernden Lichterperlen vor uns. Er ist so blickdicht, dass wir keine Bäume mehr sehen können, geschweige denn den Guía.

»Göttlich! Zum Niederknien, und alles für uns allein!«, flötet Carmen mir zu. Ich kann sie kaum hören. Wir finden immer neue Superlative für diese Naturschönheit und atmen die sauerstoffreiche Luft tief in unsere Lungen. Raum und Zeit entgleiten uns.

Ein Wasserfall im Regenwald.
Im Dunkel des satten Grüns
des dichten Regenwaldes
leuchtet jungfräulich
kristallenes Licht.
Wasser aus steiler Höhe
tost donnernd herab,
lässt still sein im Hier.
Tief eintauchen
in heilendes Gewahrsein.
Alles ist da!

Der Rückweg ist noch mühsamer als der Hinweg und entschieden länger. Langsam entsteht in uns der Verdacht, dass wir uns verlaufen haben, doch unser Guía weicht geschickt unserem Nachfragen aus. Dann kommt die Gewissheit: Momentan laufen wir denselben Wegabschnitt schon zum zweiten Mal, wir müssen im Kreis gegangen sein. Was tun? In unserer Wertschätzung würde Marco sofort gewinnen, wenn er von sich aus den Fehler zugeben würde. Diskutieren bringt jedoch nichts, wir müssen uns entscheiden, ob wir recht haben wollen oder doch besser schweigen und ihm vertrauen. *He, Katharina, nach so viel Freude spielt es doch koi Rolle, ob du zweimal gehscht.* Ich stimme zu und spüre Kraft in mir.

Mit uns selbst zufrieden darüber, dass wir keinen Streit mit Marco vom Zaun gebrochen haben, erreichen wir schließlich den Hüttenplatz. Trotz aller Strapazen sind wir energiegeladen und könnten sozusagen noch Bäume ausreißen. Wir sind uns sicher, hier wirkt die Zauberkraft des Wasserfalls.

Eine kleine, stämmige einheimische Frau schöpft gerade Essen auf die Teller. Es dampft und duftet, das Wasser läuft mir im Mund zusammen und ich merke jetzt deutlich, dass sich mein Magen zusammenkrampft.

»Wann haben wir das letzte Mal etwas Anständiges zwischen die Zähne bekommen?«

»Vor knapp acht Stunden, beim Frühstück in der Hosteria«, meint Carmen mit einem Blick auf die Uhr. Die Powerriegel zählen nicht.

So gut hat es schon lange nicht mehr geschmeckt, auch wenn schwer auszumachen ist, was sich außer Hühnerbeinen im Eintopf befindet.

»Im Regenwald wird alles gegessen, was sich bewegt! Auch Spinnen und Affen«, grinst Marco. Demonstrativ schiebt er sich einen gehäuften Löffel in den Rachen. In seinen Augen liegt ein lauernder Ausdruck. Begeistert sind wir nicht von seiner Ankündigung, aber der Hunger treibt alles rein. *It denken, nur essen.*

»Hier, das ist Jucca – Maniok«, erklärt der Guía und hebt ein weißes kartoffelartiges Stück hoch. Wir entfernen die faserigen, harten Teile und probieren.

»Muy, muy rico – sehr, sehr lecker.«

Die kleine Regenwaldfrau freut sich über unser Lob, zeigt beim Lachen, dass ihr die gesamte obere Schneidezahnreihe fehlt, und das tiefe Netz von Falten in ihrem Gesicht glättet sich ein wenig. Sie wirkt alterslos durch ihre geschmeidigen, raschen Bewegungen. Ich schaue sie in ihrer ethnischen Fremdheit gerne an. Sie spürt wohl meinen aufmerksamen Blick, lächelt und tätschelt meine Schultern. Ihre Worte verstehe ich nicht. Schade. Zum Trinken schenkt sie uns eine frisch zubereitete Zitronenlimonade in Plastikbecher ein, die sicher schon bessere Zeiten gesehen haben. Ein wohliges Sättigungsgefühl stimmt uns zufrieden und müde, wir sind froh über diesen Tag und das einzigartige Badeerlebnis am Wasserfall. Plötzlich durchzuckt mich ein Gedanke und ich bin schlagartig in Sorge. Ist diese Zitronenlimo mit abgekochtem Wasser zubereitet? Ich frage sofort nach, doch Marco hebt nur lässig die Schultern, steht auf und geht. In der rasch zunehmenden Dunkelheit sehen wir ihn gerade noch zwischen den Bäumen verschwinden. Keine Antwort ist bekanntlich auch eine Antwort. Die Regenwaldfrau schaut wie wir hinter Marco her, sammelt die Teller ein und murmelt etwas von einer schönen Frau. Was immer sie im Sinn hat.

Erst nach einer Weile dämmert uns, dass unser Guía hier wahrscheinlich eine Geliebte hat. In seinem Reisebüro hat er zwar erzählt, er lebe mit seiner Familie im Ort, doch seinen Ehering trägt er wohl nur zum Anschein. Wir unterstellen ihm augenblicklich Untreue, als gäbe es keine andere Erklärung. *Und des nennt ihr »spirituell«?* Samsa ist entsetzt.

Aus einer der Nachtbarhütten hören wir gedämpfte Frauenstimmen, helles Lachen und Rufen von Kindern. Beinahe gemütlich ist es, vor allem in den Hängematten, die romantisch zwischen Bäumen gespannt sind. Wir schaukeln uns in eine wohlige Trance. Alles ist gut!

Erst gegen 19:00 Uhr werden wir wieder wach. Um uns ist stockdunkle Nacht und laut Reiseführer hat die Zeit begonnen, in der die Mücken aktiv werden, besonders auch die Malariaüberträgerin. Marco hat uns zwar beruhigt und behauptet, dass auf einer Höhe von 1.500 Metern keine Malariagefahr bestünde, aber ob das stimmt? Gelesen haben wir etwas anderes. Carmen holt das angeblich beste Mückenschutzmittel der US-Soldaten aus ihrem Gepäck und hält es wie eine Trophäe hoch. Es soll eine chemische Wunderwaffe gegen Insektenstiche sein. Ausgiebig besprühen wir erst unsere Körper, dann die Kleidung und dann noch einmal unsere Hautflächen. Wir stinken bestialisch und es juckt höllisch. Da müssen wir jetzt durch, denn wir wollen den bestmöglichen Schutz. Schmusen ist nicht.

Ein Junge nähert sich mit seiner Taschenlampe, der helle Lichtkegel hüpft anmutig über den Weg. Er macht sich an der Glühbirne, die über dem Tisch an einem frei schwebenden Kabel baumelt, zu schaffen, bis sie leuchtet. Ihr grellweißer Schein lockt augenblicklich Heerscharen von Mücken an. Sie tanzen anmutig im Lichtkranz der Lampe, doch wir sind nur teilweise beruhigt. Vielleicht machen sie sich ja bloß zum Angriff bereit? Wer weiß?

»Moscos – Mücken«, erklärt der Junge, während wir vorsichtig näher kommen.

»Sind es harmlose Stechmücken, oder sind es die Anopheles, Überträger der Malaria?«

Er versteht uns nicht, seine Sprache ist vermutlich die der Eingeborenen. Sie klingt melodisch und weich. Mit ausdrucksstarken Gesten macht er uns klar, dass wir den Kräutertee trinken sollen, den er mitgebracht hat, und dann schlafen gehen sollen. Wir blicken auf die Uhr. Jetzt schon? Na ja, zugegeben, unsere Abenteuerlust ist für den ersten Tag erschöpft. Außerdem ist kein Marco da, kein Fernseher oder eine andere Quelle der Ablenkung. Außerhalb des beleuchteten Radius liegt eine undurchdringliche Schwärze. Eigentlich ist es vernünftig, schlafen zu gehen. Der Junge führt uns wieder zu der Hühnerleiter und wartet unten, bis wir im Schlafraum verschwunden sind, dann verschluckt ihn die Nacht.

Wir richten unser »Luxus-Nachtlager« und breiten die Seidenschlafsäcke, die wir von daheim mitgebracht haben, auf den beinharten Strohmatten aus. Jemand hat während unserer Abwesenheit zwei schwere Wolldecken bereitgelegt. Sie fühlen sich klamm an und riechen nach Schimmel. Ich ziehe es vor, mir keine Gedanken darüber zu machen, wann sie das letzte Mal gewaschen wurden. *Nicht-Wissen kann beruhigend sein*, murmelt Samsa.

Carmen öffnet die Bänder, die um die löchrigen Moskitonetze geschlungen sind, sodass sie sich lose von der Decke über die Betten breiten. Dann legt sie sich hin und wünscht mir eine gute Nacht. Ach, kein Schwätzchen mehr? Ich bin noch hellwach und lehne mich vorsichtig an die Schilfbrüstung unserer Hütte. Mit zusammengekniffenen Augen und höchster Konzentration suche ich in der Dunkelheit nach unserem Guía. Ist Marco tatsächlich einfach so verschwunden, ohne sich zu verabschieden? Ich fühle mich ein wenig ausgesetzt. Mir ist, als ob die Nacht immer noch schwärzer wird, von Minute zu Minute. Sie erscheint wie eine undurchdringliche Wand. *Aufregen bringt jetzt au nix! Der wird scho wieder auftauchen*, winkt Samsa ab. *Schließlich wird er auch noch die andere Hälfte des Geldes wollen.* Wo sie recht hat, hat sie recht. Ich krabble unter mein Moskitonetz, schiebe die langen Enden sorgsam rundum unter die Matratze und rücke mich zurecht.

»Scheißunbequem ist es hier!«, stöhne ich schon nach wenigen Minuten. Ich befürchte, mir wird morgen jeder einzelne Knochen wehtun.

»Halt die Klappe und schlaf!«, fordert Carmen energisch, aber ich höre, dass auch sie sich offensichtlich unfreiwillig herumwälzt.

Bis weit nach Mitternacht liege ich in einem Halbschlaf. Ich höre die immer lauter werdenden ungewohnten Geräusche des Waldes, die wie ein mächtiges Dauerkonzert auf mich wirken. Ich träume von riesigen Affen-Clans, deren einzelne Mitglieder sich über große Entfernungen mit lauten Schreien verständigen.

Trotz meiner schmerzenden Hüftknochen wache ich am Morgen erfrischt auf. Es ist der zweite Tag im Regenwald, nur noch eine dieser ganz speziellen Regenwaldnächte liegt vor uns, aber daran will ich jetzt nicht denken. Jetzt liegt erst einmal eine Fülle von Möglichkeiten vor mir. Vorsichtig ziehe ich das Moskitonetz unter der Matratze hervor und inspiziere mit Besorgnis mein Lager. Ich bin unendlich erleichtert, dass kein Insekt, keine Schlange und kein sonstiges Getier bei mir Unterschlupf gesucht hat. *Bisch noch einmal davongekommen!*, freut sich Samsa.

Meine Freundin wühlt gerade in ihrem Rucksack nach frischer Kleidung. Ich will es ihr gleichtun, denn das, was ich anhabe, klebt an mir und verbreitet einen ekligen, pilzartigen Geruch. Alles ist feucht, aber das trifft leider auch auf die frische Hose, die Socken und das T-Shirt aus dem Rucksack zu. Mir graust vor mir selbst. *Da musch jetzt durch, Katharina!* Als ob ich das nicht selbst wüsste. Meine Laune rasselt im Nullkommanichts in den Keller.

»Deine Haare sehen wie frisch nach der Dauerwelle aus und deine Haut hat jugendliche Spannkraft bekommen«, lächelt mir Carmen anzüglich zu, der mein Bedauern nicht entgangen ist.

Ich kann mir sehr wohl vorstellen, wie ich aussehe: Meine Haarpracht ist sicher aufgeplustert, eine Ansammlung unsortierter Locken. Ich betaste meine Wangen, und tatsächlich fühlt sich meine Gesichtshaut wie nach einer ausgiebigen Schönheitsbehandlung an. Sie ist weich und seidenglatt. »Hier kannst du bleiben, sparst dir die Kosmetikerin«, spöttelt sie.

»Kannst du ja, ich sicher nicht!«, gebe ich Kontra. Auch ihre Haut sieht aus wie nach einer Behandlung mit Regenwaldbotox.

»Guten Morgen, Chicas!« Marcos knapper Gruß unterbricht unser Geplänkel. Er ist bester Laune und versprüht eine Tatkraft, von der wir genau wissen, woher sie kommt. Oder zumindest glauben, es zu wissen. Mit List und Tücke fragen wir, wo und wie er denn geschlafen habe. Abgesehen von einem schlichten »Gut!« ist nichts, rein gar nichts aus ihm herauszukitzeln. Versteht er uns nicht, oder will er sein süßes Geheimnis nicht preisgeben?

»Seien wir großzügig und lassen ihm sein Techtelmechtel«, schlägt Carmen vor, und wir müssen beide verstohlen grinsen.

»Heute zeige ich euch die ›farmacia de la selva – die Regenwaldapotheke‹«, informiert uns unser Guía. Ich bin mächtig gespannt darauf, Heilpflanzen interessieren mich schon immer.

Das Frühstück ist kein für Touristen zubereitetes »Americano« mit schwammigen Toasts, einem Hauch von Butter und einem bescheidenen Klecks Marmelade, wie wir es einmal in Quito zu uns genommen haben. Auf unseren Tellern türmen sich Berge von Rührei mit gebratenen, köstlich schmeckenden Maniokstücken, reichlich garniert mit Ketchup und Mayonnaise. Natürlich fehlt auch die scharfe Chilisoße nicht. Eine herrlich süße Ananas und mit Zitronenscheiben belegte

Papayas ergänzen das Ganze. Diese Art von Frühstück haben wir absolut nicht erwartet, es ist ungewohnt, aber rico – lecker und sättigend! Dazu gibt es Nestlé-Pulverkaffee und den obligatorischen Saft.

»Esst tüchtig, heute braucht ihr viel Energie!«, mahnt Marco. Er selbst isst für mindestens zwei, uns schwant Fürchterliches. Zum Abschluss bereitet er uns eigenhändig einen Kräutertee, zelebriert wie ein sakraler Akt. »Hierba Luisa.« Wir probieren vorsichtig und erkennen den Geschmack von Zitronengras, ebenfalls rico-lecker. »Vamos, vamos, Chicas!«, treibt er uns an, sobald wir den letzten Schluck ausgetrunken haben.

»Slowly, slowly!«, kontern wir gleichzeitig. Soll er mal nicht so Dampf machen, wir haben schließlich Urlaub! Ohne jeden Kommentar dreht er sich auf dem Absatz um und stapft davon. Einfach so! Er ist die Ungeduld in Person, erhöht das Tempo, ohne sich zu vergewissern, ob wir nachkommen. Bevor er in den dichten Wald abtaucht, springen wir auf und rennen hinter ihm her.

»So ein Macho!«

»Ist doch das Letzte!«

Wir meutern beim Dahinrennen. Eben beim Frühstück war unsere Stimmung noch top, jetzt hingegen ist sie eher bescheiden. Wir haben Mühe, aufzuschließen. Er denkt offensichtlich gar nicht daran, sich nur einmal nach uns umzudrehen oder sein Tempo zu drosseln. Unser lautes Rufen ignoriert er. Ärger brodelt in uns, mörderische Blicke werfen wir auf ihn und schwören uns gegenseitig, den Restbetrag zu kürzen, wenn er weiterhin so fies zu uns ist. Wir ringen nach Luft, geben noch einmal unser Bestes und holen ihn ein. Er wirft uns nur einen kurzen Blick über die Schulter zu.

»Wir machen gleich eine Bootsfahrt von ungefähr zwei Stunden, dann besuchen wir eine Gruppe Ureinwohner, und da werdet ihr Chicha kennenlernen.«

»Und die Apotheke?«, frage ich enttäuscht. Eine Antwort bleibt er mir schuldig. »Du weißt aber schon, dass die Heilpflanzen Teil unseres Vertrags sind!«, hake ich nach. Als er auch darauf einfach nicht reagiert, steigt mir das Blut ins Gesicht. *It ärgern, sich nur wundern!*, klugscheißert Samsa. Sie hat recht, aber ich mag's grad nicht hören. Ich versuche, mich gedanklich abzulenken. Wer oder was ist »Chicha«? Es klingt komisch: Tschitscha. Ob das diese Art Bier ist, von der ich im Reiseführer gelesen habe? Das Herstellungsprozedere klang gruselig. Frauen nehmen Maniok in den Mund, speicheln ihn ein, kauen ihn dann lange, spucken ihn wieder aus und bringen das Ganze zum Gären. Schon beim Lesen ist mir jeder Appetit darauf vergangen. *Katharina, sei höflich, Gaschtfreundschaft muss ma annehmen und du woisch: Ekel schwächt.* Ja, ja, aber gottlob sind wir noch nicht da.

Wir gelangen an ein Flussufer und steigen in ein bereitstehendes Kanu. Marco fordert uns auf, still und bewegungslos zu sitzen, denn es gebe hier Kaimane.

»Sind die für uns gefährlich?«, frage ich äußerst besorgt.

Marco schweigt.

»Herrliche Aussichten!«, stellt Carmen zynisch fest.

Eingeschüchtert sitzen wir in Schockstarre da, wie lebendige Statuen. Wir atmen auf Sparflamme, unsere Füße schlafen im Nu ein. Ich bekomme einen Wadenkrampf, doch das alles ertrage ich heldenhaft. Ich finde mich echt stark! »Prima« wäre total untertrieben! Wenn ich nicht Angst hätte, das Boot zum Schaukeln oder gar zum Kentern zu bringen, würde ich mir jetzt besonders kräftig und ausdauernd auf die Schultern klopfen. Eigenlob stimmt! Jetzt ganz besonders!

Wir erreichen eine kleine Siedlung, mitten im Wald versteckt, mutet sie an wie aus längst vergessenen Zeiten. Das Boot dockt an einen am Ufer eingeschlagenen Holzpfahl, die Lebensgefahr ist vorbei und wir können endlich wieder den Fuß auf festes Land setzen. Mir ist speiübel von der Fahrt, aber ich bin heilfroh, dass wir alle überlebt haben. Einheimische Frauen und eine große Kinderschar heißen uns mit Beifall und Rufen willkommen. Sie gehören doch hoffentlich nicht zu dem Stamm, der Schrumpfköpfe macht? Schon wieder muss ich mich selbst beruhigen, habe eindeutig zu viel im Reiseführer gelesen, meine Fantasie gibt mir Schreckensbilder vor. Allein der Gedanke hilft, dass Marco in Baños von uns nur mit Kopf das restliche Geld bekommen kann. Dieser Umstand erscheint mir die beste Lebensversicherung. Carmen hat wohl ähnliche Gedanken und Empfindungen, unter ihrer Bräune ist sie im Augenblick etwas blass.

Ich betrachte die erstaunlicherweise westlich gekleideten Regenwaldfrauen. Sie wirken uralt, haben eine niedrige, fliehende Stirn, und den meisten fehlen Zähne. Ihre Blicke gehen neugierig zwischen uns und Marco hin und her. Sie zeigen mit dem Finger auf uns, kichern und schwatzen unaufhörlich. Was sie wohl bereden? Wie wirken wir auf sie? Sie erwecken den Eindruck, als ob wir die ersten Weißen für sie wären. Das kann aber nicht sein, denn unser Guía hat uns bereits erzählt, dass diese Tour unter Touristen sehr beliebt sei.

Die Frauen führen uns zu verwitterten Holzbänken und Tischen. Mit Gesten bitten sie, Platz zu nehmen. Oh je, kommt jetzt dieses Chicha? Nein, noch nicht. Wir sollen zuerst die selbst gemachte Keramik bewundern, oder noch besser, kaufen. Die Schalen in unterschiedlichen Größen und vielerlei Rot- und Brauntönen sind mit Symbolen und Zeichen bemalt. Sie sind hübsch, doch das gleiche Angebot haben wir schon billiger in Quito gesehen. Wir finden es außerdem unbequem, uns hier in dieser Umgebung und mit der Aussicht auf den kommenden Fußmarsch mit zerbrechlichen Gegenständen zu belasten. Enttäuscht räumen die Frauen ihre Töpferwaren beiseite, dann wird es ernst. Ein Krug und Trinkschalen werden auf den Tisch gestellt. Das Einschenken wird so feierlich zelebriert, wie bei uns daheim ein edler Tropfen kredenzt wird. Meine höfliche Abwehr wird ignoriert. Gleich kommt die Stunde der Wahrheit. Ein kleiner Aufschub wird mir noch gewährt, Marco bringt einen Trinkspruch an:

»Salud, dinero y amor – Gesundheit, Reichtum und Liebe.«

Na bitte, alles können wir brauchen. Ich versuche ein Lächeln, proste den anderen zu und nehme vorsichtig einen winzig kleinen Schluck. Fast dreht sich mir der Magen um, es ist das widerlichste Gebräu, das ich jemals zu mir genommen habe, eine sauer und zugleich bitter schmeckende dunkle Brühe. Carmen hält sich tapfer, vielleicht schmeckt ihr das Zeug aber auch. Tatsächlich trinkt sie ihre Schale in einem Zug aus, ich kann mich nur wundern.

»Augen zu und durch, Katharina!«, ermuntert sie mich.

»Nie im Leben!« Ich habe genug. So, als hätte ich fürchterliche Schmerzen, verziehe ich mein Gesicht und halte die Hände auf den Bauch gepresst. Ich behaupte, dass ich einen überempfindlichen Magen habe. Das hindert die Frauen keineswegs daran, mich zum Trinken zu animieren und mir die Schale jetzt direkt vor den Mund zu halten. Ich fühle mich ernsthaft bedrängt und bleibe in Abwehrhaltung, vielleicht bin ich auch stur oder klug. Marco und Carmen trinken munter weiter, was auch immer sie an diesem Gesöff finden mögen. Ich bleibe stocknüchtern, doch sie sind bald schon so angeheitert wie die Regenwaldfrauen. Ausgelassen lachen und scherzen sie unentwegt und zeigen mit dem Finger auf mich. Ein leises Gefühl des Abseitsstehens nagt in mir. Es ist mir vertraut, und doch ich kann mich nicht überwinden, mich ihnen anzuschließen.

Marco löst sich abrupt aus der lustigen Trinkrunde und steht auf, er scheint sich plötzlich daran erinnert zu haben, dass hier nicht unsere Endstation für den heutigen Tag ist.

»Vamos, Chicas!«, trällert er und stößt uns damit zurück in die Gegenwart. Kaum dass er gesprochen hat, springt auch Carmen auf und entschwindet mit ihm zwischen den dicht stehenden Bäumen meinen Blicken, als wäre ich gar nicht da. Fast panisch erhebe ich mich von meinem Platz und folge den beiden. Meine Augen sind inzwischen geschult genug, um den Weg anhand der durchtrennten, abgebrochenen oder umgebogenen Zweige zu erkennen. Etwa fünfzig Meter entfernt krümmt sich Carmen hinter einem Baum in Hockstellung, ein paar Schritte weiter überlässt unser Guía gerade seinen Mageninhalt Pachamama. Kichern und Lachen ist den zweien wohl vergangen, nach einer Weile beruhigen sich ihre Körpereruptionen und sie setzen sich schweigend in Marsch.

An einem mächtigen, weitverzweigten Baum bleibt Marco stehen und wartet, bis Carmen und ich aufgeschlossen haben. Die Lehrstunde beginnt, und dazu setzt er erst einmal sich selbst in Szene. Breitbeinig und mit gewichtiger Miene deutet er auf die umstehenden Pflanzen und startet seine ausführlichen Erklärungen. Ich bin etwas abgelenkt, meine Aufmerksamkeit ist mehr auf sein Äußeres als auf seine Worte oder die Pflanzen gerichtet. Eine Locke klebt quer über seiner Stirn, das verschwitzte karierte Hemd ist bis zum Bauchnabel aufgeknöpft und lässt einen schmächtigen Burstkorb sehen. Die ehemals weißen Shorts sind fleckig und die aufgesetzten Taschen eingerissen. Seine Gummistiefel lassen kaum mehr ihre Ursprungsfarbe erkennen und schreien nach Wasser und Bürste. Er wirkt wie der Oberkönig der Regenwaldzwerge oder wie ein Heilkundiger, der auf einem Markt seine Produkte schreiend anpreist. Nur mühsam unterdrücke ich ein aufsteigendes Lachen. Ich schaue zu Carmen, auch sie kämpft gegen ihre Belustigung an. *Nimm di zamm, auslachen isch mies!*, meckert Samsa.

Ich konzentriere mich also auf Marcos Worte. In einer kleinen Sprechpause frage ich ihn nach empfängnisverhütenden Pflanzen. Ich habe gelesen, dass der Wirkstoff der Antibabypille ursprünglich von einer Pflanze aus dem Regenwald stammt. Mit meiner Bemerkung stoße ich offensichtlich und ungewollt sein Lieblingsthema an, denn er zeigt uns sofort eine Art »Viagra-Pflanze« für Frauen und Männer. Es gebe hier eine ganze Menge verschiedener potenzsteigernder Pflanzen, auch Maniok habe im Übrigen diese Wirkung. Bedeutungsvoll zeigt er grinsend auf die entsprechende Stelle unter seinen Shorts. Ich will ihn unterbrechen und auf meine Frage zurückkommen, doch er lässt sich in seinem Redefluss nicht stören und rät uns, viel, viel Maniok zu essen.

»Ist auch gut für Frauen in den Wechseljahren!«

Aha. Doch das alles wollte ich gar nicht wissen, also komme ich wieder auf die Empfängnisverhütung zurück.

»Dios mio! – Mein Gott!« Marco blickt zum Himmel und ringt die Hände. Ist das gespielt oder echt? Bis auf Handbreite nähert er sich mir. »Catalina, nicht Verhüten ist wichtig, sondern Kinder zu bekommen. Die Liebe zwischen Mann und Frau muss blühen und die Früchte der Liebe hervorbringen. An der Zahl der Kinder erkennt man doch erst die ganze Intensität der Liebe!« Er macht eine Wortpause und lässt einen abschätzenden Blick über mich gleiten. »Wie viele Kinder hast du?« Aus seinen Augen blitzt pure Neugierde. Ich antworte wahrheitsgemäß. »Was, nur drei? In deinem Alter könntest du mindestens doppelt so viele haben.«

Ich erspare mir einen Kommentar und wende mich ab. Carmen kommt mir solidarisch zu Hilfe. Mit ihrer Unschuldsmiene gibt sie zum Besten, sie habe schon unzählige Liebhaber gehabt, aber deshalb nicht automatisch Kinder bekommen. Außerdem verstehe sie unter »Früchten der Liebe« etwas vollkommen anderes.

Unser Guía ist sprachlos, er blickt verunsichert zwischen uns Frauen hin und her.

Dem hobt ihrs jetzt aber 'geben. Des passt wohl it in sein Bild von Liebe, vermutet Samsa.

Marcos Gesichtsausdruck bringt uns zum Schmunzeln, aber er findet es gar nicht lustig, dreht sich auf dem Absatz wütend um und schreit irgendetwas in den Regenwald, vielleicht einen Fluch oder so was.

Ich schreie ihm nach: »He, Marco, wie viele Kinder hast du eigentlich?«

Das scheint ihm den Rest zu geben, denn er antwortet nicht und schlägt stattdessen ein strammes Tempo an. Wir hetzen hinter ihm her. *Brave Chicas!*

Mosquitos im Regenwald

Wieder erwischt uns der Paro, das leidige Dauerthema in Ecuador! Marco hört die neuesten Nachrichten über Funk, um auf dem Laufenden zu bleiben. Es fahren weder Taxen noch Busse, teilt er uns abends im Lager mit. Wir sitzen also erneut fest. Statt Zivilisation, Pool, gepflegtem Essen werden wir weiterhin mit Plumpsklo und einem Rinnsal von Duschwasser aus einer rostigen Leitung vorliebnehmen. Wir prüfen unseren Vorrat an Feuchttüchern, es sieht nicht gut aus, wir haben Pech gehabt, sie sind fast alle.

Die Stimmung fällt von jetzt auf gleich Richtung Nullpunkt. Marco verschwindet auch diesmal bei Anbruch der Dunkelheit, und wir haben keinen blassen Schimmer, wohin. Zugegeben, allzu großen Wert legen wir auf seine Gesellschaft nicht mehr.

»Vielleicht versucht er gerade, eine Fahrmöglichkeit zu organisieren?«, vermutet Carmen gutgläubig, sie hofft es wohl mehr.

»Vielleicht versucht er gerade, eine seiner Geliebten glücklich zu machen«, gebe ich ernüchtert zurück. »Alles soll mir recht sein, Hauptsache kein Kanu!«

Wir wollen das Beste aus der Warte-Situation machen und gehen zum Fluss hinunter, erholen uns liegend auf großen runden Steinen und ergehen uns in Frauenthemen, beispielsweise dem Phänomen, dass Marco nach unserer Meinung keinerlei erotische Ausstrahlung besitzt.

»Den könntest du mir sogar auf den Bauch binden, es würde nichts, aber auch gar nichts passieren«, betone ich überzeugt. Wir lachen und spekulieren über die mögliche Anzahl der »Früchte seiner Liebe«.

Plötzlich spüre ich einen fürchterlichen Juckreiz an Beinen und Armen. Ich schrecke auf und stelle besorgt fest, dass ich mit unzähligen Insektenstichen übersät bin. In Schwärmen umkreisen mich winzig kleine Mückenbiester, sie sind vollkommen lautlos und heimtückisch. Dagegen haben sich nur wenige zu Carmen verirrt, die die ganze Zeit ihrer passionierten Leidenschaft des Rauchens nachgeht. Rasend schnell verschlechtert sich jetzt meine Verfassung. Mich überfällt eine heftige Übelkeit und mich friert bis ins Mark hinein. Die Stiche füllen sich mit wässrigem Sekret und jucken wie die Pest. Ich will nur noch, so schnell wie möglich, zu unserer Hütte und zu meinen Medikamenten. Dann habe ich einen Filmriss, ich höre gerade noch die fachfrauische Flächenberechnung meiner Freundin:

»Du Arme, das sind etwa dreihundert Sti...«

Später erfahre ich, dass sie mich nur mit Mühe zu einer Hängematte geschleppt hat. Marco muss wohl überraschenderweise zurückgekommen sein, denn er hat ihr dabei geholfen, mich zu tragen. Carmen hat ihm gedroht, er bekäme keinen einzigen Dollar von uns, aber eine Anzeige, wenn er nicht schnellstens einen Arzt oder Schamanen zu mir brächte. Meine Erinnerung setzt in dem Moment wieder ein, als mich etwas kitzelt. Wie durch eine wabernde Nebelwand höre ich Stimmen. Jemand gibt mir etwas scheußlich Schmeckendes zu trinken. Ein großer dunkelhäutiger Mann beugt sich über mich, sein

Atem streift mich, ich rieche etwas Undefinierbares und spüre wieder den Juckreiz an den Armen und Beinen. Ich höre deutlich das englische Wort »blood poisoning – Blutvergiftung«. Seltsamerweise habe ich das tiefe, sichere Gefühl, dass alles gut wird, und tauche wieder in die tröstliche Schwärze der Bewusstlosigkeit ein.

Was auch immer dieser Mann, ein Schamane namens Roberto, mit mir währenddessen macht, es ist gute Erstversorgung. Carmen erzählt mir später, er habe mit den Händen über das Energiefeld meines Körpers gestrichen, mir eine dunkle Brühe eingeflößt, einen monotonen Singsang von sich gegeben und gewartet. Drei Stunden! Erst, als ich wieder kurz aufgewacht wäre, sei er gegangen. In meinem total erschöpften Zustand hätten sie und der Guía mich hochgetragen in die Hütte, und ich sei sofort wieder in einen tiefen Schlaf gefallen für den Rest der Nacht.

Am nächsten Tag füllen sich die Mückenstiche immer wieder mit gelbgrünem Sekret, schwellen zu Bläschen auf, platzen und füllen sich erneut. Meine Freundin legt mir fürsorglich kühlende Umschläge auf, flößt mir erfrischende Zitronenlimonade ein. Mir ist vollkommen egal, ob das Wasser darin abgekocht ist. Carmens zuversichtliche und umsichtige Gelassenheit ist Balsam für meinen Körper und mein Gemüt. Sie erzählt mir leise, der Schamane habe eine interessante Bemerkung gemacht: »Daran stirbt man nicht, und diese Frau schon gar nicht!« Na, prima! Was heiße denn »diese Frau«, will ich wissen, aber sie weiß es nicht.

Marco lässt sich hin und wieder kurz sehen, will wissen, wie es mir geht, und verschwindet wieder ins Unbekannte. Am vierten Tag verkündet er mit feierlicher Miene:

»Chicas, wenn wir hier rauskommen, besuchen wir Roberto. Er hat uns eingeladen.«

Das ist genau die Art frohe Botschaft, die ich jetzt brauche. Augenblicklich sind die dumpfe Mattigkeit, die ständige Übelkeit und sogar der penetrante Juckreiz Nebensache.

»Alles wird gut, alles wird gut!«, singt mir Carmen ins Ohr und streicht mir tröstend meine schweißnassen Haare aus dem Gesicht.

Ein paar Stunden später taucht Marco auf und bringt uns die gute Nachricht, dass wir aufbrechen können. Die wenigen Habseligkeiten sind schnell zusammengepackt, doch wir müssen den langen Weg bis zur Straße zu Fuß gehen, und ich bin noch unsicher auf den Beinen. Obwohl es heiß ist, friere ich erbärmlich, Gott sei Dank regnet es nicht. Marco und Carmen nehmen mich in ihre Mitte und stützen mich ab.

Der schmale Pfad durch den Pflanzendschungel scheint endlos zu sein. Immer wieder bin ich kurz davor, zusammenzubrechen und aufzugeben. Plötzlich taucht aus dem grünen Nichts eine Lichtgestalt auf. Sie nähert sich, eine in Weiß gekleidete Ordensschwester. Sofort erfasst sie meinen desolaten Zustand.

»Ihr wollt sicher zur Straße und braucht eine Mitfahrgelegenheit, oder?« Wir nicken alle gleichzeitig und schöpfen Hoffnung. »Ich kenne eine Abkürzung, kommt! Wenn ihr wollt, nehme ich euch in meinem Auto mit.«

Und ob wir wollen! Ohne weiter ein Wort zu verlieren, legt sie sich meinen Arm hinter den Kopf auf die Schulter und wir setzen uns in Bewegung. Ich fühle mich wie mit Turbokraft erfüllt, eine seltsame Wirkung. Ich denke nicht weiter darüber nach, sondern setze konzentriert einen Fuß vor den anderen. Unser Pfad führt in Schlangenlinien, sodass ich keine Ahnung habe, in welche Richtung wir eigentlich gehen. Hinter einer scharfen Krümmung wird schließlich die Sicht etwas freier. Das muss die Straße sein, und tatsächlich, ich sehe das Auto. Der Fahrer blickt uns aus dem heruntergelassenen Fenster ernst entgegen, dann steigt er schnell aus und hilft mir umsichtig, ins Fahrzeug einzusteigen. Ist das eine Gebetserhörung, ein Wunder? Für mich ist es zweifellos beides.

Direkt vor einem Hotel mit dem vielversprechenden Namen »Der Weg zum Himmel« werden wir abgesetzt. Ein rot uniformierter Türsteher verbeugt sich vor uns mit vielen »Bienvenidas – Willkommen« und ein kleiner Junge im gleichen Dress führt uns in ein modernes Zimmer mit zwei Riesenbetten. Alles Luxusklasse, das erkennen wir schon auf den ersten Blick. Das wird sicher teuer. Marco, der hinter uns hergeht und wohl unsere Gedanken liest, beruhigt:

»Für mich wird es teuer, Chicas. Ihr seid eingeladen.« Wir sind hocherfreut. Relaxen und genießen, das haben wir voll verdient! »Als Entschädigung für den Streik bekommt ihr Hübschen zwei wundervolle Tage hier im Hotel mit Spa. Einverstanden?« Uns verschlägt es die Stimme. Marco bekommt nun doch ein paar Sympathiepunkte. Er überzeugt sich, dass es heißes Wasser gibt, dass der Superventilator über den Kuschelbetten funktioniert und ebenso der riesige Fernseher. Er tut fachmännisch. »Vorzügliches vegetarisches Essen ohne Getier aus dem Regenwald gibt es auch, sobald ihr euch erfrischt habt. Gut so?«

Vor lauter Überraschung und Begeisterung bringe ich nur ein heftiges, dankbares Nicken zustande, Carmen schweigt. Als Marco gegangen ist, klärt sie mich ein wenig näher auf. Der

Guía bezahle das alles sicher nicht aus eigener Tasche. Während ich in der Hängematte vor mich hin gezittert habe, hätte sie ihn mit Fragen gelöchert, sodass er schließlich zugeben musste, gehörige Probleme zu bekommen, wegen mir.

»Wegen mir?«, frage ich, aus unerfindlichen Gründen schuldbewusst.

»Wegen dir, Catalina!« Carmen fordert mich auf, ihm gegenüber bloß kein Wort dazu zu sagen! Marco habe zu Recht Gewissensbisse, denn normalerweise sei er für ausreichenden Mückenschutz und sogar für die medizinische Versorgung verantwortlich, laut Vertrag, es stehe im Kleingedruckten. Da er uns die meiste Zeit allein gelassen hat, müsse er jetzt also dafür sorgen, irgendwie aus der Sache herauszukommen. Daher sei er so fürsorglich. »Also Mund halten und genießen!«

Während ich ausgiebig dusche und die herrlich warme Schwallbrause genieße, kauft Carmen ein. Sie bringt mir eine grüne Seidenhose im Marlene-Dietrich-Stil und juckreizstillende Medikamente. Die kühle Seide umschmeichelt locker meine wunden Beine. In bester Laune gehen wir in den eleganten Speiseraum, wo sich die Ober darum reißen, uns jeden Wunsch zu erfüllen. Ich kann von den köstlichen Fruchtsäften kaum genug bekommen, vom leckeren Essen ganz zu schweigen. Meine Blessuren werden für einen Moment zur Nebensache.

Nach einer erholsamen Nacht wartet Marco mit einem Taxi vor dem Hotel, um uns für den Besuch bei »unserem« Schamanen Roberto abzuholen. Ich bin aufgeregt, das Herz schlägt mir bis zum Hals. Gleich werde ich diesem Mann, der mich so sanft gerettet hat, bewusst gegenüberstehen. Unsere Fahrt verläuft größtenteils schweigend, bis Marco auf ein großes, solide gebautes Holzhaus mit Terrasse deutet. Es ist kaum zu fassen: Der Regenwald-Medizinmann lebt ganz normal am Rand einer kleinen Stadt, nicht im Dschungel bei seiner Sippe?

»Steigt aus, Chicas! Vamos!« Marcos Stimme ist wieder gewohnt barsch. Wir betreten zuerst eine lichterfüllte, geräumige Halle. Mein Blick fällt sofort auf ein paar geheimnisvoll anmutende Ritualgegenstände und riesige, schwarz glänzende Steine, die zu seltsamen Gebilden aufgetürmt sind. Überdimensionale Bilder von federgeschmückten »Urwäldlern« hängen an den Wänden. Ich schaue mich weiter um. Eine große Essecke, eine schwarze Ledercouch mit dazu passenden breiten Sesseln, ein auf Hochglanz polierter Glastisch, nicht viel anders als in einem deutschen Wohnraum. Der prachtvolle dunkle Holzboden ist mit kunstvollen Intarsien versehen.

Roberto tritt in den Raum und begrüßt zuerst mich, distanziert und wortkarg. In diesem Moment fällt mir ein, dass er der Schamane sein könnte, der nach Aussage von Tom auf mich wartet. Mein Herz schlägt aufgeregt und meine Hände sind feucht. Er bittet mich, in einem Sessel Platz zu nehmen, und setzt sich mir gegenüber. Carmen und Marco nehmen, etwas abseits, am Esstisch Platz. Die Tatsache, dass er die beiden weder begrüßt noch sonst beachtet hat, irritiert mich ein wenig, doch ich lasse mich ganz auf das ein, was jetzt geschieht. Während Roberto mich eingehend betrachtet, seine Stirn ist gerunzelt, beginnen sich die Eindrücke in mir zu spalten. Einerseits bedrückt mich das Schweigen, andererseits lärmt es mir. Warum sagt er nichts? Was sieht er? Was denkt er? Nervös streiche ich mir die Haare hinter die Ohren. Von ihm geht eine Präsenz aus, die elektrisierend ist, die die Luft vibrieren lässt.

Ich konzentriere mich auf die reine Beobachtung und werde etwas ruhiger. Sein volles, schwarzes, langes Haar ist im Nacken mit einem bunten Band gebändigt. Er trägt eine abgewetzte Jeans und sein offenstehendes dunkelblaues Hemd lässt die schwarzen Brusthaare sehen. Um seinen Hals hängt ein Lederband mit einem großen Amulett, es ist ein Konglomerat aus Federn, Tierkrallen und kleinen Beuteln. Seine Augen haben einen undefinierbaren Ausdruck, als sein Blick auf meine Kette fällt, die ich zu Ehren dieses Besuches trage, mein Talisman, ein großer Bergkristall. Ich spüre sein Interesse, doch ich bin unsicher, ob es nicht auch Begehren sein könnte oder sonst was. »Alles ist möglich, nichts ist sicher!«, höre ich innerlich Rosita sagen. *Du bisch zum erschten Mal in deim Leabe bei am Schamanen. Pass bloß auf, was der macht!*

Roberto beginnt einen lockeren Small Talk über meine bisherigen Reiseerlebnisse, dann fragt er mich, ob ich arbeite.

»Selbstverständlich, ich bin Heilpraktikerin und arbeite mit Pflanzenmedizin und Homöopathie. Ich betreibe eine Praxis für Körper, Geist und Seele.«

»Und sonst nichts?«

Ein wenig verwirrt schaue ich hilfesuchend zu den anderen hinüber. Marco nimmt das als Aufforderung und sagt etwas in der Landessprache zu Roberto. Ich verstehe davon nur die Wörter »Früchte« und »Liebe«. Interessiert gleitet Robertos Blick an mir auf und ab.

»Du bist Heilerin und arbeitest mit Energiemedizin?«

Ich nicke und ergänze meine Antwort von eben, erzähle von Homöopathie und Hypnose. Marcos Übersetzen dauert schrecklich lange, und ich vermute, dass er aus meinen knappen Sätzen ganze Geschichten macht. *Mei, bisch du misstrau-*

isch, des kannsch doch gar it wissa. Entspann di jetzt! Samsa stört meine Konzentration. Eben hat sie mich noch angehalten, vorsichtig zu sein, und jetzt verurteilt sie mich. Sie soll den Mund halten.

Ich bin riesig froh, als Roberto nun unvermittelt das Thema wechselt und beginnt, lebhaft von seiner Arbeitsweise mit dem Geist von Pflanzen und Tieren zu berichten. Ich bin sofort in meinem Element und in mir erwacht der Wunsch, ihm bei der Arbeit zusehen zu können. Ohne lange zu überlegen, frage ich nach, doch er weicht aus und will stattdessen mehr von mir und meiner Biografie wissen. Ich erwähne, dass meine heilkundige Großmutter früher geholt wurde, wenn eine Geburt bevorstand oder jemand im Sterben lag. Ich hätte viel von ihr über getrocknete Kräuter gelernt oder beispielsweise, wie eine Blutung gestillt wird. Robertos Präsenz wird immer spürbarer. Ströme von Energie gehen von ihm aus und erfassen mich jetzt ganz direkt. Vitalität und Lebensfreude beginnen in mir, darauf zu antworten. Es ist, als sei meine Großmutter hier anwesend. Ich spüre, wie ihre große Liebe mich erfasst. Den Augen des Schamanen entgeht keine meiner Regungen, zärtlich wischt er mit den Fingerspitzen meine Tränen weg. Mein Blick fällt dabei auf seine rechte Hand. Erschrocken zucke ich zusammen, es fehlen zwei Finger.

»Jaguar«, antwortet er auf meine unausgesprochene Frage. Dann lehnt er sich etwas zurück und wir schweigen.

Kein Zweifel, es gibt eine merkwürdige, zauberhafte Verbindung zwischen Roberto und mir, die sich nicht mit Worten beschreiben lässt. Doch Marco nutzt diese scheinbare Pause, um uns, etwas zu abrupt für mein Empfinden, zur Rückkehr ins Hotel zu mahnen. Unser Gastgeber nickt kurz, erhebt sich und verabschiedet sich, distanziert und förmlich wie zu Beginn.

Zurück im Hotel, rufe ich als Erstes meinen Sohn in Deutschland an. Ich brenne darauf, ihm von den jüngsten Geschehnissen zu erzählen.

Wir sind wieder in Baños, nur noch wenige gemeinsame Tage bleiben. Carmens Rückflug nach Deutschland rückt in allernächste Nähe und auch für mich heißt es bald, weiterzureisen nach Peru. In Anbetracht des bevorstehenden Abschiedes »poolen« wir mit allen Sinnen. Wir lassen uns Obstsaft und Früchtesalat mit Eis direkt ans Becken bringen, entspannen im heißen Thermalwasser und werden immer stiller, bis plötzlich von irgendwoher ein sehr konkreter Gedanke in mir auftaucht.

»Du, Carmencita, zu achtundneunzig Prozent fliege ich mit dir heim. Ecuador und Peru können mir gestohlen bleiben! Ich habe für mindestens zwei Jahre im Voraus genug erlebt und muss fit für Indien werden!«

Tief sehe ich ihr dabei in die schönen Augen, es ist mir vollkommen ernst. Genau in diesem Augenblick ruft mich der Chico von der Rezeption.

»Telefon für Catalina!«

Wie von der Tarantel gestochen bin ich auf den Beinen. Wer ruft mich hier an? Daheim hat niemand diese Telefonnummer. Aufgeregt greife ich nach dem Hörer.

»Hola – Hallo, Catalina.«

Ich höre die Stimme von Marco, er teilt mir mit, dass Roberto mich unbedingt wiedersehen will. Er habe mich zur großen Feria, einer Ausstellung in Ibarra, eingeladen. Es sei ein Treffpunkt der Schamanen aus dem ganzen Land. Mein Herz beginnt augenblicklich, im Urwald-Trommel-Rhythmus zu hämmern, und meine Wangen brennen.

»Danke, ich komme gern!«

Außer mir vor Aufregung, eile ich zurück zu Carmen. Noch ehe ich erzählen kann, was geschehen ist, fragt sie treffsicher: »Die zwei Prozent?« Ich nicke.

In dieser Nacht übe ich, wie so oft, meine Gedanken und Gefühle, die wie Wildpferde galoppieren, zu beruhigen, um einzuschlafen. Unzählige Male versuche ich es mit Schäfchenzählen, aber die springen nur von einer Seite auf die andere. Genervt wechsle ich die Methode, zähle von Hundert auf null. Bei jeder ungeraden Zahl atme ich langsam aus und gehe auf einer imaginären Treppe eine Stufe abwärts. Bei jeder geraden Zahl atme ich ein und verweile auf der Stufe. Doch es funktioniert alles nicht, ich kann das Karussell in meinem Kopf nicht stoppen, es ist zum Verzweifeln. Obendrein nervt mich Samsa auf penetrante Weise: *Mei, bisch du wankelmütig! Überleg dir guat, was willsch! Isch es it besser, du fliegsch mit der Carmencita heim? Warum eigentlich willsch Peru sausen lassen? Wie kannsch du nur wieder so voreilig und spontan sein? Wenn des nur guat ausgeht!*

Wieder ist alles möglich und nichts sicher. Aber hatte ich mir nicht gewünscht, Schamanen zu begegnen? Jetzt wird es mir leicht gemacht. Unzählige Male spiele ich gedanklich alle Möglichkeiten durch, was auf diesem Schamanentreffen passieren könnte. Ob ich wirklich mitgehen oder meine Zusage zurücknehmen soll. Ich könnte auf Nummer sicher gehen und mit meiner Freundin heimfliegen. Ich überlege auch, ob ich gesundheitlich überhaupt in der Lage dazu bin oder ob es vernünftiger wäre, in Deutschland einen Arzt wegen eventueller Nachwirkungen der Blutvergiftung aufzusuchen. Fragen über Fragen plagen mich, schließlich aber siegt die Vernunft, besser gesagt, Samsa, die sagt: *Du musch doch in dieser Nacht nix feschtlege. Gar nix.* Wach bleibe ich dennoch, den Schlaf werde ich irgendwann nachholen müssen. »Gut schlafen kann ich daheim genug«, hat mir einmal jemand auf einer Reise gesagt. Ich darf also getrost schlaflos oder auch nervös wie eine junge Frau vor der Hochzeit sein. Ich setze mich im Bett auf, stopfe mir das fette Kissen in den Rücken und überlasse mich im Grau-Schwarz der Nacht allem, was in mir aufsteigt. *Sich-sein-Lasse isch guat.* Radio Samsa. Carmens ruhige und gleichmäßige Atemzüge bilden die Begleitmusik. Mein Blick folgt den Lichtstreifen, die vorbeifahrende Autos an die Wand malen, sie kommen und verschwinden, und irgendwann gleite ich dann doch ins Land der Träume.

Ein kleiner Junge und seine jüngere Schwester liegen inmitten einer duftenden Blumenwiese. Sternenblumen schaukeln im Wind. Sie sind jungfräulich, weiß gekleidet, haben einen goldenen Blütenkelch und rote Staubgefäße. Anmut, Reinheit und Glückseligkeit strahlen sie aus. Das kleine Mädchen ist tief in ihren Anblick versunken. Während sie in die Blütenkelche schaut, sieht sie darin tanzende Sonnenlichter. Der Wind raunt ihr lockende Versprechungen zu.

»Warum schaust du so lange diese Blumen an?«, fragt ihr älterer Bruder. »Was ist so besonders an ihnen?«

»Siehst du nicht, dass sie Sternen gleichen?«, antwortet das Mädchen. »In ihnen wiegen sich Sonnenlichter zum Gesang des Windes.«

»Blumen sind keine Sterne«, wendet entrüstet ihr Bruder ein. »Die Sonne ist oben am Himmel und der Wind kann nicht singen.«

»Du hast eben andere Augen. Für mich aber sind sie wie Sterne, und je länger ich in ihre Blütenkelche schaue, umso leichter wird's mir ums Herz. Sie machen mich genauso froh wie eine Umarmung von Mama oder Papa. Dich nicht auch?«

Da treten Weichheit und Zärtlichkeit in die Augen des Jungen.

Abschied in Ibarra

Wir sitzen im Bus nach Quito und kommen nach fünf Stunden entspannter Fahrzeit an. Es gibt eine Menge zu tun: Wir holen unsere Pässe und Tickets bei Rosita ab, bestätigen Carmens Heimflug und canceln meinen Flug nach Lima in einem örtlichen Reisebüro. Für mich ist endgültig klar, dass ich die restliche Zeit in Ecuador bleiben werde. Das Leben scheint meinen Plan zu quittieren, denn die Fluggesellschaft, bei der ich Lima gebucht habe, existiert inzwischen nicht mehr und ich bekomme das Ticket erstattet.

»Wenn das nicht ein Zeichen des Himmels ist, fresse ich einen Besen!«

Lieber nicht, Carmencita, denke ich, denn sonst wirst du deinen Juan nicht in Bälde wiedersehen, wenn überhaupt. Ich finde es toll, wie sich alles von allein regelt. Und wer weiß, was sich noch alles auf dieser Reise fügt.

»Ich bin offen für vieles«, behaupte ich zuversichtlich.

»Für dein Alter bist du erstaunlich flexibel, Catalina. Bewahre dir diese Fähigkeit!«

Zweifelnd schaue ich sie an. Meint sie das ernst, oder nimmt sie mich jetzt auf den Arm? Samsa rügt: *Mei, was für Sachen du wieder unterstellsch. Daran darfsch noch g'hörig arbeiten.* Später. Erst einmal drückt der baldige Abschied von meiner Freundin auf mein Gemüt, ein Ziehen im Magen und das Herz ist schwer. Habe ich gerade zum Besten gegeben, dass ich flexibel sei? Warum bin ich dann traurig, dass die gemeinsame Zeit zu Ende geht? *Jetzt isch jetzt und no isch der Abschied it.* Samsas Appell holt mich in die Gegenwart zurück.

Anstatt bis zum Heimflug allein in Quito abzuhängen, begleitet mich Carmen nach Ibarra und will mich dort persönlich der Schamanen-Crew übergeben. Für uns beide eine famose Idee. Wir sitzen im Bus in Richtung Norden, dieses Mal ist es ein grüner, auf dem »Mein Otavalo-chen« in Riesenlettern steht. Direkt daneben ist eine bunt gekleidete Gruppe gemalt. Im touristischen Otavalo, ein Highlight, wollen wir die Fahrt unterbrechen und eine Nacht bleiben. Eine Bilderbuchlandschaft zieht an uns vorbei: sattgrüne Berge, der mit weiß blitzender Gletscherhaube bedeckte Cayambe mit seinen weit über 5.000 Metern Höhe, kleine quirlige Städtchen, tiefe Canyons und ein herrlicher, tief dunkelblauer See. Carmen hat, nur um einiges tiefer als ich, an der Fensterseite Platz gefunden, und in den rasanteren Kurven lande ich fast auf ihr. Mir ist es durchaus angenehm, ihr aber zunehmend lästig.

»Damit die Busfahrt lehrreich für dich wird, zeige ich dir was«, ruft sie mir durch den Fahrlärm zu und gestikuliert etwas, was ich nicht gleich identifizieren kann. »Ich bringe dir Motorradfahren bei.«

Sie macht es mir vor: in einer Rechtskurve immer schön das Gewicht auf die linke Pobacke verlagern und in einer Linkskurve auf die rechte. Ich folge ihrem Beispiel und richte dabei meinen Blick in Richtung Fahrerkabine. Neben seinem Rückspiegel baumelt ein schwarzer Rosenkranz in XXL-Größe, darüber, als absoluter Eyecatcher, lächelt eine pinkfarbene Maria voller Liebreiz auf schwarzem Samt in die Welt. Das Christuskind in ihrem Arm erweckt den Eindruck, als wolle es gleich herunterspringen. Im Fernseher läuft der Film »Spiel mir das Lied vom Tod« auf Englisch mit spanischen Untertiteln, und gleichzeitig plärrt aus dem Radio Salsa-Musik. Unser Fahrer pfeift vergnügt und patscht mit seinen Händen im Rhythmus der Musik auf sein Lenkrad. Wir legen uns in die Kurven.

»Danke, Frau Lehrerin, für den Unterricht. Hast du auch noch einen Rat, wie ich mir dabei nicht in die Hosen mache?«

Unvermittelt richtet sie sich auf.

»Halt, bitte!«, brüllt sie in Richtung Busfahrer, dessen augenblickliche Reaktion einen Härtetest für die Bremsen bedeutet.

Meine Freundin drängt zum Aussteigen. Eine ganze Völkerwanderung setzt sich in Gang und schiebt nach draußen. Im Nu ist der Bus gähnend leer, bis auf den Fahrer, der uns im Rückspiegel beobachtet. Carmen tobt:

»Wolltest du nicht Pipi machen? Los, komm endlich!« Sie zerrt an mir, aber ich bleibe ungerührt sitzen. Ihre Augen blitzen voller Wut. »Du weißt auch nicht, was du willst!«, zischt sie mich an und drückt sich entschlossen an mir vorbei, tritt mir dabei auf die Füße. Autsch! Jetzt bin ich sauer.

Der Fahrer macht eine Handbewegung nach draußen, und erst jetzt registriere ich, dass wir an einer Tankstelle stehen. Minuten später sehe ich Carmen an einer Tüte Eis schlecken. Das will ich auch! Kaum erscheine ich in der Tür, schmettert sie mir entgegen:

»Na endlich! Hast du dir inzwischen in die Hose gemacht?« Nur gut, dass nur ich sie verstehe, sonst würde ich mich jetzt in den Erdboden schämen. Ich fauche zurück:

»Kannst du nicht einmal warten, bis ich einen Satz zu Ende spreche? Ich wollte doch lediglich sagen, dass ich mir fast vor Angst in die Hose mache, weil der Fahrer viel zu schnell fährt und die Kurven schneidet.«

Carmen kaut auf ihrer Unterlippe, dann hält sie mir ihre Tüte Eis hin.

»Da, beruhige dich. War eben nur ein kleines Missverständnis.«

So rasch sich der Bus eben noch geleert hat, so schnell sind alle wieder auf ihrem Platz und es geht weiter. Ein junger Mann kassiert das Fahrgeld der Zugestiegenen, ich bewundere, wie geschickt er die vorher längs gefalteten Geldscheine, nach Wert sortiert, zwischen die Finger klemmt. In seiner Hosentasche klappern die Münzen. Er ist ein Unterhaltungskünstler. Die Beifahrertür steht offen, er lehnt sich weit hinaus und hält Ausschau nach weiteren Fahrgästen. Er ruft in unterschiedlichen Tonlagen das Reiseziel »Otavalo« aus und zieht dabei die Silben in die Länge. Dem satten, tiefen »OOOO« folgt ein kurzes, knappes »TA«, ein kraftvolles »VA« und ein bestimmtes »LOOO«. Er hat die Stimme eines Tenors. Im Vergleich dazu sind die Ansagen der Deutschen Bahn staubtrocken. Kaum sieht er einen Reisewilligen, zieht er ihn mit Schwung in das nur wenig langsamer werdende Fahrzeug. Dann springt er hinaus, katapultiert mit gekonntem Schwung das Gepäck in den unteren Stauraum und schwingt sich elegant wieder hinein. Er bemerkt unsere Bewunderung und grinst uns zu. Mit einer Hand streicht er über das schwarze, auf Glanz polierte Haar und sagt etwas zum Busfahrer. Beide werfen uns lachend eine Kusshand zu. Sind seine Aufführungen exklusiv für uns? Wir schauen uns um, die anderen Fahrgäste verfolgen den Western oder schlafen.

»Gockel-Verhalten«, vermutet Carmen.

»Besser jedenfalls als in den öden deutschen Öffentlichen.«

Einige Zeit später wird uns erst klar, dass wir schon längst in Otavalo sind und gerade fast wieder herausfahren.

»Stopp, stopp!«, ruft Carmen erschrocken und deutet nach draußen. Wieder hat sie eine vollmundige Bremsung zu verantworten.

Der »Hilfssheriff« drückt sich zu uns durch, reißt unsere Rucksäcke an sich und drängt uns zur hinteren Tür hinaus. Dann wirft er uns unser Gepäck in die ausgebreiteten Arme.

»Auf Wiedersehen, ihr Schönen!«, ruft er uns zu und zeigt seine schneeweißen Zähne.

Von drinnen hören wir das sonore Lachen des Fahrers.

Jetzt brauchen wir nur noch ein Hotel. Die gibt es in dieser Hochburg des Tourismus wie Sand am Meer. Schnell finden wir ein Zimmer, das uns gefällt.

»Schau, Catalina, eine fantastische Aussicht!« Carmencita fordert mich auf, den Reiseführer beiseitezulegen und ans Fenster zu kommen.

»Und? Ich sehe nur junge Männer, die Basketball spielen.« Daneben steht eine Kirche, ein roter neugotischer Backsteinbau, im Hintergrund prangt ein Berg. Im Vergleich zum Cotopaxi erscheint er mir langweilig.

»Schau dir diese Jungs an! Herrliche Körper!«, schwärmt sie und seufzt abgrundtief. Denkt sie jetzt sehnsüchtig an ihren Juan oder hat sie den schon vergessen? Mich lassen die Muskulösen vollkommen gleichgültig. Schweigend lege ich mich wieder auf das Bett und lese das Kapitel »Otavalo« zu Ende.

»Catalina, kommst du mal?« Ich höre meine Freundin im Bad hantieren.

»Ja, gleich!«, rufe ich zurück. Ich lese gerade einen Bericht über Schamanen, Heiler und Hexer und will nicht unterbrechen.

»Kommst du?«

»Gleich, ich lese nur noch schnell zu Ende«, vertröste ich sie.

Beim nächsten Rufen hebt mich ihr unverkennbarer Befehlston aus dem Bett. In Sekundenschnelle stehe ich im Badezimmer, mir bietet sich ein vollkommen überraschendes und unverständliches Bild: Der Fußboden ist überschwemmt, Carmen steht nackt da. Ihr hochrotes Gesicht ist von den schwarzen Haaren wild umrahmt, sie erinnert mich an einen Racheengel. An ihren Bauch presst sie das Waschbecken. Mein Hirn schaltet sich ein. Ich drehe den Hahn zu, aus dem kaltes Wasser herausschießt. Darauf hat der andere Hahn nur gewartet, er spuckt eine beeindruckende Fontäne heißen Wassers aus. Ich versuche mein Glück am Zentralhahn ohne die geringste Wirkung, er scheint eingerostet zu sein. Vielleicht sollte ich mich doch zuerst um Carmen und das Waschbecken kümmern? Mit vereinten Kräften versuchen wir, es wieder in der Halterung zu verankern, ohne Erfolg.

»Soll ich Hilfe holen?«, frage ich genervt.

»Nein, Chica, das kriegen wir auch alleine hin!«

Carmens Entschiedenheit ist unübersehbar, eigentlich hätte ich mir diese Frage sparen können. Wir werkeln, fummeln und mühen uns ab. Inzwischen bin auch ich klatschnass vor Anstrengung und von dem noch immer herausprudelnden Wasser. Langsam reicht es mir.

»Komm schon, wir holen jemanden, der was davon versteht!«

Carmen bleibt stur. Gemeinsam, unter Aufbietung aller Kräfte, wuchten wir das Waschbecken hoch und versuchen, es auf die dafür vorgesehenen Wandkonsolen zu stemmen, doch dieses blöde Ding will nicht. Es reicht mir, meine Geduld ist aufgebraucht.

»Sag, was du willst, ich hole jetzt Hilfe!«, entscheide ich.

Schon haste ich die Treppe zur Rezeption hinunter. Die beiden Männer in Schwarz schauen mir entgegen. Ihr Blick macht mir mein Aussehen bewusst. Ich schaue an mir herunter und mir wird klar, dass mein am Körper klebendes Strandtuch nur noch eine transparente Hülle ist. Ich bin barfuß, und es ist anzunehmen, dass mein Gesicht knallrot ist. Egal, es gibt jetzt wirklich Wichtigeres.

»Vamos, Señores!«, rufe ich und winke sie nach oben. Schnell drehe ich mich um und hetze die Treppe wieder hinauf zu unserem Zimmer. Tatsächlich folgen sie mir. Ich öffne die Tür und ihnen genügt ein kurzer Blick. Das Wasser hat auf dem roten Teppichboden im Zimmer bereits Pfützen gebildet. Ohne jeden Kommentar verschwinden sie, und nach gefühlt nur einer Minute erscheint ein Handwerker in knallgelbem Overall mit einem gelben Werkzeugkoffer. Er macht einen professionellen Eindruck.

»Corporate identity, und das hier in den Anden«, grinst meine Freundin, die sich inzwischen malerisch die Bettdecke umgeschlungen hat. Der Kraftakt von eben ist ihr nur an den hummerroten Armen und dem schweißnassen Gesicht anzumerken. Der Handwerker schaut irritiert von ihr zu mir, dann ins Bad und wieder zu uns. Er gibt keinen Ton von sich. Wir können uns das Lachen nicht mehr verbeißen, die Situation ist einfach zu komisch. Wortlos, und offensichtlich auch humorlos, schließt er die Tür zum Badezimmer hinter sich. Schnell wie die Feuerwehr kleiden wir uns zivilisiert, da kommen auch schon die beiden Herren von der Rezeption zurück, im Schlepptau ein

Zimmermädchen. Eine halbe Stunde später haben wir ein anderes Zimmer bezogen, noch komfortabler und zum gleichen Preis. Carmen verspricht mir, nicht wieder die Füße im Waschbecken zu waschen und bei Pannen sofort Hilfe zu holen.

Wir beschließen einvernehmlich, auf den berühmten »Poncho-Plaza« zu gehen und zu strawanzen wie alle Touristen. Das haben wir bereits seit Anfang unserer Reise vor. Wir ziehen also erwartungsfroh los.

Unterwegs fällt uns auf, wie sauber und gepflegt, geschäftig und dennoch ruhig es in dem Städtchen zugeht. Hotels, Restaurants und jede Menge Kunsthandwerkerläden reihen sich bunt aneinander. Überall sehen wir aufgetürmte Berge von Teppichen, Strickwaren und Fellen. Der Farbenrausch und die Vielfalt stellt alles bisher Gesehene in den Schatten. Wir ziehen von einem Stand zum anderen, schauen und befühlen die Waren, halten Pullover, Jacken und Schals in leuchtenden Farben an unsere Körper. Auch die legendären Panama-Hüte, die hier im Land hergestellt werden, setzen wir uns auf. Und dennoch: Uns ist nicht nach Kaufen. Carmencita hat nicht einmal Lust, ihrem Juan ein Souvenir aus Ecuador mitzubringen.

»Komm, lass uns da oben auf der Dachterrasse etwas essen und den Tag beschließen«, schlägt sie vor und deutet auf die gestreiften Sonnensegel im dritten Stock eines Gebäudes.

Gesagt, getan. Wir steigen die steile Treppe hoch und ergattern den letzten freien Tisch mit einem sagenhaften Blick auf den Markt. Wir fühlen uns wie in der Ehrenloge eines Theaters. Der hübsche Chico, der uns beim Bedienen beinahe mit den Augen verschlingt, empfiehlt uns speziell gefüllte Teigtaschen. Warum eigentlich nicht? Tatsächlich sind die frittierten Backwaren mit einer oberleckeren Karamellmasse gefüllt, wirklich muy rico! Nur die dazu gereichte »Heiße Schokolade« ist sehr gewöhnungsbedürftig. Sie gleicht einer lauwarmen, bitteren Instant-Suppe, in der einsam ein paar zarte weiße Käsestückchen schwimmen. Nicht mal ein Schlagobers. *Mei, überall tuat ma anders.* Samsa bringt es mal wieder auf den Punkt.

Den letzten gemeinsamen Tag verbringen wir in Ibarra, wenige Stunden von Otavalo entfernt. Carmen ist mir in den letzten drei Wochen noch mehr ans Herz gewachsen, ich bin erfüllt von Dankbarkeit, aber auch Traurigkeit. Voller Liebe schaue ich sie an, während der Bus gleichmäßig dahinrollt. Mein Herz klopft, ich könnte sie auf der Stelle knutschen oder an ihrer Schulter weinen. Oder beides. Aber ich unterlasse es. Ihr Blick sagt eindeutig: Bloß keine Sentimentalitäten! Ich kenne ihn.

»In Kürze liegst du in den Armen von Juan und ich bin ohne dich.« Ein anderer Versuch, meinen Gefühlen Ausdruck zu geben.

»Jetzt mach kein Theater, Chica. Du wirst schließlich von einem Schamanen erwartet. Außerdem, spätestens, wenn du wieder daheim bist, will ich von dir hören, wie Kraft und Weisheit in dir zusammengefunden haben!«

»Wie meinst du das?«, frage ich irritiert, weil ich nicht weiß, worauf sie anspielt.

Carmen lächelt mich gütig an.

»Du hast doch gesagt, das neue Zeitalter sei angebrochen, erinnerst du dich?« Sie kneift ihre Augen etwas zusammen, wie um mich zu prüfen. Ich stehe auf dem Schlauch. »Na, du weißt schon, das männliche und das weibliche Prinzip. Wie beides vereint wird ... Hoffentlich auch in dir!«

Ich werde schweigsam. Ja, das habe ich gesagt, auf dem Hinflug. Aber ich habe nicht an mich selbst gedacht, es war eher allgemein. Wieso sie wohl ausgerechnet jetzt darauf kommt? Ich werde es alleine herausfinden müssen, wenn sie nicht mehr da ist. Jetzt ist sie noch da, hier, mit mir. Ich will diese Stadt mit ihr genießen.

Ibarra, wegen ihrer vorwiegend weißen Bauten »Die weiße Stadt« genannt, liegt im nördlichen Andenhochland, schon nahe der kolumbianischen Grenze. Marco hat uns ein gutes Mittelklassehotel genannt, in das auch er mit Roberto und dessen Frau Maria kommen werde. Der Bus hält unweit davon und wir können es sogar zu Fuß erreichen. Nach dem Einchecken erkunden wir die blitzsaubere Kolonialstadt. Beim Schlendern läuft mein inneres Begleitprogramm von Radio Samsa auf Hochtouren: *In Kürze triffsch den Roberto wieder. Wie seine Frau wohl isch? Hoffentlich wirsch it zu Demonschtrationszwecken verwendet. Hoffentlich kannsch di andren Ausländern anschließen ...* Ich erzähle Carmen von meiner Aufregung und der zunehmenden Beklemmung, die ich spüre. Doch sie hat dafür keinen »Kopf« mehr. Sie geht zwar an meiner Seite, aber ich spüre, dass sie mit dem Herzen schon längst zu Hause ist. Ich kann es ihr nicht verdenken, doch mich beschleicht ein leises Gefühl des Alleinseins. *Typische Opferhaltung*, kommentiert Samsa. Das weiß ich auch selbst.

Während wir ein köstliches Fruchteis löffeln, verdüstert sich meine Stimmung im Eiltempo. Fragen und Zweifel bestürmen meinen Kopf. Was tue ich hier eigentlich? Worauf habe ich mich da bloß eingelassen? Wäre es nicht doch besser, kurzerhand abzureisen? Weltuntergangsstimmung. Mir stehen Tränen in den

Augen und in meiner Kehle wird es immer enger. Ein letzter Rest von klarem Bewusstsein bleibt: Alles selbst gewählt!

Mir fällt der Tumi-Traum wieder ein, doch es fühlt sich gerade nicht so an, als hätte ich sorgsam gewählt, als wäre ich frei. Auf irgendeine seltsam paradoxe Art habe nicht ich diese Reise gewählt und auch nicht das bevorstehende Treffen mit Roberto. Das alles hatte mich gewählt. Es ist mir schleierhaft, woher ich den Mut nehmen soll, allein auf mich gestellt hier zu bleiben. Ein fremdes Land mit fremden Menschen. Ich fühle mich wie ein Blatt im Wind, das vom Baum gefallen ist. Aus einem kleinen Lautsprecher, von einem der Marktstände um uns herum, dringt eines meiner Lieblingslieder von Mercedes Sosa ans Ohr, wie eigens für mich gespielt: »Todo cambia – Alles ändert sich«. Jetzt ist es mit meiner Fassung endgültig vorbei. Ich schluchze auf.

Es verändert sich das Oberflächliche.
Auch das Tiefgründige ändert sich.
Es ändert sich die Art zu denken.
Alles in dieser Welt verändert sich.

Es wandelt sich das Klima mit den Jahren.
Der Hirte wechselt seine Herde.
Und so, wie alles sich verändert,
ist es nicht verwunderlich, dass auch ich mich verändere.

»Freiheit hat eben ihren Preis.« Carmen scheint meine Gedanken zu lesen. Sie schiebt das letzte Stück ihrer Eiswaffel in den Mund und schaut mich herausfordernd verschmitzt an.

»Du hast leicht reden!«, gebe ich ungehalten zurück. Momentan vertrage ich keine weisen Sprüche. Doch dann sehe ich, wie sich ihr Gesichtsausdruck verändert. Sie ist erschrocken, dann traurig. Wie komme ich nur dazu, meine Freundin so anzufahren? Mit ihr habe ich schließlich viele Tränen gelacht, ihre wachsame, liebevolle Fürsorge hat mir Schutz und Halt gegeben. »Es tut mir leid, Carmencita.« Sie bringt ein halbes Lächeln zustande. »Tut mir wirklich leid, aber ich bin wohl in einem Ausnahmezustand ...« Wohlwollend legt sie ihren Arm um mich.

»Catalin-chen, gewöhn dir am besten ab, etwas im Griff haben zu wollen. So läuft das nicht. Das haut nicht hin. Ich kann dir nur eines raten: Entweder vertraust du dem Leben, oder du fliegst doch mit mir heim.« Wir müssen lachen. *Kontrolle isch guat, Vertrauen isch aber besser.* Samsa, das Plappermaul. »Du wirst es schon hinkriegen, dich hier alleine durchzuschlagen.«

»Und wie soll das bitte gehen?«, jammere ich ein letztes Mal.

Sie zuckt mit den Schultern. »Du bist doch die Therapeutin von uns beiden!«

Es ist Abend geworden. Wir sind zurückgekehrt zum Hotel und treffen als Erstes im Foyer auf die »Regenwald-Crew«. Marco, das Krokodil, und der Schamane Roberto mit seiner Frau Maria sind nach vierzehn Stunden Busfahrt müde. Die Begrüßung ist so herzlich, als wären wir langjährige, allerbeste Freunde. *Siehscht, du bisch it allein und verloren, au wenn die Carmen wegfährt.* Ein Teil meiner Selbstsicherheit kehrt zurück.

»Du bist jetzt Teil von uns, Catalina«, sagt Roberto unvermittelt und verpasst mir eine lange Umarmung und einen Kuss mitten auf den Mund. Ich bin perplex.

Am nächsten Morgen fühle ich mich wie nach einer durchzechten Nacht. Im Magen drückt ein flaues Gefühl und mein Kopf dröhnt. Zum Frühstück bekomme ich keinen Bissen herunter. Der Abschiedsschmerz ist zurückgekehrt, und ich kann an nichts anderes denken als daran, dass Carmen in wenigen Stunden nicht mehr hier bei mir sein wird, dass ich allein im Ungewissen zurückbleibe. Schmerzhafte Erinnerungen drängen in mir hoch, während meine teure Freundin am Frühstücksbüfett beherzt zulangt. Ich verfolge ihre Bewegungen mit zärtlichsten Blicken, doch ich fühle mich einsam, so einsam wie damals, als ich fünf Jahre alt war und in den finsteren Räucherkeller gesperrt wurde. Ich hatte mich einer vorbeikommenden Schulklasse bei ihrem Wandertag angeschlossen, ohne mir etwas dabei zu denken. Der Keller war die Strafe dafür, dass ich weggelaufen war. Wie hätte ich das als Kind begreifen können? Die Kinder hatten gerufen:

»Komm doch mit, Katharina!«

Das ließ ich mir nicht zweimal sagen. Die Lehrerin hatte mich nicht bemerkt, und ich saugte alles in mich auf, was sie uns erklärte, über den Wald, über seine Bewohner. Ich war voller Bewunderung für sie, solch eine tolle Lehrerin wollte ich auch haben.

Stunden später blickte ich in das wutverzerrte Gesicht meiner Großmutter. Sie packte mich am Arm und zerrte mich die Treppe hinunter. Ich wusste, wohin sie mich bringen würde, und versuchte mich loszureißen, doch sie schloss einfach die Tür hinter mir und schob den Riegel vor. Niemand konnte mein verzweifeltes Schreien und Klopfen hören. Es war stockfinster, nur ein Spalt unter der Tür ließ einen zarten Lichtstreifen herein. Ich hatte Angst, furchtbare, entsetzliche Angst.

»Wer nicht hören will, muss fühlen!«, waren ihre unnachgiebigen Worte, als sie mich Stunden später wieder herausließ.

Diesen Satz meiner Großmutter habe ich tief verinnerlicht und in meinem Erwachsenenleben unbewusst mitgeführt. Ich überlege selbst jetzt, selbst hier in Ecuador, ob mich das Leben bestraft, weil ich meinem »inneren Ruf« gefolgt bin. Carmen kommt zu unserem Tisch zurück, ihre Teller sind voll beladen. Ich erzähle ihr, was in mir vorgeht, wie ich mich fühle. Sie kennt meinen alten Konflikt zwischen Unabhängigkeit und Anpassung gut und versteht, dass es mich selbst überrascht, ausgerechnet jetzt damit zu kämpfen zu haben.

»Seit ich dich kenne, Catalina, hast du diesen komischen Anspruch, die Welt zu retten. Befreie erst mal die kleine Katharina von damals und nimm sie in die Arme.« Sie erinnert mich daran, dass es besser sei, auf Druck nicht mit Trotz oder Gegendruck zu antworten, denn genau das wäre die Art des Tumi, hart wie Stahl zu schneiden. Wenn ich mit zweiundfünfzig Jahren noch immer die inneren Drachen und Vulkane bekämpfte, wäre es vielleicht an der Zeit, meine innere Härte wie einen Gletscher abzuschmelzen.

»Mutig und verletzlich sein, sowohl als auch, nicht mehr und nicht weniger«, schlägt sie vor. Musste ich dafür erst bis nach Ecuador fliegen?

Das Wahrzeichen von Quito ist eine Marienfigur mit Engelflügeln. Ein Drache liegt ihr zu Füßen, der an ihren Gürtel gekettet ist. Ich hole mir das Bild aus dem Reiseführer ins Gedächtnis. Wie wäre es, wenn diese Maria ab jetzt meine Leitfigur wäre? Sie tötet nicht, sondern zähmt. *Koi schlechter Gedanke.* Nicht wahr, Samsa?

Wir machen uns gemeinsam auf den Weg zum Busbahnhof, summen beide das Lied »Alles verändert sich« vor uns hin. Gleich kommt der Abschied, dann bin ich allein und in Deutschland wartet Juan mit offenen Armen auf meine Freundin. Alles verändert sich. In mir bricht, wie eine Urgewalt, eine Sehnsucht hervor nach einer Liebesbeziehung, ganz unvermittelt und ohne Anlauf. Sie ist einfach da, gewaltig und großen emotionalen Kalibers. Seit Jahren habe ich sie sorgsam unter Verschluss gehalten, und ausgerechnet jetzt überwältigt sie mich, setzt jeden vernünftigen Gedanken außer Kraft. Als wir an der Haltestelle stehen, kann ich nicht mehr an mich halten.

»Ich möchte auch wieder verliebt sein ...«, sage ich leise. Carmen stutzt. Ich schluchze an ihrer Seite laut auf und mutiere zu einem Häufchen Elend, muss mich sogar auf eine der Wartebänke setzen, um nicht buchstäblich zusammenzusacken. Sie lässt mich. Nicht einmal sie umarmt und tröstet mich. Sie kommt mir in diesem Augenblick vor wie ein Stein. Augenblicklich schäme ich mich für meine Gedanken. Ich bin doch nie eine Drama-Queen, was ist bloß los mit mir? Ich schnaube in mein Taschentuch. Als wäre es das Natürlichste der Welt, dass zwei Frauen auf der Bank sitzen, die eine tränenüberströmt, die andere treu daneben ausharrend, machen alle Vorbeikommenden mit einem »Perdonsito – Verzeihung-chen!« einen höflichen Bogen um uns. Irgendwann sind die Tränen geweint und ich fühle mich müde und entspannt zugleich. Ich kann wieder klar denken und wische mit meinem Schal die Tränen ab. Eine leise Samsa lockt mich aus der Reserve: *Sei ehrlich, du hosch Carmencitas Liebe und Treue auch eben g'spürt. Sie isch ganz bei sich blieba und a guats Beispiel für Mitgefühl.*

Carmen legt ihre Hand freundlich auf meinen Arm. Sie muss nichts sagen, ich weiß es selbst. Ich habe mich nicht im Griff, bin eifersüchtig auf sie oder einfach emotional durcheinander. Vielleicht sind es auch die Hormone.

»Von Herzen Dank für deine Fürsorge und Liebe, Carmencita. Ich wünsche dir ein gutes und entspanntes Heimkommen. Genieße das Verliebtsein!«

»Darauf kannst du Gift nehmen!«, versichert sie mit Nachdruck und hilft mir, aufzustehen. »Du bist jetzt auf einem guten Weg und brauchst mich nicht mehr. Du triffst jetzt deine Schamanen, und die anderen beiden ›S‹ kommen noch.« Der Bus nach Quito biegt um die Ecke und die Türen öffnen sich. Sie umarmt mich ein allerletztes Mal. »Servus dann in Deutschland, Catalina!«, ruft sie mir zu, als sie die Trittbretter hochsteigt, dann wird sie von diesem riesigen Ungetüm verschluckt.

Wir haben vereinbart, dass sich keine von uns nach der anderen umdreht und winkt. Die Abschiedslektion des Geshe huscht mir durch den Kopf: »Go, nicht anhaften!« Ich drehe mich auf der Stelle um und verlasse mit festen Schritten den Busplatz. Wann werden wir uns wiedersehen? Was werden wir uns dann zu erzählen haben?

Jetzt mach dir koin Kopf. Jetzt isch jetzt und die Musi spielt hier. Go, Katharina!

Auf der Feria

Vor der Eröffnung der Feria will ich mich mental präparieren, um offen für das Neue zu sein und innerlich stark. Von der inneren Waschmaschine habe ich erst einmal genug. Ich hebe meine Arme in Richtung Himmel und bete:

Großer Geist,
sei du mit mir und hilf,
dass ich fest verwurzelt wie ein Baum bin.
Segne und beschütze mich.
Danke.

Ich erscheine mit deutscher Pünktlichkeit, komisch ist nur, dass das ganze Gelände wie ausgestorben wirkt. Das imposante, kunstvoll geschmiedete Tor ist abgesperrt, nirgends hängt ein Werbeplakat oder ein Hinweis auf die Veranstaltung. Außer mir ist niemand da. Nebenan liegt ein kleiner Park, ich gehe hinüber und suche mir ein ruhiges Plätzchen, um von dort aus das Gelände zu beobachten. Nach ungefähr einer Stunde kommen ein paar Leute und warten vor dem Tor. Dann fährt ein großer Lieferwagen laut hupend vor. Unter Gelächter und Rufen entladen der Fahrer und ein Junge Klapptische und Bänke. Die Besucher, die sich nun mehr und mehr ansammeln, werden eingelassen. Ecuador, ich komme! Achtung, Schamanen und Aussteller: Ich bin da!

Ich reihe mich in die hineindrängende Menge der Wartenden ein und folge dem Strom in einen bezaubernden Innenhof. Prächtig angelegte Blumenbeete, Schatten spendende, lila blühende Bäume und ein entzückender Engel-Brunnen heißen Willkommen. Weiter vorne kommt eine blumengeschmückte Bühne in Sicht, sie macht mich neugierig. Welche Art Auftritte hier wohl normalerweise stattfindet? Auf endlosen Reihen von Bänken liegen kuschlige, weiche Felldecken, die vordersten Sitzplätze sind reserviert. Für Ehrengäste, vermute ich. *Also hübsch bescheiden und it ner wichtigen Persönlichkeit den Platz wegneahme*, weist Samsa mich an. Der Platz füllt sich zusehends.

Meine Augen suchen unruhig nach meinen Begleitern aus dem Regenwald, hoffentlich kommen sie bald. Weit und breit ist außer mir kein einziger Gringo zu sehen, nur Indígenas, Mestizen und Weiße. Ich vermute, es sind einheimische und lateinamerikanische Touristen. Nun sitze ich inmitten einer fremden Welt, freundlich neugierige Blicke ruhen auf mir. Die Plätze neben mir werden belegt. Auch im Sitzen komme ich mir wie eine hellhäutige, blonde Riesin unter Zwergen mit dunkler Hautfarbe vor.

Der Besucherstrom reißt nicht ab. Laut schwatzend drücken sich die Menschen zwischen den Sitzenden hindurch. Schau an, die schaffen sich Platz! Es wird immer enger, immer voller, und der Geräuschpegel schwillt an. Leer und still ist es nur auf der Bühne. Die ersten Zuschauer beginnen, durch die Finger zu pfeifen. Im Nu entsteht ein ohrenbetäubendes Pfeifkonzert und es wird auf den Boden getrampelt. Meine Sitznachbarn packen mitgebrachtes Hühnchen auf Reis aus und beginnen zu essen.

Drei-Liter-Flaschen mit Cola oder Sprite beginnen zu kreisen, überall gibt es Rum, Ecuadors »Lebenswasser«. Das kann ja heiter werden! Gleich von beiden Seiten wird mir zu trinken angeboten. Ich folge dem Beispiel der anderen, kippe zuerst einen kleinen Schluck auf die Erde und sage in feierlichem Ton:

»Für Pachamama – Mutter Erde.«

Nicken und anerkennende Blicke quittieren mein Tun, doch dann folgen entschiedene Proteste, weil ich nur vorsichtig an der Flasche nippe. Ich kenne allerdings die Wirkung des Alkohols und bin froh, dass ich das »Lebenswasser« schnell an andere weiterreichen kann, denn auf der Bühne erscheint jetzt eine Gruppe von Musikern, alles Indígenas. Sie tragen weite schwarze Hosen und über den weißen Hemden dunkelblaue Ponchos. Jeder stellt sein Instrument mit Namen und kurzer Klangprobe vor. Es sind Gitarren und Charangos – kleinere Gitarren, Flöten, Geigen, Trommeln und verschiedene andere Instrumente.

»Wir haben verschiedene Instrumente des Windes, nicht nur die bekannte Panflöte«, erklärt mein Sitznachbar in feinstem Englisch und weist mit dem Finger auf die Vielzahl der unterschiedlich großen Flöten.

Ich bin wie gebannt und würde am liebsten zeitgleich in alle Richtungen schauen können. Neben und hinter mir essen und trinken die Zuschauer, Mütter haben ihre Babys an der Brust, Kleinkinder krabbeln, fröhlich lachend, zwischen meinen Beinen hindurch. Dann wird es still. Ein distinguiert aussehender älterer Mann betritt die Bühne. Von seiner Begrüßungsrede verstehe ich nur einen Minibruchteil, den anderen reime ich mir zusammen. Ach, könnte ich nur schon Spanisch! Ich verspreche mir selbst, dass ich das zweite »S« unmittelbar nach der Feria angehe.

Der Moderator begrüßt erst alle Anwesenden und dann einzelne Personen. Sie kommen nach und nach alle auf die Bühne hoch. Muntere Rufe, Pfiffe oder Applaus begleiten das Ganze. Auch Robertos Name fällt und endlich sehe ich ihn. Ein Stein fällt mir von Herzen. Er ist da. Ich bin erleichtert und stolz darauf, dass er zu den Ehrengästen zählt und ich aufgrund seiner Einladung hier sein darf. Es folgen endlos lange Ansprachen. Im Publikum kommt schon nach kurzer Zeit Unmut auf. Die einen beginnen ein schrilles Pfeifkonzert, andere wiederum unterhalten sich lautstark oder machen Anstalten, zu gehen. *Ein munteres Völkchen, diese Ecuadorianer!*, wundert sich Samsa. Der Redner, der gerade spricht, versteht die Zeichen des Publikums, lacht und macht in Richtung der anderen eine eindeutige Handbewegung. Alle treten vergnügt und dem Publikum zuwinkend von der Bühne ab. Keiner scheint beleidigt zu sein.

Als Nächstes spielen die Musiker die Nationalhymne. Alle erheben sich, natürlich auch ich, legen ihre rechte Hand auf das Herz und singen gefühlvoll mit. Es folgt ein Lied, das ich kenne und das mir immer schon unter die Haut ging, es ist das Freiheitslied über den Comandante Che Guevara. Wieder singen alle voller Hingabe mit.

»Das ist unsere zweite Nationalhymne«, erklärt mir mein Sitznachbar.

Beim Salsa Negra juckt es mich sofort in den Beinen, meine Füße stampfen den Takt mit. Ein Mann hinter mir trommelt den Rhythmus auf meinem Rücken. Die ersten Tanzlustigen stehen auf. Oh, Gott! Hoffentlich fordert mich jetzt niemand zum Tanzen auf. In diesem Moment kommt Roberto auf mich zu, verneigt sich kurz und zieht mich hoch, um mich an seine Brust zu pressen. Ich bin völlig überrumpelt, derart eng zu tanzen, wird für mich schwierig werden. Immer schon habe ich diesen Klammergriff gehasst! Samsa mischt sich ein: *Katharina, lass es doch einfach mal zu!* Ich bemühe mich, doch Roberto hat schon begriffen, er lockert die Umarmung ein wenig und ich kann wenigstens wieder tief Luft holen, mich entspannen. Schließlich muss ich lachen, spätestens jetzt, beim Tanzen, verliert Roberto für mich den Schamanen-Status. Er ist einfach nur ein gut gelaunter Mann, der Freude am Tanzen hat. Vielleicht auch an mir.

Ich fange Marias starren Blick auf und spüre prompt die geballte Ladung ihrer Eifersucht. Entschieden löse ich mich von Roberto, deute auf sie und gehe zu ihr hinüber. Langsam folgt er mir nach. Sofort nimmt sie ihn in Beschlag und zieht ihn in Richtung Ausgang. Ich stehe wie belämmert da. Macht sie ihm jetzt etwa eine Szene?

Die Umstehenden lassen mich die beiden rasch vergessen. Neugierig und wissbegierig umringen sie mich, stellen Fragen über Fragen, von denen ich nur wenige verstehe und meist nur mit einem Schulterzucken oder Lächeln beantworten kann. Lächeln und »Si, si – Ja, ja« sind nie verkehrt, auch hier nicht. Sie wollen meinen Namen wissen, skandieren dann: »Catalina, Celeste, Dorada«, und lassen mich hochleben. Ein kleiner Junge übersetzt mir ins Englische:

»Celeste, weil deine Augen so blau wie der Himmel sind, und Dorada, weil du wie die goldene Sonne bist.«

Der Rum zirkuliert erneut, und ich nehme einen ordentlichen Schluck. Ich spüle den letzten Rest der Enttäuschung über den unschönen Vorfall mit Maria hinunter. Ich freue mich stattdessen über die Komplimente. *Jetzt bloß it glei abheben!* Samsa, diese Spaßbremse.

Immer mehr Menschen drängen sich an unsere lustige Gruppe heran. Typisch ecuadorianisch, gibt es viele Küsse auf die rechte

Wange. Im Eifer unterläuft mir ein grober Fehler, der zur allgemeinen Belustigung dient: Im Gegenzug küsse ich die duftende Wange eines Herrn. Jetzt wollen alle umstehenden Männer von mir geküsst werden und stehen an. Die Frauen amüsieren sich, klären mich auf. Auch Rosita hat mir in Quito schon beigebracht, dass Männer nicht geküsst werden, aber ich habe es vergessen. Diese Ecuadorianer sind alle Schlawiner, sie nutzen die Unwissenheit oder Unachtsamkeit einer Gringita voll aus. Aber was soll's?

Plötzlich, mitten in dem Gemenge, blicke ich in die samtige Tiefe nachtschwarzer Augen, die einem unergründlichen Moorweiher gleicht. Ich tauche geradezu in sie ein. Er heißt Pedro. Er ist ungewöhnlich groß, nur wenig kleiner als ich. Sein glänzendes, schwarzes, langes Haar hat er im Nacken nicht, wie üblich, zum Zopf geflochten. Es wird locker von einem bunten Band zusammengehalten. Sein Lächeln zaubert ein feines Spinnennetz von Fältchen um seine Augen und erobert sofort mein Herz. Es macht einen Hüpfer, bis hinauf zum Mond, und beginnt zu rasen.

Deine, meine, unsere
Augen begegnen sich,
fragen, suchen, erforschen,
tauchen ein in unbekannte Welten.

Deine, meine, unsere
Augen erkennen sich,
fragen,
verheißen,
entscheiden,
versprechen,
besiegeln.

Offensein
für Zärtlichkeiten,
ungestüme Wildheit,
für den nie
endenden Tanz
des Lebens.

Pedro verbeugt sich tief vor mir, und ich spüre sein starkes Interesse, seine Präsenz. Die Menschen um uns herum bemerken es und fangen an zu klatschen und rufen:

»Bailes! – Tanzt!«

Er nimmt mich in die Arme, allerdings ganz anders als Roberto, er spannt mich nicht in seine Arme wie in einen Schraubstock. Er zieht eine perfekte Liebeswerbeshow ab. »Gockelverhalten«, würde Carmen jetzt sicher feststellen. Ich genieße es mit jeder Faser meines Seins. Schön ist es, so sicher geführt zu werden. Er lässt mich drehen, dann zieht er mich nahe an seine Brust, schiebt mich wieder weg von sich. Ich überlasse mich ganz seinen Bewegungen, koste sie aus. Heiß spüre ich seine Hände in den meinen, auf den Hüften, Schultern, und seine Stirn berührt meine. Unsere Augen tauchen wieder und wieder ineinander ein. Mein Denken erlischt, mein Kopf schaltet ab. So könnte ich ewig tanzen. Die Umstehenden applaudieren begeistert, singen das sehnsuchtsvolle Lied, das gerade gespielt wird, mit. Ich verstehe nur einzelne Worte: »Mi Amor ... Amorsita ... Tesorita – Meine Liebe ... Liebchen ... Schätzchen«.

Aus den Augenwinkeln sehe ich Roberto auf mich zustaksen. Ein unheilvolles Gewitter ist im Anzug, ich kann es regelrecht riechen. Er packt mich grob am Oberarm.

»Vamos, Chica!«, zischt er durch die Zähne und zieht mich in Richtung Ausgang.

Der magische Zauber des Tanzens ist gebrochen, mein Verstand beginnt wieder zu arbeiten. Ich verstehe nicht ganz, was geschieht, und bin entrüstet. Was bildet der sich nur ein? Er ist doch nicht mein Liebhaber oder Mann! Mein Blick sucht Pedro, doch er ist nicht mehr zu sehen. Jeder Versuch, mich aus Robertos schwerem Griff zu befreien, scheitert. Maria erwartet uns bereits mit kühler Miene. Dann bricht ein Redeschwall über mich herein. Was ich verstehe, ist lediglich das Wort »Hotel!«. Marco kommt mir zu Hilfe und erklärt mit beschwichtigenden Worten, ich sei auf Robertos Wunsch hier eingeladen und meine Gastgeber trügen die Verantwortung für mich. Ich fühle mich bevormundet und widerspreche, doch das beeindruckt niemanden. Ich bin verärgert, will jedoch unter den Augen der Einheimischen keine Szene produzieren und füge mich schließlich. *Wird auch guat sein. Wer weiß, wohin des mit dem Pedro heut no g'führt hätt.*

Wortlos gehen wir alle zum Hotel zurück. Plötzlich spüre ich meine Müdigkeit, körperlich wie emotional. Beim Essen lockert sich unser Schweigen etwas durch die übereifrigen Bemühungen eines Obers, der ständig um uns herumwedelt. Wir müssen lachen, weil er so komisch wirkt. Später werde ich von Roberto, Maria und Marco zu meinem Zimmer begleitet, sie lassen mich keine Sekunde aus den Augen. Sie raten mir dringend, auf jeden Fall die Tür von innen abzusperren und niemandem zu öffnen. Ich bin verwirrt und kann ihre Besorgtheit nicht nachvollziehen. Es ist ja nicht so, dass zu befürchten wäre, dass Pedro hierherkommen und mich überfallen könnte. Oder doch? Ich will mir jedenfalls mein süßes Erlebnis nicht vermiesen lassen. Genussvoll schließe ich die Augen und lasse mich auf mein Bett fallen. Ich denke an ihn, diesen wunderbaren Mann, und an diesen herrlichen Tanz, wir drehen uns bei wilder Trommelmusik in eine berauschende Ekstase, losgelöst von allem. Wenige Minuten später bin ich eingeschlafen.

Jemand klopft an die Zimmertür und ruft meinen Namen. Ich erkenne Robertos Stimme. Er fordert mich auf, mit ihm mitzukommen. Ich will wissen, wohin, aber auf mein Fragen antwortet er nicht. Langsam schäle ich mich aus dem Bett, es ist früher Morgen. Rasch bin ich angezogen und öffne die Tür. Ungeduldig klopft er mit seinem Fuß auf den Boden.

»Catalina, vamos! Beeile dich!«

»Und mein Frühstück?«

Es scheint, heute wird das Frühstück ausfallen, vorsorglich schiebe ich ein paar Bonbons und einen hochkalorischen Sportriegel in meine Tasche. *Man kann ja nie wissen.* Samsa ist also auch schon wach. Im nächsten Moment schießt mir der Gedanke an Pedro in den Sinn. Ob ich ihn heute wiedersehe? Allein schon die Vorstellung bringt mich in zittrige Aufregung.

Auf dem Weg zur Feria laufen Roberto und Maria vorweg, Marco und ich hinter ihnen her. Meine Gedanken kreisen allein um Pedro. Als wir das Gelände betreten, ist alles blitzsauber gekehrt. Lange Reihen von niedlichen Essensbuden in den Landesfarben Rot, Blau und Gelb sind aufgestellt und wirken wie Puppenhäuschen. Die Bühne scheint noch nicht vorbereitet zu sein, ich sehe ein heilloses Durcheinander von Rum-Flaschen, Kerzen, Kräuterbündeln, Zigaretten, Blumen und Gemüse, dazwischen Heiligenbilder, Geldscheine, Fotos. Ein gebratenes Schwein liegt in voller Größe präsentabel da. Die Karotte in seinem offenstehenden Maul gibt mir den Rest. Voller Abscheu schaue ich hilfesuchend Roberto an, der sich zu amüsieren scheint über mein Unverständnis.

»Das sind Opfergaben.« Er macht eine ausladende Geste über diese Müllhalde. »Was willst du geben?«

»Ich habe nichts«, antworte ich, hilflos die Schultern hebend.

»Dann lege wenigstens ein paar Haare hin!«

»Wieso Haare?«

Ungläubig schaue ich ihn an, soll ich mir etwa jetzt sofort meine Haare ausreißen? Da er nicht mehr antwortet, nehme ich kurzerhand meine Nagelschere aus einem kleinen Etui in meiner Handtasche. Ich schneide eine Locke aus dem Seitenhaar und lege sie vorne auf den Bühnenboden. Roberto nickt zufrieden. Wozu das wohl gut sein soll?

Neben mir fischen einige Frauen aus ihren prächtig bestickten Beuteln Reis, Mais und andere Körner. Ein paar Männer lassen lose Zigaretten wie Mikadostäbchen fallen. Ich staune über die Vielzahl toter Meerschweinchen, die auf duftenden Kräuterkissen wie schlafend daliegen, nur dass ihre Läufe himmelwärts gestreckt sind. Sie werden von ihren Besitzern liebkost und mit Alkohol bespritzt. Auf einem Berg von gelben, weißen, roten und schwarzen Maiskörnern wächst die Anzahl von Eiern. Den meisten Raum nehmen aber die Flaschen mit Ecuadors »Lebenswasser« ein. Mein Blick gleitet über kunstvolle Blumengebinde, tote Vögel, Heiligenfiguren, Rosenkränze in unterschiedlichster Länge und Dicke und Zettel, auf die noch eilig etwas gekritzelt wird. Ein wildes Sammelsurium.

Ich beschließe, zusätzlich einen Sportriegel zu opfern. Er erfüllt für mich mehr den Sinn eines Opfers als die Haare. Ich frage mich, welchem Zweck das Ganze dient und was anschließend mit all diesen Gaben geschehen wird.

Immer dichter wird das Gedränge um die Bühne. Wir suchen uns einen etwas luftigeren Stehplatz in der Nähe des Ausgangs.

Doch auch da wird schon bald von allen Seiten geschoben und gedrückt. Platzangst darf man hier nicht haben.

»Sind das alles Schamanen?«, will ich von Marco wissen. »Woran erkennt man sie denn?«

Marcos belustigte Miene spricht Bände von meiner Dummheit. Er sagt etwas zu Roberto, und die beiden kriegen sich schier nicht mehr ein vor Lachen. Maria nimmt mich mütterlich an die Hand, sagt etwas mir Unverständliches, stellt sich auf die Zehenspitzen und streichelt zärtlich meine Wange. Ich fühle mich wie ein kleines, dummes Mädchen. Oder wie ein großes Dummerchen. *Jetzt mach di it so runter. Sei liebevoll und nachsichtig mit dir, Katharina!* Radio Samsa hat sich eingeschaltet.

Ein ungehaltener Zischlaut aus der Richtung unserer Männer unterbricht meine miese Gefühlslage. Alle Anwesenden verstummen beim Anblasen eines Muschelhorns und richten ihre Augen auf die Bühne. Ein älterer, indigener Mann verbeugt sich. Unzählige Male lässt er das Horn ertönen. Der satte, tiefe Ton schmeichelt sich unter die Haut, bis in mein Herz hinein. Um mich herum beginnen die Menschen zu summen und zu tönen. Es ist mir, als werde ich in einen verzaubernden Klangteppich gehüllt. Vom Kopf bis zu den Zehenspitzen beginnt es in mir zu kribbeln, zu vibrieren, zu beben. Maria sitzt links neben mir und legt einen Arm um meine Taille, Roberto steht schützend rechts. Marcos Nähe spüre ich im Rücken. Haben sie Angst, ich könnte umkippen? An der Oberseite meines Kopfes fühle ich eine subtile Bewegung, als wolle sich meine Schädeldecke öffnen. Reines Kristalllicht dringt in mich ein und breitet sich in meinem Körper aus, bis zu den Füßen hinunter. Auch der gesamte äußere Raum ist jetzt von diesem Licht erfüllt. Ich habe kein Zeitgefühl, vielleicht vergehen Bruchteile von Sekunden, oder es dauert Stunden. Der Augenblick wächst zu einer Ewigkeit an. Raum und Zeit verschmelzen. Ich bin Licht.

Der Druck einer warmen Hand auf meiner Stirn lässt mich in die Gegenwart zurückkommen. Meine Regenwald-Crew steht eng um mich und drückt mich sanft nach rechts und links, vor und zurück, es ist wie ein Wiegen.

»Du bist jetzt unsere Tochter. Willkommen, Catalina, Tochter Ecuadors!«

Robertos tiefe Stimme, sein warmherziger Blick und seine kräftigen Arme umfangen mich liebevoll. Ein mir bis dahin unbekanntes Glücksgefühl durchströmt mich. Ich fühle mich wie neugeboren, als sähe ich die Welt zum ersten Mal. *Alles isch guat. Du bisch in der neuen Zeit angekommen.* Die gute Samsa!

Von der Bühne aus wird ein Gebet gesprochen. Die Worte finden tief in meiner Seele Platz:

Großer Geist, Mutter Erde, Vater Himmel,
wir danken dir für die Sonne,
die du über alle scheinen lässt,
für die Luft, die wir atmen,
für das Wasser, das unseren Durst stillt,
für das Feuer, das uns wärmt,
mit dem wir unsere Speisen zubereiten.
Wir danken dir für die Fruchtbarkeit der Erde,
die uns nährt.
Wir danken dir für die Musik des Windes,
für das rhythmische Spiel des Regens,
für das Blau des Himmels,
für das Weiß der Wolken.

Wir danken dir für die Farben der Berge,
des Regenwaldes und des Meeres.
Wir danken dir für die Vielfalt aller Arten,
uns zur Freude und zur Nahrung.
In alledem ist dein liebender Herzschlag.
Gib uns und allen Lebewesen
genügend Raum,
zu essen und zu trinken.
Hilf uns, einander mit Demut zu begegnen.
Hilf uns, dich mit großem Respekt zu behandeln.
Hilf uns, Frieden zu finden und zu wahren,
damit wir in liebender Achtung
mit allem, was uns umgibt, leben:
mit den Steinen, Pflanzen, Tieren
und allen Menschen,
wo auch immer auf diesem Planeten.
So sei es!

Das große Spektakel der Aussteller beginnt. Sie präsentieren ihre Waren an unzähligen, reichlich geschmückten Verkaufsständen. Auch Roberto steht an einem Tisch mit Utensilien aus dem Regenwald. Stolz erklärt mir Maria, dass alles von Hand gesammelt und angefertigt sei. Große Flaschen mit einem schwarzen Gebräu aus bewusstseinserweiternden Pflanzensubstanzen lehnen in langen Reihen eng aneinander. In einem riesigen Glasballon ist ein Sud aus Blättern und Käfern. Zusammengebundene Lianen, Wurzeln in allen Größen, ein präpariertes Krokodil, Schlangenhäute, Salben, Amulette, Pfeifen und undefinierbare Gegenstände liegen dicht an dicht. Mein besonderes Interesse gilt dem »Drachenblut«, eine tiefrote Flüssigkeit, die aus Baumstämmen gewonnen wird. Auf Wunden aufgetragen, wirkt sie desinfizierend, blutstillend, heilend und umschließt die Verletzung auf eine atmungsaktive Weise. Ich nenne es sofort »Regenwaldpflaster«. Bei bestimmten Erkrankungen kann man es, verdünnt, zum Gurgeln benutzen. Ich bin beeindruckt, wie viele Fläschchen davon Roberto mitgenommen hat.

Fast habe ich es geahnt oder befürchtet: Roberto positioniert mich hinter dem Verkaufstisch zu Demonstrationszwecken. Das Auftragen von »Drachenblut« erregt durch mich, die Gringita, sofort größeres Aufsehen. Die blutrote Flüssigkeit macht sich ganz besonders gut auf meiner hellen Haut. *Du mussch di it glei ausg'nutzt fühlen. Genieß einfach mal die Show, Mädle!*

Roberto und die anderen sind bald in endlos lange Verkaufsgespräche verwickelt. Unbemerkt mache ich mich aus dem Staub, um die anderen Anbieter kennenzulernen. Die Schamanen interessieren mich am meisten, doch zunächst kann ich nicht erkennen, wo sie sind. Ich schiebe mich durch die Reihen und halte die Augen offen. Ein Bolivianer trägt ein großes Namensschild mit der Berufsbezeichnung »Schamane«. Aha, denke ich und bleibe vor ihm stehen. Auf seinem Tisch liegen ausschließlich Föten von Lamas, es ist absolut gruselig. Ich will wissen, welchem Zweck sie dienen.

»Sie werden in Neubauten eingemauert. Das bringt Glück!«

Seine Antwort schockiert mich, innerlich wird mir kalt. Ambivalente Gedanken und Gefühle steigen auf. Ich finde ihn unheimlich, düster, frage mich, was ich mir von Schamanen überhaupt versprochen habe, worin für mich ihre Anziehung liegt. Alles, was ich bisher darüber gelesen habe, läuft darauf hinaus, sie als »Mittler zwischen den Welten« zu betrachten.

Religion und Medizin, Glaube und Heilkunst, sie scheinen es auf natürliche Weise zu verbinden.

Ich ziehe weiter von Händler zu Händler. Einige kommen aus Kolumbien, Peru, Bolivien, Argentinien und Chile. Sie tragen meist ihre farbenprächtige, traditionelle Kleidung, wirken sehr bodenständig, sind freundlich, zugewandt und auf Anhieb sympathisch. Die indigenen Männer Ecuadors fallen mit faszinierenden Haartrachten auf. Am meisten beeindruckt mich der karottenrote Haarkranz auf glatt rasierten Köpfen, der einer Bademütze gleicht. Andere haben sauber geflochtene Zöpfe oder eine schulterlange, wallende Mähne, die mit Bändern, Federn und Knöchelchen geschmückt ist. Es gibt auch fantasievolle Haarschnitte, wie von Starfriseuren gezaubert. Manche tragen mit großen Mengen Gel kunstvoll gestaltete Hahnenkämme oder Zackenberge auf dem Kopf. Dagegen tragen alle indianischen Frauen einen einfachen Zopf. Selten sind Bänder oder Perlen eingearbeitet. Im Vergleich wirken ihre Frisuren schlicht, was jedoch ihre vielfältige Schönheit nur unterstreicht. Sie wirken auf mich wie kleine anmutige Inka-Prinzessinnen.

Ich schlendere von einem Verkaufstisch zum nächsten, falle in einen Sinnesrausch durch die leuchtenden Farben, außergewöhnlichen Formen und beinahe unerschöpfliche Vielfalt. Meine Augen saugen gierig alles auf, meine Hände befühlen und streicheln die unterschiedlichsten Materialen. Harte und biegsame Regenwaldhölzer, Pferdehaare und Felle, Teppiche und Wandbehänge, Kleidung, Schuhe und Schmuck. Die schmeichelnd zarten Waren aus Lama- und Alpacawolle haben es mir besonders angetan. Alles darf hier angefasst, angelegt oder berochen werden. Rot-schwarze Keramikkugeln wiegen schwer in meiner Hand, ich hänge mir Taschen und Beutel aus

Agaven-Fasern um, sie sehen für mich alle gleich schön aus. In einer Ecke liegen Berge von Sandalen und Taschen aus Gummireifen, sie sind billig, fast geschenkt. In einer anderen werden kostenlos Schuhe, Kleidung und Ansammlungen von Tabletten, Kapseln und Abführzäpfchen abgegeben.

Meine Aufmerksamkeit bündelt sich, als ich auf eine riesige Auswahl manueller Massagehilfen stoße. Unterschiedlichste Stäbchen und Hölzchen sind zu Fingern oder Nägeln geformt, manche sind sogar klauenartig. Für ein paar Cent kaufe mir einen lustigen »Massagefinger« mit dem Kopf einer Eule. Er wird mein elfter Finger sein, für ganz besondere Streichtechniken.

Die Vielzahl wunderschöner Menschen scherzt und lacht, ist mir gegenüber offen, unbefangen und schenkt mir das Gefühl, ein Ehrengast zu sein. Unzählige Male werde ich herzlich gegrüßt, umarmt und geküsst. Wahrscheinlich habe ich in den letzten zehn Jahren zusammengerechnet nicht so viel Zuwendung erfahren. *Überall tuat ma eben anders!* Wie schon am Tag zuvor, wollen sie meinen Namen wissen. Ihre Begeisterung verwundert mich jedes Mal aufs Neue. Dann setzt mein Herzschlag aus. Unvermittelt stehe ich vor Pedro. Er lacht mir zu und bannt mich wie beim gestrigen Tanzen mit seinen samtigen Augen. Im Nu schwebe ich in seiner Aufmerksamkeit, im Nu verschwinden all die wunderbaren Menschen neben mir aus meiner Wahrnehmung, es gibt nur noch ihn und mich.

Geschmeidige Eleganz,
umschmeichelnde Blicke,
geschickte Hände,
zarte Berührungen,
Neckereien.

Wolken der Sinnlichkeit
heben mich hoch.
Ich schwebe im Klang des Jetzt.

Er wendet sich einer jungen Frau zu, die ihn um etwas zu bitten scheint. Fasziniert sehe ich zu, wie er geschickt ein schönes Lederarmband mit »Gravuren« für sie anfertigt. Er legt es um das Handgelenk und verknotet kunstvoll die beiden Enden miteinander. Dabei schenkt er ihr die gleichen umschmeichelnden Blicke, die er auch mir zugeworfen hat, und macht ihr Komplimente. Ich spüre, dass sie, genauso wie ich eben, das Gefühl hat, die schönste und begehrenswerteste Frau der Welt zu sein. Die Wolken, auf denen ich eben noch schwebte, haben sich aufgelöst und ich komme am harten Boden der Tatsachen an. Ich bin enttäuscht.

Nicht anhaften!, mahnt Samsa sofort.

Meine Augen begegnen denen einer älteren Frau. »So sind die Männer: Sie kommen und gehen!«, scheint sie mir sagen zu wollen. Einen Augenblick lang fühle ich mich von ihr ertappt, doch dann tausche ich ein einvernehmliches Lächeln mit ihr. Mein Herz gehört wieder ganz und gar mir, es hat zum Glück schnell in den gleichmäßig ruhigen Rhythmus zurückgefunden.

Mir fällt eine der Lieblingsredewendungen von Padma, der Amchi im Himalaya, ein: »Was soll's?« Auf diese Weise wendete sie sich immer wieder der Gegenwart zu, ohne Geschichten aus einer Sache zu machen. Also, was soll's? Ich bin durch Pedro der warmherzigen, sinnlichen und mutigen Frau in mir begegnet. Prima! Sie hat trotz all der männermageren Jahre überlebt, und ich finde es schön, dass es sie überhaupt noch gibt. Nur eine leise Sehnsucht klingt in mir nach, das kann ich nicht bestreiten.

»Endlich bist du wieder da, Catalina. Wir haben uns schon Sorgen um dich gemacht!« Robertos Stimme hat einen vorwurfsvollen Unterton. »Wir packen jetzt schnell zusammen und machen eine Pause im Hotel. Du triffst dich danach mit Taita Espíritu.«

Wieder einmal bin ich fassungslos, verstehe einfach nicht, wie er so über mich verfügen kann. Marco versucht zu schlichten und erzählt mir, Taita Espíritu – Väterchen Geist – sei als einer der besten Heiler und Schamanen in den Anden bekannt. Ich könne froh sein, einen Termin bei ihm bekommen zu haben. Plötzlich spüre ich lähmende Müdigkeit und Übelkeit, seit meiner Blutvergiftung tauchen die Symptome immer mal wieder auf. Als habe jemand einen Schalter in mir umgelegt, wird mir alles zu viel.

»Mein Gott, wie siehst du denn aus?« Maria mustert mich aufmerksam. Sie folgt meinem unausgesprochenen Wunsch nach Rückzug und begleitet mich auf mein Zimmer. Erschöpft lege ich mich aufs Bett, doch ich kann nicht schlafen. Ruhelos drehe ich mich von einer Seite auf die andere. Ich stehe wieder auf und schaue im Bad in den Spiegel, um zu sehen, was Maria so erschreckt haben mochte. Mein Gesicht ist fahlgelb, die Augenhöhlen blauschwarz und die Unterlider von schmutzig gelber Farbe. Alles deutet darauf hin, dass die Leber Probleme hat. Vielleicht kommt dieser Heiler ja genau zur rechten Zeit?

Termin bei »Väterchen Geist«

Wir sind mit dem Auto unterwegs zu Taita Espíritu. Er ist, wie ich inzwischen von Roberto erfahren habe, nicht nur landesweit bekannt, sondern auch sehr erfolgreich. Die Leute kommen von weit her und nehmen viele Strapazen auf sich, um von ihm behandelt zu werden, was ihm selbst aber vollkommen gleichgültig ist.

»Er tue lediglich das, was getan werden müsse, und das so gut wie möglich«, zitiert Roberto den berühmten Schamanen, während wir eine Reihe von Schlaglöchern durchfahren. Mir ist übel. »Im Gegensatz zu früher braucht er heute keine Schmeicheleien, Lobhudeleien oder Wertschätzungen mehr. Er weiß, wer und was er ist, kennt seine Möglichkeiten und Grenzen. Du kannst ihm vertrauen.«

Als junger Mann sei er anders gewesen, er habe Erfolg und Ansehen gesucht, habe berühmt werden wollen. Macht sei für ihn verlockend gewesen und er habe Einfluss nehmen wollen auf die Menschen, die in ihrer Not zu ihm kamen: Kranke, Einsame, Betrogene, Männer mit sexuellen Problemen, Frauen mit Kinderwunsch oder dem nach einer Abtreibung. Ausnahmslose alle habe er behandelt, auch die, bei denen ihm augenblicklich klar gewesen sei, dass er nichts für sie tun konnte. Er habe Geld dafür genommen, und das nicht zu knapp. In nur wenigen Jahren habe er einen ansehnlichen Berg von Dollarscheinen in seiner Truhe angesammelt.

Marco erzählt, dass die dunklen Geister der Nacht »Väterchen Geist«, wie er genannt wird, nicht schlafen ließen, dann sei er aufgestanden und habe sein wachsendes Vermögen gezählt. Er habe die Münzen durch seine Finger gleiten lassen und die Geldscheine sortiert, viele Nächte lang. Er habe geträumt von großem Reichtum, einer schönen Ehefrau und Kindern, von einem großen Haus mit einem Heilkräutergarten und einer Schule, in der er sein Wissen weitergeben wollte.

»Sein Unglück waren die Frauen«, wirft Maria ein, die auf dem Vordersitz unser Gespräch aufmerksam mitverfolgt. »Viele, viele Frauen hat er begehrt, aber sobald er eine für sich gewonnen hatte, stieß er sie von sich weg.«

»Nach seiner letzten unglücklichen Liebe hat er sich geschworen, keine Frau mehr anzurühren. Ihn interessierte nur noch sein Rum.« Marcos Beschreibung beunruhigt mich etwas. Roberto beobachtet mich von der Seite mit einem prüfenden Blick. Er bedeutet Marco, die Sache etwas abzukürzen. Marco nickt. »Anfangs trank er nur abends, doch bald trank er auch tagsüber, immer mehr, bis er es nicht mehr verheimlichen konnte. Die Menschen mieden ihn. Kein Patient, kein Ratsuchender, niemand kam mehr. Auch keine Freunde oder Nachbarn. Wenn er einkaufen ging, grüßte ihn niemand. Er fühlte sich wie Dreck. Das Geld in der Truhe schmolz bald zu einem lächerlichen Betrag zusammen. Unweigerlich kam der Tag, an dem er sich eingestehen musste, dass er vollkommen mittellos, isoliert und hundeeinsam war. Er stürzte in ein Meer von Tränen, und es war kein Tropfen Rum mehr da, um ihn das Elend vergessen zu lassen.«

Wir fahren auf einer sehr holprigen Straße. Übelkeit steigt in mir wellenartig hoch und ich habe Angst, mich zu erbrechen! Die Geschichte schmeckt mir nicht, im wahrsten Sinne des Wortes. Roberto legt mir beruhigend seine Hand auf den Arm. Maria hat sich auf dem Vordersitz umgedreht und hockt nun in meine Richtung, sie lässt mich nicht aus den Augen. Allmählich wird es besser, die nächsten Kilometer fahren wir langsamer, der Straßenbelag ist jetzt größtenteils glatt und mein Magen scheint etwas zufriedener zu sein. Roberto erzählt mir den Rest leise ins Ohr, als verrate er mir jeden Moment ein Geheimnis.

»Eines Nachts träumte er davon, vor einem lodernden Feuer zu stehen. Eine Stimme sprach zu ihm, er müsse sich entscheiden: Tod oder Berufung! Er sei der Einzige, der einer ganz bestimmten Frau, einer Gringita, helfen könne. Dann wachte er auf, mit einem Schrei. Er wollte unbedingt leben! Er war schweißgebadet und bis ins Mark erschüttert. Verstehst du, Catalina, das war die Wende! Er hat nie wieder einen Tropfen Alkohol getrunken.«

»Noch zweimal hat er von dem Feuer geträumt!« Maria wirft mir einen bedeutungsvollen Blick zu.

»Es sprach sich herum und er wurde als Held gefeiert«, schwärmt Marco. »Die Patienten kamen alle wieder, sogar noch mehr als vorher.«

Roberto drückt jetzt meine Hand seltsam fest. Überrascht schaue ich ihn an.

»Taita Espíritu ist heute für diese Gringita bereit. Ich glaube, dass du diese Frau bist, Catalina. Bist du auch bereit für ihn?«

Plötzlich ist es ganz still. Der Wagen hat gehalten. In meinem Kopf dreht sich alles. Wie kann das sein? Was bedeutet das alles? Ich wünschte, Carmen wäre jetzt hier. Ich würde »Zwick

mich mal!« sagen, und sie würde mich in die Realität zurück-
holen. Ich kann einfach nicht glauben, dass diese Geschichte
mit dem zusammenhängt, was mir Tom prophezeit hat, am anderen Ende der Welt! Wie geht das? Mit keiner Silbe habe ich
Roberto von einem Schamanen erzählt, der auf mich wartet.
Aber jetzt ist es amtlich: Er wartet.

Ich mobilisiere alle Reserven in meinem Körper, mit jahrelang
antrainierter Selbstdisziplin quäle ich mich die Anhöhe hoch,
setze Fuß vor Fuß. Nicht stehen bleiben, nicht denken, nicht
sprechen, nicht umschauen, nur einen Schritt nach dem anderen
nehmen. Meine Begleiter sind mir weit voraus, doch ich kann
den Weg nicht verfehlen. Schließlich komme auch ich bei der
kleinen Hütte an, sie ist armselig, aus Lehm und Blech. Besorgt
schauen mir die anderen entgegen. Taita Espíritú steht in ihrer
Mitte. Ein Blick genügt: Ich kenne ihn, erkenne ihn wieder aus
meinem Tumi-Traum. Oder täusche ich mich? Ich bin unsagbar
müde und lasse mich vor Erschöpfung auf den Erdboden sinken.
Roberto und Marco tragen mich in einen kleinen Raum, in den
nur durch die angelehnte Türe Licht hereindringt. Sie drücken
mich auf einen kalten, weißen Plastikstuhl. Wie aus weiter
Ferne höre ich ihre Stimmen und sehe nur die Umrisse ihrer
Körper. Ein beißend scharfer Geruch reißt das milchige Weiß
vor meinen Augen auf, und ich nehme wieder alles klar wahr.
Väterchen Geist ist dabei, mich in Wolken von Rauch zu hüllen.
Der Geruch des Räucherwerks »fegt« Schwäche und Unwohl-
sein aus mir heraus. Ich sehe mich um: Das ist also seine »Praxis«, ein sauber gefegter Boden aus gestampftem Lehm,
nackte, ehemals sicher weiße und jetzt verschmierte und mit
Insektenblut verzierte Wände, ein kleiner Plastiktisch, der als

Altar dient. Darauf befindet sich ein wüstes Durcheinander von mit Rosenkränzen geschmückten Heiligen, Kerzen, Geldscheinen, Kräuterbündeln, Flaschen und Wurzeln. Es gibt nur Plastikstühle, sonst keine weitere Einrichtung. Der kahle Raum spricht von Armut, oder aber von Bescheidenheit. Ich finde es sehr, sehr speziell. *Tief durchatmen! Nicht werten, sich höchstens wundern!* Samsa, meine treue Begleiterin.

Väterchen Geist murmelt etwas vor sich hin, vielleicht ist es ein Gebet, und wedelt den Rauch mit einer großen zerrupften Feder nach allen vier Himmelsrichtungen. Seine leisen melodischen Worte in der Sprache der indigenen Bevölkerung beruhigen mich. Dann tritt er direkt vor mich hin. Er ist ein sehr kleiner Mann, sein Alter kann ich nicht einschätzen. Obwohl er steht und ich sitze, muss er zu mir hochblicken. Wie oft schon in Ecuador, komme ich mir gigantisch riesig vor, und ich rutsche ein wenig in meinem Stuhl zusammen. Mit bedächtigen Schritten geht er um mich herum, befühlt meinen Kopf, die Arme, den Bauch und die Beine, während er unablässig auf den Boden spuckt. In meinem Magen zieht sich etwas ängstlich zusammen, die Kehle wird eng, mein Mund trocken. Mühsam schlucke ich. Nacken und Schulter schmerzen von der brettharten Anspannung.

»Willst du gesund werden?« Seine Frage trifft mich wie ein Pfeil. Ich bin irritiert. Welch eine dumme Frage! Ansonsten wäre ich doch nicht hier! Meine Gedanken überschlagen sich, aus irgendeinem Grund, den ich nicht durchschaue, zögere ich mit einer Antwort. Ich bin plötzlich unsicher, was meine wirkliche Motivation ist. Bin ich hier aus Neugierde, Sensationslust? Oder habe ich den ehrlichen Wunsch, gesund zu werden? Bin ich Roberto nicht nur brav gefolgt? Oder der Anweisung von Tom? Taita wird ungeduldig und redet wild auf mich ein. Ich verstehe kein einziges Wort und auch seine plötzliche Erregung nicht. Was hat er nur? Habe ich etwas falsch gemacht?

»Eines ist klar, Chica, wenn du nicht gesund werden willst, können wir alle auf der Stelle wieder gehen! Taita verschwendet weder Zeit noch Energie an jemanden, der nicht weiß, was er will.« Marco weist mich in scharfem Ton zurecht. »Jedes innere Durcheinander führt zu Blockaden, und das ist nicht gut. Wenn du dich aber wirklich, hundertprozentig, für deine Gesundheit entscheidest, Catalina, verlangt er umgerechnet fünf Dollar.«

Ich schaue zu Roberto und Maria, ihre Blicke sind auf den Boden gerichtet. Schämen sie sich etwa für mich?

»Ja, sicher! Sicher will ich gesund werden!« Ich lege in meine Antwort so viel Entschiedenheit, wie ich aufbringen kann und gebe Taita Espíritu mit unmissverständlichem Gesichtsausdruck das Geld. Achtlos wirft er die Scheine auf den Tisch. Wieder umkreist er mich schweigend, dann stellt er mir eine zweite Frage:

»Vertraust du mir?«

Nervös streiche ich eine Haarsträhne hinter das Ohr, wische mir den Schweiß von der Stirn. Was für eine vermessene Frage. Wie soll ich einem wildfremden Mann vertrauen? Wie konnte ich nur so dumm sein, mich zu einem Schamanen bringen zu lassen? *Jetzt hosch den Dreck im Schächtele. Aber sei jetzt koi Angschthas, reiß di zamm, koine negative Denke jetzt!*

Roberto räuspert sich mit Nachdruck, ich spüre seine Anspannung, rieche geradezu seinen unterdrückten Ärger. Wenn ich jetzt kein Vertrauen aufbringe, ist er sicher enttäuscht. Doch Lügen kommt für mich nicht infrage.

»Vertraust du mir?«

Taita schickt seine Frage unnachgiebig in das zweifelnde Gestrüpp meiner Gedanken. Ich sende innerlich ein Stoßgebet zum Himmel: Bitte, großer Gott, gib du die Antwort!

»Ja!«, höre ich mich selbst mit lauter Stimme sagen. »Ja, das tue ich!«

Taita sieht mir so fest in die Augen, dass es fast schmerzt. Ich spüre seine starke Willenskraft, gleichzeitig berührt mich sein tiefes Mitgefühl. Er kennt die menschlichen Schwächen, keine Frage. Seine eigene Geschichte beweist es. Jetzt weiß ich, dass ich mich ihm so zeigen kann, wie ich bin. In mir wird es weiter, ich beginne mich zu entspannen. *Guat so, Katharina!* Samsa, die mir Mut zuspricht, mich lobt, die mein Herz versteht, kann ich vertrauen. »Heil-Werden und Heil-Sein bedeutet Einverstanden-Sein mit dem, was das Leben in diesem Augenblick schenkt«, hat meine Amchi mehr als einmal gesagt. Ausgerechnet jetzt fällt es mir wieder ein, hier, an diesem gottverlassenen Ort. Der Schamane verlangt genau das von mir: Einverstanden-Sein und Vertrauen.

»Was tust du, um gesund zu werden?«

Taitas Fragen sind unerbittlich, sie scheinen mir streng und unangemessen. Meine Absicht genügt ihm nicht, und das kränkt mich fast. Er ist doch der Heiler und Schamane. Was fragt er mich? Er soll endlich mit der Behandlung anfangen! Ich schaue zu Roberto hinüber. In meinem Blick liegt wohl eine Mischung aus hilfloser Genervtheit und unterdrückter Verärgerung, denn er erhebt sich ungehalten von seinem Stuhl, strafft seine Schultern und tritt fest neben mich. Seine Stimme ist barsch und schroff:

»Was willst du, Catalina, tun, um gesund zu werden?«

Tief und laut zischend atme ich ein und aus. Ich verstehe

nicht, was hier gespielt wird. Sind denn alle begriffsstutzig? Betont langsam und deutlich, wie zu einem Schwerhörigen, sage ich:

»Ich ... bin ... hier ... weil ... ich ... ganz ... gesund ... werden ... will!«

Mehr fällt mir dazu nicht ein. Die oberkritische Samsa hält den Atem an. Ich spüre sofort, dass etwas nicht stimmt. *Ja, bisch du denn wahnsinnig!? Wie kannsch denn so mit dem spreche?* Ich versuche, Samsa zu ignorieren, und blicke zu Taita Espíritu. Er legt eine Hand auf meine Schulter, seine dunklen Augen gleiten auf mir hin und her, tanzen auf und ab, ertasten, ergründen mich. Die Stille wird zunehmend bedrückender, geradezu unheimlich. Ich will sie mit ein paar nichtssagenden Worten unterbrechen, doch etwas hält mich davon ab. Ich spüre, dass es völlig unpassend wäre, jetzt eine banale Bemerkung zu machen, »damit die Luft scheppert«, wie man in meiner Heimat sagt.

Katharina, geh in dein Herz!

Katharina, geh in dein Herz!

Samsa lässt nicht locker, mir ihr Mantra zuzuflüstern. Einen Moment lang schließe ich die Augen. Das ist es! Das ist die Antwort! Samsa drängt: *Komm scho, du verankersch in der Vorstellung dein Herz im Herzen von Mutter Erde, verbindesch dich nach oben mit dem Göttlichen Vater und öffnesch dein Herz.* Ich folge ihren Anweisungen. Taita Espíritu bekreuzigt sich dreimal, spricht ein Gebet und nimmt zwei weiße Kerzen in die Hand. Er bedeutet mir, ihre Dochte anzuhauchen. Ich weiß nicht, was das bewirkt, aber ich tue es. Er zündet sie an, versenkt sich minutenlang in ihr Licht und fährt dann mit den Flammen an meinem Körper entlang, vom Kopf bis zu den Füßen. Die sanfte

Wärme der Kerzen tut mir wohl. Der Heiler vertieft sich erneut in die Lichter. Im Raum herrscht absolutes Schweigen und dichte Aufmerksamkeit. In mir entsteht eine subtile Aufregung. Was geschieht gerade? Was erkennt dieser Mann? Was bedeutet das alles?

Taitas Stimme ist eindringlich. Wenn auch verzögert, bahnt sie sich doch einen Weg durch mein inneres Chaos:

»Catalina, du bist krank!«

Als ob ich das nicht selbst wüsste! Diese nüchterne Botschaft verwirrt mich nur noch mehr. Ungläubig schaue ich den Schamanen an. Was für ein Theater!

»Deine Leber ist krank«, fährt er fort. »Leber bedeutet Leben. Und es gibt einen großen Mangel. Du bist allein, sehr allein, schon seit vielen Jahren. Dein Mann ist tot. In dir sind Schwere und großes Leid.«

Als er zu Ende gesprochen hat, seufzt er laut auf und wischt sich Tränen aus den Augen. Er wirkt ernsthaft bekümmert. Mir wird wieder übel, ich spüre, dass noch etwas kommen muss, weiß aber nicht, was es ist. Er sieht immer noch in mich hinein.

»Du hast Kinder. Du hast Glück, dass du eine Kämpferin bist. Jetzt ist es aber an der Zeit, das Messer wegzulegen und Frieden zu schließen. Du musst weich und sanft werden, vor allem dir selbst gegenüber. Darin liegt Stärke. Sei ganz Frau! Ecuador hilft dir dabei. Du bist eine Botschafterin und Heilerin, du sollst Brücken bauen zwischen Menschen, zwischen Altem und Neuem, zwischen unseren Kontinenten.«

Seine Worte treffen mich im Innersten, sie sinken in mich hinein. Jetzt strömen Tränen über mein Gesicht, während sein liebevoller wissender Blick hält mich. Das altvertraute Gefühl von Heimkommen erfüllt mich. Ganz zu mir selbst kommen, in meinen innersten Kern, wo Licht, Klarheit und Frieden sind. Das ist es. Alles ist gut. Jedes weitere Wort ist unnötig.

Eine Weile ist es ganz still und friedlich, doch nicht lange. Taita Espíritu, dieser kleine Mann, baut sich jetzt vor mir auf und wächst in meiner Wahrnehmung, wird größer und größer, immer größer. Er wird zu einem Riesen. *Des kann it sein! Du spinnsch jetzt ganz und gar!*

»Willst du jetzt geheilt werden?«

Seine Frage mäht mich um, wie Marcos Machete das grüne Dickicht im Regenwald durchschnitten hat. Taitas Augen bohren sich in meine. Ich kann nicht mehr klar denken, erneut bin total verunsichert. Ich schaue hilflos zu Roberto, doch seine Augen weichen meinem Blick aus. Auch Maria und Marco schauen ins Irgendwo. Der Schamane erklärt ihnen etwas, das sie in Bewegung bringt. Ich werde unruhig. Maria kommt auf mich zu und hilft mir, aufzustehen. Dann stellt sie sich an meine Seite, legt liebevoll ihren Arm um meine Taille und drückt mir einen zärtlichen, mütterlichen Kuss auf die Wange. Ihre Nähe besänftigt mich augenblicklich. Marco übersetzt für mich:

»Taita Espíritu bietet dir ein ganz besonderes Heilungsritual an. Es wäre ihm eine Ehre, wenn du es annimmst.«

Verunsicherung und Verwirrung lösen sich für einen Moment wie Nebelfetzen in der Morgensonne auf. Ich nicke, und alles scheint klar zu sein. Doch dann kommt mir mein Einverständnis schnell wieder zu voreilig vor. Ich soll mich bis auf die Unterwäsche ausziehen. Vor diesen sechs Männeraugen! Ich bin konsterniert und sofort misstrauisch. Geradeso, als hätte ich laut meine Gedanken ausgesprochen, fegt die Stimme des Heilers über mich hinweg:

»So geht das nicht! Ich will Gott fragen, ob es sinnvoll ist, mit dir weiterzumachen.«

Mir wird hundeelend, innerhalb von Sekunden schrumpfe ich zu einem kleinen, verängstigten Mädchen.

»Mach, was er sagt, Catalina«, flüstert mir Maria ins Ohr.

Katharina, koine Angsch, dein Schutzengel isch da!

Ich schaue Väterchen Geist aufmerksam an. Seine Augen wirken jetzt wieder voller Güte. Ich nicke zustimmend und entkleide mich bis auf Unterhose und BH. Plötzlich ist alles Schamgefühl wie weggeblasen. Es gibt nur noch ihn, der mir helfen will, und mich. Wir beide sind auf einer Insel.

Mit einem Bündel aus Brennnesseln und gelbblütigen Kräutern klopft mich der Heiler kraftvoll von den Schultern bis zu den Zehenspitzen hinunter ab. Jeder Hieb schmerzt. Meine Haut rötet sich in Windeseile und brennt höllisch. Das Denken verlangsamt sich, mein kritischer Verstand verstummt. Er hält kurz inne, horcht in sich hinein und klopft an manchen Stellen nochmals nach, geradeso, als ob es da eine brennende Zugabe bräuchte.

»Das ist zur Durchblutung und Reinigung«, murmelt Maria.

Ich bin unendlich dankbar, dass sie neben mir steht. Mein Kreislauf kommt auf Hochtouren, mir wird glühend heiß, der Schweiß trieft aus allen Poren und stinkt erbärmlich. Unbeeindruckt davon nimmt Taita Espíritu Riechproben an meinem Oberkörper, an den Armen und Beinen. Geschickt nimmt er in jede Hand drei kleine rohe Eier und streicht damit bedächtig Vorder- und Rückseite meines Körpers in kurzen, zarten Strichen ab.

»Das Ei«, erklärt Roberto, »steht für die Elemente: Schale – Erde, Haut – Luft, Eiweiß – Wasser, Dotter – Feuer.«

Die eigenwillige Ganzkörpermassage fühlt sich schön an, es könnte ewig so weitergehen. Doch es kommt anders. Resolut schlägt der Heiler ein Ei nach dem anderen an einer Stuhlkante auf. Die Eier-Soße tropft zähflüssig zu Boden. Äußerst interessiert studiert er sie, schnuppert daran, nimmt etwas davon, hält sie ins Licht und kostet sie sogar. Er sitzt auf dem Boden, kratzt sich immer wieder hinter dem Ohr, schaut abwechselnd in die Eier-Soße und zu mir und nimmt erneut Riech- und Geschmacksproben. Nach einer Weile richtet er sich mühsam auf, seufzt und schaut sich meine Handinnenflächen an. Mir wird ungemütlich.

Ehe ich etwas denken kann, lässt er von meinen Händen ab, nimmt einen großen Schluck aus einer Flasche und sprüht einen Schwall der Flüssigkeit, die wie Kölnisch Wasser riecht, direkt in mein Gesicht. In rascher Folge prustet er mir weitere Ladungen davon auf Hals und Oberkörper, auf Bauch, Beine, Füße, Arme, Hände und auf den Rücken. Ich friere bis ins Mark, in der Hütte stinkt es bestialisch. Überrascht und nass, doch hellwach und erfrischt, warte ich auf seine nächste Aktion.

Sichtlich erschöpft setzt er sich mit dem Rücken zu mir auf einen Stuhl. Er sinkt in sich zusammen, bedeckt mit den Händen seine Augen. Es dauert nicht lange und er ist wieder auf den Beinen. Er zündet eine Zigarette an und bläst mir den Rauch auf die Fontanelle, in meine Handinnenflächen, auf die Fußsohlen und auf meine Herzgegend. Lange schaut er dann in meine Augen, vielleicht auch in mein tiefstes Innere, ich weiß es nicht.

»Catalina, du wirst gesund und mit uns leben«, sagt er zuversichtlich und in einem Ton absoluter Selbstverständlichkeit. »Wir sind deine Familie. Hier ist dein Land. Geh jetzt und vertraue dem Leben!«

Das Gesicht des Schamanen ist jetzt aschgrau, er lässt sich auf einen Stuhl sinken und fällt regelrecht in sich zusammen. Er wirkt wie ein steinalter, müder Mann, der alles gegeben hat. Schweigen breitet sich im Raum aus, nicht einmal ein Atemzug ist zu hören. Die Zeit steht still.

»Geht jetzt alle, und du, Catalina, schlafe, schlafe, schlafe. Faste heute und schweige.«

Er nimmt keinerlei Notiz mehr von uns. Seine Hände umfassen den Kopf und er sitzt reglos da. Während ich mich mit Taschentüchern abreibe und mich ankleide, schaut meine Regenwald-Familie diskret in die andere Richtung.

Auf Zehenspitzen und ohne Gruß treten wir hinaus ins Freie. Das helle Sonnenlicht blendet uns. Wortlos gehen wir einzeln hintereinander den Weg zur Straße hinunter, dort wartet das Taxi auf uns. Auf der Fahrt zum Hotel spricht niemand ein Wort.

Ohne mich auszuziehen und stinkend, wie ich bin, lege ich mich auf mein Bett und sinke in einen tiefen, traumlosen 26-Stunden-Schlaf.

Beim Wachwerden spüre ich mich so kraftvoll und lebendig wie schon seit Langem nicht mehr. Ich stelle mich unter den warmen, üppigen Schwall der Dusche. Ich fühle mich bereit, die Welt aus den Angeln zu heben. Im Spiegel blickt mir eine strahlende Frau entgegen, fast erkenne ich sie nicht. Das Gelbe in den Augen ist einem blaugrünen Leuchten gewichen, meine Haut ist ohne die kleinste Falte, und ich wirke um Jahre verjüngt. Was hat dieses schmächtige Männchen, Taita Espíritu, mit mir nur angestellt? Er hat es geschafft, mir eine innere Haltung zurückzuschenken, die ich, warum auch immer, verloren und sehr vermisst habe. Jetzt singt es in mir im Walzertakt: »Que sera, sera.«

Wieder auf der Feria, fühle ich mich wie ein Magnet, der viele Blicke auf sich zieht. Interesse, Liebe und Freude leuchten mir entgegen, ein Kompliment nach dem anderen lässt mich noch mehr erblühen. Ich wachse in den Himmel hinein. Daran möchte ich meine Lieben daheim teilhaben lassen, als Erstes Carmen. Der Blick auf die Uhr sagt mir, sie müsste jetzt daheim sein und den Jetlag schon überwunden haben. Vielleicht strahlt sie in diesem Moment auch so wie ich, liegt satt und glücklich in den Armen ihres Juan. Es gibt wahnsinnig viel zu erzählen, ich platze schier vor lauter Mitteilungsbedürfnis. Vielleicht gibt es im Info-Bereich eine Möglichkeit, zu telefonieren. Ich laufe Richtung Eingang, und da sehe ich sie auch schon: Eine junge, bildschöne, kurvenreiche Frau, signalrot gekleidet, bietet wortreich ein knallrotes Schnurtelefon an. Ich lächle ihr anerkennend zu und halte meinen Daumen hoch. Sie reicht mir sofort den Apparat und ich wähle Carmens Nummer.

»Hallo?« Meine Freundin klingt müde.

»Hallo, Carmencita, wie geht es dir? Bist du gut angekommen?« Ohne ihr Zeit für eine Antwort zu lassen, fahre ich gleich fort: »Stell dir vor, ich komme bei den Männern hier gut an, das wird dich vielleicht gar nicht wundern. Aber es hängt mit dem Schamanen zusammen, den ich treffen sollte. Es ist so gekommen, wie Tom es vorausgesagt hat. Es ist unglaublich!« Ich warte auf eine Reaktion. »Hast du mich verstanden? Mir geht es so gut wie schon lange nicht mehr. Ich sehe umwerfend aus und fühle mich einfach Bombe!«

»Schön für dich, Katharina«, höre ich ihre leicht genervte Stimme. Dann knackt es in der Leitung und sie ist weg.

Ich bin ziemlich ernüchtert, und das macht mich traurig. *Jetzt reiß di zamm und halt die guate Energie. Du mussch it alles 'nausposaunen in die Welt.* Samsa maßregelt mich. Also gut. Ich gehe zurück ins Gewühle der Feria und finde meine Regenwald-Crew an ihrem Stand. Auch sie sind von meinem Aussehen begeistert. Roberto drängt mich in Richtung Ausgang, um mit mir etwas zu besprechen. Zielstrebig steuert er uns in den angrenzenden Park und drückt mich auf eine freie Bank. Er lässt keinen Millimeter Abstand zwischen uns, nicht einmal ein Blatt Papier würde zwischen uns passen. Er legt seinen muskulösen Arm um meine Schulter und zieht mich leidenschaftlich an seine Brust. Flammende Hitze geht von seinem Körper aus, Funken sprühen in meine Richtung. Die Jugendlichen auf der Bank nebenan nehmen uns unter Beobachtung, sie lachen und scherzen. Nur zu gern würde ich uns jetzt durch ihre Augen sehen können und hören, was sie sagen.

Wahrscheinlich haben sie noch nie ein so kontrastiertes Paar gesehen: ein rassiger Landsmann mit einer blonden Gringita. Robertos lang herabfallendes, pechschwarz glänzendes Haar kitzelt mich, ich schiebe es beiseite. Auf seiner nackten Brust prangt eine auffallende Kette aus geflochtenen Tierhaaren mit eingeknüpften Steinen, Pfeilspitzen und gefährlich aussehenden Krallen. Sicher sind es Trophäen. Ich komme mir auch wie eine Trophäe vor. Ich werde steif wie ein Stock und rücke von ihm ab. Roberto kommt sofort nach und streicht zärtlich mein Haar aus der Stirn. Er vergleicht es mit dem Sonnengelb reifer Weizenfelder, küsst meine Augenlider und beteuert, dass meine Augen mit ihrer blaugrünen Farbe die schönsten der Welt seien. *Tja, wenn des der Pedro wär, dann wärsch scho längscht dahing'schmolzen, gell?* Bestimmt.

»Stopp, Roberto, stopp!« Ich muss tief durchatmen. Mit strenger Miene weise ich ihn zurecht: »Du bist verheiratet, Maria ist deine Frau, sie ist hier, hier in der Nähe!« Er seufzt tief auf, ist überrascht und nickt betroffen. Ich vergrößere den Abstand zwischen uns und rücke den verrutschten Träger meines himmelblauen T-Shirts zurecht. Meine Wangen glühen, mein ganzer Körper glüht. Leicht amüsiert schaut Roberto mir zu, legt eine meiner Hände auf sein Herz und bedeckt die Innenfläche der anderen mit hingebungsvollen Küssen. Fast könnte ich doch noch schwach werden. Aber nur fast, denn die Zurufe der Jugendlichen und ihr Klatschen lassen in mir keine echten Sehnsüchte aufkommen. Das ist meine Rettung. Mein kritischer Verstand ist wieder auf Normalstufe, alle Warnsignale in mir erlöschen.

In Robertos Blick liegt eine unergründliche Belustigung, die mir anzeigt, dass der erotische Bann endgültig gebrochen ist. Unweigerlich muss ich jetzt auch lächeln. Roberto gibt meine Hände frei, und wie auf ein Geheimsignal hin, brechen wir in schallendes Gelächter aus. Tränen laufen an meinen Wangen herunter.

Arm in Arm schlendern wir unter dem Beifall und den »Hallo«-Rufen der Jugendlichen zur Feria zurück.

»Roberto, was war das?«, will ich wissen. »Ein Annäherungsversuch, ein Antesten oder auch ein bisschen Verliebtheit?«

»Oh, die Deutschen, alles wollen sie wissen. Sie sind direkt, staubtrocken und sehr, sehr rational«, stöhnt er genervt. »Damit du es aber weißt, mein Liebchen: De todo un poco, mi amorsita – es war von allem ein bisschen!«

Innerlich muss ich schmunzeln, aber die vergessene Sehnsucht in mir ist wieder wach, oder immer noch wach. Seit Carmen abgereist ist, ist sie in mir aktiv. Ob alle Ecuadorianer das Spiel »De todo un poco« betreiben, kann ich nicht abschließend beurteilen, auf jeden Fall sind sie weniger rational, als ich es von Deutschen kenne. Vielleicht kann ich mir von ihnen etwas abschauen und etwas von meiner Ernsthaftigkeit ablegen. Es wäre nicht schlecht, lockerer zu werden und mehr dem Spaßprinzip zu folgen.

Bis zum Abendprogramm mit der Preisverleihung und dem abschließenden Festmahl herrscht reges Treiben, dann kehrt allmählich eine ruhigere, fast feierliche Stimmung ein. Viele Aussteller bauen in den letzten Nachmittagsstunden ihre Verkaufstische ab und organisieren deren Abtransport. Es wird gepackt und getragen, bis schließlich das Gelände frei wird. Nur die Mülltüten, die überall herumliegen, zeugen davon, dass hier verkauft und gekauft, gelacht und gestritten, gehandelt und gewuchert wurde. Die Besucher nehmen nach und nach auf den Bänken vor der Bühne Platz, in Erwartung der großen Abschlussveranstaltung.

Nach der üblichen Live-Musik, die den Abend einleitet, werden verschiedene Personen, für welche Verdienste auch immer, ausgezeichnet. Die Presse ist auch da, es gibt Interviews und es wird gefilmt. Ein Kamerateam steuert direkt auf mich zu, obwohl ich gar keine Urkunde in der Hand halte. Sie interessieren sich für den Grund meines Hierseins und stellen eine Menge belanglose Fragen. Roberto tritt als mein Freund und Beschützer auf, er winkt Maria und Marco herbei. Die drei sind stolz darauf, bald im Fernsehen zu sehen zu sein. Ich lege keinen Wert darauf. Meine Gedanken sind bei Pedro, der zwischenzeitlich nicht mehr aufgetaucht ist. Ich möchte ihn so gerne noch einmal sehen, verrenke mir fast den Hals beim Suchen, als ich mich mit vielen höflichen »Verzeihung-chen« durch die Menge quetsche. *Lass ihn! Nicht anhaften!*, mahnt Samsa, doch ich finde es schade, mich nicht von ihm verabschieden zu können. Brav schlendere ich zu meiner Regenwald-Familie zurück.

Die Bühne ist jetzt wieder leer, es läuft nur Musik über Lautsprecher. Überall werden farbenfrohe Ponchos wie Tischdecken auf dem Rasen ausgebreitet. Die Menschen, in kleinen oder größeren Grüppchen zusammengeschlossen, legen ihr mitgebrachtes Essen darauf. Manche bedienen sich sogar an den verzehrbaren Opfergaben auf der Bühne. Der kulinarische Reichtum ist unbeschreiblich: kalte Pellkartoffeln, goldgelbe, gegrillte Maiskolben, mit Käse gefüllte Teigtaschen, in Bananenblättern gegarte Speisen und Leckereien, die ich nicht kenne.

»Hier kannst du das Beste aus jeder Region des Landes versuchen. Nimm dir etwas und gib auch etwas weiter, Catalina«, lädt mich Marco ein, während er mit ausgebreiteten Armen über die Wiese zeigt. Viele teilen mit mir den ersten Bissen. Man sagt sich gegenseitig: »Danke, dass du da bist.« Das ist Gemeinschaft.

Meine Regenwald-Familie ist mir zur Familie geworden, und ich kann mir noch nicht ganz vorstellen, dass sie nicht mehr um mich herum sein werden. Doch der Abend geht zu Ende und es heißt Abschied nehmen. Roberto hält mich lange in den Armen.

»Leben ist ständige Veränderung, Catalina. Gesundheit und Krankheit sind Teil davon. Mach nichts komplizierter, als es ist.« Er schiebt mich ein wenig weg von sich und streicht mir über die Stirn. »Pass gut auf dich auf und lass dir helfen, Catalina, Celeste, Dorada.«

»Was hast du in Ecuador noch vor?«, will Marco, das Krokodil, wissen, während er mich zum ersten Mal umarmt. Er schwenkt mich ein wenig hin und her, wie ein Bruder seine kleine Schwester.

»Ich werde eine Sprachenschule besuchen und Spanisch lernen«, antworte ich, ohne zu wissen, wo und wann das stattfinden wird. »Aber zunächst möchte ich die vielen aufregenden Geschehnisse erst einmal verdauen. Ich glaube, ich habe in der kurzen Zeit mit euch mehr erlebt als die letzten Jahre in Deutschland.« Ich sehe, dass er mich nicht ganz verstanden hat, und drücke ihm einen fröhlichen Kuss auf die Wange. »Es ist ganz einfach so«, füge ich noch hinzu, »dass meine Seele erst nachkommen muss. Danke für alles!«

»Ihr Europäer seid kompliziert!«, sagt er kopfschüttelnd und lacht. Ich muss auch lachen.

»Nicht denken, nur leben!« Den letzten Rat bekomme ich von Maria, die ein ernstes Gesicht macht. Mehr sagt sie nicht, kein Lächeln, keine Umarmung, nur ein sanfter Kuss auf die Wange. Es liegt eine starke Wertung in ihrer Art, sich von mir zu verabschieden. Zwischen uns bleibt ein unsichtbarer Graben der Fremdheit, der sich auch jetzt nicht auflöst.

Go, Katharina, go!, höre ich Samsa. *Des Leabe goht weiter!*

Universität des Lebens

Als ich die Augen aufschlage, ist es bereits später Vormittag. Ich werfe vom Bett aus einen Blick aus dem Hotelzimmerfenster, draußen scheint herrlich die Sonne, »Kaiserwetter« würde man bei mir daheim sagen. Am azurblauen Himmel türmen sich schneeweiße Wölkchen. Ich trete hinaus auf den kleinen Balkon und atme tief die klare Luft ein. Ich habe das Bedürfnis, das Alleinsein zu genießen, und beschließe, das Frühstück ausfallen zu lassen. Im Schatten der Markise lasse ich meinen noch schläfrigen Körper in einen bequemen Korbsessel fallen und fühle in mich hinein. Nach und nach steigen Erinnerungen in mir auf, an den letzten Abend, den Abschied, aber auch all die anderen Dinge, die ich in den zurückliegenden Wochen erlebt und erfahren habe. Das ständige Auf und Ab meiner Gefühle, die Anstrengungen und die Glücksmomente. Ich nehme mir vor, all das später in meinem Reisetagebuch festzuhalten. Vor allem das, um nichts von dem, was mich Väterchen Geist gelehrt hat, zu vergessen.

Ich habe Heilung im weitesten Sinn erfahren wollen, dazu musste ich, als Grundvoraussetzung, den tiefen Wunsch nach Veränderung mitbringen, aber auch Vertrauen und vorbehaltlose innere Öffnung. Ich musste mich auf den Schamanen ganz einlassen, mich mit ihm gemeinsam ausrichten auf Heilung. Ich war die Hilfe suchende Person, er der Wissende, Sehende. Seinen Anweisungen musste ich gewissenhaft nachkommen und zum Ausgleich etwas geben. Das waren die Bedingungen. Ich sehe es noch genau vor mir: die Hütte, Taita Espíritu, meine Regenwald-Familie. Wir alle waren an diesem Prozess beteiligt, nicht zu vergessen die Hilfe einer »höheren Macht«, für die wir gebetet haben.

Die Vertrauensfrage löste in mir einen Tumult an Gedanken und Gefühlen aus. Kein Wunder, war ich doch mit Merksätzen gebrieft, dich ich als Kind gelernt hatte: »Trau, schau, wem du vertrauen kannst« oder »Vertrauen ist gut, Kontrolle ist besser«. Als kleines Mädchen hatte ich das für bare Münze genommen, was ältere Personen mir einschärften, vorbehaltslos und vertrauensselig. Also war ich zu einer Frau geworden, für die Sicherheit und Kontrolle hohen Stellenwert hatten. Mit dem Entschluss zu dieser Reise haben sich meine Prinzipien gelockert und Väterchen Geist hat ein Übriges dazu getan, mein Vertrauen zu aktivieren. Woher genau aber habe ich dieses Vertrauen genommen?, frage ich mich. Ich blicke über die Brüstung und fühle plötzlich, wie weit weg Deutschland ist. Ich bin hier, am Ende der Welt. Es geht mir nicht nur gut, weil ich eine Reise mache, sondern ich habe gerade eine schwere Krankheit überstanden, durch Vertrauen, nur das allein zählt.

Noch immer verspüre ich keinen Hunger, stattdessen habe ich Lust, in einen nahegelegenen Park zu gehen, um mich ein wenig zu bewegen. Ich springe unter die Dusche und genieße in aller Dankbarkeit den herrlichen Komfort warmen Wassers. Dann streife ich mir eine pludrige Bluse über, schlüpfe in meine frisch gewaschene, seidene »Regenwaldhose« und mache mich auf den Weg. Vom Hotel aus laufe ich die Straße links hinunter, einige Ecken weiter sehe ich den Eingang zu einer Grünfläche,

hier muss es sein. Die stolz aufgerichteten, hohen Eukalyptusbäume erinnern mit ihrem unverwechselbar würzigen Duft an
Badezusätze. Die Farbenpracht der exotischen Blumen ist be-
rauschend schön. Ich durchstreife mit leichtem Herzen diese
Stadtoase, überall höre ich das heitere Plaudern der Menschen,
die sich ebenfalls an ihrem Ausflug freuen.

Junge Männer mähen den Rasen, nehmen Verblühtes und
Verwelktes aus der Erde und setzen junge Pflanzen liebevoll ein.
Ihr Scherzen und Lachen tut mir wohl, und ihr Arbeiten sieht
nach Vergnügen aus. Sie werfen mir Kusshände zu. Sind die
immer so gut drauf?

Kurz vor dem hinteren Ausgang finde ich unter einem aus-
ladenden, rot blühenden Busch eine leere Bank. Daneben, auf
einer zweiten Bank, sitzen ein paar Frauen, die angeregt miteinander schwatzen. Als ich mich setze, schauen sie kurz auf
und lächeln mir zu. Eine Weile hänge ich meinen Gedanken
nach, atme bewusst ein und aus, doch irgendwie spüre ich eine
kleine Anspannung in mir. Wahrscheinlich war das alles doch
etwas zu viel, um jetzt einfach ein neues Kapitel aufzuschlagen.

*Komm, jetzt machsch no die »Liegende Acht«, und du kannsch
alles no besser genießen.* Samsa ist auf Zack! Ein wenig be-
klemmt fühle ich mir schon, mich neben den anderen unvermittelt zu bewegen, sie könnten es lächerlich finden. *Könnte,
könnte ...* Also gut, Samsa hat recht, was ist schon dabei? In der
Form einer liegenden Acht, dem Zeichen von »unendlich«,
schwinge ich im Sitzen in kleinen Kreisen von einem Sitzbein-
höcker auf den anderen, so unauffällig wie möglich. Prompt
werden die Frauen auf der Nebenbank darauf aufmerksam.

»Übst du Salsa im Sitzen?«, fragt mich die Jüngere der beiden
in gutem Englisch.

»Nein, nein«, lache ich, etwas verunsichert. »Ich mache Gymnastik«.

Sie blicken abwechselnd mich und sich erstaunt an, dann scheinen sie auf eine Idee zu kommen. Sie rücken voneinander etwas ab und richten sich wie Schulmädchen im Sitzen auf.

»Wir machen mit«, kündigt die Ältere in ungehemmter Freude an. »Sag uns, was wir machen sollen.« Warum eigentlich nicht?

Nach einigen Minuten des Erklärens und Übens schwingen wir synchron auf unseren Sitzbeinhöckern, dazu »malen« wir mit den Händen das »Unendlich«-Zeichen, dann mit nur einem Finger, mit der Nase und zuletzt mit den Füßen in die Luft. Schnell haben uns weitere Nachahmer gefunden: Ecuadorianer jeden Alters scharen sich um uns, es bildet sich eine ansehnliche Gruppe. Wie spielfreudige Kinder folgen sie meinem Beispiel und erfinden neue Bewegungen dazu.

»Bist du Cheerleader?«, will jemand wissen. Lachend schüttle ich den Kopf.

»Aber Urlauberin bist du auch nicht.« Wieder schüttle ich den Kopf und lache.

»Jetzt gerade bin ich Schülerin und lerne von euch Spontaneität und Kreativität!«

Jemand übersetzt meine Antwort für diejenigen, die kein Englisch können. Auf der Stelle habe ich jede Menge neue Freunde gewonnen. Sie wollen natürlich meinen Namen wissen und feiern mich in den unterschiedlichsten Tonlagen:

»Catalina! Catalina! Catalina!«

Die »Liegende Acht« ist schnell vergessen.

Ein junger Mann setzt sich neugierig zu uns, packt seine Gitarre aus und beginnt zu spielen und zu singen. Es klingt wie

»Hoch auf das Leben« und schmeichelt sich rhythmisch und fröhlich in meine Ohren. Bald singen alle mit, improvisieren den Text, den keiner kennt. Es wird viel geklatscht oder mit den Händen auf den Oberschenkeln getrommelt. Das Stimmungsbarometer klettert nach deutschen Maßstäben in astronomische Bereiche.

»Ein Hoch auf das Leben! Ein Hoch auf die Liebe! Ein Hoch auf die Ecuadorianer! Ein Hoch auf die Deutschen!«

Der Musiker erfindet immer neue Strophen, damit das Lied kein Ende findet, alle sind ausgelassen und voll in ihrem Element: Leben!

Ein Hoch auf das Leben!
Auf die Musik und den Tanz!
Ein Hoch auf die Liebe!
Auf das Lachen und das Weinen!
Auf die Stunde und den Tag!
Auf Einheit und Verschiedenheit!
Auf die Schöpfung!

Ein Hoch auf dich!
Ein Hoch auf mich!
Ein Hoch auf uns alle!
Es lebe das Leben!

So schnell, wie sich das Grüppchen gebildet hat, löst es sich bald wieder auf. Das Lied ist zu Ende und jeder geht seiner Wege. Wie unbeschwert sie sind, die Ecuadorianer. Als Letzte verabschieden sich die beiden Frauen, die mich zuerst angesprochen haben. Sie haben es plötzlich eilig, zu Hause erwarte sie eine Menge Hausarbeit. Eigentlich hätten sie sich nur getroffen, um gemeinsam einkaufen zu gehen, und hier eine kleine Pause machen wollen. Sie wünschen mir viel Glück und drücken mir von beiden Seiten Küsse auf die Wangen. Ihre Herzlichkeit ist mit nichts aufzuwiegen. Ich sehe ihnen nach und bleibe unentschlossen auf meiner Bank sitzen.

Samsa erinnert mich daran, dass ich keinerlei Pläne habe: *Meine Güte, auf was wartesch du hier jetzt? Frag di, was du jetzt mit deiner Zeit anstellsch.* Richtig, wollte ich mich nicht um die beiden anderen »S« kümmern? Aber jetzt kann ich mir nichts Schöneres vorstellen, als einfach dazusitzen und zu schauen. *Willsch jetzt die Zeit verträdeln?* Ja, das will ich. Ich rutsche ein wenig mehr in den Schatten und sehe hinauf in die grünen Kronen der Bäume. Dunkelheit und Licht liegen auf den fein gezackten Blättern. Sie fragen sich sicher nicht, was zu tun ist oder worauf sie Lust haben, sondern lassen sich vom Leben bewegen. Sollte ich das nicht auch?

Da ich noch nichts gegessen habe und allmählich Hunger verspüre, mache ich mich auf den Weg. Kaum bin ich ein paar Häuserblocks gelaufen, fällt mir an einem kleinen Schaufenster ein Werbeschild ins Auge. Es ist, wie kann es anders sein, eine Sprachenschule. Ich folge, ohne zu zögern, dem Wegweiser in den zweiten Stock. Etwas außer Puste, öffne ich die angelehnte Tür zu einem Studio. Eine junge Frau bemerkt mein Hereinkommen, breitet die Arme aus und ruft:

»Willkommen! Eine neue Studentin!«

Ein Chico, Typ »Luis Fonsi«, etwa Mitte zwanzig, kommt aus einem Raum und umarmt mich so herzlich, als kennen wir uns seit Jahren. Die beiden wirken sympathisch. Aida ist die Leiterin der Schule, und Miguel, der im Unterricht hospitieren will, ist für das Freizeitprogramm der Studenten zuständig. Sie fragen, wie ich heiße und woher ich komme. Sie wiederholen mehrfach meinen Namen, um ihre Freude zu bekunden, dass ich da bin. Aida macht mir ohne große Umschweife ein Angebot, das sich solide anhört, keinen unnützen Schnickschnack, keine aufgeblähten Extras. Ich bin so begeistert, auf Anhieb mein zweites »S« gefunden zu haben, dass ich spontan fünfzehn Tage Vollzeitunterricht in Spanisch buche. Da fällt sogar Samsa kein Kommentar zu ein.

»Bei allen deutschen Chicas bin ich besonders gerne mit dabei«, flüstert mir Miguel leise zu. »Noch dazu bei einer solch hübschen. Ist das in Ordnung für dich?«

Ich bin verlegen und spüre, wie mir sofort die Röte ins Gesicht steigt. Es entgeht ihm nicht. Er zwinkert mir zu und ich nicke. Wie schafft es dieser junge Spund, mich mit einem so allgemeinen Kompliment aus dem Takt zu bringen? Bin ich in meinem Alter etwa besonders anfällig für harmlose Flirts?

»Warum fangen wir nicht gleich mit einer Einführung an?«, schlägt Aida vor. Ohne meine Antwort abzuwarten, führt sie mich in ein Zimmerchen mit Blütentapete, eine Mischung aus Wohnzimmer und Büro. Ich bin so aufgeregt wegen meiner schnellen Entscheidung, dass ich mein Vorhaben, etwas zu essen, völlig vergesse.

»Wo sind denn die anderen Schüler?«, will ich wissen.

»Im Moment bist du die einzige«, sagt Aida und hat es eilig, mit dem Unterricht zu beginnen. Sie reicht mir ein großes Schreibheft, in das ich alle neuen Wörter, Fragen oder die Hausaufgaben schreiben soll. Oh je, das klingt nach hochkonzentriertem Einzelunterricht! So intensiv habe ich mich in die Sprache nun doch nicht hineinknien wollen. Aida beruhigt mich:

»Wir passen den Unterricht an die Bedürfnisse der Studenten an, und man kann jederzeit ohne Nachteile kündigen«, sagt sie im professionellen Tonfall. Damit hat sie mich gewonnen.

Aida spricht klar und deutlich, doch rasend schnell. Schon in der ersten Stunde schreibe ich mir die Finger wund, denn fast jedes Wort ist mir unbekannt.

»Catalina, wir müssen die Zeit gut nutzen«, drängt sie in der ersten Pause, als sie sieht, dass ich erleichtert bin, den Stift für einen Moment absetzen zu können. »Am Ende deines Sprachkurses bekommst du ein schönes Diplom und beurteilst meine Schule. Ich will optimieren, was geht.«

Ihr Anspruch in allen Ehren, aber der letzte Schultag scheint mir noch in weiter Ferne zu liegen. Aida gibt mir ein Buch mit Geschichten für Kinder auf Spanisch. Sie werde mir daraus vorlesen, und ich müsse mir vor allem Aussprache und Sprachmelodie anhören. Im zweiten Schritt werde ich dann den jeweiligen Text lesen.

»Ja, aber ...«, beginne ich, will sagen, dass ich ja wissen will, was ich lese.

»Kein Aber, bitte.« Aidas Stimme lässt keinen Widerspruch zu, daran muss ich mich erst gewöhnen.

Nach einiger Zeit beginnt mein Kopf zu rauchen, und ich versuche, meine Schultern zu lockern. Ich bin platt. Hören, selber Lesen, Aidas Verbessern meiner Aussprache und Miguels locker eingestreute Witze und Komplimente, die ich nicht verstehe, sind wie eine Walze, unter die ich geraten bin. Ich überlege einen Augenblick lang, den Sprachkurs zu canceln. *Kommt gar it in Frage. So schnell gibsch it auf!* Also gut, ich bleibe, quäle mich eine weitere Stunde durch das Meer der unbekannten Vokabeln.

In der nächsten Pause gehen wir in ein Restaurant, es liegt gleich um die Ecke. Es wird höchste Zeit für mich, endlich etwas Warmes in den Magen zu bekommen. Meine Begleiter versprechen mir ein Geschmacksabenteuer, außerdem schwören sie, dass die Ecuadorianer den besten Kaffee der Welt rösten. Ich erzähle ihnen, wie viel Geld ich in Deutschland dafür hinblättern muss.

»Warum, um Himmels willen, tust du das?«, fragt Aida erschrocken.

»Um ein Hilfsprojekt zu unterstützen.«

Es wundert mich ein bisschen, dass die zwei plötzlich so ernst werden. Sie erkundigen sich, was ich mit »Projekt« meine. Wir reden über die Möglichkeit in Deutschland, mit dem Kauf bestimmter Waren Menschen in anderen Ländern gezielt zu unterstützen.

»Du bist ein guter Mensch, Catalina.« Darin sind sie sich einig. Ich mag jedoch nicht gelobhudelt werden und lenke ihre Aufmerksamkeit um, auf die Komplimente, die ich dem Kaffee mache, den ich gerade probiere. Ich schwärme und gebe genussvolle Töne von mir. Miguel strahlt, ich glaube, er ist stolz darauf, dass die Qualität mich derartig überzeugt. Es ist wirklich der beste meines Lebens.

»Dir gehört die Welt, wenn du verstehst, wie man genießt.« Mit diesen Worten schenkt Miguel dem Rest seines Kaffees eine Kusshand. Anscheinend gehört sie ihm.

Während des Essens flirrt die Luft zwischen Aida und Miguel vor purer Erotik. Sie beißen jeweils beim anderen von den Empanadas ab, fast könnte ich neidisch werden. Vielleicht liest Miguel es in meinen Augen, sofort hält er auch mir seine Empanada vor den Mund und verdreht die Augen, als ich den Kopf schüttle. Also gut, ich beiße ein Stück ab. Ob das hier nur Spiel ist, eine Kinderei oder doch eine konkrete Anziehung zwischen den beiden? Oder wieder »de todo un poco«? Ich überlege, dass ich meine ständigen Fragen besser einpacken sollte. *Es könnt so viel einfacher sein, wenn's nur des isch, was es isch.* Ah, Samsa!

Im weiteren Verlauf des Gesprächs wird mir schnell klar, dass ich mich mindestens in einem nicht getäuscht habe: Das Lieblingsthema der beiden ist die Liebe, ganz allgemein und im Speziellen die in Ecuador und Deutschland.

»Catalina, hast du dich schon in einen Ecuadorianer verliebt?«, fragen sie mich neugierig. In riesigen Lettern steht die blanke Spannung in ihren Augen. Sie brennen geradezu darauf, eine romantische Geschichte mit viel Herz und Schmerz nach »Telenovela«-Art zu hören.

Ja, klar, da hasch doch was zu bieten, frohlockt Samsa.

Verträumt richte ich meinen Blick in die Ferne, als erschiene dort der smarte Pedro oder Roberto, der heißblütige Mann aus dem Regenwald. Doch die aufwühlenden Begegnungen mit ihnen möchte ich jetzt lieber für mich behalten. Zum Glück werden wir abgelenkt: Unsere leeren Teller werden abgeräumt und der aromatische Duft von frisch zubereitetem Kaffee verwöhnt noch einmal unsere Nasen. Er mobilisiert meine Lebensgeister und ich fühle mich leicht berauscht.

»Göttlich!«, schwärme ich mit höchster Zufriedenheit in der Stimme. »Einfach göttlich!«

Für den nächsten Tag bin ich mit Aida verabredet, um mein Quartier zu wechseln. Sie hat mich für die Zeit des Sprachkurses als Gast bei einer einheimischen Familie angemeldet. Ihrer

Meinung nach sei das viel besser, um die Alltagssprache zu lernen, als im Hotel zu wohnen. Die Gastgeber kenne sie persönlich, sie gehören zu den reichsten und angesehensten Familien hier in der Stadt.

»Blancos, Catalina, alle reine Oberschicht. Da lernst du perfektes, reines Spanisch«, versichert sie mir auf dem Weg dorthin.

Schon von außen macht das Anwesen den Eindruck eines gut vor fremden Blicken abgeschirmten Grundstückes. Noch kann ich den »Palast« nicht sehen, er ist von hohen Mauern mit einbetonierten Flaschenscherben umgeben. Das riesige Eingangstor ist verschlossen, es steht ein Wachmann davor, der vom Kopf bis zu den Stiefeln in Schwarz gekleidet ist und ein Maschinengewehr in den Händen hält. Ein großer, bissig aussehender Kampfhund liegt zu seinen Füßen. Nur gut, dass Aida an meiner Seite ist.

Der Aufpasser meldet uns über Sprechfunk an. Das Tor summt leise und öffnet sich, wir dürfen passieren. In einem nachtblauen Hosenanzug aus Seide sieht uns die Dame des Hauses aufmerksam entgegen. Sie heißt Teresa und begrüßt uns beide mit Umarmung und Kuss. Als Erstes mustert sie mich ungeniert von Kopf bis Fuß, dann führt sie uns mit einem höflichen Lächeln durch die Eingangshalle in den Salon und bittet uns, Platz zu nehmen. Schwere Polstermöbel gruppieren sich um ein knisterndes Kaminfeuer, das, wie mir scheint, bei diesen Temperaturen nur einen dekorativen Zweck erfüllt. Die gesamte Einrichtung macht einen eleganten und gleichzeitig gemütlichen Eindruck.

Auf Teresas Rufen hin erscheint ein Familienmitglied nach dem anderen und nimmt ebenfalls Platz. Aida hält einen höflichen

Small Talk mit ihnen, dann schaut sie lächelnd auf die Uhr und verabschiedet sich. Sie zwinkert mir aufmunternd zu und eilt zurück in ihre Schule. Alle Blicke sind jetzt auf mich gerichtet. So gut es geht, stelle ich mich vor, doch schon nach den ersten Sätzen unterbricht mich einer der beiden jungen Männer, ich könne getrost Englisch sprechen. Ich bin fürs Erste erleichtert.

Zur Familie gehören Teresa, das heißt Teresita, die Hausherrin, ihr Mann Juan Carlos und die beiden Söhne, Washington und José. Ich erfahre, dass im Tiny-House, welches an den Palast seitlich wie provisorisch angeklebt wirkt, die Hausangestellte Inesita und ihr Mann Ricardo leben. Ricardo ist der Chauffeur und allgemein der Mann fürs Grobe. Mir wird gesagt, ich solle mich nicht wundern, wenn ein fremder Mann auf dem Grundstück zu sehen sei, es wäre der Gärtner, der jeden Morgen komme und am Abend wieder gehe. Sie beschreiben mir kurz, wie er aussieht, damit ich ihn erkennen kann. Als alles gesagt ist, wird mir die hochgeschätzte Gastfreundschaft dieses Hauses mehrfach versichert und ich werde sogar als »parte de la familia – Teil der Familie« willkommen geheißen. Ich bin also bestens versorgt, auch wenn es in mir ein leises Unbehagen gibt, weil ich keine Ahnung habe, was hierzulande mit »Teil der Familie« gemeint sein könnte.

Inesita fordert mich mit einem Knicks auf, ihr zu folgen. Wir laufen durch lange Korridore in den Westflügel, dort öffnet sie mir die Tür zu meinem Luxus-Zimmer. Es ist atemberaubend schön, vor allem, weil es einen spektakulären Blick auf einen Wasserfall hat. Inesita zeigt mir mein eigenes Bad und erzählt mir ein paar Details über die Gepflogenheiten meiner Gastgeber, vor allem, dass sie vielfältigen Verpflichtungen nachgingen, und unter anderem auch, dass Wert auf gutes vegetarisches Essen gelegt werde. Dann lässt sie mich allein und nennt mir die Uhrzeit für das gemeinsame Frühstück mit der Hausherrin. Mir bleiben 20 Minuten, um auszupacken. Mein Gepäck hat Ricardo inzwischen hier abgestellt.

Teresita sitzt in der geräumigen Küche und erwartet mich bereits. Ich schaue mich um und staune: alles aus Palisander, mit modernsten Geräten und Fernseher ausgestattet. Es gibt einen abgeteilten Essbereich, auf dem Tisch stehen frisch gebrühter Kaffee und Kaba, Toastbrot, eine Art Mozzarella-Käse und Marmelade. Teresita winkt mich zu sich, ich setze mich und danke ihr für die Köstlichkeiten.

»Suchst du etwas, Catalina?«, fragt sie nach einer Weile, sie hat meinen suchenden Blick bemerkt.

»Ja, die Butter.«

»Wir essen keine Butter, aber wenn du möchtest, kauft sie Inesita für dich.« Ihre Antwort ist freundlich, aber sie klingt auch etwas gönnerhaft. Kurz wirft sie mir über den Rand der Morgenzeitung einen Blick zu.

»Ja, gern«, sage ich mutig. »Vielen Dank.«

Gestärkt und gut gelaunt, steige ich in die schwarze Nobel-Limousine ein, mit der mich Ricardo zum Unterricht fährt. Weit und breit gibt es nirgends ein solches Auto, es erregt überall riesiges Aufsehen. Als wir vor Aidas Schule halten, ist es ist mir peinlich, unter den Blicken der Anwohner und Passanten auszusteigen. Ricardo erfasst sofort mein Befinden und beeilt sich, die Autotüren wieder zu schließen.

»Kein Problem«, ruft er mir zu. »Morgen lasse ich dich schon an der Kreuzung raus.«

Ich winke ab, obwohl ich ihm dankbar für diesen Vorschlag bin. Warum eigentlich nicht das Staunen der anderen genießen? *Genau! Raus aus der Bescheidenheit. Nimm, was du kriegen kannsch!*

An manchen Unterrichtstagen sind alle meine Gehirnwindungen wie verstopft. Ich suche nach gelernten Wörtern oder Redewendungen, und sogar das Umschreiben dessen, was ich sagen will, bereitet mir enorme Schwierigkeiten. Miguel und Aida erweisen sich als geduldige und nachsichtige Lehrer. Samsa hingegen meckert: *Mei, bisch du blöd, so a mühsames Geholpere und Gestöpsle. Jetzt streng di halt einfach an.*

»Geduld, Geduld, Chica«, ermuntern hingegen Aida und Miguel.

Davon könnte sich Samsa eine ganze Menge abschauen. Anderen Menschen gegenüber ist ihr Geduldsfaden ewig lang. Warum nicht auch bei mir? Ständig sticht ihr das ins Auge, was zu verbessern ist. Ich mache ihr ein Angebot: Entweder du änderst deinen Ton, oder ich höre nicht mehr auf dich. Sie lenkt ein: *Des mit dem Lob merk i mir!* Wenigstens ist sie guten Willens.

Aida und Miguel verteilen ihr Lob regelmäßig und überaus großzügig, in meinen Ohren fast schon inflationär. *Des isch für di au a harte Nuss und du denksch, des isch bloß Schaum, gell?* So ist es. Eines Tages schlagen Aida und Miguel mit ihrer Übertreibung dem Fass den Boden aus und ich platze:

»Hört auf! So gut, wie ihr behauptet, wird mein Spanisch vielleicht in drei Jahren sein, frühestens.«

In ihren Augen ist Erschrecken, Kränkung und auch ein wenig Verwirrung. In meinen sicher Blitze der Abwehr.

»Wir wollen dir lediglich einen Gefallen tun«, lenkt Aida kleinlaut ein. Äh, wie bitte? Darauf weiß ich nichts mehr zu sagen.

Verlegen betrachten wir einander. Nach einer kleinen Schweigeminute nimmt mich Aida in die Arme, drückt mir eine Serie von Küssen auf die Wange und lacht: »Sei nicht so ernst, Catalina. Das Leben ist doch Spiel!«

Das Beste am gesamten Unterricht ist tatsächlich unser Lachen. Habe ich vielleicht einen Kurs in Lach-Yoga belegt? Die Haltung, das Leben von der leichten Seite zu nehmen, färbt etwas auf mich ab. Wenn ich ein Wort in einer der hintersten Schubladen meines Gehirns suche, ermuntert mich Miguel:

»Spuck es aus, Catalina, du hast es schon auf der Spitze deiner Zunge, ich kann es schon fast hören.«

Meinen häufigen Gebrauch des Wortes »müssen« und vor allem den Satz »Ich muss mal schnell auf die Toilette« finden sie besonders zum Lachen. Sie halten das für eine deutsche Manie, sie selbst benutzen »müssen« so gut wie nie. Gibt es überhaupt etwas, worüber sie nicht lachen?

Nach dem Unterricht, am Spätnachmittag, steht für mich das immer gleiche Intensivprogramm an: Ich werde abgeholt, ziehe mich eilig um für das Damen-Kaffeekränzchen und speise am Abend mit meinen Gastgebern in der Villa oder bei deren Freunden, von denen sie viele haben. Von mir ist ständige Präsenz gefordert, mein Privatleben kann ich knicken. Schon nach wenigen Tagen komme ich an meine Grenzen. Ich habe das dringende Bedürfnis nach Alleinsein, außerdem kommt meine Seele auf diese Weise ganz bestimmt nicht nach, wie ich es eigentlich vorhatte. Stattdessen bin ich in einen Dauerstress mit Schule und Familienprogramm geraten. *Mach dich locker! Sei einfach du!* Samsa weiß immer guten Rat.

Wie schon meine Regenwald-Crew auf der Feria, beäugt mich

die gesamte Familie ständig wachsam, sie benehmen sich wie Glucken auf ihren Küken. Sie sorgen beispielsweise dafür, dass ich maßvoll esse und mir nicht zu viel ecuadorianischen Rum einverleibe. Was befürchten sie denn? Dass ich wie eine Dampfnudel aufgehe oder mich ständig betrinke? Ich lerne jeden Tag weitere Verwandtschaft und bald den ganzen, unüberschaubaren Freundeskreis kennen. Ich schätze, als »reife Gringita«, wie sie mich liebevoll bezeichnen, hebe ich ihr Image. Alle beteuern, welche Ehre es sei, mich hier zu haben. Wie soll ich locker sein, wenn ich dauernd auf dem Präsentierteller liege?

Zudem hat Teresita ehrgeizige Pläne mit mir:

»Catalina, meine Schöne«, verkündet sie mir bereits nach ein paar Tagen, »wir finden für dich einen guten Ehemann.«

Warum, um Himmels willen, habe ich ihr bloß erzählt, dass ich verwitwet bin? Am liebsten würde ich es ungeschehen machen, doch es kommt mir ein anderer Gedanke dazu in den Sinn: Vielleicht will sie einfach nur sicherstellen, dass ich die Finger von ihrem Mann lasse und natürlich auch von ihren beiden Söhnen. Ab und zu habe ich ihre Eifersucht schon aufblitzen sehen, wenn Juan Carlos angeregt mit anderen Frauen sprach. Ich glaube, ihr entgeht auch keine einzige seiner Bewegungen. Mir gegenüber ist er, Gott sei Dank, nur höflich und distanziert. Ich umgekehrt auch, das beruht auf Gegenseitigkeit. Die Söhne sind mir zwar sympathisch, aber es sind junge Kerle, ein abwegiger Gedanke, ich könne sie verführen wollen.

Überhaupt ist Teresita sehr vereinnahmend und vor allem darin schwer zu ertragen, als sie mich in Anwesenheit anderer oft wie ein Dummchen behandelt. Wenn ich etwas gefragt werde, antwortet sie an meiner Stelle. Ich fange an, etwas zu erzählen, und sie unterbricht, ergänzt oder berichtigt. Da ich zunehmend versuche, mich mit allen auf Spanisch zu unterhalten, wiederholt sie oft auf Englisch, was gesagt wurde. Inzwischen verstehe ich gut selbst, was gesprochen wird, und kann mich gut ausdrücken.

Es kommt, wie es kommen muss: Eines Abends, auf einer Fiesta, weist Teresita einen gut aussehenden Mann, der mit mir tanzen möchte, einfach ab.

»Catalina macht gerade eine Tanzpause!«, sagt sie kurz angebunden zu dem verdutzten Mann und winkt ihn fort. Mir platzt der Kragen.

»Ich kann gut für mich selbst sprechen, Teresita!« Ich kann meinen Unmut kaum mehr halten. Was denkt sich diese Frau dabei?

Meine Gastgeberin lässt sich davon absolut nicht ins Bockshorn jagen. Im Gegenteil, es scheint sie nur noch mehr anzuspornen, mich unter ihre Fittiche zu nehmen.

»Nein«, zischt sie mir verschwörerisch zu. »Das kannst du eben nicht!« Sie hakt sich bei mir unter und führt mich energisch aus dem Raum. »Du weißt ja gar nicht, welche Männer einen schlechten Ruf haben. Ich schütze dich nur vor negativen Erfahrungen.«

Bemüht diplomatisch und in sehr gewählt höflichen Worten mache ich ihr klar, dass ich weder einen Anstandswauwau noch ein Rundumprogramm an Unterhaltung brauche, und schon gar keinen Mann!

»Im Gegenteil, Teresita, ich brauche dringend mehr Ruhe.«

Meine Worte sind Wasser auf ihre Mühle, sie triumphiert. Sie sieht in meiner Bemerkung einen Grund mehr, mich rechtmäßig von »diesem Mann« ferngehalten zu haben. Sie ist der festen Überzeugung, ich müsse die Denkweise und das Benehmen der Ecuadorianer erst richtig kennenlernen, und sagt mir auf den Kopf zu:

»Wenn du das nicht akzeptierst, kannst du nicht bei uns wohnen.«

Hoppla, denke ich, jetzt wird es ernst. Teresita hat eine klare Ansage gemacht, die mich schlucken lässt. Wie kann ich die vertrackte Situation jetzt schnell retten, vielleicht durch ein Lob oder ein Kompliment? Darauf stünden die Ecuadorianer, hat Aida immer wieder beteuert. *Reiß di jetzt aber zamm!* Samsa selbst ist erschrocken. Ich wähle meine nächsten Worte also mit Bedacht, nicht unbedingt aus Einsicht, dass Teresita das Recht habe, mich zu bevormunden, und schon gar nicht, mir zu drohen.

»Liebe Teresita, du bist eine schöne und umsichtige Dame! Es ist für mich ein besonderes Glück, so viel lernen zu können!«

Teresitas Gesichtsausdruck wird wieder weich, ihre Augen strahlen mich an. Sie tut, als habe es diesen kleinen, harten Disput nie gegeben. Darin sind sie auch großartig, diese Ecuadorianer.

»Vamos, gehen wir wieder zu den anderen.« Sie stimmt ein »Hoch auf die schöne Deutsche, auf Catalina, Celeste, Dorada« an. Es versteht sich von selbst, dass ich ein »Hoch auf die Dame des Hauses, die Familie und auf alle Gäste« ausrufe, und zu guter Letzt »auf Ecuador«.

»Was gefällt dir hier besonders gut?«, fragt mich als Nächstes eine supergepflegte Frau in meinem Alter. Ihre Augen funkeln mich erwartungsvoll an. Ich überlege angestrengt, was ich nach ecuadorianischem Knigge darauf antworten soll, kann oder muss. Mache ich Komplimente oder antworte ich ganz ehrlich? Ich entscheide mich für das Letzte, bewundere die einzigartige Schönheit und Vielfalt des Landes mit den Anden, der Straße der Vulkane, dem riesigen Regenwald und geheimnisvollen

Bergnebelwald, der Fruchtbarkeit des Tieflands und dem Pazifik. Als große Besonderheit hebe ich Galapagos hervor. Nach kurzem Nachdenken füge ich hinzu, mir gefalle die Freundlichkeit der Menschen und die Jugend. Rings um uns herum haben sich andere Gäste eingefunden, die mir gespannt zuhören. Sie nicken bei jedem Highlight, das ich aufzähle.

»Das Beste von allem aber ist, dass ich hier wie ein junges Mädchen tanzen kann.« Ein Teufelchen muss mich gepackt haben, das zu sagen. Gespannt warte ich auf die Reaktion. Gleich reden alle wild durcheinander. Wie das sein könne, so alt sei ich doch noch gar nicht, und ich sehe doch sehr gut aus. »Ja, aber ich bin zweiundfünfzig Jahre alt«, erwidere ich fest, »und kein Chico würde mir alter Schachtel in Deutschland eine Liebeserklärung machen.« Es hat keinen Zweck. Ein Sturm des Protestes erhebt sich, und alle machen glaubhaft, dass ich jung und »gut erhalten« sei. Die Frauen beteuern, dass sicher auch jeder junge Mann so empfinde. Teresita nimmt mich diskret etwas zur Seite und belehrt mich mit strenger Miene:

»Catalina, über unser Alter sprechen wir nicht, schon gar nicht in Anwesenheit von Männern!«

Die wenigen Herren, die in Hörweite stehen, vertiefen sich augenblicklich in ihr Glas. Eine der Damen holt mich in den Kreis der anderen zurück, im Nu scharen sich die höchst interessierten Frauen noch enger um mich. Es sind junge Frauen, Frauen mittleren und hohen Alters, alle perfekt gestylt und geschminkt. Sie fragen mich aus über meine Schönheitsrezepte, wollen wissen, welchen »Jungbrunnen« ich benutze. Die Männer halten jetzt Abstand.

»Ich benutze nur natürliche Pflegemittel und schminke mich nicht jeden Tag, sondern zu ganz besonderen Gelegenheiten«, gebe ich bereitwillig Auskunft. Die Frauen freuen sich und wollen es genauer wissen, da betrachtet eine von ihnen meine Hände und ruft entsetzt:

»Oh, Arbeitshände! Wir machen auf der Stelle einen Maniküre-Termin für dich!«

»Und einen Termin beim Friseur!«, ruft eine andere.

Ich stutze, stimmt etwas mit meiner Frisur nicht? Nervös streiche ich eine Strähne hinter das Ohr, dann gebe ich weiter zum Besten, meine blonden Haare nach dem Waschen mit Bier zu spülen. Entgeistert, als ob ich eben etwas vollkommen Absurdes erzählt hätte, nehmen sie mich weiter unter die Lupe. Sie berichten, selbst zweimal wöchentlich zum Frisieren und zur Maniküre zu gehen, das sei so üblich. Sie lassen nicht locker und wollen die Inhaltsstoffe der Kosmetikprodukte erfahren, die solch eine schöne Gesichtshaut machen könnten.

»Es ist alles absolut biologisch und ökologisch«, sage ich und mache eine bedeutungsvolle Pause. »Ich benutze Urin als Gesichtswasser und Aloe Vera als Frische-Gel.«

Schlagartig ist es so still um mich herum, dass selbst das Ticken der Wanduhr zu hören ist. Der Ausdruck in den Gesichtern der Frauen zeigt ihre Fassungslosigkeit. Liegen Entsetzen und Abscheu darin? *Ein kleiner Funken Boshaftigkeit?*, fragt Samsa. Ja, vielleicht, der gehört auch zu mir. Jedenfalls hat sich damit das Thema »Schönheit« erledigt. Viel mehr hätte es mich interessiert, etwas über den Alltag dieser Frauen zu erfahren, beispielsweise, was ihnen in der Erziehung ihrer Kinder wichtig ist oder wie es um ihre politischen Interessen steht. Doch diese Dinge kommen nicht zur Sprache. Sie reden nur von Äußerlichkeiten, von Einladungen, Charité-Veranstaltungen und Kartenspiel-Nachmittagen.

Zwei Tage später laden mich die Söhne des Hauses, Washington und José, zur Salsa- Disco mit Live-Musik ein. Das verspricht, ein Abend ohne Teresita zu werden, ich willige freudig ein. Das dritte »S« rückt also doch noch in greifbare Nähe.

José zeigt mir den Grundschritt.

»Hör auf die Musik, Catalina, und schau mir in die Augen! Die Beine tanzen dann von allein«, macht er mir Mut.

Ich folge seinem Rat und überlasse mich ganz der Musik. Meine Beine tanzen wirklich »von allein«. Die beiden Chicos sind hellauf begeistert. Sie sind sich darin einig, dass ich das Blut einer Latina haben müsse. Je länger ich tanze, desto berauschter werde ich. Ich spüre: Nicht ich bin es, die tanzt, es tanzt mit mir und in mir, ich verschmelze mit der Musik.

Nach einigen Salsas ist nur noch Washington an meiner Seite, José steht lässig mit einem Drink an der Bar und fordert mich durch Blicke und eine unmissverständliche Handbewegung auf, weiter mit seinem Bruder zu tanzen. Das lasse ich mir nicht zweimal sagen. Die Atmosphäre ist erotisch aufgeladen, überall auf der Tanzfläche die pure Lebenslust, Leidenschaft. Da höre ich Washingtons Stimme an meinem Ohr:

»Du gefällst mir, Catalina!«

Diese Worte verstehe ich natürlich auf Anhieb. Ich finde das Kompliment nett, denke mir aber nichts dabei. Ich nicke ihm zu und tanze ausgelassen weiter. Ungefähr eine halbe Stunde lang sind wir ein wunderbar aufeinander eingestelltes Salsa-Paar. Da zieht Washington mich erneut zu sich heran und schmachtet mir etwas ins Ohr:

»Ich bin in dich verliebt, Catalina.«

Daran zweifle ich ernsthaft, denn er ist nicht nur wesentlich jünger als ich, sondern spendiert, während er mit mir tanzt, viele Blicke den hübschen »echten« Latinas. Gerade scheinen seine Augen auf einer vollbusigen Chica regelrecht festzukleben. Ich schaue weder freundlich, noch gehe ich auf sein Geständnis ein. Wir tanzen nonstop, bis ich außer Atem komme und etwas zu trinken brauche. Er legt seinen Arm um meine Schulter und führt mich an die überfüllte Bar, wo ich als einzige »Gringita« schnell im Mittelpunkt stehe. Washington stellt mich vor und nennt mich »mi amor – meine Liebe«. Sind das Besitzansprüche? Oder macht er sich nur einen Spaß aus mir? Was will dieser Jungspund von einer Frau, die kaum jünger ist als seine Mutter? Ich versuche, taktisch klug zu sein, und tue freundlich, aber distanziert.

Wir gehen wieder zurück zur Tanzfläche, und nach einer weiteren halben Stunde macht er mir das nächste Geständnis:

»Catalina, ich liebe dich!«

Ich finde, das ist eine rasante Steigerung seiner Gefühle. Ich bin äußerst skeptisch, aber die ganze Situation ist irgendwie auch komisch. Noch vor gar nicht allzu langer Zeit habe ich geglaubt, dass mich kein Mann mehr anschaut, und jetzt? Ich muss lachen. Ganze Lachsalven brechen aus mir heraus. Washington ist verwundert, aber dann stimmt er in meine Fröhlichkeit mit ein, und damit erobert er zwar nicht mein Herz, aber etliche Sympathiepunkte. Von tiefen Blicken und Zärtlichkeiten lässt er sich dennoch nicht abbringen, er bringt es tatsächlich fertig, zu sagen:

»Catalina, ich kann nicht mehr ohne dich leben!«

Schlagartig vergeht mir das Lachen, stattdessen mustere ich meinen Tanzpartner aufmerksam: ein großer, gut aussehender, lässig gekleideter »Blanco«, wie man hier sagt, mit braunen Haaren, heller Haut und graublauen Augen. Zärtlich schaut er zu mir herunter, er ist der erste Ecuadorianer, der größer ist als ich. Ich trete die Flucht an, entschuldige mich, zur Toilette zu müssen. Sein Gesichtsausdruck ist überrascht, als ich ihn allein auf der Tanzfläche zurücklasse.

Eine lange Schlange von Chicas steht vor dem »Baño público«, ich geselle mich dazu und versuche, etwas von ihrem Geschnatter zu verstehen. Sie machen sich scheinbar über einige Chicos lustig. Ich werde mit den üblichen Fragen angesprochen: Woher kommst du? Wie gefällt es dir hier? Wie heißt du? Ich beantworte brav ihre Fragen, doch dann will ich die Gelegenheit nutzen, um von ihnen zu erfahren, wie ecuadorianische Männer ticken. Überrascht schauen sie mich an und lassen sich haargenau von mir erzählen, was mir gerade passiert ist. Sie lachen Tränen.

»Schade für dich, Catalina, normalerweise fragen die Männer am Ende, ob man sie heiratet.«

Sie geben mir ehrlich zu verstehen, dass ich das Pech habe, Ausländerin zu sein, die hätten einen schlechten Ruf und die Männer suchten bei denen nur ein Abenteuer, weiter nichts. Als Gringita dürfe ich nicht denken, das sei ernst gemeint.

Ernüchtert gehe zurück zur Tanzfläche, doch Washington ist verschwunden. Auch von José ist nichts zu sehen, auch nicht an der Bar. Hilflos blicke ich herum, mit suchenden Augen. Das darf doch nicht wahr sein, die zwei haben mich doch glatt allein zurückgelassen! Die Uhr zeigt, dass es weit nach Mitternacht ist und viel zu gefährlich für mich, allein zu Fuß zurückzugehen. Ich brauche unbedingt ein Taxi. Der Türsteher lässt einen schrillen Pfiff durch zwei Finger los. Es funktioniert, zwei Minuten später sitze ich in einem Taxi auf dem Rücksitz. Ein toller Service!

»Pass gut auf dich auf, Gringita«, ruft der Türsteher mir hinterher.

Mein Abschied von hier rückt immer näher, und in meinen Gedanken taucht immer häufiger Indien auf. Gleichzeitig spüre ich erneut diese eigenartige Müdigkeit und eine latente Übelkeit, schon am Morgen sind meine Beine wie Pudding. Am liebsten würde ich mich verkriechen und von allen in Ruhe gelassen werden. Ich lausche in mich hinein, ob ich noch einmal zu Taita Espíritu gehen soll, doch der Impuls ist nicht eindeutig und ich entscheide mich wegen des Aufwands dagegen. Wahrscheinlich würde ich ihn allein auch nicht finden. Auf jeden Fall brauche ich dringend Rückzug und bleibe am besten im Bett. Doch das hat Konsequenzen, die ich nicht ahnen kann.

Ich lasse das Frühstück mit Teresita ausfallen und dämmere vor mich hin. Nach einer Stunde ruft jemand aus weiter, weiter Ferne nach mir und klopft ununterbrochen an die Zimmertür. Ich schlage die Augen auf und erblicke Inesita, die sich über mich beugt und höchst besorgt aussieht. Sie löchert mich mit Fragen. Während sie auf meiner Bettkante sitzt und mir Schweiß und Tränen aus dem Gesicht wischt, erscheint ein Familienmitglied nach dem anderen und überzeugt sich davon, dass ich noch lebe. Ich kann es kaum fassen, aber ich bin viel zu erschöpft, um mich gegen diese Invasion zu wehren. Kraftlos ergebe ich mich der merkwürdigen Situation.

Sie machen es sich rings um mich herum gemütlich und unterhalten sich fröhlich. Teresita setzt sich neben mich auf die Bettdecke, nimmt vorsichtig ihre Lockenwickler aus dem Haar und bürstet es. Washington hält ihr den Spiegel. José hat einen Teller mit Marmeladentoast in der Hand und lässt es sich schmecken. Juan Carlos blättert in einem Pferdesport-Journal. Schließlich ruft die Arbeit, und die Männer verabschieden sich wieder, zum Glück. Tröstend kneifen sie mir wie einem kleinen Mädchen in die Wangen und beteuern, dass sie mich so bald wie möglich wieder besuchen werden. Hoffentlich nicht so bald.

Im Laufe des Nachmittags wird mein Bett zum Treffpunkt von Familie, Verwandtschaft, Freunden und Nachbarn. Auch Aida und Miguel von der Sprachenschule kommen vorbei und legen ein überdimensional großes Blumengesteck auf meine Bettdecke. Es ist ein Kommen und Gehen, wie im Taubenschlag. Bis weit in die Nacht hinein bin ich keine Minute allein, der Fernseher läuft ununterbrochen. Ich sage, dass sie ihn ausschalten sollten, aber vielleicht nur in meiner vagen Vorstellung. Ein unablässiger Redestrom lullt mich ein. Die Außenwelt tritt ein wenig zurück, ich bin geborgen hinter dicken, wabernden Nebelwänden.

Hin und wieder verspüre ich einen Würgereiz und komme erstaunlich schnell zu Bewusstsein. Sofort befreie ich mich von den Decken, um zur Toilette zu rennen. Meine Besucher werden dann zu aufgeschreckten Hühnern und verlassen hektisch das Zimmer. Beim letzten Rauschen der Spülung stehen sie jedoch wieder in meinem Zimmer Spalier und warten geduldig, während sie diskret die Köpfe abwenden, bis ich wieder gebettet bin. Sie tätscheln liebevoll auf mir herum, die Frauen drücken mir mit knallrot geschminkten Lippen Küsse auf die Wange und stoßen tiefe Seufzer aus. Sie trösten die »Reinita – Königin-chen«, wie ich auch genannt werde, und stellen fest in Aussicht, ganz sicher und ganz schnell einen Mann für mich zu finden. Dann holt mich die wohltuende Trance wieder ein. So behütet ließe sich sogar sterben. Allerdings nicht jetzt und nicht hier.

Am dritten Tag meiner Krankheit wache ich fiebrig auf, ich glühe und friere. Dafür ist die Übelkeit verschwunden und ich fühle mich wacher. Seltsam ist nur, dass alle Stimmen dumpf und wie aus weiter Entfernung kommend klingen. Jemand drückt mir ein feuchtes Tuch auf die Stirn, es ist scheußlich kalt und ich erschrecke.

»Catalina, wir sagen dir zum letzten Mal, dass wir dich zum Arzt bringen. Wir helfen dir jetzt aus dem Bett!« Teresita und Inesita beugen sich mit drohenden Blicken über mich.

Meine Lebensgeister erwachen, ich wehre sie mit den Armen beharrlich ab. Ich verspreche ihnen, zu einem deutschen Arzt zu gehen, sobald ich in Quito sei, und ich bliebe bei Rosita, bis zu meiner Heimreise. Sie sind einverstanden, wenn auch enttäuscht oder traurig, so genau kann ich es nicht deuten. Sie lassen es sich nicht nehmen, mich weiter zu verwöhnen, während sie mir immer wieder das Versprechen abringen, sie niemals zu vergessen und eines Tages wiederzukommen.

»Ich schwöre es!«, sage ich und meine es aufrichtig.

Teresita und Inesita verwöhnen und päppeln mich den ganzen Tag über. Kein Besucher kommt mehr, warum auch immer. Der duftende Kräutertee mit Honig, die Kartoffelsuppe mit Avocado und das Salzgebäck bleiben im Magen. Ich solle Kraft für die anstehende Fahrt bekommen.

Die weise Rosita

Haus-Chauffeur Ricardo fährt das Königin-chen am folgen-den Tag gemütliche sieben Stunden lang von Ibarra nach Quito. Er setzt mich vor dem Eisentor ab und ein vertrautes Bellen empfängt mich. Max, der deutsche Schäfer, kläfft mir aufgeregt entgegen. Rosita erscheint in der Einfahrt und schließt mich sofort in ihre Arme. Alles ist gut, hier warten ihre unaufdring-liche Fürsorge und die ersehnte Stille, das Alleinsein auf mich.

Im Gegensatz zum Haus meiner Gastgeberfamilie im Norden scheint mir Rositas Haus nun noch bescheidener. Es gibt keine Palisander-Küche, sondern ein schlichtes Koch-Paradies mit kleinem Kühlschrank, ohne Mikrowelle und ohne Mädchen für alles. Hier macht Rosita alles selbst, und genau das ist mir jetzt sehr recht. Ich brauche es gerade nicht repräsentativ, mit Un-terhaltungsprogramm, ich brauche nicht die „Androhung", einem potenziellen Ehemann zugeführt zu werden, und ich will auch nicht Teil einer Familie sein. Es gibt keine Feste und Ein-ladungen, keine Menschen, die sich auf und neben meinem Bett vergnügen. *Des hosch jetzt g'habt und damit isch es au guat.* Wie recht Samsa hat!

Lange dauert es aber nicht, und Rosita löchert mich mit der besorgten Frage, wann ich endlich zum Arzt ginge. Ich vertröste sie jedes Mal auf morgen, obwohl sich mein Gesundheitszustand weiter verschlechtert. Das Fieber ist zwar verschwunden, aber ich fühle mich zunehmend schwächer. Ich habe an Gewicht verloren und bemerke bestürzt, dass mir die Kleidung viel zu weit ist. Vor allem fehlt mir die Energie. Allein schon der Gedanke, in Kürze heimfliegen zu müssen oder hier einen Arzt aufzusuchen, ist mir zu viel.

»So kann es aber nicht weitergehen, meine Arme«, sagt Rosita zwei Tage später entschlossen. »Jetzt stehst du auf, ich helfe dir beim Ankleiden, und dann fahren wir zusammen zum Arzt.« Ihre Stimme ist sanft, aber unnachgiebig.

»Lass mich doch bitte einfach in Ruhe!«, bettle ich. Aber das tut sie keinesfalls. Sie bleibt in meinem Zimmer stehen und verspricht, sich nicht von der Stelle zu rühren, bis ich aufstehe. Mir bleibt keine Wahl. *Komm, du schaffsch es scho!*, drängt mich Samsas Einsichtigkeit. Rosita hilft mir beim Zurechtmachen, kämmt mir liebevoll die Haare, zupft noch ein wenig an meiner Bluse und legt mir einen flauschig weichen Poncho von sich um. Ein kurzer Blick in den Spiegel zeigt mir eine Frau mit schmalem Gesicht und gelber Hautfarbe, glanzlosen Augen und strähnigem Haar. Ich bin entsetzt.

Auf der Straße wird gehupt. Rosita mahnt, mich zu beeilen, weil das Taxi wartet, doch schneller geht es einfach nicht mehr. Meine Beine sind wie aus Gummi, ich muss mich an Rositas Arm festklammern. Der Taxifahrer sieht meinen desolaten Zustand und schiebt mich kurzerhand auf den Beifahrersitz. Seine Blicke sind die eines besorgten Papas. Stumm höre ich Rositas Anweisungen zu. Mir ist es vollkommen einerlei, wohin wir fahren.

Vor dem Eingang zur Notaufnahme des modernen Krankenhauses beteuert Rosita, es sei die beste Klinik des Landes. Sie drückt mich in einen der bereitstehenden Rollstühle und schiebt mich zur Anmeldung.

»Rühr dich nicht von der Stelle, Catalina, bis ich mit dem deutschen Arzt zurückkomme.«

Sie könnte sich ihre Worte auch sparen, mir ist nach nichts anderem zumute, als vor mich hin zu dösen. Eine Weile vergeht, aber ich habe jegliches Zeitgefühl verloren. Als sie wieder vor mir steht, im Schlepptau einen großen weißhaarigen Mann mit braun gebrannter Haut, und mich anspricht, schrecke ich auf. Der Mann beugt sich zu mir herunter und sagt etwas. Ich höre seinen schwäbischen Dialekt, doch die Worte kommen nicht bei mir an. Ich versinke in einem schwarzen Loch. Erst das laute, zischende Ratschen beim Öffnen der Blutdruckmanschette bringt mich in die Gegenwart zurück.

»Hallo, sind Sie wach?« Der weißhaarige Arzt schaut mich prüfend an. »Gut, dass Sie gekommen sind, denn Sie haben eine Leberentzündung. Wir machen noch Labortests, anschließend holen Sie in der Apotheke die nötigen Medikamente, und dann halten Sie strenge Ruhe ein!« Sein Tonfall ist besorgt und die knappen Ansagen sind die eines Mannes, der es gewohnt ist, Anweisungen zu geben. »Ihren Flug müssen Sie übrigens verschieben. Das kann auch ich für Sie übernehmen«, fügt er deutlich betont hinzu.

»Ich habe ihm alles, was ich wusste, von dir erzählt, Catalina«, versucht Rosita, mich zu beruhigen, und streicht mir wie entschuldigend über die Haare. Ich spüre selbst, dass ich in guten Händen bin, allein schon die deutschen Worte rühren etwas heimatlich Warmes in mir an. Es erleichtert mich, dass jemand da ist, der mir sagt, wo es langgeht. Von allein wäre ich wohl nicht auf die Idee gekommen, meine Abreise zu verschieben. Ich habe mich an den Gedanken, es irgendwie doch noch hinzukriegen, geklammert. Ich denke unwillkürlich an Taita Espíritu, er hat mir bereits zu verstehen gegeben, dass es an der Zeit sei, meine Haltung der starken Frau aufzugeben. Und richtig: Habe ich nicht anderen gepredigt, liebevoll und achtsam mit sich umzugehen? Hielt ich mich selbst immer daran?

Wär es it au sinnvoll, Indien ganz abzusagen? Samsas Frage trifft genau jetzt ins Schwarze, sie bringt sogar einen inneren Damm zum Brechen. Ein Teil in mir stimmt sofort zu, der andere regt sich maßlos auf und geht in Widerstand. Ein heftiger Gedankenwirbel erfasst mich. *Komm, sei mutig und steh zu dir!* Samsa bleibt unbestechlich. Soll und kann ich das einfach tun? Warum eigentlich nicht! Ich atme tief durch, gebe mir einen inneren Ruck und beschließe, zunächst einmal hier zu bleiben. Ich habe zwar keine Ahnung, wie ich das der Reisegruppe in Indien verklickern werde, doch in mir ist deutlich ein Schalter umgelegt. Mir ist, als »wachse« plötzlich meine Lebensenergie wieder an, mit jeder Minute fühle ich mich besser. Mein Körper zeigt mir unmittelbar die Richtigkeit meiner Entscheidung. *Mei, jetzt bisch aber radikal!*, lobt Radio Samsa. *Open end in Ecuador.* Wer weiß?

Ich lege meinen Kopf auf Rositas starken Arm und genieße die Geborgenheit in diesem Augenblick. Ich darf schwach sein. Eine Flut von Tränen schießt mir aus den Augen. Es schüttelt mich und ich ringe nach Luft, schluchze und schniefe. Rositas warme Hand auf meinem Kopf ist die einer Mama. Ich bin gehalten und darf einfach so sein, wie ich gerade bin.

»Meine Arme, weine nur. Tränen heilen die Seele.«

Alles ist gut und wird gut. An den folgenden Tagen befolge ich den Behandlungsplan des Arztes und gönne mir Ruhe in

Rositas Haus. Allmählich kehrt meine mentale Klarheit zu mir zurück und ich beginne, realistisch und pragmatisch darüber nachzudenken, wie ich meine Entscheidung organisatorisch in die Hand nehmen kann. *Bravo, Katharina, des Leabe will es anders und du hasch es endlich kapiert!* Meine Wohnung in Deutschland ist für ein Jahr vermietet, meine Praxis habe ich bereits vor dieser Reise schon gekündigt. Im Grunde gibt es also gar keine Hürde, umzuplanen. Es warten daheim keine komplizierten Verpflichtungen auf mich, sollte mein Aufenthalt länger dauern, als ich für Lima eingeplant habe. Doch eine letzte Hürde ist noch zu nehmen: Wie sage ich es meiner Reisegruppe? Meine Entscheidung, in Ecuador zu bleiben, ist zugleich eine Entscheidung gegen Indien. Ich kann nicht beidem gerecht werden, und für die Rolle des »Everybody's Darling« habe ich schon oft genug einen hohen Preis bezahlt. Jetzt ist Schluss damit! Samsa applaudiert wortlos.

Mit einer leichten Aufregung im Magen greife ich am vierten Morgen nach einem ausgedehnten Frühstück beherzt zum Telefon. Tatsächlich erreiche ich auf Anhieb den Himalaya-Guide, der meine Absage vollkommen gelassen aufnimmt und verspricht, meine Gruppe auch dann bestens zu betreuen, wenn sie ohne mich kommt. Als Nächstes rufe ich eine Freundin aus der Gruppe an, die sich sofort bereit erklärt, die anderen Teilnehmer zu informieren.

»Dein meditativer Beitrag, Katharina, fällt zwar leider aus, aber wenn die anderen wollen, biete ich Yoga an.« Die eine Tür geht zu, die andere auf. Alles ist ganz einfach.

Nach diesen persönlichen Gesprächen bin ich absolut sicher, dass die Welt auch ohne mich auskommt. Ein Felsbrocken löst sich von meinem Herzen, und ich atme grenzenlos erleichtert auf. Jetzt bin ich frei. Frei für Ecuador. Frei für das Gesundwerden. Frei für das Leben. Ich kann es selbst kaum glauben. Ich steige hinauf auf Rositas Dachterrasse, um den tiefen Frieden, den mir diese Erlösung verschafft, im Liegestuhl sitzend wirken zu lassen. Nach einer Weile steigt eine quirlige, brizzelnde Lebensfreude in meinem Herzen auf, sie durchströmt mich ganz und gar. Es jubelt in mir. Wie lange habe ich mir das gewünscht: nur das tun, was ich will, ohne »du musst, du sollst« oder »du darfst nicht«. Jetzt ist es möglich. »Befreie dich von selbst auferlegten Beschränkungen! Sei frei für den Ruf des Lebens!« Hat mir das nicht Roberto, mein Schamane aus dem Regenwald, genau so aufgetragen? Und jetzt bin ich es, ich bin auf eine unspektakuläre Weise völlig frei. Erst jetzt spüre ich, dass da immer ein Ring war, der um meine Brust herum Enge erzeugte, erst jetzt, da er sich gelöst hat und mich noch tiefer atmen lässt.

Mich sein lassen, mich frei lassen.
Du führst mich hinaus in unbekannte Weiten.
Reichst mir schützend deine Hand.
Ich ergreife sie.

Ich lege ab
den vertrauten Panzer
von »Ich muss«, »Ich soll«, »Ich darf nicht«.
Bin frei und ungebunden.

Mutter Erde sichert meinen Schritt.
Bruder Wind stärkt den Rücken.
Vater Sonne wärmt mich.
Schwester Mond öffnet mein Herz
für die Verbundenheit
mit allem Sein.

Zeit der Genesung

Die Wochen fließen im Gleichmaß dahin, ich bin äußerlich ruhig, innerlich friedvoll. Die Zeit tröpfelt mit wohltuender Routine von einem Tag zum anderen Tag. Das Glück der Einfachheit und der Genügsamkeit hat mich gefunden. Das Leben ist vollkommen, es fehlt an nichts. Nur selten besuchen mich zweifelnde Gedanken, wie verirrte Spaziergänger, sie erzählen mir von dem, was ich geplant habe oder fragen mich, wie lange ich noch die Zeit mit Nichtstun verstreichen lassen will. Ich messe ihnen keine Bedeutung zu, dann ziehen sie weiter.

Frühmorgens ist die beste Zeit zum Meditieren. Sogar noch bevor Rosita wach ist, sitze ich heute auf der Dachterrasse und schaue über die Berge auf den graublauen Schleier. Er lässt ihre Formen und die Konturen ihrer Gipfel zart durchscheinen. Die kühle Luft ist so anregend wie prickelnder Sekt, und ringsum ist es noch wohltuend still. Taita Espíritu taucht in mir auf, seine Augen bergen einen See des Wissens und einen Ozean voller Tränen. Er deutet auf sein Herz und nickt mir zu, es ist mir, als wolle er sagen: »Catalina, du bist auf dem rechten Weg.« Dann löst sich das Bild wieder auf und eine unbestimmte Sehnsucht bleibt in meinem Herzen zurück. Ich frage mich, ob ich ihr nachspüren soll oder zu meiner inneren Zentrierung wieder zurückkehren will. Wie aus Gewohnheit folge ich doch eher dem

Faden des aufgetauchten Phänomens. Ich ordne die Sehnsucht meinem Brustraum zu. Sie fühlt sie sich an wie ein Ziehen, ein leichtes Brennen. Was würde sie sagen, wenn sie sprechen könnte? Vielleicht: »Alles soll bitte so bleiben, wie es jetzt gerade ist. Bitte keine Veränderungen mehr.« Samsa lächelt nur. Natürlich hat in meiner Vorstellung die Unwissenheit gesprochen oder vielmehr die Ignoranz, denn nichts bleibt, wie es ist.

Eine Nachbarin ruft von ihrer Dachterrasse einen Morgengruß herüber. Ich winke zurück und antworte. Ihre Stimme lässt mich an eine ehemalige Patientin denken, und augenblicklich grummelt es unruhig in mir. Während des Erstgesprächs sagte sie damals mit einem leichten Augenzwinkern zu mir: »Jetzt machen Sie mal, Sie sind meine letzte Hoffnung, denn mit den Ärzten bin ich durch! Spätestens nach der dritten Behandlung muss es mir merklich besser gehen. Sie wissen ja, ich muss die Therapie aus eigener Tasche bezahlen!« Ich geriet sofort unter Erfolgsdruck und antwortete diplomatisch: »Heilung hat ihre eigene Zeit. Wissen Sie, Heilung ist mit dem Wachsen einer Pflanze vergleichbar. Sie wächst nicht schneller, wenn man an ihr zieht. Ich kann nur das tun, was mir möglich ist, den Rest hat eine andere Instanz zu bestimmen.« Sie schaute mich daraufhin fragend an und raffte mit einer Entschiedenheit, die mir die Sprache verschlug, wortlos ihre unübersehbar teure Tasche an sich. Sie beteuerte, ich wäre ihr von mehreren Seiten empfohlen worden, im Übrigen verstünde sie nicht, was ich damit hätte sagen wollen. Dann stand sie auf und ging, und ich blieb gekränkt und ärgerlich zurück.

Aha, dein Ego, mischt sich Samsa ungefragt ein. *Warum hosch au nur so salbungsvoll daherg'schwätzt und it wie Väterchen Geischt kompromisslos klare Kante zeigt?*

Ich will jedoch auf diesen Einwurf nicht eingehen, denn meine innere Rückschau auf meine Arbeit läuft weiter: Meine Güte, wie oft war ich genervt, wenn Patienten etwas zu direkt forderten. Ich verbrachte lange Nächte mit Recherchieren, wollte noch bessere Heilmittel finden, wollte ihre Symptome und Beschwerden, ihre Krankheit oder ihren Kummer sofort lindern. Zeit-Haben und Zeit-Lassen hatte ich selbst kaum verinnerlicht. Samsa schlägt sofort in die Kerbe:

Mei, die Patienten ham dir halt bloß den Spiegel vorg'halten und du bisch voll in die Opferhaltung g'rutscht. Jetzt hob i die kalt erwischt!

Sofort gehe ich in Verteidigung, versuche abzuschwächen. Doch Samsa lächelt jetzt grausam, und in einem hinteren Winkel meines Bewusstseins gebe ich es zu. Dabei hatte ich schon in meiner Kindheit ein großes Vorbild: unseren Hausarzt. Er war Taita Espíritu in seiner Direktheit ähnlich. Das Beste war seine Begrüßung, wenn man den Behandlungsraum betrat: »Gesund oder krank, was willst du sein?« Eine seiner Lieblingsaussagen kommt mir jetzt in den Sinn: »Was kommt, wird auch wieder gehen.« So direkt, humorvoll und gelassen wollte ich eines Tages auch sein. »Katharina, du bist die geborene Psychologin und Heilerin«, hatte er irgendwann einmal zu mir gesagt und damit mein Herz erobert.

Samsa drängt weiter mit Fragen der Zukunft. Doch ich sage »Stopp!«, denn ich merke, wie ich zurückgleite in das Gedankenrad, in das alte Muster, mir Sorgen zu machen, mich zu Leistung anzutreiben. Noch ist mein Sabbat-Jahr nicht zu Ende. Ich will mir nicht jetzt den Kopf zerbrechen. Froh, die innere Kurve zu bekommen, verspreche ich mir selbst feierlich, meiner Leber Zeit für die Genesung zu lassen, nichts erzwingen zu wollen.

Ich visualisiere meine Leber nicht nur als Organ, sondern auch als Symbol für Leben. Ruhe ist das Zauberwort. Ich richte mich in meiner Meditationshaltung auf und konzentriere mich wieder auf meinen Atem. Oder sollte ich doch noch einmal Väterchen Geist aufsuchen? Schon wieder bin ich auf das Gedankenkarussell aufgesprungen. Acht lange Stunden Busfahrt müsste ich dafür in Kauf nehmen. Die Zeit habe ich zwar, aber ob ich den Weg zu ihm allein fände und es körperlich überhaupt schaffen würde? Meine Regenwald-Familie ist weit weg, ich kann niemanden fragen. Jetzt ist es Samsa, die »*Stopp!*« sagt.

Ich öffne die Augen und blicke in den immer blauen Himmel und beobachte die gemächlich dahinziehenden, perlweißen Wolken. Das macht mich bedürfnislos, sodass die um die Zukunft kreisenden Fragen und der Gedanke an einen Besuch bei Väterchen Geist bald verblassen. Der weiße Kondensstreifen eines Flugzeuges bleibt für eine kleine Weile über mir stehen und löst sich wieder auf. Kommen und Gehen zeigen sich ständig und überall: Gedanken und Gefühle, Flugzeuge und Kondensstreifen, vorbeiziehende Wolken. Tage werden zu Wochen, werden zu Monaten. Meine Uhr habe ich schon lange abgelegt. Inzwischen bin ich geübt darin, die Zeit nach dem Sonnenstand zu bestimmen. Es ist ein Mehr an Unabhängigkeit, und das trägt zu meinem Glücksgefühl bei. Immer schon war das Ablegen der Uhr für mich der Start in eine freie Zeit. Jetzt habe ich sie im Überfluss und wundere mich dennoch, dass sie unaufhaltsam vorwärtsrückt. Alles ist gut und könnte ewig so weitergehen.

Bisch du eigentlich noch zu retten? Du liegsch hier einfach nur faul rum, während alle ringsum arbeiten. Wolltesch du it au no was vom Land anschauen? Sogar Indien wär zeitlich noch drin.

Hosch du dir überhaupt durchg'rechnet, wie lang dein Geld no reicht? Samsa lauert im Hinterhalt und erwischt mich breitseits. Sie schimpft, macht mir Vorhaltungen, ballert wild drauf los. Ich fühle mich angreifbar, nur gegen den Hinweis auf Indien bin ich immun, damit bin ich durch. Meine gute Stimmung verdüstert sich. Ich versuche es mit Besänftigungen, berufe mich auf meine Leberwerte, überschlage, wie viele Monate mein Geld noch reichen wird. Doch Samsa lässt nicht locker und provoziert weiter: *Hosch des auch deinen Kindern und der Mutter verklickert?* Ja, alle wissen Bescheid. Ich bin absolut sicher, dass sie auch ohne mich klarkommen. Samsa beruhigt sich für den Moment, doch mit bewundernswerter Ausdauer bleibt sie dran, lästig wie ein Floh im Pelz: *Solang du des selber als Faulenzen ansiehscht und it als Genesungszeit oder wohlverdiente Auszeit, komm i und trätz di.* Danke, Samsa, ich habe verstanden.

Meine Grundbedürfnisse bilden für die nächsten Tage die Grundpfeiler im Tagesablauf: Das komplizierte Hantieren mit dem Wasser beim Duschen wird bald zur Routine. Ich lerne, eine notwendig große Menge Flüssigkeit zu mir zu nehmen. Mittags gehe ich auswärts essen und am frühen Abend sinke ich in einen wohlig tiefen Schlaf. In den Zwischenzeiten schlafe oder döse ich vor mich hin, meist auf Rositas Dachterrasse. Obwohl das nicht viel zu sein scheint, ist mir, als wolle mein Körper die jahrelang versäumte Ruhe gründlich nachholen. Niemand will etwas von mir und niemand braucht mich. Deutschland ist weit und fern. Endlich ist mein Lebenstempo, das sich über die letzten Jahre immer mehr gesteigert hat, auf »betont langsam« geschaltet. *Siehscht, und koi Spur von Langeweile.* Selbst Samsa ist zufrieden.

Eines Nachmittags recke und strecke ich mich voller Behagen, wie eine Katze, in meinem Liegestuhl und spüre einen kleinen Wind auf dem Gesicht. *So lässt es sich leben, Katharina!* Die aufregenden Erlebnisse der vergangenen Wochen verlieren in meiner Wahrnehmung ihren sensationellen Charakter. Ob der einzigartige Wasserfall im Regenwald oder die tiefen Begegnungen mit den charismatischen Schamanen, was bleibt, ist das Staunen über die Fülle der außergewöhnlichen Erfahrungen, tiefste Dankbarkeit und das Vertrauen in meine Genesung.

Ich stelle mir meine Leber als Freundin vor, die sich von Grund auf regeneriert, und klopfe mir folgende Kraftsätze in die Mitte meiner Handteller:

»Sei willkommen, liebe Leber. Dein Name steht für Leben.«

»Alle Organe arbeiten auf vollkommen gesunde Art und Weise.«

»Ich heiße Gesundheit und Wohlergehen willkommen.«

In meiner inneren Vorstellung flute ich mich mit dem Frühlingsgrün der Berge ringsum. Tief atme ich ihre Heilkraft ein, und beim Ausatmen darf alles Schwache und Kranke gehen. »In jedem Berg wohnt ein Gott. Rufe ihn und er hilft dir«, hat mir Väterchen Geist ans Herz gelegt. Roberto riet mir, auch in den Bäumen, in jedem Wasserfall und überhaupt den vier Elementen die Heilkraft anzurufen. *Des schadet sicher it.* Ich benutze die Melodie des Liedes »Grün, grün, grün sind alle meine Kleider« und singe dazu: »Grün, grün, grün leuchten alle meine Zellen. Grün, grün, grün stärkt mich durch und durch. Darum lieb ich alles, was so grün ist, weil das Grün alles, alles heilt.«

Rosita ist unbemerkt gekommen und steht, mir zugewandt, an der Brüstung. Auf ihrem Gesicht liegt ein breites Strahle-

Lächeln. Sie summt die Melodie schon eine Weile mit. Ich übersetze ihr den Text.

»Schließe deine Augen, Catalina, meine Liebe, ich habe dir etwas mitgebracht«, sagt sie feierlich und legt mir ein kleines, glattes Ding in die Hand. Es fühlt sich gut an, mein erster Eindruck ist, es ist ein Stein. Ich öffne die Augen und sehe ein glänzendes, wohlgeformtes Tigerauge. »Es unterstützt deine Leber«, erklärt sie fachfrauisch und bedeutet mir, den Heilstein auf die entsprechende Stelle am Körper zu legen. Sie bedeckt ihn jetzt mit ihren eigenen Händen, ich spüre eine sanfte Wärme. Dann lasse ich mich in ihre Berührung ganz hineinsinken. »Liebe heilt am besten, meine Schöne!« Meine Tränen tropfen auf ihre Hände. »Das sind kostbare Perlen, Weichmacher der Seele, Catalina.« Ich nicke stumm. Sie wird gerade tatsächlich ausgiebig weichgespült.

Kannst du helfen, Catalina?

Am nächsten Tag fühle ich mich erfrischt. Es ist ein herrlicher Morgen, und mein Tigerauge hat mich die Nacht über beschützt. Rosita empfiehlt mir, einen kleinen Ausflug zu machen, und drückt mir bei der Gelegenheit ihren Einkaufszettel in die Hand. Sie denkt, es tue mir gut, eine Beschäftigung zu haben.

Beim Anstehen an der Kasse des Supermarktes treffe ich auf ein junges Paar aus Deutschland, mit dem ich schnell ins Gespräch komme. Wir freuen uns, uns muttersprachlich unterhalten zu können. Die beiden zählen ausführlich auf, was sie bisher schon unternommen haben. Morgen würden sie starten, um die zwei höchsten Vulkane zu besteigen, anschließend sei eine Drei-Tage-Tour in den Regenwald gebucht. Außerdem stehe noch Kanufahren auf dem Plan. Es interessiere sie sehr, die Schäden der Erdölförderung live zu sehen und vor dem Heimflug eine Kakaoplantage in der Küstenregion zu besuchen. Schließlich hätten sie sich noch vorgenommen, eine Firma anzuschauen, die Bananen nach Deutschland exportiert, und die berühmten »Ecuador-Rosen«. Ach ja, irgendwann zwischen all diesen Highlights dürfe natürlich nicht fehlen, Walfische im Pazifik zu beobachten. Wollen, wollen, wollen ... Hoffentlich geht das gut, denke ich und schaue das Pärchen aufmerksam an. Sie sind sicher nur knapp über zwanzig, tragen teure Sportkleidung und machen einen fitten Eindruck, aber ihren Stress in den nächsten knapp drei Wochen möchte ich nicht haben.

»Und du?«, will die junge Frau wissen. »Was hast du bisher unternommen?«

»Herzlich wenig«, lache ich sie offen an. »Generalstreiks haben mehrmals meine Pläne durchkreuzt und mich in die Ruhe gezwungen. Im Regenwald habe ich mir eine Sepsis zugezogen, wahrscheinlich aufgrund von Hunderten von Mückenstichen. Aber dadurch habe ich einen guten Schamanen getroffen, der mich auf eine sagenhaft schöne Ausstellung eingeladen und zu einem noch besseren Heiler im Hochland gebracht hat. Dann war ich auf einer Sprachenschule, habe Salsa getanzt und jetzt erhole ich mich gerade von einer Leberentzündung.«

Auf ihren Touristen-Gesichtern stehen Fragezeichen und Nachdenklichkeit. Ich sehe geradezu, wie es in ihren Köpfen arbeitet: Drei Monate ohne Cotopaxi oder Chimborazo, Galapagos oder Wale-watching? Ich bleibe bei meinem Lächeln, doch plötzlich haben es die beiden eilig und verabschieden sich, und das liegt wohl nicht allein daran, dass sie gerade bezahlen und ihre Einkaufstüten in Empfang nehmen. Ich spüre deutlich ihr Unverständnis, vielleicht ist es auch nur Verwunderung, auf jeden Fall denke ich: Ihr Armen, ihr seid Getriebene! Noch weit vor Ecuador war ich genau wie sie, habe den kostbaren Jahresurlaub stets straff durchgeplant, alles sollte wie am Schnürchen laufen. Für Überraschungen und spontane Ideen habe ich keinen Platz gelassen, Zeit für Begegnungen mit anderen Reisenden oder Einheimischen zu reservieren, kam mir kaum in den Sinn. Das änderte sich erst durch den Geshe im nordindischen Kloster und später noch grundlegender durch das lehrreiche Warten auf die Amchi. Danach schwor ich mir, Stille und Einsamkeit weiter zu pflegen, es auch daheim langsamer angehen zu lassen. Doch der schöne Vorsatz war im Alltag schnell aufgebraucht. Und dann haben mich die Ereignisse hier in Ecuador erneut belehrt. *Schon bezeichnend, dass du vom erschten Tag an ausgebremst worden bisch. Da isch es it nach deim Kopf 'gange.*

Carmen und ich kamen rasch zu der Meinung, dass man sich in diesem Land besser an Rositas Weisheit hält: Alles ist möglich, aber nichts ist sicher. Die Zeit mit meiner Freundin war vielleicht als Vorübung für mich gedacht? Während die Kassiererin freundlich meine Frischwaren abrechnet, fällt mir spontan der Refrain eines Brecht-Liedes ein: »Ja, mach nur einen Plan. Sei nur ein großes Licht. Und mach dann noch 'nen zweiten Plan. Gehen tun sie beide nicht.«

In einem blitzsauberen, kleinen vegetarischen Restaurant esse ich zu Mittag. Ich komme oft hierher. Meist nehme ich die Tagessuppe und einen großen Teller Gemüse mit Reis. Ich liebe besonders den immer frischen Koriander, der dazu gereicht wird. Inzwischen habe ich schon alle Säfte probiert und meinen Favoriten gefunden, den »Babaco«. Er schmeckt fruchtig, zitronig und passt ausgezeichnet zu allen Gemüsegerichten. Als einzige Gringita ist mir hier schnell eine Sonderrolle zugefallen, deshalb bekomme ich auch heute den Tisch mit der schönsten Aussicht. Ich bin sozusagen ein gern gesehener Stammgast.

Die Besitzer und das Personal nehmen sich immer viel Zeit für Gespräche, und oft werde ich sogar eingeladen, sie an den Wochenenden zu besuchen. Wegen der sofort aufflammenden Angst vor Vereinnahmung bremse ich ihre Gastfreundschaft mit dem diplomatischen Hinweis darauf, dass ich krank sei. Ich will nicht schon wieder ein »Teil der Familie« werden. Doch heute komme ich aus der Nummer nicht so leicht raus: Camilla, die Hausherrin, hat eine schwere Grippe mit hohem Fieber.

»Kannst nicht du helfen, Catalina?«, werde ich von ihrer Schwester gefragt, während sich zwei besorgt aussehende Kellnerinnen neben mich an den Tisch setzen und mich von rechts und links an meine Arme schmeicheln. Ich erfahre, dass der Arzt bereits da gewesen sei und ein Antibiotikum verschrieben habe, aber scheinbar schlägt es nicht an. Da kann ich nicht nein sagen. Wir verabreden uns für den späten Nachmittag, denn ich muss erst meine Tasche mit den Test-Ampullen, das Akupunkturgerät und die große, homöopathische Apotheke holen, die sich in der Pension bei Rosita befinden.

Am Bett der kranken Camilla bin ich sofort in meinem Element: Zuerst wende ich die Pulsdiagnose an, wie ich sie im Himalaya gelernt habe, und führe eine klassische Anamnese durch. Durch Testung finde ich ein pflanzliches Ergänzungsmittel zu den Antibiotika. Die gesamte Familie drängt sich um mich, schaut interessiert zu und, vor allem, vertraut mir. Spontan kommt mir die Idee, sie aus der Zuschauerrolle in die Helferrolle einzuladen.

»Aber, du bist doch die Heilerin!« Erstaunt blicken sie mich an, doch ich lächle nur und nicke ermutigend. »Also gut«, sagen sie zögerlich. »Was genau sollen wir machen?«

Ich verteile die Aufgaben, jeder bekommt eine Stelle am Körper der Patientin zugeteilt, um bestimmte Körperpunkte sanft zu berühren. Schnell ist alles erklärt und wir werden zu einer stillen Gemeinschaft. Nur Camillas Atmen ist noch zu hören. Einige Minuten später beginnt die Schwester der Erkrankten, eine Melodie zu summen, es klingt nach einem Schlaflied. Einer nach dem anderen stimmt mit ein, bis sich schließlich auch der Text dazu offen entfaltet. Eine ganz besondere Dichte, ein Raum der Hingabe entsteht, in dem jeder seinem Wunsch Ausdruck verleiht, dass Camilla gesund wird.

Die Wirkung unserer Heilsitzung ist erstaunlich: Camilla gewinnt an Stabilität, ihre anfangs glühenden Wangen sind nur noch leicht gerötet. Sie hat Hunger und Durst, ein gutes Zeichen. Sie bittet um ein Glas Wasser, dann um ein zweites und drittes. Aufmerksam beobachte ich, wie sie trinkt und sich scheinbar minütlich erholt. Sie wirkt bald insgesamt frischer. Schließlich scheucht sie uns aus dem Zimmer, denn sie will aufstehen und duschen, sich ankleiden. Ihre Lebenskraft kehrt zurück und purer Unternehmungsgeist blitzt aus ihren dunklen Augen. Ich habe das deutliche Gefühl, dass ich sie jetzt allein lassen kann, im Kreis ihrer Familie. Doch als ich mich verabschiede, hält mich Camillas Schwester am Arm zurück.

»Wie hast du das gemacht, Catalina?«

»Nicht ich, sondern wir, mit Gottes Hilfe!«

Aller Augen sind auf mich gerichtet. Etwas geht in ihren Köpfen vor sich, was ich nicht so schnell erfassen kann. Wie eine Bruderschaft, sind sie sich darin einig, ich müsse mein Wissen und Können unbedingt im öffentlichen Gesundheitsdienst einbringen. Ohne mich nach meinem Einverständnis zu fragen oder in irgendeiner Weise auf mein Befinden Rücksicht zu nehmen, beschließen sie wortreich und aufgeregt miteinander, mich sinnvoll unterzubringen. Es interessiert scheinbar niemanden, ob ich dazu gesundheitlich schon in der Lage bin. Der Gedanke, hier vor Ort zu arbeiten und den Menschen zu helfen, fasziniert mich zwar auf Anhieb, doch ich fühle mich zunächst mit dieser Idee überfordert. Ich muss darüber in Ruhe nachdenken, deshalb ziehe ich mich mit ausweichenden und verschiebenden Argumenten erst einmal aus der Situation.

Des isch ein Ruf des Lebens!, erklärt Samsa, als ich auf dem Weg zu Rosita bin. *Du muscht einfach nur hinspüren!* Scheinbar ist ein Teil von mir bereits fest davon überzeugt, dass ich das Angebot annehmen soll.

Am nächsten Tag kläre ich im ersten Schritt meine gesundheitlichen Voraussetzungen. Ich lasse in der Klinik meine aktuellen Leberwerte prüfen und bin erleichtert, zu erfahren, dass sie fast im Normbereich liegen. Diese gute Nachricht gießt genügend Öl ins Feuer, eine neu in mir aufsteigende Lust auf das pralle Leben zeigt mir an, dass ich inzwischen nicht mehr nur auf dem Weg der Genesung bin, sondern auch, dass meine aktuelle Zukunft begonnen hat. Die Aussicht, in Ecuador als Homöopathin zu arbeiten, lässt mein Herz plötzlich höher schlagen. Ich fahre mit dem Taxi zurück zu Rosita und erzähle ihr von der Offerte. Sie hört meinen Bericht mit großer Freude und spricht mir zu, doch sie warnt mich auch:

»Es wird wahrscheinlich nur ehrenamtlich sein, vielleicht bekommst du aber eine Aufwandsentschädigung. Das solltest du vorher gut überlegen, Catalina!«

Ich bin damit völlig einverstanden, und Rosita lässt es sich nicht ausreden, die nötigen organisatorischen Maßnahmen von jetzt an selbst in die Hand zu nehmen. Sie nimmt Kontakt zu Camillas Schwester auf und vereinbart für mich einen Termin zur Vorstellung in einer größeren Arztpraxis des öffentlichen Gesundheitsdienstes. Sie liegt am Stadtrand von Quito und zählt, wie ich in einem Nebensatz erfahre, zu einem der sozialen Brennpunkte der Stadt.

Camillas Familie und Rosita begleiten mich höchstpersönlich an meinem ersten Arbeitstag zu meiner neuen »Dienststelle«. Es ist fast wie bei der Einschulung: Sie hängen mir eine hübsche gewebte Hängetasche um, auf der eine sitzende indigene Frau und die Aufschrift »Ecuador« appliziert ist. Sie ist vollgepackt mit süßen Aufmerksamkeiten, einer Trinkflasche, Block und Stift. Meine eigene Tasche mit den Utensilien, die ich für die Arbeit brauche, trägt Camilla.

»Es ist eine Ehrensache für mich, dass ich dir die Arbeit vermittelt habe«, sagt sie mit unübersehbarem Stolz. »Wir sind alle gespannt darauf, zu sehen, wie dir die Praxis gefallen wird und wie du dort aufgenommen wirst.«

Vor Ort wird mir zunächst das Team von Ärzten, Studenten und Krankenschwestern vorgestellt, sie arbeiten alle ehrenamtlich, so wie ich. Der ärztliche Leiter heißt Geraldo, er ist Allgemeinmediziner. Der kleine, agile Mann mit schwarzem Lockenkopf steckt in einem gut sitzenden dunkelblauen Anzug, darunter trägt er ein weißes gestärktes Hemd, und seine Krawatte leuchtet rot mit weißen Punkten. Ich schätze ihn auf Anfang vierzig. Während er mit mir spricht, sehe ich mich ein wenig im Raum um. Außer einem Tisch, drei Stühlen und einer schlichten Liege aus Holz gibt es kein Mobiliar, der Platz würde für mehr auch kaum ausreichen. Die Wände sind kahl, leider ist wohl bisher niemand auf die Idee gekommen, ein schönes Bild aufzuhängen. Der eiskalte Betonfußboden macht mir ein bisschen Sorge, da werde ich wohl meine Sandalen gegen geschlossene Schuhe tauschen müssen. Aber kann ich in Bergstiefeln zur Arbeit kommen? *Du wirsch schon sehen, Katharina, es fügt sich!*, tröstet Samsa.

Insgesamt wirkt die Praxis eher wie eine Garage, vor der die Patienten im Freien anstehen müssen. Nichtsdestotrotz überreicht mir Geraldo feierlich und mit einer tiefen Verbeugung den Schlüssel zum Vorhängeschloss, mit dem der breite, schwere Eisenrollladen am Eingang gesichert wird. Es gibt weder eine Tür noch Fenster, im »Behandlungsraum« wird also ohne Sichtschutz, aber dafür bei ausreichend Helligkeit gearbeitet. Geraldo zeigt mir einen weiteren, angrenzenden Raum, er ist so winzig, dass der Platz gerade für ein Regal ausreicht, das wie eingeklemmt wirkt. Es ist auffallend locker mit Arzneimitteln bestückt. Ich schaue mir einige genauer an und sehe sofort, dass ihr Verfallsdatum seit mehreren Jahren abgelaufen ist. Der Arzt scheint meine Gedanken zu lesen, denn er schüttelt den Kopf und lächelt verlegen.

»Mehr haben wir nicht, aber es ist besser als nichts. Du kannst deine persönlichen Arbeitsmittel hier unterbringen.« Er zeigt mit der Hand in eine kleine freie Ecke.

»Danke«, antworte ich und schaue mich, nun ebenfalls etwas verlegen, um. »Und wo sind die Instrumente?«

Geraldo greift sich wie hilflos in die Locken und erklärt mir, es sei schon mehrfach eingebrochen worden, daher lagere niemand etwas von Wert hier. Es entsteht eine Pause und ich versuche, diese Aussage erst einmal sacken zu lassen.

»Jeder von uns arbeitet hier maximal drei Stunden pro Woche und hat mindestens noch zwei andere Arbeitsplätze, um sein Leben finanzieren zu können. Wir sind deshalb so froh, dass du kommst, Catalina. Wir zählen auf dich!« Geraldo schaut mich freundlich, aber durchdringend an, er scheint auf eine Antwort zu warten.

»Du meinst, ich soll hier als Einzige freiwillig ganztags arbeiten?«

Er nickt, als habe er das bereits vorausgesetzt, doch mir ist nicht wohl bei der Sache. Warum sollte ich das tun? Ich schiebe meine Erkrankung vor, um auszuweichen.

»Na ja, so ist es immer«, sagt er sichtlich enttäuscht. »Die Freiwilligen aus dem Ausland kommen hierher, wollen sich ein wenig engagieren und viel vom Land und der Bevölkerung kennenlernen. Wir bezeichnen das als ›Ehrenamt-Tourismus‹.«

Jetzt fühle ich mich nicht ganz wohl in meiner Haut, er kann unmöglich mich damit meinen, schließlich kennt er mich ja gar nicht. *Du bisch anders, koine von denen*, flüstert Samsa. Natürlich ist es für mich eine einmalige Chance, den Menschen hier nahe zu sein, ihnen vielleicht helfen zu können. Es lockt mich, neue Erfahrungen zu sammeln, doch als »Ehrenamt-Touristin« sehe ich mich deswegen noch lange nicht. Ich mache ihm deutlich, dass ich weder eine Unterstützung bei der Beschaffung eines kostenfreien Visums brauche noch auf sonstige Vorteile aus bin. Geraldo wirkt erleichtert, doch zwischen uns ist eine kleine Kluft zu spüren. Er überrascht mich mit dem Vorschlag, für den nächsten Tag eine Teamsitzung zu vereinbaren, um meine Kollegen näher kennenzulernen. Ich solle dann erläutern, was ich einbringen könne, um den Ecuadorianern zu »dienen«. Jetzt bin ich diejenige, die etwas sparsam schaut. Was meint er damit? »Dienen«, das klingt für mich irgendwie altertümlich, unpassend an dieser Stelle. Ich sehe mich nicht in der Rolle einer Dienerin. Mir fällt auf, dass auch Rosita und Camilla das Wort »dienen« benutzt haben, es scheint hier also üblich zu sein. Und doch fühle ich deutlich eine Skepsis in mir. Das Gespräch scheint allerdings jetzt beendet zu sein.

»Gut, wir haben alles besprochen. Dann bis morgen, Catalina!« Ohne Gruß hastet der kleine Arzt davon und ich muss irritiert feststellen, dass mein erster Arbeitstag eine knappe halbe Stunde gedauert hat.

Nicht nur ich bin geplättet von den ersten Eindrücken, sondern auch meine Begleiter. Wieder einmal ist es anders gelaufen als gedacht.

»Also, dann ist eben morgen dein erster Arbeitstag! So ist das Leben! Komm, Catalina, jetzt trinken wir an einem gemütlichen Straßenstand ein Kokosnusswasser und fahren dann heim.« Rosita bleibt pragmatisch, und ich erkenne plötzlich, dass ich mir von ihr wirklich abschauen kann, leichtfüßig mit Veränderungen umzugehen.

Du bisch a schwerblütige Frau, die bloß immer verdaue muss, Katharina. Samsa hat recht, es scheint, als sei ich ständig mit einem Fuß in der Vergangenheit. Mindestens empfinde ich vieles gewohnheitsmäßig als schwierig. Ob ich mich jemals darauf umstellen kann, die Dinge leichter zu nehmen, mich auf den Augenblick einzulassen? *Setz di it scho wieder unter Druck. Hauptsache, du merksch, welche Eigenheiten du hosch.* Danke, Samsa.

Mit einem raschen Hieb bekommt die grüne Kokosnuss einen abnehmbaren Deckel, ich trinke begierig ihre erfrischend köstliche Flüssigkeit.

In der drangvollen Enge des Stadtbusses, auf einem Stehplatz, fahren wir zurück zu Rositas Pension. Jetzt kenne ich wenigstens schon einmal den täglichen Weg zu meinem Arbeitsplatz. Er ist ziemlich weit abgelegen von Rositas Haus, und wir überlegen gemeinsam, ob ein Quartier in der Nähe der

Arbeitsstelle nicht besser wäre. Jeden Tag zwei volle Stunden im überfüllten Bus zu fahren und wie ein Luchs auf meine Tasche zu achten, ist nicht gerade sehr attraktiv. Meine Begleiterinnen bieten mir an, sich nach einem freien Zimmer umzuhören. Mal sehen, heute muss ich nichts entscheiden.

Am nächsten Tag erscheine ich zur vereinbarten Zeit wieder in der Praxis, doch von den Kollegen ist weit und breit nichts zu sehen. Nach einer geschlagenen Stunde des Wartens fährt Geraldo in einem auf Hochglanz polierten Allrad-Wagen mit quietschenden Bremsen vor. Ich kann es mir nicht verkneifen, darauf hinzuweisen, dass ich pünktlich da war. Er wirft mir einen erstaunten Blick zu und legt väterlich seinen Arm um mich.

»Wir haben die ecuadorianische Uhrzeit, du die deutsche. Wir erwarten von dir selbstverständlich Pünktlichkeit, Catalina!«

Was lässt sich auf diese besondere Art von Denke entgegnen? Entwaffnet muss ich lächeln. Wir nehmen Platz und warten nun gemeinsam auf die Kollegen. Nach einem anfänglichen Small Talk überrascht mich Geraldo damit, sich als mein Schüler zu sehen. Ich verstehe nicht ganz, wie er das meint.

»Weißt du, wir sind wie Schwämme und wollen alles lernen, was du weißt und kannst! Ich habe mit den anderen schon abgesprochen, dass du uns an drei Abenden pro Woche und einmal im Monat ein Wochenende lang Fortbildung gibst.«

Ich staune nicht schlecht und weiß sofort, dass mir das zu viel ist. Doch ich möchte dieses Thema jetzt nicht weiter vertiefen, stattdessen schaue ich besorgt auf meine Uhr.

»Mach dir keine Sorgen, Catalina«, werde ich beruhigt. »Dann haben wir beide eben mehr Zeit füreinander.« Geraldo klopft ein Stakkato auf den Tisch, ganz so selbstverständlich scheint für ihn das Warten vielleicht doch nicht zu sein.

Ich suche krampfhaft nach einem Gesprächsthema und frage, ob diese Teamsitzungen regelmäßig stattfinden. Ich erfahre ohne Umschweife, dass es noch nie eine gegeben hat. Diese sei mir zu Ehren anberaumt. Aha, denke ich, merkwürdig. Eine weitere Stunde des gegenseitigen verbalen Abtastens vergeht, dann steht der Arzt auf und verkündet:

»Ich gehe jetzt. Da kommt sicher keiner mehr!« Er rückt seine Pünktchen-Krawatte zurecht, die eigentlich keinen Millimeter verrutscht ist.

»Und ich? Was soll ich tun?«, frage ich.

Ich bekomme ein lässiges Schulterzucken, einen Wangenkuss und den aufmunternden Satz »Du kommst auch gut ohne mich klar« zur Antwort. Dann ist er weg. Mich fröstelt ein wenig, eine dicke, warme Jacke wäre nicht schlecht. Ich trage meinen Stuhl vor die Praxis, um in der Sonne sitzen zu können. Ich lehne mich gerade gemütlich an, da fällt mein Blick auf ein großes Plakat an der gegenüberliegenden Hauswand. In großen Buchstaben lese ich darauf meinen Namen geschrieben, darunter stehen meine Berufsbezeichnungen: »medica, homeópata, psicoterapeuta, nutricionista – Ernährungsberaterin«, und meine Sprechzeiten. Haben etwa Rosita und Camilla diese Angaben gemacht? Montag bis Samstag acht Stunden? Ich bin entsetzt, das muss unbedingt korrigiert werden! Ich schaue auf die Uhr und seufze. Innerlich gebe ich meinen Patienten noch eine Stunde, wenn dann noch immer keiner da ist, werde ich die Praxis schließen und zurückfahren auf meine geliebte Dachterrasse.

Mit einem Papiertaschentuch und Spucke wische ich über den Küchentisch, denn aus dem Wasserhahn kommt nicht einmal ein Tropfen. Dann verteile ich dekorativ und raumgreifend meine wenigen Utensilien darauf. Ich bin im Wartemodus, meine Stimmung wechselt von Zuversicht zu steigender Ungeduld und landet letztlich bei Ärger und Enttäuschung. Nur die Schleckereien aus der »Erster-Schultag-Tasche« halten mich noch etwas bei Laune. Gerade als ich dabei bin, alles wieder zusammenzupacken, höre ich ein Auto heranfahren und Türen knallen. Eine Gruppe von acht fröhlichen Personen, angeführt von einem bestens gelaunten Geraldo, betritt lärmend den Raum.

»Ich habe für dich jeden Einzelnen persönlich eingesammelt, Catalina. Jetzt sind wir da und heißen dich willkommen!« Das vollzählige Team begrüßt mich mit Umarmungen und Küssen. Einige schaffen eilig aus der Nachbarschaft Klappstühle heran, lassen drei belegte Sandwiches und eine Flasche Rum zirkulieren. Ein Bissen, ein Schluck, und schon wird Essen und Trinken weitergereicht. Im Nu bin ich von der Ausgelassenheit meiner Kollegen angesteckt und schwebe auf Glückswolken. Vielleicht auch auf den Wogen des »Lebenswassers«. Erst bei dem Thema »Arbeitszeiten« kommt Ernst auf. Alle wollen, dass ich ganztags arbeite, mich dabei glücklich fühle und sie möglichst umfassend und komprimiert fortbilde. Freundlich und gespannt warten sie auf meine Antwort. Mir liegt ein »Sonst noch was?« ganz vorne auf der Zunge, aber Aida und Miguel haben mir nicht umsonst ecuadorianische Höflichkeit eingetrichtert. Ein ums andere Mal haben sie mich gemahnt, nicht so direkt zu sein. Ecuadorianer seien liebevolle, herzliche Menschen, die klare Ab-, Zu- oder Aussagen umgingen. Auch sie haben davon gesprochen, anderen zu dienen und ihnen das Gesicht zu lassen. Durch ihre Geschichte hätten sie gelernt, andere für sich zu gewinnen, indem das gesagt werde, was sie gern hören. Ein

»Vielleicht« sei angemessener als ein »Ich weiß nicht«.

In dieser Art von Kommunikation fühle ich mich jedoch nicht geübt genug. Wie sage ich meinen neuen Kollegen möglichst klar und dem hiesigen Knigge entsprechend, was ich will, ohne die gute Stimmung zu verderben? Ich erzähle ihnen ausführlich, gerade selbst eine schwere Leberentzündung überstanden zu haben und mache einen Vorschlag zur Güte: halbe Tage und eine Fortbildung im Monat. Gespannt warte ich auf die Reaktion. In ihren Gesichtern steht blanke Enttäuschung, ratloses Schweigen breitet sich aus. Ein Kollege rettet schließlich die Situation:

»Jetzt fängst du erst einmal an und dann sehen wir weiter«, meint er betont zuversichtlich. »Ein Hoch auf das deutsche Doktor-chen, ein Hoch auf Ecuador!«

Alle entspannen sich wieder, ich mich auch. Sie ehren mich mit blumigen Willkommensreden, und Geraldo überreicht mir feierlich einen blütenreinen, sauber gefalteten Arztkittel. Ich soll ihn gleich anprobieren. Schon auf den ersten Blick sehe ich, dass er mindestens zwei Nummern zu klein ist, doch sie bestehen darauf, dass ich mich darin zeige. Mit nicht zu überbietender Geschicklichkeit zwänge ich mich hinein und schaffe es tatsächlich, dass keine Naht aufreißt. Alle klatschen. Die Ärmel reichen bis zum Ellbogen und an ein Zuknöpfen ist nicht einmal im Traum zu denken. Der Kittel spannt unter den Armen und am Rücken. Alle haben ihren Spaß an meinem Anblick und sind unglaublich optimistisch.

»Eines Tages wird er dir passen, Catalina!«

Daran hege ich erhebliche Zweifel, behalte sie aber ecuadorianisch-höflich für mich.

Homöopathie mit Hindernissen

Am nächsten Morgen sieht mir ein ansehnliches Grüppchen von Patienten erwartungsfroh beim Aufsperren der Garagen-Praxis zu. Unter ihren neugierigen Blicken hantiere ich umständlich an dem Vorhängeschloss herum, bis der Bügel auseinanderklickt. Das Eisenrollgitter vermag ich nur unter Aufbietung all meiner Kräfte hochzuschieben. Endlich ist es geschafft. Mein Gesicht glüht, ich streiche meine Haare hinter die Ohren und spüre mein Herz wild klopfen. Als ich mich umblicke, sehe ich etwas abseits ein indigenes Paar stehen, beide strahlen Armut, Ernst und Zurückhaltung aus. Womit sie wohl zu mir kommen? Vor Aufregung wird mein Mund ganz trocken und ein banges Gefühl beschleicht mich. Werde ich meiner Arbeit fachlich und sprachlich gewachsen sein? Meine Selbstsicherheit wackelt, niemand hat mich eingearbeitet, ich kann mich nur darauf berufen, dass Geraldo und meine Kollegen glauben, dass ich die richtige Frau am richtigen Ort sei. Jetzt wird es sich bald zeigen, ob ich wirklich die Richtige für diesen Ort bin. Ich ziehe mir den weißen Kittel über, nur gut, dass ich mich nicht selbst darin sehen kann.

Inzwischen hat sich die Schar der Wartenden erheblich vergrößert. Es ist ein gemischtes Völkchen von Mestizen und Indígenas, die sich allein schon durch ihre Kleidung voneinander unterscheiden. Die Indígena-Frauen tragen ihre traditionelle Kleidung: knöchellange Röcke, die aus um die Taille gewickelten schwarzen oder dunkelblauen Stoffbahnen bestehen, zusammengehalten von bunten Bändern, einfache T-Shirts und Strickjacken. Auf den schwarzen Haaren sitzen Hüte, die zu klein aussehen. Die Sonne lässt Reihen von Sicherheitsnadeln darauf hell aufblitzen. Sie tragen ihre Babys oder Kleinkinder in schönen, vielfarbigen Tüchern auf dem Rücken. Rosita hat mich gelehrt, ihre finanzielle Situation daran abzulesen, ob sie Schuhe tragen und in welchem Zustand diese sind. Die meisten tragen keine. Ihre Füße versetzen mir einen Schrecken: Vermutlich sehen sie nur selten Wasser, die Nägel sind lang wie Krallen und die Sohlen voller Schwielen.

Die Männer tragen dieselben Mini-Hüte, nur dass die mit einer Pfauenfeder geschmückt sind statt alpenmäßig mit Gamsbart, eben den Anden gemäß. Das Haar der Männer reicht bis zum Kinn und ist perfekt gerade abgeschnitten. Sie tragen dunkle Arbeitshosen, ein Hemd und einen leuchtend roten Poncho. Mir fällt auf, dass alle Männer Schuhe tragen, die Mehrzahl Gummistiefel mit Spuren der Feldarbeit. Hier werde ich die Nageldiagnostik wohl nur selten anwenden können. Was bleibt, ist Befragen, Ertasten der Pulsqualitäten und die Diagnostik über das Antlitz und die Zunge.

Die anderen Patienten, Mestizen, sind westlich gekleidet, mit Jeans und T-Shirt. Sie tragen gepflegtes Schuhwerk oder Flip-Flops an sauberen Füßen. Die Fingernägel und Fußnägel der Frauen sind in unterschiedlichsten Farben lackiert und mit Glitzer bestreut. Alle Frauen, Mädchen, sogar schon weibliche Babys, tragen Ohrringe und langes Haar. Die jungen Frauen zeigen ihre Kurven in extrem engen Röcken, weit ausgeschnittenen T-Shirts und wiegen auf hohen Absätzen verführerisch die Hüften. Es ist auffallend, dass selbst hier, in diesem Armenviertel, alle weißen Kleidungsstücke extrem sauber sind. Rosita hat mir einmal erklärt, die Wäsche werde meist am eigenen Brunnen mit einem hervorragenden Pulver, Seife und Bürste gereinigt. Außerdem bleiche die Sonne das Weiß so leuchtend. Die Waschfrauen seien billiger als eine Waschmaschine, nur die indigene Bevölkerung wasche selbst, und zwar überall dort, wo es öffentliches Wasser gebe, in einem Bach oder an den Gemeinschaftsbrunnen.

Schon bald treten die ersten Verständigungsprobleme auf, vor allem im Kontakt mit den Indígenas. Mein Spanisch reicht nicht aus, um ihr mangelhaftes Spanisch zu verstehen und umgekehrt, auch für sie ist es eine Fremdsprache. Was tun? Eine Patientin schlägt vor, ihr achtjähriger Sohn könne künftig übersetzen. Es gebe zwar eine Schulpflicht, aber sie behalte ihn zu Hause, weil sie das Schulgeld nicht aufbringen könne. Ohne weiter nachzufragen, nehme ich ihr Angebot an. César ist ein dunkelhäutiger Junge mit langem, schwarzem, strähnigem Haar und Fingernägeln, vor denen mir graust. Er riecht nach Schmutz und Feuer, und ich möchte mir nicht einmal vorstellen, dass er meine Globuli anfasst. Doch er ist feinfühlig und kreativ.

»Schau, Catalina, ich habe mir Plastikhandschuhe mitgebracht, ganz hygienisch«, erklärt er mir stolz an seinem zweiten »Arbeitstag«.

Ich frage nicht nach, woher er sie hat, sondern danke ihm nur für seine Umsichtigkeit. Nun dürfe er helfen, die Globuli abzuzählen und einzutüten. Die Patienten lieben und loben ihn, und im Nu ist er der Star. In Siegerpose behauptet er eines Tages, dass durch sein Dasein das Vertrauen in mich gestiegen sei. Ich lächle in mich hinein, von seinem gesunden Selbstwertgefühl könnte ich mir eine gute Portion abschneiden. Er imponiert mir durch seine schnelle Auffassungsgabe, und ich bewundere, wie sauber und sorgfältig er meine Verordnungen für die Patienten aufschreibt. Auf meine Frage, wo er das gelernt habe, bekomme ich nur ein »Überall!« zur Antwort. Wenn ich in Patientengesprächen Hinweise zu Körperpflege und Hygiene gebe, hört er mit langen Ohren zu, und eines Tages bemerke ich, dass sein Haar und die Nägel sauber sind.

»Endlich siehst du es, Gringita!«, strahlt er mich an.

»Du bist ein helles Köpfchen«, sage ich und klopfe ihm auf die Schulter. Sein Lächeln reicht von einem Ohr zum anderen. Wir sind beste Freunde.

Von Tag zu Tag kommen mehr Patienten. Mir wird ganz bang dabei und ich frage mich, ob meine Kräfte dafür reichen werden. Ich möchte mich nicht schon wieder verausgaben. Der Grund für den Ansturm liegt darin, dass sich meine Behandlungsweise schnell herumgesprochen hat, vor allem die Mitgabe der Globuli. Sie kennen es von meinen Kollegen anders: Die Medikamente aus unserer »Mini-Apotheke« müssen sie bezahlen. Darüber war ich bisher nicht in Kenntnis gesetzt, und mir war der Gedanke, meine Globuli zu verkaufen, nicht einmal im Traum gekommen, so naheliegend er auch ist.

Aufgeregt stürzt eines Tages die Nachbarin in den Behandlungsraum.

»Komm schnell mit, Catalina, ich muss dir etwas zeigen!«

»Gern«, antworte ich knapp, ohne aufzuschauen. »Aber erst, wenn ich mit der Arbeit fertig bin.« Doch sie lässt sich nicht abwimmeln.

»Nein, jetzt gleich!«, fordert sie, ihre aufgeregte Stimme und die resolute Haltung sind so drängend, dass ich einen Notfall vermute. Wir gehen nach draußen, und zuerst sehe ich nur die lange Schlange anstehender Patienten. Dann wundere ich mich über eine Gruppe von Patienten, die interessiert einen Mann umringt. Ich trete näher und traue meinen Augen nicht: Auf einem Poncho liegen meine Globuli lose ausgebreitet und werden als »deutsche Wundermedizin« angepriesen. Ich bin so fassungslos, dass mir erst einmal die Spucke wegbleibt, die spanischen Worte fehlen sowieso. Ausgerechnet heute ist mein kleiner Helfer César nicht gekommen.

»Das darf doch nicht wahr sein, ist ja das Allerletzte!«, schimpfe ich vor Verzweiflung auf Deutsch und dränge mich entschlossen an den Schaulustigen oder Kaufwilligen vorbei. Gerade in dem Moment, wo ich nach dem Poncho samt Wundermedizin greifen will, packt jemand grob meine Handgelenke und hält sie mit eisernem Griff fest. Vor Schmerz schreie ich laut auf und sehe, wer mein Handeln stoppt. Es ist der arrogante Gemeindepfarrer, ein Spanier, den ich bereits vom Sehen kenne und der noch nie meinen Gruß erwidert hat. Seine Augen schießen zornige Blitze auf mich ab. Von dem, was er wütend hervorstößt, verstehe ich vor allem das Wort »Idiota«. Seinen Wortschwall lasse ich schweigend über mich ergehen.

»Wie können Sie nur so dumm sein, Mengen von Arznei mitzugeben? Das ist fahrlässig und unverantwortlich!«, sagt er jetzt langsam und verständlich zu mir, und nach einer kleinen Atempause fügt er hinzu: »Was sagt jetzt die Gringita zu ihrer Verteidigung?«

Sein Kinn ist hochgereckt und am Hals zeigen sich rote Flecken. Er steht da wie ein Racheengel, der für Recht und Ordnung sorgen muss. Um uns ist erwartungsvolle Stille, gespannte Aufmerksamkeit, trotz des Ernstes habe ich Mühe, einen Lachanfall zu unterdrücken, die ganze Situation könnte sich in einem trivialen Theaterstück abspielen. Vielleicht hat hier noch keiner einen Streit zwischen zwei Gringos hautnah miterlebt. Alle drängen noch weiter vor, um kein einziges Wort zu verpassen. Ein gefährdeter, cholerischer Hochdruck-Patient!

Verteidigen musch di no lang it!, flüstert mir Samsa zu. *Aber provozier ihn besser it no mehr.* Ihre Strategie scheint vernünftig, doch eine sachliche Erklärung fällt mir auf die Schnelle nicht ein. Wie immer, wenn ich eine Denkpause brauche, streiche ich mir resolut die Haare hinter die Ohren und richte mich kerzengerade auf. Ich überrage den Mann um eine Kopflänge, genauso die Zuschauer.

»Hören Sie, Padre, es waren lediglich kleine Tütchen, die Kügelchen waren abgezählt.«

Er räuspert sich gewichtig und scheucht mit ein paar unmissverständlichen Gesten und Worten die Menge auseinander. In der Eile lassen sie alles da: den Poncho, die »Ware«, die leeren Tüten. Betont langsam und sorgfältig, wie bei einem Ritual, lege ich den Stoff samt Inhalt zusammen. Das beruhigt mich. Noch immer ballert er heftige Worte um sich, und zum ersten Mal bin ich richtig froh, spanische Worte nicht zu verstehen. Energisch zieht er mich plötzlich in den Behandlungsraum. Was gibt es denn jetzt noch? Einschüchternd baut er sich direkt vor mir auf, ein dünnes Buch würde zwischen uns gerade noch Platz finden. Ich überlege angestrengt, was er vorhaben könnte, und werde unruhig. Aus seinem tiefroten Gesicht funkeln mich drohend schwarze Augen an, seine buschigen Augenbrauen signalisieren »Achtung!«. Deutlich spüre ich, wie er mühsam versucht, seine Wut zu kontrollieren, seine Kiefermuskeln spannen sich an.

»Ihr Gringos glaubt wohl alle, ihr braucht nur zu kommen und seid die Intelligenten«, kläfft er. »Wenn du hier arbeiten willst, dann legst du ab jetzt deine Zuckerbonbons direkt auf die Zunge und verlangst etwas dafür. Basta!«

Was er sagt, ist unmissverständlich: Ich machte den Ärzten Konkurrenz, weil die Patienten nur noch meine Heilmittel wollten und aus unserer Apotheke nichts mehr verkauft würde. Soll ich ihm das glauben? Keiner der Kollegen hat mir gegenüber jemals so etwas erwähnt, mir ist lediglich aufgefallen, dass ich sie seit längerer Zeit nicht mehr gesehen habe und dass sie den letzten Termin zur Fortbildung abgesagt haben. Ich schlage dem Padre vor, meinem Kollegenteam die Sache zu berichten und seinen Rat zu beherzigen, die homöopathischen Mittel zukünftig in noch kleineren Mengen zu verteilen gegen Bezahlung. Mit diesen Einnahmen könnten meine Kollegen dann Medikamente beschaffen.

»Wir finden ganz sicher eine Lösung«, schließe ich mein Friedensangebot und hoffe, es ist mir gelungen, ihn zur Vernunft zu bringen. Tatsächlich beruhigt sich der Moralapostel auch zusehends, aber er schiebt eine weitere Mahnung nach:

»Dir ist wohl jetzt klar, dass Unwissenheit und Unerfahrenheit nicht vor Missbrauch schützen.« Er legt eine kleine Kunstpause ein. »Auch nicht in Ecuador, Gringita!«

Selber Gringo!, knurrt jetzt selbst Samsa. Ich habe keine Lust mehr auf sein Spielchen.

»Jetzt eine Colita – ein Cola-chen, Padresito – Pfarrer-chen?«, lenke ich mit aufgesetztem Lächeln ein, um ihm den scharfen Wind aus den Segeln zu nehmen. Seit Beginn der Reise habe ich immer eine Flasche als »Kreislaufmittel« bei mir. Ich reiche ihm die Cola. Er wischt sie sorgfältig an seinem schwarzen Talar ab, ich sehe danach die Spuren. Dann setzt er zum Trinken an, leert sie bis zur Hälfte, ohne einmal abzusetzen, und reicht das kostbare Getränk an mich weiter. Doch ich schüttle den Kopf und gebe sie mit einer ablehnenden Geste zurück. Ich brächte es nicht über mich, mit ihm aus derselben Flasche zu trinken, doch das sage ich natürlich nicht. Er freut sich und leert sie schließlich ganz, seine Wut ist verschwunden. Plötzlich scheint er gütig, wie ein Seelsorger sein sollte, mit einer Spur von Zärtlichkeit legt er seine Hand auf meine und macht mir einen Vorschlag:

»Doktor-chen, ich schicke dir eine Freundin, die dir bei der Arbeit hilft, einverstanden?« Er drückt mir einen Kuss auf die Wange und schaut mir tief in die Augen. Küssen und flirten hier etwa sogar die Geistlichen?

Des koa dir jetzt egal sein, Katharina. Hauptsache, er verschwind bald wieder.

Von Geraldo erfahre ich am nächsten Tag, dass der Padre für seine cholerischen Ausbrüche bekannt sei, als ich ihm und den anderen Kollegen von dem Vorfall erzähle. Bei der Vorstellung, wie der Pfarrer meine Hände gepackt habe, brüllen alle vor Lachen.

»Catalina, Lieb-chen, das war bestimmt filmreif! Schade, dass wir nicht dabei waren.«, sagt einer der jüngeren Studenten.

»Mach dir nichts draus, Catalina, das Pfarrer-chen hat sich bloß aufgeplustert«, winkt eine der älteren Krankenschwestern ab.

»Konkurrenz, das ist Quatsch«, versichert Geraldo. Mach einfach weiter, wir freuen uns über die kleine Einnahmequelle durch dich.« Dann lacht er und erzählt mir, dass der Padre noch Schulden bei ihm habe. Die müsse er jetzt aus der Kollekte begleichen. Doch was mich betreffe, halte er es für wichtig, sich über solche Dinge auszutauschen, denn ich sei ja nicht wirklich eingearbeitet worden und insbesondere nicht eingeweiht in die lokalen Gepflogenheiten. »Ich möchte nicht, dass unnötig Fehler aus Unwissenheit gemacht werden.« Damit ist das Thema erledigt.

Schon am nächsten Morgen erscheint die vom Padre angekündigte Hilfe in der Garagen-Praxis. Sie heißt Fany, oder besser Fanysita. Sie ist Krankenschwester, hellhäutig, bildhübsch und nur wenige Jahre jünger als ich. Wir verstehen uns auf Anhieb. Sie hat einen Stuhl für sich mitgebracht, verfolgt die Patientengespräche interessiert, unterhält sich mit den Indígenas in deren Muttersprache, übersetzt hin und her, übernimmt das Abzählen der Globuli und legt diese sorgsam auf die Zungen der Patienten.

»Kostbare und teure deutsche Instant-Medizin«, erklärt sie. Ich danke ihr wortreich für diesen Super-Hinweis, wie ein Honigkuchenpferdchen strahlt sie mich an. »Doctorita, wir beide sind eine Superteam, wir ergänzen uns und vervollständigen uns gegenseitig.«

»Was meinst du mit vervollständigen?«, will ich wissen. Sie zuckt mit den Achseln, ich denke, es ist nicht so wichtig, man sagt das hier eben so.

Fanysita erweist sich auch sonst als die reinste Wundertüte, ihr praktisches Mitdenken und resolutes Handeln überraschen mich ständig aufs Neue. Eines Tages bringt sie einen Sack voller Plastikbecher in Minigröße für die Eingabe der homöopathischen Mittel mit.

»Damit ich bei der Verabreichung keine faulen Zähne mehr sehen muss«, kommentiert sie ihre Idee und schüttelt sich dabei demonstrativ, »und den stinkenden Atem der Leute nicht mehr riechen muss!« Selbstbewusst erklärt sie sich zum Mini-Doktor-chen. Ich muss beherzt lachen.

»Geteilte Verantwortung. Was täte ich nur ohne dich, Fanysita?«

Als Antwort umarmt sie mich ungestüm und verteilt großzügig Küsse auf Stirn, Wangen und Hände. Gemischte Gefühle machen sich in mir breit, wie darf ich ihren Überschwang jetzt verstehen? Was bezweckt sie damit? *Du denksch wieder viel z'viel!*, weist Samsa zurecht. Stimmt natürlich, außerdem macht momentan schon allein der Anblick der vielen Patienten, dass ich mich überfordert fühle. Sie stehen mehrreihig vor dem hochgeschobenen Garagentor.

»Keine Sorge, Catalina, meistens ist die ganze Familie zur Begleitung dabei«, besänftigt Fanysita und will gleich wissen, ob das in meiner Heimat anders sei. Zumindest wäre es für deutsche Verhältnisse ungewöhnlich, erkläre ich ihr, dass Patienten ihre ganze Verwandtschaft mitbringen. Solche, die alt oder gehbehindert seien, kämen zwar in Begleitung, natürlich auch Kinder, aber es wäre schon eher selten, dass überhaupt ein Ehepartner mitkommt. »Das verstehe ich nicht«, sagt sie mit fast sorgenvollem Gesicht. »Wir zeigen doch auch auf diese Weise unsere Liebe.« Dieser direkte Verweis auf die Natürlichkeit fürsorglicher Bekundungen berührt mich, und er erinnert mich dankbar daran, dass ja auch mich die gesamte Regenwald-Familie zu Väterchen Geist, dem Schamanen, begleitet hat.

Ein paar Stunden später quetscht sich ein Grüppchen Wartender ins Behandlungszimmer hinein. Sie drängen darauf, mit uns zu essen, obwohl draußen noch eine beachtliche Schlange ansteht. Hilflos schaue ich Fanysita an.

»Wir müssen Respekt zeigen, Catalina!«

»Und was heißt das?«

»Natürlich unterbrechen wir jetzt die Arbeit und essen mit ihnen. Du wirst sehen, die anderen Patienten bleiben geduldig.«

Also gut, ich ergebe mich und ziehe meinen Arztkittel aus. Nach dem Essen wird er wohl noch mehr kneifen. Ich staune von einem Moment auf den anderen immer mehr über diese Ecuadorianer. Auf der Wiese neben der Praxis sitzen viele Patienten mit ihren Familien und schauen uns erwartungsvoll zu, sie lassen uns hochleben. Mit einem Augenzwinkern breitet Fanysita etwas abseits ein großes Tuch über dem Gras aus. Ich setze mich darauf und bemerke die belustigten Blicke, das Kopfschütteln und Tuscheln der anderen. Im Gegensatz zu mir haben sie es sich direkt auf dem Boden bequem gemacht, auch Fanysita.

»Wir wollen direkten Kontakt zu Pachamama haben, Doktorchen!«

»Keine Angst vor Hundedreck?« frage ich und ziehe eine Grimasse. Jeden Tag kommen ganze Rudel, um hier ihr Geschäft zu verrichten. Auch jetzt scharen sich etliche um uns und warten sicher auf ein paar leckere Bissen.

»Und wenn schon, Doktor-chen.« Fanysita lacht, dann lachen auch die anderen. Weitere Widerrede schlucke ich angesichts dessen hinunter, doch bald wird es mir zu dumm. Ich möchte keine Extrawurst braten und verschiebe meinen Sitzplatz nun auch direkt auf die Wiese. Allerdings bereue ich es sofort. Ich habe zwar das Gras nach Hundehaufen abgesucht, aber nicht an Grasmilben gedacht. Mein Allerwertester und die Beine beginnen innerhalb von Minuten bestialisch zu jucken. »Nur Animalitos – Tierchen«, stellt Fanysita mit einem Blick auf mein nervöses Kratzen fest. Sie findet es harmlos, ich könnte aus der Haut fahren!

»Setz dich auf die Decke, Gringita!«, höre ich ermunternd von allen Seiten. In Windeseile verbreitet sich die Nachricht, dass Pachamama mir Animalitos geschickt habe. Sie wolle testen, ob ich eine ihrer »Töchter« sei. Wer den Schaden hat, braucht für den Spott nicht zu sorgen.

Einer meiner Stammpatienten setzt sich neben mich, nimmt meine Hand und legt sie auf sein Herz. Seine dunklen Augen lachen mich liebevoll an.

»Nimm nicht alles so ernst, Doktor-chen, ist nur Spaß. Pachamama muss sich nur an dich gewöhnen.« Ein versöhnlicher Gedanke.

Wie ich es schon von der Feria in Ibarra kenne, liegt das mitgebrachte Essen direkt auf einem bunten Tuch oder Poncho am Boden. Wir lassen uns das kalte gekochte »Fingerfood« schmecken: Pellkartoffeln, Saubohnen, goldgelbe, zarte Maiskolben und kleine Stückchen fader Käse. Das Salz fehlt, dafür gibt es die obligatorische Chili-Soße mit reichlich frischem Koriander. Von dieser Salsa erhoffe ich mir, dass sie alle Bakterien tötet. Vorsorglich vermeide ich den Blick auf die schmutzigen Hände und hüte mich davor, mir vorzustellen, wie es beim Zubereiten der Speisen hergeht. *Gedankenkontrolle, Katharina. Erinner di: Ekel schwächt des Immunsyschtem!* Ja, ich erinnere mich sehr wohl an Chicha, das Bier im Regenwald.

Fanysita schafft eine Riesenflasche mit dem Aufkleber »Inka-Cola« heran und eine mit Rum. Es wird wie immer und überall direkt aus der Flasche getrunken, niemand wischt den Flaschenhals ab. Mir graut vor diesem Sammelplatz von Krankheitserregern und ich hoffe, dass ich keinen Anstandsschluck nehmen muss. Fanysita fängt meinen angestrengten Blick auf.

»Wartet ein Moment-chen, ich hole etwas.« Alle blicken verwundert zu ihr und das Zirkulieren der Flaschen stoppt. Sie verschwindet und kommt mit den Plastikbechern, die für die Globuli vorgesehen sind, zurück. »Eins für das Doktor-chen und die anderen für alle, die wollen«, lacht sie vergnügt.

Doch die Leute stecken nur noch tiefer ihre Köpfe zusammen und kichern. Außer mir will natürlich keiner ein »Glas«. Insgeheim freue ich mich schon auf ihre nächste Reaktion. Die Flasche kommt zu mir und ich fülle meinen Becher. Feierlich erhebe ich ihn und opfere mit feierlichen Worten Pachamama einen großzügigen Spritzer Inka-Cola. Das winzige Schlückchen, das übrigbleibt, ist noch immer mehr als genug, es ist ein widerliches Zuckerwasser. Diesmal habe ich gewonnen, die Leute blicken mich geradezu ehrfürchtig an.

Ein Mann springt auf, klatscht in die Hände, lobt das Doktorchen und lässt mich hochleben. Viele folgen seinem Beispiel, auch Fanysita.

»Jetzt bist du dran! Steh auf, Doktor-chen!«, raunt sie mir zu.

»Was soll ich denn sagen?«

»Was du willst, alles ist gut!«

Ich hebe also erneut mein »Glas« und danke allen für die herzliche Gemeinschaft.

»Hoch lebe Ecuador und sein Volk!«

Voller Stolz lassen alle ihr Vaterland und sein Volk hochleben. Warum auch immer, laufen mir Tränen über die Wangen. Plötzlich ist mir danach, mein Glas auch auf Deutschland und sein Wohl zu erheben.

In Armut geboren

In einem lapidaren Nebensatz informiert mich Fanysita eine Woche später während einer Behandlung darüber, dass ich sofort in ein kleines Quartier in der unmittelbaren Nachbarschaft ziehen könne, um einen kürzeren Arbeitsweg zu haben.

»Du bist sicher damit einverstanden, Doktor-chen, und essen kannst du bei mir«, schließt sie ihre Ausführungen, ohne wirklich eine Antwort zu erwarten. Es ist beschlossene Sache. Vor Staunen bleibt mir der Mund offen stehen.

»Ja, aber ...«, beginne ich gerade, als sie mir ins Wort fällt:

»Geraldo kommt nachher, um mit dir deine Sachen von Rosita mit dem Auto zu transportieren.«

Kann sie etwa Gedanken lesen? Schon seit Tagen will ich Camilla fragen, ob sie inzwischen eine Bleibe in der Nähe für mich finden konnte, denn die Busfahrten habe ich inzwischen gründlich satt. Voller Freude drücke ich Fanysita und bedanke mich wortreich.

Am Nachmittag schließen wir die Praxis, obwohl davor noch Menschen warten, um in Windeseile meine Sachen zu holen. Geraldo schlängelt das Auto gekonnt mit Dauerhupen durch den Wahnsinnsverkehr und pfeift vergnügt den momentanen Hit der hiesigen Schlagerwelt. Ich umklammere den Griff über der Beifahrertür, und meine Füße stehen auf einer imaginären

Bremse. Es ist das reinste Wunder, dass wir nach zwei Stunden heil bei Rosita ankommen und nach weiteren drei Stunden noch relativ munter vor meiner neuen Bleibe vorfahren. Fanysita wartet schon auf uns. Wir tragen meine Habseligkeiten in eine niedliche kleine Wohnung, eigentlich ist es nicht viel mehr als ein Zimmer mit einem winzigen Bad und einer Kochnische. Sie muss wie eine Hundehütte auf die Dachterrasse nachträglich aufgestockt worden sein, vermute ich. Was von der Terrasse übrig bleibt, ist sozusagen ein kleines Teräss-chen, auf dem ich bequem sitzen und entspannen kann.

»Hurra, ich habe eine eigene Unterkunft!«, juble ich, während ich in meiner Vorstellung schon große Töpfe mit orangefarbenen Bougainvillea neben den Eingang stelle. Ein neues Kapitel ist aufgeschlagen.

Von nun an nimmt mich Fanysita unter ihre Fittiche, sowohl bei der Arbeit als auch nachbarschaftlich. Unermüdlich erteilt sie mir Intensiv-Unterricht in Sprache, Sitten Brauchtum und Wohnen. Sie legt größten Wert auf gute Umgangsformen und auf meine Sicherheit. Das Erste, was sie tut, ist, ein besseres Vorhängeschloss an meiner Eingangstür anzubringen. Aber man könne nie wissen, meint sie, immer noch nicht zufrieden mit der Vorsichtsmaßnahme.

»Leg immer einen Fünfzig-Dollar-Schein so unter einen Teller auf der Spüle, dass er halb zu sehen ist. Damit ist jeder Einbrecher zufrieden und sucht nicht weiter nach Geld.«

Wie der Inhalt eines Füllhorns ergießt sich ihr Redestrom permanent über mich, um mich in jeder Hinsicht zu versorgen, zu unterstützen und zu schützen. Ich bin ihr für ihre Umsicht wirklich dankbar. Kein Tourist bekommt das, was mir hier ermöglicht wird, stelle ich voller Überzeugung fest. Ich integriere mich voll und ganz, ich habe mich tatsächlich nicht nur gut eingelebt, sondern bereits tief in das Leben hier eingefügt.

Ein nächstes Hammererlebnis zu diesem Thema lässt nicht lange auf sich warten. Es zeigt mir eine vollkommen neue Seite von Land und Menschen, und es zeigt mir auch meine Unerfahrenheit. Ausgerechnet am ersten freien Tag, einem Sonntag, den ich ruhig und gemütlich in meinem neuen Heim verbringen will, wird mein Denken und Handeln radikal infrage gestellt: Nach dem genussvollen Frühstück nehme ich mir Decke und Buch und mache es mir auf dem Teräss-chen gemütlich. Rein zufällig geht mein Blick nach unten auf die ruhige Straße. Vor der Praxis sitzt eng aneinander gekuschelt eine große Traube von Indígenas. Ich überlege kurz, was sie wollen oder worauf sie warten könnten, wende mich dann aber wieder meinem Buch zu. Nach zwei Minuten blicke ich wieder auf. Sie sitzen immer noch da. So geht es eine ganze Weile, schließlich wird mir klar, dass sie dort Stunde um Stunde ausharren werden. Ich bin wie gebannt, an ein konzentriertes Lesen ist nicht mehr zu denken. Sie machen mich unruhig, heute ist keine Sprechstunde. Was also machen sie da unten? Irgendwann raffe ich mich doch auf und gehe hinunter, um zu erfahren, was los ist.

»Ich heiße Catalina, und ich arbeite hier. Worauf warten Sie?«

Ihre Antwort ist Schweigen, ich spüre ihre Ablehnung. Der angespannte Moment dehnt sich aus, zieht sich in die Länge. Ihre Beklommenheit macht mich verlegen und hilflos. Was tue ich hier? Ist es nicht ihr gutes Recht, dazusitzen und in Ruhe gelassen zu werden? Die Männer schauen an mir vorbei, die Köpfe der Frauen sind tief gesenkt und ihre Gesichter in großen

Schals verborgen. Schweigend setze ich mich zu dazu. Sie riechen nach Herdfeuer, nach Schmutz und Schweiß. »Armut kann man riechen«, hat Fanysita gesagt. Ich bleibe trotzdem und harre hartnäckig aus. Irgendetwas hindert mich daran, wieder zu gehen, also übe ich mich in Geduld. Schließlich informiert mich ein älterer Mann aus der Gruppe, sie würden auf den spanischen Padre warten. Ich versuche, ihnen klarzumachen, dass der Pfarrer heute, am Sonntag, besonders viele Gottesdienste abhalte, auch in den umliegenden Gemeinden.

»Wir brauchen aber eine Taufe«, sagt eine Frau in zerschlissener Jacke.

»Für wen?« frage ich, denn ich sehe nur Erwachsene.

Das Schweigen türmt sich zu einer beklemmend hohen, meterdicken Mauer auf. Ab und zu fange ich den vorsichtigen Blick einer etwa vierzigjährigen Frau auf. Zwei lange Stunden warten wir miteinander. Diese Leute strahlen in meiner Wahrnehmung ungeheures Elend auf der einen Seite und eine bewundernswerte, stille Beharrlichkeit andererseits aus. Geteiltes Leid ist halbes Leid. Ob sie das auch so sehen? Mit aller Inbrunst bitte und flehe ich innerlich, dass der Padre endlich kommen möge. Die Frau, die mich die ganze Zeit nicht aus den Augen lässt, winkt mich plötzlich heran und zeigt auf ein winziges Etwas, das sie unter ihrer Jacke geborgen hält. Ich erblicke den winzigen, von Stofflappen umschlungenen Körper eines Babys. Mutter und Kind strotzen vor Schmutz.

»Darf ich mehr von ihrem Kindchen sehen?«, frage ich fast reflexartig flüsternd. Für einen kurzen Augenblick sehe ich das Gesicht des Neugeborenen, es ist dunkelblauschwarz angelaufen. Der nackt liegende Körper ist beängstigend mager. Ich erschrecke zutiefst, denn ich weiß sofort, dass mich gerade der blanke Tod ansieht. »Sie müssen sofort ins nächste Kranken-haus fahren!«, rufe ich, aufs Äußerste besorgt.

»Nein, wir warten auf den Padre«, insistiert die Mutter. »Wir brauchen die Taufe für das Baby.«

Fanysita kommt gerade um die Ecke und sieht das Gesche-hen. Schnell erfasst sie die Situation und eilt herbei, um mich von der Frau mit dem Baby wegzuziehen. Ihr energisches Vor-gehen irritiert mich und ich widersetze mich ihrem Griff, doch sie zischt mich an, ich solle mich hier nicht einmischen. Darf das wahr sein? Ich bin fassungslos und verstehe sie nicht. Ich versuche, ihr zu erklären, dass es hier um Leben oder Tod geht und dass es in einem solchen Fall wohl sicher auch in Ecuador so etwas gebe wie unterlassene Hilfeleistung.

»Da kann man nichts machen«, sagt sie streng und knapp. »Aber wir können Mitgefühl zeigen und beten.« In einem Ton, der keinen Widerspruch duldet, fügt sie hinzu: »Wir müssen einen kühlen Kopf bewahren!«

»Ja, aber, sieht denn keiner, dass das Kind stirbt, wenn es nicht schnellstens medizinisch versorgt wird?« In mir ringen Gewissen und Hilflosigkeit.

»Wenn das Kind aber ohne Taufe stirbt, kommt es in die Hölle, und das ist für die Leute hier noch schlimmer, verstehst du? Die bekommst du nie in ein Krankenhaus, Catalina!«

Ich ahne, worauf Fanysita anspielt, doch ich will es nicht wahrhaben. Trotz ihres unerbittlichen Einwandes starte ich einen neuen Versuch und erkläre aufgebracht, ich sei selbst Ka-tholikin und wisse, dass jeder Laie eine Nottaufe halten könne.

»Einer von euch, Fanysita oder ich!«

Ich spreche ins Leere, alle Blicke sind abgewandt, keiner sagt etwas. Doch so einfach gebe ich noch immer nicht auf. Ich biete an, ein Taxi zu besorgen und sie ins nächste Krankenhaus zu begleiten. Sie tuscheln und nicken. Ist letztendlich der Grund ihres Einwilligens mein Versprechen, die Kosten zu übernehmen? Fanysita schüttelt missbilligend den Kopf, es interessiert mich jedoch nicht, ich will nur eins: das Leben des Kindes retten.

Wir lassen uns zum nächsten Krankenhaus fahren. Vom Baby ist weder etwas zu sehen noch zu hören. Und wenn es schon tot ist? Mit bohrenden Fragen und einer tiefen Angst im Körper eile ich im Sturmschritt durch den Eingang des Krankenhauses, suche nach der Notaufnahme. Eine Krankenschwester weist lediglich mit der Hand in eine Richtung. Wir irren durch lange, stille Gänge. Es gibt keine Ausschilderung und auch kein Personal. Wir verlieren kostbare Zeit, Lebenszeit für das Kind. Endlich stehen wir vor einer Tür, auf der in kleiner, zierlicher Handschrift »sala de emergencia – Notaufnahme« steht. Auf unser Anklopfen hin rührt sich nichts. Wir öffnen die Tür und betreten einen winzig kleinen Raum, der wie eine Gefängniszelle auf mich wirkt. Die beiden Fenster sind innen wie außen vergittert. Eine schäbige Liege mit schwarzem Plastikbezug, der an vielen Stellen aufgerissen ist und aus denen das Füllmaterial quillt, ist das einzige Mobiliar. Die nackten Wände sind teilweise verschmiert und von der Decke baumelt eine einsame Glühbirne. Der beißende Geruch von Desinfektionsmitteln reizt meine Nasenschleimhaut, bis auf mein Husten und Niesen herrscht absolute Lautlosigkeit. Totenstille.

Ich sehe mich hektisch um und entdecke eine unscheinbare Klingel. Wie eine Verrücktgewordene drücke ich darauf und lasse sie nicht mehr los. Ihr schriller Ton hallt durch den Gang, die Indígenas bedecken mit den Händen ihre Ohren. Nach geraumer Zeit schlendert ein Arzt in meinem Alter gemächlich daher. Er wirkt, als hätte er alle Zeit der Welt, sogar hier. Sein Blick gleitet über die Truppe und bleibt an mir hängen.

»Doktor Paco«, stellt er sich knapp vor.

Schon bei dieser Begrüßung mit dem obligatorischen Kuss auf meine rechte Wange und einem Nicken in Richtung der Indígenas bemerke ich, dass sein Interesse ausschließlich mir gilt. Er will meinen Namen wissen und den Beruf, woher ich bin und was ich in Ecuador mache. Ich falle ihm ungeduldig ins Wort und deute energisch auf die Familie.

»Bitte unternehmen Sie alles, um das Leben eines Babys zu retten!«

Unwillig und mit angewidertem Gesichtsausdruck wendet er sich den Indígenas zu. Meine Nerven sind bis zum Äußersten angespannt, dieser ignorante Typ ist nicht auszuhalten. Warum legt er nicht die gezielte, fachmännische Professionalität vor, die ich von deutschen Notaufnahmen kenne? Er richtet stoisch seine Frage, wer die Behandlung bezahle, an mich. Das bringt mich noch mehr in Rage.

Beherrsch dich, Katharina!, zischt Samsa gerade noch rechtzeitig. Ich schaue auf die Familie, alle weichen meinem Blick aus.

»Ja, klar, ich bezahle alles. Mit wie viel muss ich rechnen?«, antworte ich in aggressivem Tonfall.

Der Arzt runzelt die Stirn. Seine Augen gleiten forschend über mein Gesicht. Samsa ermahnt mich, tief durchzuatmen und ruhig zu bleiben: So teuer wie in Deutschland werde es schon nicht sein, außerdem hätte ich die Kreditkarte dabei.

Doktor Paco wendet sich jetzt an die Mutter des Kindes, er fragt nach ihrem Alter und dem Geburtsdatum des Babys. Einer der Männer antwortet an ihrer Stelle, sie sei zwanzig Jahre alt.

Da habe ich mich gehörig verschätzt, sie wirkt auf mich sehr viel älter. Ich zermartere mir das Hirn, warum sie nicht selbst antwortet und stattdessen Löcher in den Boden starrt. Hat sie ihr Kind etwa schon aufgegeben, oder bereut sie, es zur Welt gebracht zu haben? Hätte sie lieber auf den Pfarrer gewartet? Beim Geburtsdatum des Babys überlegt und diskutiert die gesamte Familie in ihrer Sprache, mir ist das Ganze ein großes Rätsel. Der Arzt blättert inzwischen gelangweilt in irgendwelchen Unterlagen, die er aus seiner Jackentasche gezogen hat. Wieder vergeht kostbare Zeit. Ich könnte vor Ungeduld und Anspannung platzen. Man kennt doch wohl das Alter seines Kindes!

»Vielleicht vor neun Wochen«, höre ich jemanden sagen.

Nicht werten, nur wundern!, mahnt Samsa.

Die Mutter legt ihr Baby auf die vermutlich eiskalte Liege und zieht den stinkenden Stoff beiseite. Doktor Paco wirft einen flüchtigen Blick auf das Kind, aber statt es zu untersuchen, zieht er einen zerknitterten Zettel aus seinen Unterlagen und schreibt eine fast endlose Liste von Begriffen darauf. Ich fühle mich wie in einem schlechten Theaterstück, die ganze Situation erscheint mir unwirklich und absurd: der armselige Raum, das nackte Baby auf der kalten Liege, die Familie in ihrer typischen Kleidung, Doktor Pacos makellose äußere Erscheinung im strahlend weißen, gestärkten Arztkittel und ich als einzige Gringita in ihrer Mitte.

»Kauf das hier in der nächsten Apotheke!«, fordert mich der Arzt ungerührt auf und holt mich damit zum Ernst der Situation zurück. »Vamos! Geh schon!«

Vor lauter Schreck lasse ich mich von ihm kommandieren und eile, so schnell ich kann, in Richtung Ausgang. Meine Absätze hämmern ein Stakkato auf den Boden. Keiner darf mir jetzt in die Quere kommen, sonst wird er niedergerannt. Auf der Straße pfeife ich ein Taxi herbei.

»Es geht um Leben und Tod!«, rufe ich dem Fahrer beim Einsteigen zu. »Zur nächsten Apotheke!«

»Darum geht es doch immer, oder?«, antwortet er gelassen, aber er gibt sein Bestes, kurvt mit Höchstgeschwindigkeit durch die sonntägliche, stille Stadt und versucht mich nebenbei zu besänftigen: »Ruhig, ruhig, Gringita, kein Problem! Wir finden schon eine Apotheke, die heute geöffnet hat. Sorgen Sie sich nicht.«

Die Sätze prallen an mir ab.

Ruhig Blut, du musch jetzt vertrauen, Katharina!

»Großer Gott, mach, dass das Baby am Leben bleibt!«, bete ich laut immer wieder vor mich hin.

Es dauert ewig, bis wir eine geöffnete Apotheke finden. Für die prall gefüllte Riesentüte, die ich dankbar in Empfang nehme, bezahle ich ein Vermögen. Auf der Rückfahrt checke ich den Inhalt: Infusionsflaschen, Einweghandschuhe, Seifen, Desinfektionsmittel für Boden und Türen und etliche mir unbekannte Medikamente. Doktor Paco geht wohl davon aus, er könne sich gleich eine Grundsanierung neben dem für das Baby Notwendige von einer zahlenden Gringita besorgen lassen. Aber egal, die Hauptsache ist das Überleben des Kindes!

Das Zimmer der Notaufnahme ist jetzt rappelvoll, dicht an dicht stehen Indígenas beieinander. Scheinbar sind noch weitere dazugekommen. Der Arzt sitzt gemütlich in einer Ecke und liest Zeitung. Ich fasse es nicht! Als er mich sieht, macht er ein Gesicht, als sei ich eine unangenehme Störung. Wir treten beide an die Liege, auf der das Baby immer noch so daliegt, wie ich es verlassen habe: nackt, ohne Decke oder Tücher. Warum sorgt die Mutter nicht dafür, dass es wenigstens warmgehalten wird? Dafür fehlt mir jedes Verständnis. Nein, untersucht habe er das Kind noch nicht, antwortet Doktor Paco auf meine Frage. Wenn Blicke töten könnten, fiele er jetzt auf der Stelle mausetot um. Das ist doch die Höhe!, denke ich wutentbrannt, und so einer schimpft sich Arzt! Doch damit nicht genug, er verlangt im Voraus ein so hohes Honorar, dass mir fast die Augen aus dem Kopf fallen. Mein Blick geht in die Runde, alle schauen wieder zu Boden. Ich bezahle schweigend, was bleibt anderes übrig?

Selber schuld. Mitgegangen, mitgefangen! Im Augenblick ist das eine harte Wahrheit.

Während sich der Arzt am Inhalt der Tüte zu schaffen macht, flüstern die Indígenas ihr »Paigi – Danke« und reichen mir unbeholfen die Hand. Ehe ich begreife, was geschieht, schieben sie mich geschickt in Richtung Tür. Die letzten Zentimeter drückt mich Doktor Paco höchstpersönlich aus dem Raum und schließt hinter mir die Tür.

Jetzt bleibt nur noch Hoffen und Beten. Ich versuche beides, während ich im Gang auf und ab gehe. Mit einem Ohr hänge ich an der Tür, dahinter ist kein Muckser ist zu hören. Ich bin unsicher, ob das Baby überhaupt noch lebt. Wundern würde es mich nicht, wenn es inzwischen gestorben wäre. Mein Gewissen setzt mir zu: Habe ich richtig gehandelt, oder hätte ich besser auf Fanysita hören und mich raushalten sollen?

Vielleicht kann mir Fanysita Antworten auf meine Fragen geben. Ich beschließe, nach Hause zu fahren und sie zu besuchen. Kaum öffnet sie mir die Tür, überschüttet sie mich mit heftigen Vorwürfen:

»Wenn das Kind ohne Taufe stirbt und in die Hölle kommt, bist du schuld, Catalina! Dann kommt kein einziger Patient mehr zu uns!«

Ich bin betroffen und zeige mich schuldbewusst, doch noch immer habe ich das Gefühl, etwas unternehmen zu müssen, um zu helfen. Ich bedränge sie mit Vorschlägen: Der Padre könne doch jetzt noch ins Krankenhaus fahren, um die Taufe durchzuführen. Doch sie schüttelt den Kopf, der Spanier sei noch immer nicht zurück. Ich will wissen, ob wir nicht einen anderen Pfarrer benachrichtigen könnten.

»Nein, heute am Sonntag ist keiner erreichbar«, antwortet sie kühl.

»Wenn kein Pfarrer da ist, sind die Umstände schuld«, verteidige ich mich.

»Du machst es dir zu leicht, Catalina. Ich habe dir doch gesagt, du sollst dich nicht einmischen. Jetzt trägst du eine gewisse Verantwortung.« Fanysita lässt sich nicht umstimmen, ihr Blick ist sorgenvoll und ihr Herz für mich nicht erreichbar. Ungewissheit, Ratlosigkeit, Trauer und Angst quälen mich. Ich suche nach einem Taschentuch, denn jetzt fließen auf einmal Ströme von Tränen aus meinen Augen. »Fehler zu machen, gehört zum Menschsein dazu. Auch zu dir, Doktor-chen!«, sagt sie, nun doch mit etwas gütigerer Stimme. Es scheint, die Moralpredigt ist abgeschlossen.

Des isch doch klar, dass du Fehler machsch, noch dazu in am fremden Land und bei Menschen, deren Spielregeln it kennsch. Auch Samsa zeigt großes Verständnis.

Entschlossen richte ich mich wieder gerade auf und straffe die Schultern.

»Und was nun?«

»Nun? Du wäschst dir gründlich die Hände, desinfizierst sie und dann trinken wir eine Turumba.«

Erst jetzt merke ich, dass mein Kopf schon seit Stunden Bedarf an Flüssigkeit anmahnt. Trinken ist wunderbar. Und dann dieses Wort: Turumba! Es klingt wie Musik in meinen Ohren.

»Turumba macht das Herz wieder leicht, Catalina. Das erste Glas ist für den Durst, das zweite für Kummer und Sorgen und mit dem dritten kommt die Zuversicht.«

Fanysita macht sich in der Küche zu schaffen, sie brüht einen Zitronengras-Tee, den sie mit süßem Pfeffer und Maracuja-Saft verfeinert. Der Duft verheißt Köstliches.

»Turumba ist Medizin für Leib und Seele«, sagt sie feierlich, als sie uns zwei Gläser einschenkt und die Kanne dann auf dem Tisch abstellt. Das Getränk schmeckt lieblich, weich und fruchtig. Fanysita kann es in meinem Gesicht lesen: Ich finde es sehr, sehr lecker. Aber ich muss ständig an das Baby denken und bin noch immer erschrocken, wie wenig hier menschliches Leben zählt oder zu zählen scheint im Vergleich zur Religion. »Hör auf, zu grübeln«, ermuntert sie mich. »Du hast getan, was du tun musstest, und Schluss damit! Ich will dir mal etwas Wichtiges sagen: Du bist fremd hier! Es ist mein Land, mein Volk, und es ist das Leben der Indígenas. Hallo, Gringita, nimm dich selbst nicht so wichtig. Du kannst weder der Familie mit ihrem kranken Kind noch sonst jemandem irgendetwas abnehmen. Armut und Elend gibt es überall. Mach dich locker! Wenn du nichts tun kannst, dann wünsche Gutes. Das hilft immer.«

Jetzt hat sie es mir aber gegeben, darauf weiß ich nichts mehr zu sagen.

Früh, am Montag, fahre ich wieder ins Krankenhaus und will wissen, wie es dem Baby geht. Auf dem langen Flur begegne ich Doktor Paco. Noch bevor ich etwas sagen kann, legt er seinen Arm um meine Taille und sagt in schroffem Tonfall:

»Die Infusion kam zu spät! Aber so ist das Leben!« Seine Schultern heben sich, vielleicht als Zeichen von Bedauern. Während ich ihn fassungslos in einer wilden Mischung aus Deutsch und Spanisch mit Fragen bombardiere, nimmt er mich in die Arme und streicht mir, wie einem kleinen Mädchen, die Haare aus der Stirn. »Durchfall, Parasiten und Austrocknung, da war nichts zu machen, glaub mir.«

Ich will auf der Stelle Namen und Adresse der Familie von ihm wissen, doch er hat keine Personalien aufgenommen. Stattdessen versucht er, mich zu beruhigen, erzählt mir, der Tod gehöre überall und zum Leben dazu. Das müsse ich doch selbst wissen. Völlig übergangslos fragt er mich ungeniert, wann und wo er mich wiedersehen könne. Mir fehlen die Worte. Abrupt löse ich mich aus seiner Umarmung, streiche mir selbst energisch eine Haarsträhne hinter das Ohr und versuche zu schlucken. Meine Kehle ist staubtrocken, ich muss husten.

»Du hast noch viel zu lernen, meine Schöne«, stellt er ungerührt fest.

Ich könnte diesen arroganten, herzlosen Kerl erwürgen. Was bildet der sich ein? Grußlos lasse ich ihn stehen und haste davon. Ich will einfach nur schnell weg von hier. Schon nach wenigen Schritten schlägt meine Wut in Trauer um. Ich fahre zurück zu Fanysita, die sofort sieht, was mit mir los ist. Sie nimmt mich in die Arme, wiegt mich wie ein Baby, wischt mir ein um das andere Mal die Tränen ab. Trotzdem fühle ich mich einsam und schutzlos, so wie damals, als ich mit sieben Jahren an Diphterie erkrankte und mein geliebter Großvater starb.

Ich habe es plötzlich wieder genau vor Augen: Ich darf ihn nicht sehen und liege isoliert in meinem Krankenbett. Nur meine Großmutter und der Arzt sehen nach mir. In ihren grauen Schutzkitteln mit Haube und Mundschutz sehen sie wie furchteinflößende Gespenster aus, schleichen sie in meine Fieberträume und erschrecken mich. Verzweifelt sehne ich mich nach der zärtlichen Nähe meiner Mutter, vermisse ihre kühle Hand auf meiner fieberheißen Stirn. Mir wird gerade klar, dass ich dieses Erlebnis noch längst nicht verarbeitet und überwunden habe. Hier, in Ecuador, und Jahrzehnte später, spüre ich den unsagbaren Schmerz der kleinen Katharina wieder. Er droht mich zu verschlingen.

Fanysita singt ein Kinderlied und holt mich in die Gegenwart zurück. Sie besteht darauf, dass ich die Augen öffne und anerkenne, dass das Leben weitergeht. Unmissverständlich schiebt sie mich mit einer energischen Bewegung von sich weg.

»So ist das Leben, Catalina!«

Ich kann diesen Spruch nicht mehr hören! Er scheint mir abgedroschen und billig. *Nicht werten, nur einfach achtsam sein.* Auch Samsas Spruch klingt nur wie eine Floskel. Ich muss mich jetzt ausruhen, verdauen. Ich verabrede mich mit Fanysita für den frühen Nachmittag und ziehe mich erst einmal in meine Wohnung zurück. Ich muss jetzt allein sein.

Doctor Paco

Draußen klopft es an das Eisentor. Fanysita kommt, und neben ihr her geht Doktor Paco, die beiden scherzen und lachen. Es sieht ganz nach guter Freundschaft aus. Ich schaue aus meinem Fenster und frage, was sie wollen.

»Komm, Catalina, wir machen mit Paco einen Ausflug!«

Ich fühle mich überrumpelt, doch sie stehen da, schauen zu mir rauf und rufen, ich solle herunterkommen. Es grollt und brodelt in mir. *Besser, du lässch dich von der guaten Stimmung der zwei anstecken*, mahnt Samsa, also greife ich nach meiner Tasche, schlüpfe in meine Sandalen und schließe die Wohnungstür hinter mir. Fanysita nimmt mich herzlich in Empfang und zieht mich entschlossen zum Auto. Paco scheint in Hochstimmung zu sein und hält mir die Beifahrertür auf. Er trägt Freizeitkleidung und sieht unverschämt gut aus, seine schwarzen Augen könnten mit einem Kronleuchter um die Wette leuchten. Ein herb-männlicher, aromatisch frischer Duft geht von ihm aus. *Zitrone oder Verbene?* Samsa ist begeistert.

Auf der Fahrt durch das weite, locker besiedelte Tal erfahre ich nebenbei, dass wir unterwegs sind zu Pacos Hazienda. Der würzige Geruch der Eukalyptusbäume strömt durch die geöffneten Fenster herein und belebt meine Sinne. Am Himmel zeigen sich weiße Wolkenberge und die Sonne lacht freundlich vom Himmel. Das Leben kann so schön sein, wenn man vom Ärger ablässt. Ich entspanne mich in diese unmittelbare Erkenntnis hinein und lehne mich in den Sitz zurück.

Wir biegen auf einen schmalen, kaum erkennbaren Weg ab, der von Bäumen mit gewundenen Stämmen gesäumt ist. Paco weist mit der Hand darauf und erklärt:

»Polylepis – Papierbäume. Sie heißen so, weil ihre orangefarbene Rinde dünn und durchscheinend wie Papier ist.« Er folgt meinen Blicken durch die Baumreihen hindurch. »Tausend Rinder«, sagt er, nicht ohne Stolz.

»Seine Rinder«, betont Fanysita.

»Bist du nun Arzt oder Großgrundbesitzer und Landwirt?«, will ich wissen.

»Ja, alles zusammen und von jedem ein bisschen.«

Sein jungenhaftes Lachen gefällt mir. *So ganz unsympathisch isch er doch it. Halt bloß dei Herz fescht.* Samsa, gute Samsa, du merkst aber auch alles.

Vor uns taucht eine Straßensperre auf. Bewacht wird sie von zwei schwer bewaffneten, schwarz gekleideten Männern. Sie grüßen Paco und schieben den Balken hoch.

»Willkommen, mis amigas – meine Freundinnen. Wir sind da.«

Er parkt vor einem noblen Anwesen, im weitflächigen, prächtigen Garten wachsen die herrlichsten Blumen, es ist wie im Märchen. Zierlich verschnörkelte Kunstschmiede-Bänkchen laden zum Verweilen ein. Neptun thront in einem riesigen Springbrunnen über kunstvoll gearbeiteten Fröschen aus Stein. Sie spucken in anmutigen Bögen Wasser in seine Richtung und sorgen dafür, dass er saubere Füße hat.

»Ist das nicht Verschwendung?«, platze ich mit einem vorwurfsvollen Unterton heraus und deute auf den Brunnen. »Seit ich hier in Ecuador bin, erlebe ich, dass es nur stundenweise Wasser gibt, manchmal sogar ganze Tage nicht.«

Paco lacht darüber hinweg, legt einen Arm um mich und führt uns zu einer langen, prachtvoll gedeckten Tafel auf einem schattigen Platz und verschwindet selbst im Haus. Ich überlege kurz, ob ich mir das gerade alles nur einbilde. Vielleicht bin ich aber auch nur so nervlich angeschlagen durch den Tod des Babys, dass ich den krassen Weltenwechsel nicht ganz verkrafte. Eins steht fest: Ich bin in der Welt der Oberklasse gelandet. Der heftige Gegensatz zu der eben noch so schmerzvollen Situation zerreißt mich beinahe und mir schießen Tränen in die Augen. Fanysita schaut mich besorgt an.

»Sag jetzt bloß nicht wieder: ›So ist das Leben!‹«, beuge ich schnell vor. »Ich bin allmählich allergisch gegen diesen Satz!«

Paco bringt gerade seine große Familie an den Tisch zu uns. Er stellt sie der Reihe nach vor, am Ende weiß ich nur noch, dass seine Mutter mit »Doña Mercedes« angesprochen werden soll. Wir sind vierzehn Personen und werden zuvorkommend von jungen, bildhübschen, Trachten tragenden Indígenas bedient. Häppchenweise esse ich mich ohne Genuss durch die einzelnen Gänge, denn die Erinnerung an das sterbende Baby liegt mir wie ein Felsbrocken im Magen. Als Nachtisch gibt es Dosenpfirsiche auf Vanilleeis, es wird das deutsche »Himmlische Moseltröpfchen« dazu gereicht, eisgekühlt. Schon die ersten Schlucke betäuben den Aufruhr in mir.

»Genau diesen Wein haben meine Eltern getrunken, als ich noch Kind war.«

»Oh, interessant, deine Eltern leben noch? Hast du Kinder?«, spricht mich Doña Mercedes direkt an.

»Ja, drei.«, antworte ich knapp und beobachte, wie die Dame des Hauses die Augenbrauen missbilligend anhebt.

»Die hast du allein in Deutschland zurückgelassen?«

»Sie sind erwachsen, berufstätig«, gebe ich ungerührt zurück. »Meine Töchter wohnen seit vielen Jahren weit entfernt von mir, nur mein Sohn ist noch in der Nähe, und meine Mutter.«

»Catalina, hast du einen Mann in Deutschland?«

Die Ecuadorianer sind in dieser Sache scheinbar immer sehr direkt, doch wie eine Zitrone will ich mich nicht ausquetschen lassen. Ich schüttle kurz den Kopf und setze zur Gegenfrage an:

»Und Sie, Doña Mercedes, leben Sie ständig bei Ihrem Sohn?«

»Ich bei ihm oder er bei mir«, antwortet sie mit allergrößtem Selbstverständnis und drückt einen langen Kuss auf Pacos Hand. Die beiden lächeln sich an wie ein frisch verliebtes Paar.

So warsch du nie mit deiner Mutter, konstatiert Samsa. Händchenhalten kann ich mir weder mit ihr noch mit einem meiner großen Kinder vorstellen. *Warum eigentlich it? Vielleicht bisch bloß neidisch?* Ja, vielleicht, aber Paco scheint ein verwöhntes Muttersöhnchen zu sein und die beiden müssten sich schon längst voneinander abgenabelt haben! Ich seufze tief auf und fange gerade einen Gesprächsfetzen auf, in dem der Doktor von seinen Kindern erzählt. Sie seien auch erwachsen und lebten bis zur Heirat bei seiner Exfrau.

»Catalina, seit der Scheidung bin ich wieder Junggeselle.« Sein Blick ist wie ein Pfeil auf mich gerichtet. »Hier ist es üblich, dass die Männer wieder ins Elternhaus zurückkehren, wenn sie geschieden oder verwitwet sind. Wenn ich in der Klinik arbeite, wohne ich in meinem Haus in Quito. Du kannst da jederzeit einziehen.«

Ich fahre abrupt zusammen und schlucke.

»Bis zur Hochzeit leben wir immer zu Hause«, fügt Doña Mercedes in strengem Ton hinzu. »Niemand muss sich durch Selbstständigkeit beweisen, auch nicht die Männer. In die Ursprungsfamilie zurückzukehren, ist das Beste für alle!«

Meine Zweifel und Pacos überraschendes Angebot spüle ich mit einem Schluck »Himmlisches Moseltröpfchen« hinunter. Dieser Mann kennt mich doch gar nicht! Wie kann er glauben, dass ich meine Unabhängigkeit aufgebe? Die Situation ist brisant, aber ich will nicht in ein Fettnäpfchen treten. Ich schweige, so elegant ich es vermag.

Später, beim Abschied vor meiner Wohnung, bittet Paco mich ernsthaft, ausschließlich in der Privatpraxis eines Freundes zu arbeiten. Er gibt mir den eindringlichen Rat, mich zu entscheiden, auf welcher Seite ich stehen wolle. Irritiert und verständnislos schaue ich ihn an. Wovon spricht er da bloß?

»Du musst dich zwischen Arm und Reich entscheiden!«, sagt er scharf. Seine Augen haben jetzt einen harten, zwingenden Ausdruck, der mich innerlich frieren lässt.

Ich bin aufgebracht und versichere ihm, für mich komme nichts anderes infrage, als im öffentlichen Gesundheitsdienst für die Ärmsten der Armen zu arbeiten, auch wenn er das nicht verstehen könne.

»Das ist selbst gewählte Armut«, fährt er mich an. »Catalina! Glaube ja nicht, dass du dadurch Zugehörigkeit erwirbst. Du bist Ausländerin, wirst es immer bleiben und Ausgrenzung auf allen Seiten erleben.« Es klingt wie eine Drohung, doch er fügt die Verheißung gleich hinzu: »Wenn du deinem mitgebrachten Status entsprechend lebst, bist du bei uns immer willkommen.«

Mir will nicht in den Kopf, dass dieser Mann derartig über-treibt. Wir stehen uns wie zwei Kampfhähne gegenüber. Sein abschätzender Blick streift mich, eine Wand der Fremdheit hat sich zwischen uns geschoben. Förmlich und kühl verabschieden wir uns voneinander, durch Welten getrennt.

Konfus, aber auch erleichtert, betrete ich mein gemütliches Zimmer. Wie erholsam es jetzt ist, ein eigenes Reich zu haben. Ich atme einige Male tief durch, denn ich bin aufgewühlt und verärgert. Warum mischt sich dieser Schnösel in meine Ange-legenheiten ein? Ich denke ja gar nicht daran, in einer Privat-praxis für die Oberschicht zu arbeiten, selbst wenn ich dabei gutes Geld verdienen könnte. Schon immer interessiert mich viel mehr, wie Menschen, die nicht auf der Sonnenseite stehen, ihr Leben meistern. Unter ihnen habe ich nicht nur Freunde ge-funden, sondern auch Vorbilder. Von ihnen habe ich gelernt, was im Leben wirklich zählt und dass Wohlergehen nicht allein von Einkommen und Status abhängen.

Meine Großmutter war unschlagbar im Umgang mit Geld ge-wesen und mein absolutes Idol. Schon als kleines Kind durfte ich ihre kleine Rente in eine leere Ovomaltine-Dose legen und ihr daraus jeden Sonntagabend das Haushaltsgeld für die kom-mende Woche in den abgegriffenen Geldbeutel zählen. Was am Monatsende übrig geblieben war, durfte ich in mein Spar-schwein werfen. Der »Weltspartag« war für mich ein Festtag, an dem ich stolz zur Bank ging und begeistert zusah, wie schnell und gewandt die Angestellte meine Münzen zu kleinen Häuf-chen schob und mir das Guthaben in mein Sparbuch schrieb.

Ein neuer Gedanke schiebt sich in mein Bewusstsein: Ich könnte für die Reichen arbeiten und das Geld den Ärmsten zugutekommen lassen. Das wäre ein Kompromiss, aber er scheint mir im Moment eher theoretisch. Jetzt muss ich gar nichts entscheiden.

Hunger nach Wissen

Ich kehre in meinen Alltag zurück und weiß, dass ich hier genau richtig bin, Paco hin oder her. Ab dem nächsten Morgen ist meine Zeit in der Garagen-Praxis wieder prall mit Behandlungen ausgefüllt, und der Umgang mit den Patienten ist mir lieb und vertraut. Die Fortbildungstage mit meinen Kollegen fügen sich bald nahtlos in meine Routinen ein und stellen zusätzlich eine spannende Herausforderung für mich dar. Geraldos Aussage: »Wir sind wie Schwämme«, bestätigt sich: Voller Offenheit und Begeisterung verlangen sie immer mehr Lernstoff. Im Gegensatz zu dem Wissensdurst, der mir hier begegnet, steht die deutliche Erinnerung an meine eigene Schulzeit, den Dauerfrust und den Dauerstress.

Am nächsten Sonntag kommen wir darüber ins Gespräch. Als ich erzähle, wie wunderbar erfrischend ich es finde, mein Wissen an andere weiterzugeben, werden die Gesichter meiner Kollegen ernst und nachdenklich. Sie wollen wissen, was mich daran so beeindruckt. Sie sitzen auf ihren Plastikstühlen wie Kinder, die einem Geschichtenerzähler zuhören. Das inspiriert mich, einen Exkurs in meine eigene Vergangenheit zu versuchen, um es ihnen so lebendig wie möglich nahezubringen:

»Im Gegensatz zu euch«, beginne ich gerührt, »war für mich als Kind das Lernen in der Schule der pure Stress. In Deutschland zählt leider nicht in erster Linie das reine Interesse und die Freude am Lernen. Im Gegenteil, es wird den Kindern schon früh abtrainiert. Stattdessen entsteht ein riesiger Leistungsdruck und damit die ständige Angst, zu versagen.«

Meine Kollegen schauen mich betroffen an, sie verstehen nicht, was ich da sage, und viele Fragezeichen stehen auf ihrer Stirn.

»Was bedeutet das, Catalina?«, will eine junge Krankenschwester wissen, und ich sehe ihr an, dass sie verwirrt ist von dem, was ich gesagt habe.

»Ich ging als Kind zur Schule, weil ich musste, nicht, weil ich wollte«, versuche ich zu erklären. »Oft hatte ich schon am Morgen bohrende Bauchschmerzen und einen Kloß im Hals. Ich wusste, dass mein Wissen ständig getestet würde und dass ich schlechte Zensuren bekäme, wenn ich etwas nicht wusste oder nicht richtig konnte.«

»Mein Gott, wie anstrengend bei euch in Deutschland alles ist!«, bedauert die junge Frau, während die anderen ihr nickend beipflichten.

»In euch lodert eine Begeisterung fürs Lernen, und das berührt mich tief«, gebe ich zu. »Für mich erwachte diese Leidenschaft erst, als ich Studentin an der Universität war. Von da an war Lernen eine spannende Sache. Als Kind jedoch erlebte ich die Schule wie einen Hochleistungssport, es war ein Albtraum für mich.«

Betroffen richten meine Kollegen die Augen auf mich, und ich merke, dass ich eigentlich gar nicht so weit ausholen wollte. Ich schlage ihnen vor, eine kleine Pause zu machen, um danach wieder den Faden zum Unterrichtsthema aufzunehmen.

Eine Viertelstunde später tritt einer der Ärzte an mich heran und möchte mich sprechen. Ich habe bisher noch nicht viel mit ihm zu tun gehabt, da er nicht regelmäßig kommt. Er arbeitet hauptsächlich in einem Krankenhaus. Er weist mit dem Arm zu den anderen des Teams und deutet an, dass sie gemeinsam auf eine Idee gekommen seien:

»Catalina«, sagt er mit sanfter Stimme, »du weißt so viel, und wir wissen auch viel. Wir haben deine Erfahrungen und unsere Erfahrungen. Wir denken, es wäre gut, das alles in einem Buch zusammenzufassen.«

»Du verkaufst es hier in der Praxis und wir überall da, wo wir arbeiten«, ruft eine ältere Frau, von der ich inzwischen weiß, dass sie als Pflegerin Hausbesuche bei Kranken macht. »Sicher wird es im Nu ein Bestseller.«

»Willst du das Buch schreiben?«, drängen nun auch die anderen, die sich um uns herum eingefunden haben und hellauf begeistert zu sein scheinen. Sie schauen mich erwartungsvoll an.

Aha, eine Verschwörung, denke ich und zögere mit einer Antwort. Ich sehe schon einen gewaltigen Berg zusätzlicher Arbeit auf mich zukommen.

»Darüber denke ich in einer ruhigen Minute nach«, verspreche ich vorsichtig.

Wie auf ein Geheimwort hin, fangen alle zu lachen an.

»Habe ich euch nicht gesagt, dass das Doktor-chen erst einmal darüber nachdenken muss?«, prustet Geraldo zwischen Lachsalven. »Spontan geht bei ihr nichts.«

Ich bin eingeschnappt.

»Komm schon, Catalina Celeste Dorada, gib dir einen Ruck und sag einfach Ja!«, werde ich weiter von allen Seiten bestürmt.

»Also, was ist? Schreibst du das Buch oder nicht?«, provoziert Geraldo und schaut mich jetzt ernster an, ohne zu lachen.

»Wenn überhaupt, dann müsst ihr mir wirklich dabei helfen«, gebe ich nach. Das war ein Fehler, denn sie stürzen sich sofort darauf, versichern mir, es werde das perfekte Teamprojekt, alle seien dabei. Sie wollten am besten gleich jetzt damit beginnen.

»Stopp, stopp!«, wehre ich sie ab. »Ich schreibe das Buch, aber nicht jetzt und hier, und außerdem wirklich nur mit eurer Unterstützung!«, bekräftige ich noch einmal, um mir Zeit zu verschaffen. Ich weiß ja, dass sich auch die besten Ideen schnell wieder in Rauch auflösen können. Aber ich habe innerlich schon angebissen.

Mit großem Enthusiasmus stelle ich noch am selben Abend Überlegungen an für ein erstes Konzept. Es soll ein kompaktes, anschauliches Buch zur Selbstbehandlung der gängigsten Erkrankungen werden, oder es könnte sich auch eignen zur Begleitung einer ärztlichen Therapie, oder es richtet sich an Menschen, die Naturheilkunde anwenden wollen, oder ... Ich denke an einen simplen, selbsterklärenden Aufbau: Name der Krankheit, kurze Beschreibung der Symptome, allgemeine Tipps und Hausmittel, wie Ernährung, Tees, Wickel und Auflagen, Akupressur und Übungen.

Neben der Arbeit in der Garagen-Praxis schreibe ich an den Abenden, Seite um Seite entsteht ein Rohskript, das sich bald sehen lassen kann. Fanysita kommt häufig zu mir herüber, weniger um mir dabei zu helfen, als mir Essen zu bringen, was natürlich auch eine große Unterstützung ist. Einige aus dem Kollegenkreis übernehmen währenddessen bereits die Gestaltung des Covers, sie zeigen mir die Entwürfe bei einem nächsten Treffen. Ich bin begeistert! Wir sind ein tolles Team! In nur knapp zwei Monaten habe ich mein gesamtes heilpraktisches

Wissen einschließlich der wesentlich zusammenfassbaren Erfahrungen meiner Patienten und der Ergänzungen meiner Kollegen zu Papier gebracht. Fanysita bringt das Sammelsurium zu jemandem, der es transkribiert, und dann zu jemandem, der es ins Spanische übersetzt. Innerhalb von drei Wochen erhalten wir eine Korrekturfassung. Alles läuft wie am Schnürchen.

»Morgen geben wir es mitsamt dem Entwurf für das Cover in die Druckerei«, sagt eine eifrige Studentin auf einem unserer Teammeetings.

Ich bin überrascht, denn darüber habe ich bisher noch gar nicht nachgedacht, geschweige denn etwas unternommen, um einen Verlag oder eine Druckerei zu finden. Alle jubilieren und gestehen mir zu, dass ich den Löwenanteil der Arbeit geleistet habe.

»Komm her, Catalina! Du bekommst von jedem von uns einen Kuss!«, ruft Geraldo ausgelassen und gönnerhaft.

Ich lasse mich ausgiebig küssen, so glücklich bin ich. *Siehsch, Katharina, jetzt wirsch doch noch eine berühmte Gringita!*, zischelt Samsa stolz. Es ist kaum zu glauben, dass wir jetzt schon so weit sind. Natürlich waren es hauptsächlich meine durchgemachten Nächte, die das möglich gemacht haben, aber letztlich wäre das Buch ohne die spontane Idee der anderen, ohne die vielfachen Korrekturlesungen und Feedbacks meiner Fachkollegen gar nicht entstanden. Ich bin ihnen zutiefst dankbar.

»Ein Hoch auf Ecuador, auf euch alle!«, rufe ich in die Runde.

»Ein Hoch auf die Gringita, auf unser Doktor-chen!«, lautet das Echo.

Nach weiteren zehn Tagen flattert ein Kollege mit Fanysita im Schlepptau wie ein hoch erregter Hahn in die Praxis.

»Vamos, Catalina! Vamos!«

Unser Buch liegt in der Druckerei zum Abholen bereit. Auf der Stelle lasse ich alles stehen und liegen. Ich checke kurz, ob noch Notfälle warten, dann schicke ich die Patienten nach Hause und sage, sie sollen morgen wiederkommen. Inzwischen habe ich mir sehr wohl eine gewisse Spontaneität zugelegt. Fanysita verscheucht gelassen die letzten wartenden Menschen mit häufigem beruhigenden »Mañana, mañana – morgen wieder«.

Im Sturmschritt eilen mir die beiden voran, ich habe Mühe, ihr Tempo mitzuhalten. Dabei sind meine Beine viel länger. Als wir bei der Druckerei ankommen und eintreten, hält uns der Inhaber stolz die kleinen, sonnengelben Bücher unter die Nase. Es ist aufregend! Auf den ersten Blick ist es sehr ansehnlich verarbeitet. Ich betrachte es eingehend und merke bald, dass irgendetwas daran nicht stimmt. Dann wird mir klar, was passiert ist: Vor- und Rückseite des Covers sind vertauscht. Erschrocken blicke ich auf die am Boden gestapelten Kartons.

»Sind alle 3.000 Exemplare falsch gebunden?«, frage ich ganz direkt und hoffe, dass es nicht so ist.

Der Druckereichef macht eine abwedelnde Handbewegung, aber keine Anstalten, die Kartons zu öffnen, um es zu prüfen. Also übernehme ich diese Aufgabe selbst und entdecke, was ich bereits geahnt habe.

»Das ist schlechte Arbeit«, wage ich, zunächst nur leise und nur für meine Begleiter hörbar, zu sagen. »So geht das nicht!« Doch sowohl Fanysita als auch der Arztkollege finden, das sei kein größeres Problem. Sie sind davon überzeugt, dass das Buch auch so gekauft werden wird. In diesem Punkt aber bin ich nicht bereit, nachzugeben. »Nein, das muss auf jeden Fall geändert werden!«, verlange ich, jetzt auch deutlich hörbar für den Inhaber.

Entsetzt und ungläubig schauen mich alle an. Samsa setzt an, mich zum Innehalten zu bewegen, doch ich bestehe darauf, eine »ordentliche Arbeit« ausgehändigt zu bekommen. Ich wiederhole meine Forderung mehrfach und in einem Ton, der keinen Widerspruch duldet.

»Das wird aber teuer für Sie!«, trotzt der Inhaber.

Kann das sein Ernst sein? Ich soll für seinen Fehler bezahlen? Keinen Dollar zusätzlich wird er bekommen! Wir brauchen zwei lange Stunden, um darüber zu verhandeln und einen guten Kompromiss zu finden. Fanysita vermittelt die ganze Zeit, während der Arztkollege hier und da mit schlichtenden Worten eingreift. Am Ende steht jedoch fest, dass der Schaden behoben wird und die Bücher in die Garagen-Praxis geliefert werden.

»Puh, ohne euch wäre ich aufgeschmissen gewesen«, stöhne ich vollkommen genervt auf dem Rückweg, doch die beiden stimmen nicht ein in meine Erleichterung.

»Wir wissen ja, dass die Deutschen korrekt sind«, sagt Fanysita kühl.

Am liebsten würde ich jetzt losblaffen und in aller Deutlichkeit kundtun, dass vielen Ecuadorianern ein bisschen mehr Korrektheit ganz gut zu Gesicht stehen würde. Außerdem habe ich das Ganze aus eigener Tasche bezahlt, darüber kann weder sie noch der Dienstleister einfach so befinden. Stattdessen lenke ich ein, denn ich habe es langsam verinnerlicht, dass es wichtig ist, anderen das »Gesicht« zu lassen.

»Fehler zu machen, ist menschlich!«

Fanysita nickt, halbwegs zufrieden.

Touristin für einen Tag

»Vamos, Catalina«, platzt Geraldo in meine Sprechstunde. Aufgeregt wie ein kleiner Junge, verkündet er, zu wissen, woher ich Nachschub für meine homöopathischen Mittel bekommen kann. Er zieht mich in Richtung Ausgang, doch ich sträube mich:

»Du siehst doch, dass ich arbeite.«

Wie so oft, scheint das kein Argument zu sein, wenn es darum geht, Dinge sofort zu erledigen. Er beginnt, meine Patienten nach Hause zu schicken und sie auf den nächsten Tag zu vertrösten: »Mañana, mañana!« Die Sprechstunde ist beendet. Keiner meckert oder lehnt sich dagegen auf. Daran werde ich mich wohl nie gewöhnen.

»Vamos, vamos, Doktor-chen!«

Wir ziehen mit vereinten Kräften das Rolltor herunter, bringen das Vorhängeschloss an und dann fahren wir beide mit seinem Auto ins Zentrum der Altstadt. Unterwegs zerre ich meinen weißen Kittel herunter und werfe ihn achtlos auf den Rücksitz. Wenn Fanysita das sähe, wäre sie beleidigt. Jeden Tag wäscht sie ihn wie kostbare Spitzenunterwäsche von Hand, stärkt und bügelt ihn. Langsam wird mir klar, wie gut Geraldos Nachricht für mich ist. Seit geraumer Zeit fürchte ich schon, es werde mit der Praxis vorbei sein, wenn ich nicht bald meine

Kügelchen nachordern kann. Alles ist möglich und nichts ist sicher! Die »Ecuador-Denke« färbt auf mich ab.

Geraldo wirft mir einen Blick zu wie jemand, dem ein ganz besonderes Kunststück gelungen ist. Er setzt sich seine Sonnenbrille mit den violett verspiegelten Gläsern auf und startet den Motor. Ich habe plötzlich das unbestimmte, aber herrliche Gefühl, ganz unversehens einen Ausflug »ins Blaue« zu machen. Vergnügt sucht Geraldo im Radio nach Tanzmusik und dreht die Lautstärke hoch, als sei ich schwerhörig.

»Gringita! Viva la espontaneidad! – Es lebe die Spontaneität!« Geraldo scheint allerbester Laune zu sein, er gibt mir einen fetten Kuss auf die Wange. »Ich verspreche dir, dass du es lieben wirst, Catalina.«

Das historische Zentrum von Quito gehört zum Weltkulturerbe der UNESCO. Seit ich hier bin, habe ich es noch nicht geschafft, mich dort genüsslich umzusehen. Überhaupt ist es schon lange her, dass ich touristische Ambitionen spüre. Jetzt freue mich darauf, es wird höchste Zeit!

Geraldo konzentriert sich auf den Wahnsinnsverkehr. Schon nach kurzer Zeit wird mir klar, dass mir sein Fahrstil noch nächtelang den Schlaf rauben wird. Mir stockt der Atem bei seinen aufregenden Manövern, meine Hand ist in dem Griff oberhalb der Beifahrertür wie einzementiert, jede Sehne ist angespannt. In einer kleinen Seitengasse auf der Höhe einer winzigen Parklücke hält er an. Mir schwant Fürchterliches.

»Kann ich aussteigen?«, frage ich vorsorglich.

»Nein, warte noch, ich habe es gleich geschafft.« Er nestelt aus seiner Einstecktasche ein kleines rotes Ziertüchlein heraus und wischt sich den Schweiß von der Stirn. Dann nickt er beifällig seinem Spiegelbild zu und beginnt, sich konzentriert der hohen Kunst des Einparkens zu widmen.

»Ich glaube nicht, dass dein Auto in die kleine Lücke passt!«

Sein Blick sagt mir: Beleidige mich nicht! Rasch finden sich Zuschauer ein und begleiten die spannende Aktion mit Rufen und Handzeichen. Nach unzähligen Anläufen hat er tatsächlich sein fettes Auto ohne jede Schramme in die Parknische gequetscht. Zum Auto vor uns und seitlich zur Hauswand ist so wenig Freiraum, dass nicht mal eine Tageszeitung dazwischenpasst. Noch nie habe ich einen solch glücklichen Mann gesehen. Ich lobe ihn über den grünen Klee und beginne, meine langen Beine einzufahren. Jetzt werde ich ihm meine Geschicklichkeit beweisen. Immer noch stehen viele Schaulustige da, sie erwarten einen Schlangentanz von mir. Ich muss über die fetten Armlehnen und den Fahrersitz aussteigen, und das in meinem engen Rock. Geraldo schaut mir höchst interessiert bei meinen Bemühungen zu. Unter tosendem Applaus und vielen »Bravo«-Rufen schwinge ich schließlich meine Füße auf den Asphalt. Geraldo reicht mir seinen Arm, und so graziös wie möglich steige ich aus. Sind Stars jemals so gefeiert worden wie wir in diesem Moment?

So schnell sich die Menge der Zuschauer zusammenfand, so schnell löst sie sich wieder auf.

»Das war gerade wie im Theater oder im Kino!«, sage ich erleichtert.

»Ja, klar, was sonst? Das ganze Leben ist Theater oder Kino!« Geraldo hakt sich bei mir ein, und es stört ihn nicht im Geringsten, dass ich ihn um mindestens einen Kopf überrage.

Im Vorbeigehen weist er auf den Hauptplatz mit seiner mächtigen, blütenweißen Kathedrale, den fahnengeschmückten Regierungssitz mit der großen Menschenmenge davor und auf andere wichtige Gebäude. Ich bin überwältigt. So schön, heiter und eindrucksvoll habe ich es gar nicht erwartet. Eine Gruppe indigener Musiker lädt mit beschwingten Klängen zum Verweilen ein. Doch kaum bleibe ich stehen, um ihnen zuzuhören, zieht mich Geraldo ungeduldig weiter.

»Die kannst du auch auf CD hören. Ich mache dir eine Kopie davon«, tröstet er mich.

Unzählige Male bieten uns Schuhputzer von etwa fünf Jahren aufwärts mit schwarz verschmierten Gesichtern und Händen ihre Dienste an. An meinen Flip-Flops gibt es absolut nichts zu reinigen, und Geraldos Schuhe sind schon auf Hochglanz poliert.

»Saubere Schuhe sind sehr wichtig, Catalina!« Er weist die Jungs mit ein paar für mich unverständlichen, harschen Worten ab.

»Was hast du ihnen gesagt?«, will ich wissen.

»Nicht wichtig für dich, Catalina!«

Es gibt mir einen kleinen Stich, dass er mich so abwiegelt, aber ich will mir den vielversprechenden Tag auch nicht vermiesen lassen. Stattdessen sehe ich ihm neugierig zu, wie er einer ärmlich gekleideten, barfüßigen Indigenen eine Tüte Mandarinen-Bonbons abkauft.

»Selbst gemacht. Die musst du unbedingt versuchen!«

Mit einem dezenten Hinweis auf meinen Magen und die sicher noch empfindliche Leber lehne ich höflich ab. Es scheint ihm nur recht zu sein, schon bald steckt er die leer gefutterte Tüte in das große Plastikmaul eines Pinguins, in dem sich bereits eine Menge Abfälle befinden.

Wir gehen und gehen, lesen die Schilder an den Geschäften, irren durch kleine, verwinkelte Gassen, und langsam entsteht in mir der Verdacht, dass Geraldo nicht so genau weiß, wohin wir müssen. Meine Ahnung plagt mich, doch wie frage ich ihn am geschicktesten, ohne zu riskieren, dass er sich vorgeführt fühlt? Ich suche nach den passenden Worten und stelle schließlich die höfliche Frage:

»Kann es sein, lieber Geraldo, dass es schwieriger ist, diese Adresse zu finden, als du dachtest?«

»Kann sein«, pariert er knapp. »Wir kaufen erst einmal ein Eis.« Sein Tonfall ist genervt und die Worte presst er zwischen den Zähnen heraus.

»Eis ist immer gut!«, signalisiere ich meine Zustimmung.

Geraldo führt mich schnurstracks an einen bunt bemalten Kiosk, und wir lassen uns die verschiedensten Sorten in mehreren Kugeln auf die Waffeltüten türmen. Es schmeckt himmlisch. Ohne mich zurückzunehmen, gebe ich genussvolle Seufzer von mir.

»Unser Ausflug hat sich doch jetzt schon gelohnt, Catalina, meine Liebe, meine Gefährtin!«

Mir stockt für den Bruchteil einer Sekunde der Atem, und ich muss aufpassen, dass mir die Eiskugeln nicht herunterrutschen, weil die Hand, in der ich die Waffel halte, reflexartig zuckt. Geraldo scheint es nicht zu bemerken, er zieht seine Zunge langsam über das Nougateis mit frischen Brombeerstückchen. In einem Mundwinkel hängt ein dunkles Stück davon, aber ich glaube, es ist besser, ihn jetzt nicht darauf hinzuweisen. Ich versuche, taktisch zu bleiben und der Situation gerecht zu werden:

»Es ist für mich auch vollkommen in Ordnung, wenn wir die Globuli heute nicht bekommen oder die Suche einfach beenden.«

Meine Zunge holt den letzten Rest Eiscreme aus der Tütenspitze und gleitet dann über die Lippen und in die Mundwinkel. Geraldo schaut mich vollkommen entsetzt an. Das war wohl nicht die feine Art, den Mund zu säubern? Oder ist er gekränkt, weil ich ihm nicht zutraue, die Adresse des Händlers zu finden?

Kommentarlos reicht er mir sein rotes Einstecktuch, an dem noch der Schweiß der Einparkmühen klebt. Ich tue so, als ob ich mir damit über den Mund wische und schaue ihn fragend an. Sein Nicken sagt, dass jetzt alles in Ordnung ist.

Abrechen oder Aufgeben kommt für ihn offensichtlich nicht infrage, denn er zieht mich weiter und tiefer in die überfüllte Altstadt hinein. Er verrät mir nicht, ob er überhaupt eine konkrete Anschrift hat oder einen Namen oder einen anderen verlässlichen Hinweis auf den »Globuli-Markt«. Ich hasse solche Aktionen ins Blinde, für ihn ist es offensichtlich reinste Detektivarbeit. Er zieht etliche Passanten ins Gespräch, um sie zu befragen. Sie schicken uns kreuz und quer durch das Viertel. Wir suchen die Häuserfassaden und Türschilder mit den Augen ab, die Zeit vergeht und die Sonne brennt herunter. Meine Füße schmerzen, seit drei Stunden sind wir nun schon unterwegs. Allmählich vergeht mir die Lust, ich seufze und stöhne genervt. An Geraldos guter Laune könnte ich mir zwar ein Beispiel nehmen, aber ich schaffe es nicht, den aufkommenden Frust zu unterdrücken.

»Catalina, meine Liebe, meine Gefährtin, unsere Schatzsuche ist mir eine Ehre!«, versucht er, mich aufzuheitern. Dabei schenkt er mir den treuherzigen Blick eines Hundes.

Ich lege seine Worte im Ordner »Ecuadorianische Höflichkeit« ab und versuche, mit ihm Schritt zu halten. Dass ich in der Eile meine Flip-Flops anbehalten habe, macht die Sache nicht besser. Meine Fußsohlen brennen, und ich muss aufpassen, dass ich bei diesem Tempo nicht ausrutsche. Geraldo ist wie ein flinkes Wiesel, und in diesem Labyrinth schmaler Gassen will ich ihn keinesfalls aus den Augen verlieren. Nur, wenn er vor einem Türschild oder einer Hinweistafel stehen bleibt, um zu lesen, habe ich eine Chance, aufzuholen.

Für einen Moment sehe mich aus der Adlerperspektive: Schweiß rinnt in Sturzbächen in den Ausschnitt meiner Bluse und brennt auf der Haut, unter den Armen sind große, nasse Flecken, die Innenseite des Kragens ist schwarz, das Gesicht tomatenrot und die Haare kleben am Kopf. Im Vergleich zu den anderen Frauen ist mir mein Aussehen höchst peinlich.

»Geraldo, hören wir auf zu suchen. Ich kann nicht mehr!«, gebe ich mich geschlagen. Doch wahrscheinlich kenne ich diesen Mann nicht genug. Er denkt gar nicht daran, aufzugeben. Vielleicht will er sich auch vor mir keine Blöße geben. Er zieht einfach weiter von Haus zu Haus und sucht nach Indizien für eine Naturheilkunde-Apotheke.

Schließlich entdeckt er ein unauffälliges Türschild mit dem winzigen Hinweis: »Homöopathie im zweiten Stock«. Oh Gott, auch das noch! Wir steigen die steile Treppe hoch. Geraldo nimmt zwei Stufen auf einmal, ich dagegen bleibe auf jeder neuen Stufe stehen und keuche wie ein Asthmatiker. Auf dem obersten Treppenabsatz setze ich mich vor lauter Erschöpfung auf den Boden.

»Vamos, Chica, estamos aqui – wir sind da!«

Wir treten in einen mit unzähligen Kartons vollgestellten Flur. Alles ist säuberlich bis kurz unter die Decke gestapelt. Dahinter liegt ein riesiger Raum, in dem ein heilloses Durcheinander von Apparaten, Flaschen und eigenartigen Gerätschaften herrscht. Ein alter Herr im schwarzen Anzug sitzt vor einem Schreibtisch und wendet uns den Rücken zu. Geraldo grüßt laut und freundlich. Der Mann dreht sich zu uns um und begrüßt uns mit einem Wortschwall, doch ich verstehe so gut wie nichts. Sein Spanisch ähnelt einem schnellen Singsang.

»Ein Kolumbianer«, flüstert mir Geraldo fix zu, dann stellt er sich dem Mann laut vor. Anschließend hält er eine Lobrede auf mich und meine ehrenamtliche Arbeit. Das Wort »Deutschland« benutzt er viele Male. Die beiden Männer blicken ehrfürchtig zu mir auf und verbeugen sich vor mir, als sei ich eine Berühmtheit oder Würdenträgerin.

Der Alte gibt sich als Doktor Robinson zu erkennen, er leite dieses »Institut«. Was ein Großhandel hier zu tun hat, bleibt mir unklar.

»Erlauben Sie, dass ich Sie während der Arbeit besuche?«, fragt er mich ganz direkt. Sein großes Interesse gelte schon lange der Homöopathie. »Glauben Sie mir, ich bewundere Sie und danke Ihnen für Ihren großartigen Einsatz hier in Ecuador!«

So toll ist das nun auch wieder nicht, denke ich im Stillen, weil es mir immer ein bisschen unangenehm ist, wenn ich überschwänglich gelobt werde. *Doch, des isch es! Allerhöchschte Zeit, dass du es auch anerkennsch!* Samsa hat natürlich meine Gedanken gelesen.

Ich lasse mich auf eine längere, intensive Unterhaltung mit Doktor Robinson ein. Er will vieles – und am liebsten alles auf einmal – von mir über heilpraktisches Arbeiten wissen. Geduldig erkläre ich ihm Grundlagen und Prinzipien, insbesondere lasse ich ihn an meinen Erfahrungen mit den Patienten in der Garagen-Praxis teilhaben. Geraldo stellt sich hilfreich als Übersetzer zur Verfügung, wo wir im Gespräch an sprachliche Grenzen kommen.

Am Ende des erfrischenden Austauschs führt uns der Mediziner durch die Räume des Instituts und beschreibt im Groben die Tätigkeitsfelder. Ich finde es beeindruckend, wie viel Forschung auf so engem Raum stattfindet. Bevor wir uns voneinander verabschieden, schenkt mir der sichtlich dankbare Mann eine sehr ansehnliche Menge der homöopathischen Mittel, die ich dringend brauche. Er sei der Meinung, meine Arbeit wäre diese Unterstützung unbedingt wert. Ich bin völlig überrascht, aber hochzufrieden mit dem Besuch und überglücklich, meine Garagen-Apotheke wieder auffüllen zu können. Ich bedanke mich mehrmals mit vielen herzlichen Worten und strahle über das ganze Gesicht. Doktor Robinson begleitet uns bis ins Treppenhaus und winkt uns noch beim Hinabsteigen, bis wir ihn nicht mehr sehen können.

»Danke, Geraldo, du bist ein Geschenk!«, rufe ich vor lauter Übermut, als wir wieder auf der Straße stehen.

»Kein Problem, Catalina. Vielleicht bleibst du ja für immer bei uns? Falls nicht, lässt du alles hier, oder?«

Geraldo ist sichtlich selbst stolz auf sich und ich lasse mich gerne von ihm in die Arme nehmen. Mit leuchtenden Augen beteuert er, ich sei ein Geschenk für sein Vaterland, für ihn und für das Team. Ehe ich es verhindern kann, küsst er mich plötzlich direkt auf den Mund und drückt dann seinen Kopf an meine weiche Brust. Das Ganze ist mir unheimlich und es kommt mir vor, als hätten wir die Mann-Frau-Rollen getauscht. Dennoch tun mir seine Worte gut. Sie polieren meinen Selbstwert auf.

In meiner Wohnung empfängt mich eine herrliche Ruhe. Der Trubel der Altstadt, das Rennen und Jagen, all das fällt in dem Moment von mir ab, als ich die Tür hinter mir schließe. Geraldos Überschwang hat ihn zum Glück nicht dazu verleitet, mich hinaufbegleiten zu wollen. Ohne mich gegen eine Zudringlichkeit zur Wehr gesetzt haben zu müssen, bin ich nun allein. Was für eine Wohltat nach einem solchen Tag!

Ich springe schnell unter die Dusche, um meinen verschwitzten Körper zu reinigen und mir die verklebten Haare zu waschen. Wie neugeboren, nur in ein großes Seidentuch gehüllt, mache ich es mir auf dem Terräss-chen in meinem Stuhl bequem. Ich lege die Füße hoch und lasse den Wind die brennenden Sohlen kühlen.

Nach einer Weile klingelt Fanysita, sie bringt mir frisch gepressten Fruchtsaft und lässt sich ausführlich erzählen, wie die homöopathischen »Wunderkügelchen« letztlich doch noch einen Weg zu mir gefunden haben.

»Felicitación — Glückwunsch, Catalina!« Ihre Freude ist ehrlich gemeint, und da sie sieht, wie erschöpft ich bin, verabschiedet sie sich dezent, um mir Zeit für ein Nickerchen zu gönnen. »Doktor-chen, morgen ist Teamsitzung. Wir sind alle gespannt zu erfahren, ob ihr erfolgreich wart.«

»Problem gelöst, Amigos! Die Apotheke ist wieder aufgefüllt, Catalina hat die Heilmittel noch dazu gratis bekommen!«, verkündet Geraldo stolz am nächsten Morgen, als das Team endlich vollzählig versammelt ist. Beifall heischend blickt er in die Runde. Die Kollegen nicken erfreut. »Und, weil du dafür nichts bezahlt hast, können wir uns jetzt ein neues Projekt vornehmen.«

Mit Spannung und Aufmerksamkeit schauen mich jetzt alle an. Wie war das? Was hat er gesagt? Allmählich bin ich es leid, dass hinter meinem Rücken ständig Pläne geschmiedet werden, in die ich dann unvorbereitet involviert werde.

»Geraldo! Was soll das heißen, ein neues Projekt?«

»Eine Praxisverschönerung, Doktor-chen. Du kaufst uns ein schönes, großes Bild, ein Original, und einen Tonkrug für das gesparte Geld.« Geraldo blickt verdutzt, weil ich so ernst bin. Doch ich verstehe seine Logik noch immer nicht.

Wie einem Kind erklärt er nun Schritt für Schritt die Tatsache, dass ich normalerweise für die Globuli hätte bezahlen müssen, sie wegen seines Lobliedes auf mich und der Großzügigkeit des Doktors aber geschenkt bekommen habe. Daher sei nun eindeutig Geld gespart worden, welches in die Dekoration der Praxis investiert werden müsse. Ich fasse es nicht, ich werde sie nie verstehen, diese Ecuadorianer!

»Also gut«, folge ich seinem Vorschlag. Mit einem Bild sei ich einverstanden, aber die Sache mit dem Tonkrug müsse mir jemand erläutern.

Eine junge Frau, die als ambulante Krankenpflegerin arbeitet, meldet sich zu Wort:

»Der Krug, Catalina, symbolisiert den Mutterleib, aus dem wir alle kommen. Unsere Vorfahren haben sich in Krügen bestatten lassen, damit waren Ursprung und Rückkehr eins.«

»Oswaldo Guayasamin, der größte ecuadorianische Künstler des Zwanzigsten Jahrhunderts, tat es ihnen gleich«, erzählt einer der älteren Mediziner. »Wir haben ein wunderschönes Lied über die ›Vasija – den Tonkrug‹. Es ist eine Hymne an Geburt und Tod, Kommen und Gehen. Willst du es hören, Catalina?«

»Ja, Doktor-chen, wir singen es für dich!«, begeistert sich Fanysita.

»Es heißt ›Vasija de Barro – Tontopf‹«, kommentiert Geraldo. Er stellt sich hinter mich und legt mir beide Hände auf die Schultern.

Dann wird es still im Raum, alle Gesichter sind ernst. Einige fangen an zu summen, die anderen stimmen mit ein. Das Lied, das entsteht, hat eine Melodie, die ruhig, getragen und feierlich klingt. Ich verstehe nur Teile des Textes, aber das macht nichts. Ich verstehe auf einer tieferen Ebene auch so, worum es geht. Leise summe ich mit, während sich Tränen den Weg in meine Augen bahnen.

... Ich möchte,
dass sie mich wie meine Vorfahren
im dunklen, kühlen Bauch eines Tonkruges begraben.
Wenn das Leben sich hinter einem Vorhang
von Jahren verliert,
werden Liebe und Enttäuschung
an der Erdoberfläche lebendig.
Aus dir wurde ich geboren,
zu dir kehre ich zurück,
Lehm, Tonkrug ...

Als das Lied verklingt, schweigen alle. Nach einer geraumen Weile wechselt jedoch die Stimmung, der Ergriffenheit folgt die Ungeduld, sie drängen auf meine Entscheidung. Wir sind wieder im materiellen Denken angelangt. Ich zögere: Soll das gesparte Geld denn gleich wieder ausgegeben werden? Wir könnten es für wichtigere Einkäufe zur Seite legen, mal ganz abgesehen davon, dass es grundsätzlich mein Geld ist, über das hier »öffentlich« verfügt wird.

Jetzt komm scho und gib dir an Ruck, Katharina! Wenn du Geld hosch, dann gibsch es doch auch gern aus, oder? Samsa hat sich auf ihre Seite geschlagen.

Meine Kollegen summen unterdessen unbekümmert das Tonkrug-Lied. Es lässt in mir etwas vom Geheimnis des Lebens anklingen und führt mich auf das Wesentliche im Leben zurück. Wird ein Tonkrug für unsere Patienten ein bedeutsames Symbol sein? Meine Gedanken wandern in die Zeit zurück, in der ich selbst einmal getöpfert habe. Mir ist, als könne ich noch den Ton riechen, seine angenehme Kühle und anfängliche Festigkeit spüren. Wie beglückend war es, ihn geschmeidig zu machen und mitzuerleben, wie ein inneres Bild äußere Gestalt annahm. »Aus der Erde kommen wir, zu ihr werden wir eines Tages wieder«, hat meine Freundin einmal gesagt.

Ich schaue mich in unserem kleinen Raum um. Ein Tonkrug wird wohl gerade noch Platz finden, denke ich leicht amüsiert. Plötzlich habe ich eine geniale Idee:

»Unser Motto ist doch ›Intercambio – Austausch, Geben und Nehmen‹, oder?« Ich lege eine bedeutungsvolle Pause ein. Alle Augen richten sich auf mich, während die Köpfe meiner Kollegen eifrig nicken. Auf ihren Stirnen stehen Fragezeichen. »Wir verkaufen selbstgemachtes Kräutersalz für medizinische

Anwendungen und die Energiekugeln, die ihr immer so ›muy rico – sehr lecker‹ findet. Ich bezahle alle Zutaten, und der Erlös fließt in unsere Praxisverschönerung. Einverstanden?«

Meine raffinierte Ankündigung löst sofort Begeisterung und Zustimmung aus. Es kommt kein einziger Einwand, kein einziges »Aber«. Meine Meinung bestätigt sich einmal mehr, dass sie neuen Ideen gegenüber aufgeschlossen seien, mehr als ich übrigens. Sie malen sich aus, wie erfolgreich sich unsere »Produkte« an die Patienten verkaufen lassen und wie viel Geld wir dafür einnehmen würden.

»Das wird der Renner, Catalina. Die werden uns vor allem die Energiebällchen aus den Händen reißen. Du weißt doch, dass wir Ecuadorianer große Schleckermäuler sind«, ruft Geraldo zutiefst überzeugt. Und er weiß ja, wovon er redet, mehr als einmal hat er davon gekostet, wenn ich das vitalisierende Naschwerk in unseren Fortbildungen angeboten habe.

Wir verabreden uns für den kommenden Sonntag.

Fanysita stellt ihre Küche zur Verfügung. Wir sind ab sofort eine »Minga – Arbeitsgemeinschaft«. Alle sind sogar auf die Minute pünktlich.

»Ihr seid Vorbilder für deutsche Zuverlässigkeit!«, lobe ich sie kräftig.

Die Rezepte sind bereits besprochen. Fanysita wird bei der Herstellung die Regie übernehmen.

»Deine Aufgabe besteht lediglich darin, einzugreifen, wenn es ›brennt‹, und uns vor allem zu loben, Catalina!«

Die Aufgabenteilung könnte für mich nicht besser sein. Auf die ecuadorianische Art kann ich inzwischen perfekt mit »Oh!«, »Wie schön!«, »Wie gut!«, »Ausgezeichnet!«, »Wie außergewöhnlich!« loben. Insgeheim achte ich aber darauf, nicht zu einer Schleimerin zu werden.

Meine Kollegen bilden zwei Arbeitsgruppen, eine ist für das Kräutersalz zuständig, die andere für die Energiebällchen. Fanysita rückt ihre stabile, aber rostige Getreidemühle heraus. Sie seufzt zufrieden, sie endlich mal wieder in Gebrauch zu wissen. Ich warne sie vorsorglich, dass die Mühle vermutlich den Geruch der Kräuter annehmen wird, doch sie zuckt nur mit der Schulter. Sie befreit das Gerät von letzten Mehlresten, dann hat Geraldo alle Mühe, sie am Küchentisch zu befestigen. Aber es klappt.

»Ich zuerst!«

»Nein, ich zuerst!«

Sie streiten scherzend darum, wer mahlen darf, schließlich bekomme ich den ehrenvollen Vortritt, obwohl ich ihn gar nicht will. Es ist schweißtreibende Arbeit, die Klumpen des zartgelben Steinsalzes zusammen mit Eukalyptus und Rosmarin durch die Mühle zu treiben. Schnell verbreitet sich der würzige Kräuterduft, wir inhalieren ihn und ziehen ihn tief in die Lungen. Das tut gut.

Währenddessen nimmt die andere Arbeitsgruppe das Anrühren der Energiebällchen-Masse. Sie mischen Haferflocken mit leckeren Trockenfrüchten, gehackten Mandeln und Sesam, dazu geben sie geschmolzene Butter und braunen Rohrzucker. Die abgestochenen Massestückchen werden zuerst abgewogen, denn wir möchten ein Einheitsgewicht anbieten. Wie kleine Kinder, die im Sandkasten in ihr Spiel vertieft sind, formen sie liebevoll kleine Kugeln zwischen den Handflächen und treiben sich dabei gegenseitig zur Perfektion an.

»Catalina, koste mal!«

Nicht nur ich, sondern wir alle machen eine genießerische Geschmacksprüfung, wobei wir den Test zelebrieren wie eine Weinprobe. Wir riechen daran, richten verzückt den Blick zum Himmel und lassen uns die Energiebombe im Mund zergehen. Die Kommentare gehen weit über »Einfach göttlich!« hinaus und erweitern meinen Wortschatz immens.

Auf der anderen Seite des Küchentischs wird jetzt das fertige Kräutersalz in Zellophan-Tütchen gefüllt und abgewogen. Hübsche Agavenschnüre verschließen die kleinen Päckchen. Handbeschriebene Etiketten geben Auskunft darüber, dass das wertvolle Salz für ein medizinisches Fußbad oder zum Inhalieren verwendet werden kann. Natürlich ist es auch zum Verzehr geeignet. Voller Freude beglückwünschen wir uns gegenseitig.

»Warum schreiben wir keine Anleitung für die Zubereitung?«, fragt jemand. Warum eigentlich nicht? Gesagt, getan. Er holt seinen Laptop aus der Tasche und macht sich an die Arbeit.

»Oh, super! Das ist eine tolle Eigeninitiative. Gut gemacht!«, lobe ich ausgiebig und finde es ganz und gar nicht schöngeredet.

Wir drucken die Anleitungen aus, rollen sie zusammen und befestigen sie mit feinen, grünen Pflanzenfasern an den Tütchen. Wir klopfen uns gegenseitig auf die Schultern.

»Es sieht richtig professionell aus«, ruft Geraldo stolz. »Damit verdienen wir richtig viel Geld!«

Der Blick auf die hübschen Kräutersalzpäckchen kurbelt die andere Gruppe an. Ehrgeiz und Wettbewerbseifer erwachen. Eine junge Studentin beschriftet nun ebenfalls Etiketten und formuliert sogar die Inhaltsstoffe und die Gesundheitseffekte der Energiekugeln. Stolz wie eine Weltmeisterin in Sachen Werbung, präsentiert sie ihre Arbeit.

Jeder applaudiert jedem, wir lassen uns gegenseitig hochleben. Fanysita, unsere Regisseurin und »Produktionsstätten-Leiterin« erhält Sonderapplaus. Wir feiern unsere Gemeinschaft mit Fanysitas berühmter Turumba, singen und tanzen bis weit in die Nacht hinein.

Schon nach der ersten Woche steht fest: Unsere Produkte finden reißenden Absatz. Wir beschließen, in Serienproduktion zu gehen, doch schon beim Festlegen eines Arbeitstermins scheitern wir.

»Catalina, Fanysita, macht doch ihr beide! Ihr habt mehr Zeit und seid vor Ort«, wird vorgeschlagen.

Erst willigen wir ein, doch dann schmeißt Fanysita das Handtuch. Sie hat keine Lust, für die anderen zu arbeiten. Ich bin zwar enttäuscht, aber den »Eine-Frau-Betrieb« lehne ich dankend ab. Zudem habe ich in zwei Bäckereien nahe der Garagen-Praxis ähnliche Energiebomben entdeckt. Sie sind brandneu im Sortiment und auf Anhieb ein Kassenschlager, zumal sie billiger als unsere angeboten werden. Ich kaufe ein paar zum Testen. Fanysita, meine Kollegen und ich sind uns einig, dass unsere bei Weitem besser schmecken. Eigentlich finde ich es toll, dass wir unsere Nachbarn zur Erweiterung ihres Angebotes motiviert haben. Das Ganze war für uns eine Eintagsfliege, ich bin zufrieden damit.

»Von den Einnahmen finanzieren wir unsere Fiestas,« stellt Geraldo augenzwinkernd klar. Sofort wende ich ein, dass wir ausgemacht haben, davon das Bild und den Tonkrug zu kaufen. »Ja, sicher, aber zuerst feiern wir, Catalina! Mach dir keine Sorgen, wir sind reich!« Er lacht und wirbelt mich wie eine Puppe durch unser Behandlungszimmer. Sein Blick signalisiert eindeutig: Sei keine Spaßbremse!

»Ja, gut, also eine Fiesta, warum nicht? Wir lassen es richtig krachen!«

Vulkanasche und Pflastersteine

Am nächsten Morgen sind alle frohen Gedanken an die bevorstehende Fiesta verflogen. In der Nähe droht ein Vulkan mit seiner Rauchfahne, im Radio wird über nichts anderes berichtet. Anfangs ist sie noch weiß, doch innerhalb weniger Tage wird sie gelb und steigt schließlich dunkelorange auf. Wenn sie rot wird, gilt die höchste Alarmstufe.

Am folgenden Wochenende dröhnen aus ständig vorbeifahrenden Polizeiautos Anweisungen für die bevorstehende Evakuierung. Ich bin nervös und frage mich, ob ich einer solchen Katastrophe gewachsen bin. Unruhig gerate ich in einen Strudel hektischer Aktivitäten. Fanysita und ich füllen alle auffindbaren Flaschen und großen Gefäße mit Wasser, auch die Badewanne in ihrer Wohnung lassen wir volllaufen. Mit Klebestreifen und Zeitungspapier dichten wir Türen und Fenster ab. Als Letztes gehen wir in die Praxis, um für das Nötigste Vorsorge zu treffen. Das Dichtungsmaterial reicht nicht mehr für das Rolltor.

»Komm, Catalina, wir versuchen alles aufzukaufen, was wir bekommen können. Gut, dass wir Geld in unserer Kasse haben.« Fanysitas Augen sind voller Sorge.

Hoffentlich ist der Vulkan mit uns gnädig und es bleibt so viel Geld übrig, dass wir eines Tages doch noch unser großes Fest feiern und die Praxis verschönern können. Im Moment sieht es nicht so aus. Das Leben lässt sich nichts vorschreiben, alles ist möglich, nichts ist sicher. Mir wird ganz elend vor Angst.

Du könntescht schauen, ob it an Flug nach Deutschland kriegsch, schlägt Samsa vor. *Oder du fährsch mit dem Bus raus.*

Soll ich fliehen oder bleiben? Wie, um mir persönlich eine Antwort zu geben, kommt aus dem Lautsprecher eines Polizeiautos die Information, dass Flugbetrieb und öffentlicher Verkehr eingestellt sind. Jetzt hat das Schicksal entschieden. Ich schicke ein Stoßgebet in Richtung Himmel:

»Bitte, großer Gott, mach, dass es zu keiner Katastrophe kommt!«

»Jetzt fehlt nur noch ein Vorrat an Lebensmitteln und Getränken.« Fanysita bleibt pragmatisch und zeigt keinerlei Emotionen. »Vamos, Catalina! Lass uns schauen, was wir noch kriegen.«

Wozu gehen wir einkaufen, wenn wir möglicherweise alles zurücklassen müssen?, überlege ich, doch meine Freundin, Kollegin und Nachbarin duldet jetzt keine Fragen mehr. Wir wissen nicht, wie viel Zeit uns der Vulkan noch lässt. Besser handeln als reden. Vamos!

Im Supermarkt sind die Regale wie leergefegt. In den kleineren Läden bekommen wir noch winzige Mengen Reis, Hülsenfrüchte, Zucker und Mehl. Damit müssen wir auskommen. Das Wichtigste sind Gas und Wasser, und dafür haben wir schon gesorgt.

Zu Hause heißt es, meinen Rucksack zu packen und abzuwarten. Er ist schnell gefüllt, obendrauf liegen alle Dokumente. Ich sichte sie noch einmal: Pass, Aufenthaltsgenehmigung, Arbeitsgenehmigung. Dabei fällt mir die Karte in die Hände, die mir Carmen vor ihrem Heimflug dagelassen hat. Der kluge Spruch »Fest verwurzelt, doch federleicht« kommt wie gerufen. Er gibt mir Sicherheit in der Unsicherheit dieses Augenblicks, Tränen der Dankbarkeit steigen in meine Augen.

»Fest verwurzelt und doch federleicht« wird mein Mantra. Ich denke an die lebensfeindlichen Bedingungen des Himalaya zurück, dort wurden meine Wurzeln in der Spiritualität genährt. Das Leben war nach innen gerichtet, es lag Ernst über allem. Hier, in Ecuador, leben die Menschen nach außen, in den Anden herrscht ewiger Frühling und alles ist fruchtbar. Meine Liebe zum Leben, wie es gerade ist, vertieft sich gerade jetzt, in dieser gefährlichen Situation. Vielleicht kommt es ja gerade wegen der Unberechenbarkeit des Vulkans darauf an, beides in mir zu verbinden, die Einheit in der Vielfalt zu sehen? Fest verwurzelt, doch federleicht.

Die Gefahr rückt immer näher, der Rauch zieht rötlich am Himmel, der Vulkanberg donnert. Die Evakuierung ist nur noch eine Frage von wenigen Stunden, alle Vorkehrungen sind getroffen, Pass, Geld und Scheckkarte trage ich ständig am Körper. In den Saum meiner Hose habe ich Plastiktütchen mit Dollarscheinen genäht. Mir ist, als hätte sich mein vielfältiges Leben verdichtet auf eine einzige Gefahrenquelle. Niemand verlässt mehr sein Haus, eine gespenstische Stille breitet sich aus. Strom und Wasser gibt es nur noch sporadisch, wenige Stunden am Tag. Die Durchsagen der Polizei werden immer dürftiger.

Ich sitze bei Fanysita in der Küche, selbst ihre Turumba schmeckt mir jetzt nicht. Wir hören das Näherkommen von Fahrzeugen und gehen immer wieder ans Fenster. Ein Konvoi von Militärfahrzeugen fährt im Schritttempo vorbei. Werden wir jetzt aufgefordert, aus den Häusern zu kommen und mitzufahren? Fanysita tätschelt meine Schulter.

»Schauen wir mal, was kommt!«, sagt sie in gewohnt gelassenem Tonfall.

Diesmal bewegt sich kein einziges Quäntchen meiner Beklemmung, zumal gerade auf dem Fernsehbildschirm Bilder erscheinen, die mich erstarren lassen. Lava und Gestein fliegen kilometerweit aus dem Vulkanschlund, Häuser und Straßen sind zerstört – eine Urgewalt ist am Werk!

»Wie konnte ich nur so dumm sein und hier bleiben? Wofür riskiere ich mein Leben?«

Meine Fragen interessieren Fanysita kein bisschen. Mit keinem Wort geht sie darauf ein. Umso enger zieht sich das Netz von Angst um mich.

Dann ist es so weit: Aus dem Vulkankrater wächst ein mächtiger Rauchpilz in den Himmel. Alle Leute strömen aus ihren Häusern, beobachten und fotografieren das Naturschauspiel, kommentieren es begeistert. Wir sind ebenfalls auf die Straße gestürmt. Ein Nachbar will mich davon überzeugen, dass Vulkanerde die fruchtbarste Erde überhaupt sei. Ich kann seine Begeisterung beim besten Willen nicht teilen, außerdem wird es noch Jahrzehnte dauern, bis auf dieser hier etwas wächst.

Unvermittelt treibt uns eine Stimme aus dem Megaphon wieder zurück ins Haus. Alle sollen Ruhe bewahren und den Anweisungen folgen. Der Pulk der Zuschauer löst sich im Handumdrehen auf, aber dann rührt sich gar nichts mehr. Zwei Stunden vergehen, diese elende Warterei macht mich schier wahnsinnig. Das unablässige Donnern des Vulkans legt an Lautstärke zu. Es klingt, als würde ein Güterzug direkt am Haus vorbeifahren.

»Gott sorgt für uns, Catalina. Das ist nicht der erste Vulkanausbruch«, tröstet mich Fanysita.

Soll mich das etwa beruhigen? Der Fernseher zeigt nur noch flimmernde Schwärze, und das zeitweilige Brummen des Kühlschranks ist bereits gänzlich verstummt. Draußen ist es schlagartig dunkel geworden. Wir treten ans Fenster, nur um zu sehen, dass sich mächtige, kohlrabenschwarze Wolkengebilde vor die Sonne geschoben haben. Ein fahlgelber Lichtblitz lässt mich zusammenzucken, mich friert bis ins Mark. In mir herrscht die totale Weltuntergangsstimmung. Nur vage spüre ich noch, wie sich Fanysitas Arm um meine Taille legt.

»Ich glaube, jetzt schneit es, Fanysita.«

Sie schüttelt den Kopf. »Nein, das ist Asche-Regen.«

Tatsächlich, sanft kommt die Asche vom Himmel herab, in wenigen Minuten ist die Straße mit einer weiß-grauen Schicht überzogen. Feine klebrige Partikel dringen durch offene Ritzen ins Haus und setzen sich überall fest. Vorsichtig befühle ich sie und nehme einen widerlichen Schwefelgeruch wahr. Ein Aschefilm legt sich auf den dunklen Holzboden. Offenbar haben wir nachlässig abgedichtet, und das ist nun die Quittung dafür. Jetzt erst fällt mir auf, dass auf der Straße kein einziges Fahrzeug mehr zu sehen ist. Militär und Polizei haben sich scheinbar zurückgezogen. Fanysita beruhigt mich, jeder bleibe jetzt im Haus und warte ab, außer es folge noch ein Erdbeben. Ich schlucke heftig. War das etwa noch nicht alles?

»Wenn wir ins Freie müssen, dann bindest du ein Tuch vor Mund und Nase, setzt die Sonnenbrille und eine Kopfbedeckung auf!«, gibt sie mir strenge Anweisung.

Mir fällt plötzlich ein, dass die Packung Mundschützer noch in der Praxis liegt, außerdem habe ich in der Eile meine homöopathische Taschenapotheke dort vergessen. Ich erkläre ihr, sie unbedingt holen zu müssen.

»Ich kann dich wohl nicht davon abhalten.« Ihre Stimme ist missbilligend.

Aufgeregt streiche ich meine Haare hinter die Ohren, dann schlüpfe ich in meine winddichte Regenjacke und sehe aus den Augenwinkeln, dass sich auch Fanysita etwas überzieht.

»Komm, Catalina, mein Schatz, ich kann dich doch nicht alleine gehen lassen.«

Nach wenigen Schritten ist meine Jacke von der heißen Asche in der Luft durchlöchert. Wir müssen darauf achten, auf dem Straßenbelag, der wie Schmierseife ist, nicht auszurutschen. Fanysita trägt Schaufel und Besen, sie hat auch Müllsäcke dabei. Wozu braucht sie das? Die herabsinkende Asche reizt unsere Schleimhäute, wir husten um die Wette, die Augen brennen höllisch und tränen unablässig.

In der Praxis liegt zentimeterhoch Asche, meine lederne Taschenapotheke auf dem Schreibtisch ist darunter begraben. Fanysita legt sie mit dem Besen frei. Ich wische mit dem Ärmel meiner Jacke darüber und will sehen, ob Asche eingedrungen ist. Ich hoffe inständig, dass der Inhalt unversehrt ist. Langsam und behutsam ziehe den Reißverschluss auf. Zwischen den Zähnchen haben sich Aschepartikel niedergelassen. Endlich kann ich das erste Etui aufklappen. Die Glasröhrchen haben einen hellen Überzug bekommen. Also doch! Die Reinigung wird Zeit und Geduld brauchen, ich werde es später bei Fanysita erledigen.

Vorsichtig, eigentlich in Zeitlupe, kehren wir den Raum und achten sorgsam darauf, nicht allzu viel Asche aufzuwirbeln. Trotz der dicken Schals, die wir zusätzlich über dem Mundschutz tragen, plagen uns krampfartige Hustenanfälle. Wir ringen nach Luft und hinter dem Brustbein schmerzt es höllisch.

Unsere tränenden, roten Kaninchenaugen versuchen angestrengt, durch eine fette Aschewolke zu sehen. Fanysitas Gesicht ist grau-weiß, und die Tränen zeichnen ein filigranes Muster auf ihre Wangen. So sehe ich sicher auch aus. Wenn die Lage nicht so bedrohlich wäre, würde ich jetzt einen flotten Spruch loslassen und wir würden lachen. Stattdessen füllen wir schweigend und ernst die Müllsäcke, und es ist wie ein Wunder, dass die Asche auf dem Boden überhaupt schon abgekühlt ist und die Plastiksäcke nicht zusammenschmelzen.

»Das muss für heute reichen«, stöhnt Fanysita und bindet gerade den vierten Sack fest zu. »Vamos, Catalina, wir gehen heim und überlassen die Praxis ihrem Schicksal.«

Tagelang bleiben alle öffentlichen Gebäude, Schulen und Geschäfte geschlossen. Keiner geht ohne zwingenden Grund auf die Straße, obwohl der Asche-Regen nur noch sporadisch auftritt, das dumpfe Grollen und Donnern des Vulkans leiser geworden ist und vom Rauchpilz nicht mehr viel zu sehen ist. Ich frage mich, ob die Gefahr wirklich vorüber ist.

Der Fernseher hat seine Stimme wiedergefunden und lässt uns daran teilhaben, dass der Vulkan noch immer wütend ist, er speit vereinzelt Gesteinsbrocken aus, die im Umkreis von 30 Kilometern herunterfallen. Uns hat bislang keiner getroffen, Gott sei Dank! Es genügt, zu sehen, welche Schäden durch die Asche in nächster Nähe entstanden sind.

Die Nachbarn bitten uns, ihnen beim Abkehren und Schütteln ihrer Anpflanzungen zu helfen. Alle Rosenplantagen, Maisfelder, herrliche Baumtomaten und diverse Gemüsesorten sind unter einer klebrigen Decke begraben. Alle Blätter sind wie meine Regenjacke durchlöchert und haben verbrannte Ränder.

Es erscheint mir absurd, dass die Asche trotzdem mit leuchtenden Augen als Super-Dünger gepriesen wird, für reichere Er-
träge zu Zeiten der Kinder oder Enkel, obwohl die eigene Ernte
jetzt weitgehend zerstört ist.

*Mei, die sind optimistisch, it wie du, Katharina. Erinnersch di
it, wie die im Himalaya g'sagt hoba: Don't suffer! Nimm dir an
Beispiel an deana!*

Am sechsten Morgen, als ich erwache und einen prüfenden
Blick nach draußen werfe, zeigt der Vulkanberg nicht einmal
mehr das zarteste Rauchfähnchen. Ist das ein Friedenssignal?
Die Polizei gibt mit lauten Ansagen Entwarnung und ich atme
tief auf.

»Es hätte noch viel schlimmer kommen können«, sagt Fanysita, als ich bei ihr zum Frühstück erscheine.

»Gott war uns gnädig«, gebe ich erleichtert zurück.

»Siehst du, Catalina, Beten hilft immer!« Sie nickt mir zu.

Wie fleißige Bienen schwärmen in den nächsten Stunden alle
Leute aus den Häusern und finden sich zu Arbeitsgemeinschaften zusammen. Wir gehören selbstverständlich auch dazu, kehren Straßen und Innenhöfe, wischen Möbel ab, putzen Fenster
und Böden. Wo zuerst nicht sorgfältig gefegt wurde, bleibt ein
feiner, kaum sichtbarer Aschefilm zurück. Beim feuchten Wischen backt er wie Beton zusammen. In mühsamer Kleinarbeit
kratzen wir ihn ab. Nach etwa einem halben Tag erkenne ich
meine Fingernägel nicht wieder. Trotz der Gummihandschuhe
sind sie gesplittert und abgebrochen. Unwillkürlich muss ich lächeln, Doña Mercedes oder Doña Teresa würden jetzt wahrscheinlich mehrmals »Mein Gott, mein Gott!« ausrufen und
mich auf der Stelle zur Maniküre schleppen. Sie würden es mir

unter die Nase reiben, dass ich diese Drecksarbeit nicht machen müsste, wenn ich mich für ein Leben bei den Reichen und Schönen entschieden hätte. Dafür gäbe es schließlich das Personal. Ich bin froh, nicht auf sie gehört zu haben. Ich bin genau richtig hier, an diesem Ort, mit diesen Menschen, mit diesem Dreck unter den Nägeln.

Das Militär holt mit einem riesigen Aufgebot an Lastwagen die zahllosen, bis oben hin mit Asche gefüllten Säcke ab. Niemand kann mir sagen, wo man die Asche entsorgt. Es wird vermutet, dass sie im Meer versenkt wird. Als zukünftiger Dünger wird sie wohl kaum aufbewahrt, denke ich grimmig. Vermutlich beschäftigt nur mich diese Umweltfrage, und ich vermisse es, mit jemandem darüber sprechen zu können. Von dieser verblüffenden Sorglosigkeit würde ich mir gern eine dicke Scheibe abschneiden. *Kulturbedingte Prägungen*, konstatiert Samsa nüchtern und mahnt mich eindringlich: *lt werten, nur beobachten, Katharina!*

Nach all den Aufregungen enden unsere Sorgen jedoch keinesfalls. Kaum ist die Asche vergessen, beginnt erneut der Streik mit täglichen, immer heftiger werdenden Ausschreitungen. Die Mehrheit der Bevölkerung setzt alles daran, den Präsidenten zu stürzen. Unsere Praxis bleibt also geschlossen, genauso alle Restaurants, Läden und Geschäfte, Schulen, Banken und Behörden. Innerhalb weniger Tage sind Türen und Fenster der Häuser in Quito verbarrikadiert.

Aus allen Bundesländern kommen stündlich überfüllte Busse mit Demonstranten an. Sobald sich Polizei und Militär auf die Seite der Bevölkerung stellen, muss der Präsident abdanken. Das ist die große Hoffnung, denn erst dann wird es ruhiger werden.

»Möge Gott geben, dass es bald vorbei ist«, sagt Fanysita nachdenklich zu mir, als wir von meinem Terräss-chen aus den Pulk beobachten. Wir arbeiten jetzt seit zwei Wochen nicht mehr und sind beide etwas frustriert. Ich lasse einen tiefen Seufzer hören.

Am Nachmittag bringen wir gemeinsam an unserer Garagen-Praxis ein weiteres, noch gewaltigeres Vorhängeschloss an.

»Sicher ist sicher!«, meint Fanysita.

Wieder bin ich beunruhigt, sogar alarmiert. Was kann denn aus ihrer Sicht noch alles passieren? Kann das Leben hier nicht einmal normal verlaufen? *Nur Gott weiß, was g'schieht.* Samsa, die Kluge, die Besonnene.

Wieder kommt der gesamte öffentliche Verkehr zum Erliegen, es fahren auch keine Taxen oder Privatautos mehr. Eine unheimliche Stimmung offener Gewalt legt sich über die Stadt. Wer sich nicht am Streik beteiligt, bleibt am besten in den eigenen vier Wänden, um nicht Zielscheibe von Aggressionen zu werden.

»Geh heim, Gringita, wir wollen dich hier nicht!«, brüllte man mir gestern auf der Straße nach. Dann flogen ein paar Steine, aber zum Glück wurde ich nicht getroffen. Erst als ich Fanysitas Haustür hinter mir schließen konnte, atmete ich erleichtert auf. Wir wohnen jetzt fast ständig zusammen, um uns gegenseitig zu stärken und zu schützen.

Bis zum Abend ziehen wütende, alkoholisierte Demonstranten direkt am Haus vorbei. Die Gesichter sind mehlbestäubt, und die aufgeladenen Sprechchöre lassen mich erschauern. Sie schlagen abrupt immer wieder auf alles ein, was gerade da ist, werfen wahllos Steine in die Scheiben. Jetzt verstehe ich auch, warum vor allen Fenstern Eisengitter angebracht sind. Bisher habe ich dabei nur an Schutzmaßnahmen vor Einbrüchen gedacht – wie einfältig. Ich beobachte aufmerksam die Szenerie von der Küche aus, doch Fanysita zerrt mich mit grobem Griff vom Fenster weg.

»Was machst du denn da, Gringita!«, schimpft sie ungehalten. »Du bringst uns noch in Gefahr!«

Sie kauert sich hinter einen Sessel und ist leichenblass. Erschrocken springe ich ihr nach. In diesem Moment fliegt ein Pflasterstein durch das Fenster, gerade noch gelingt es mir, den Kopf einzuziehen. Die Scherben liegen weit verstreut im Zimmer, wir hören laute Geräusche und befürchten, dass jemand die Haustür eintreten will. Gott sei Dank gibt sie nicht nach und die Randalierer ziehen weiter.

Nach einer halben Stunde wagen wir uns vorsichtig aus unserem Versteck. Ich kann das Ausmaß der Zerstörung nicht fassen: Im ganzen Haus ist nicht ein Fenster ganz geblieben, Fanysitas Rosengarten ist komplett zertrampelt und in der Hauswand klaffen Löcher. Das Eisentor zum Grundstück ist herausgebrochen und liegt auf der Straße. Ich bekomme einen massiven Eindruck von der Wucht, der angestauten Wut, dem tiefen Zorn der Menschen. Erst jetzt begreife ich das volle Ausmaß meiner Betroffenheit: Die Ablehnung der Bevölkerung richtet sich nicht nur gegen die unfähige Regierung, sondern auch generell gegen alle Gringos!

Fanysita errät, was in mir vorgeht, mit ruhiger, klarer Stimme erklärt sie mir, woher das kommt:

»Sie haben uns immer ausgebeutet, angefangen von den Spaniern über die Missionare bis zu den Nordamerikanern jetzt.« Nach einer kleinen Pause fügt sie leise hinzu, vielleicht mehr zu sich gesprochen: »Schau, in jedem von uns ist ein Vulkan!«

Ein Regierungssprecher erklärt, dass sich das Militär und die Polizei mit den Streikenden zusammentun, der Präsident sei geflohen. Von diesem Moment an kehrt wieder Normalität ein. Wieder finden wir uns in nachbarschaftlichen Arbeitsgemeinschaften zusammen und beheben die Schäden, wenigstens funktioniert die Solidarität.

»Gott gebe, dass unter dem nächsten Präsidenten weniger Korruption und mehr Gerechtigkeit für uns Arme herrschen!«, flehen Fanysita und die Nachbarn einstimmig, während sie Berge von Glasscheiben zusammenfegen.

»Bitte, großer Gott, schenke uns allen dauerhafte Ruhe!«, bete auch ich und weiß gleichzeitig, dass nichts von Dauer ist, hier, in diesem kleinen Land, schon gar nicht.

Im Moment ist mir ganz nach Heimflug zumute, aber ich will nichts überstürzen. Ich überlege, möglichst bald Rosita meinen versprochenen Besuch abzustatten. In mir wächst augenblicklich eine Vorfreude auf unser Wiedersehen, denn seit meinem Umzug in die Mini-Wohnung haben wir uns weder gesehen noch gesprochen. Wir werden uns viel zu erzählen haben.

Sehnsucht nach dahoim

Wie viele andere, die in den Bus einsteigen, schließe ich auf meinem Platz alsbald die Augen und döse vor mich hin. Das gleichmäßige Ruckeln und die Fahrgeräusche lullen mich ein. Plötzlich werde ich unsanft geweckt: Es kracht und poltert in nächster Nähe, dann höre ich überall um mich herum lautes Kreischen. Erschrocken richte ich mich auf, doch im selben Moment durchfährt mich ein solch heftiger Schmerz, dass ich aufschreie. Der Widerhall dröhnt in meinem Kopf. Einen Augenblick später versinke ich in diffuser Dunkelheit.

Mein Bewusstsein kehrt erst zurück, als jemand laut meinen Namen ruft und mir abwechselnd auf jede Wange Ohrfeigen gibt. Mit größter Anstrengung öffne ich die Augen und versuche zu erkennen, was geschehen ist. Ich schaue wie durch dicke Watte, mein Kopf scheint fast zu platzen und ich spüre etwas Feuchtes, das von meiner Stirn über die Schläfe bis zum Kinn läuft. Vorsichtig taste ich mit einem Finger hin und bin entsetzt, es ist Blut. Unter höchster Anstrengung gelingt es mir, den Kopf ein paar Millimeter zu heben. Mir ist, als sei ich unter eine Lokomotive geraten. Besorgte Gesichter blicken auf mich herab, Menschen sagen oder fragen etwas, doch ich begreife den Inhalt nicht. Jemand hält eine Flasche Wasser an meine Lippen. Ich nehme einen Schluck.

»Aufgepasst! Wir heben sie hoch. Eins, zwei, drei!«

Ich spüre, dass ich getragen werde. Männer in rot-weißer Kleidung legen mich auf eine Krankentrage und schieben mich in ein Auto. Ein Sanitäter setzt sich neben mich und hält eine Infusionsflasche hoch. Ich bemühe mich, seine Fragen nach meinem Namen, Geburtsdatum und meiner Nationalität zu beantworten. Es gelingt mir flüsternd. Er erzählt mir, dass der Bus bei einem Überholvorgang wegen überhöhter Geschwindigkeit von der Fahrbahn abgekommen wäre. Bei dem Unfall seien mehrere Menschen getötet worden und es gebe viele Schwerverletzte. Jetzt wird es mir völlig klar: Ich habe überlebt! Auch wenn ich Wahnsinnsschmerzen im ganzen Körper verspüre, ich lebe!

Der lange Gang im Krankenhaus ist mit Betten gefüllt, die dicht an dicht hintereinander stehen. Ich höre von überall her Schluchzen und Weinen, gellend laute Schreie und Wimmern. Es ist grauenvoll und fühlt sich an wie die Vorstufe zur Hölle. Wieder verschluckt mich tiefschwarze Bewusstlosigkeit, bis ich erneut aufwache und Stimmen höre, die mir gelten.

»... Schleudertrauma, daneben viele Platzwunden und unzählige Prellungen. Sie hat großes Glück gehabt!« Doktor Paco steht im weißen Kittel neben meinem Krankenbett, Fanysita und Geraldo hinter ihm. »Willkommen zurück im Leben, Catalina.«

Sie erzählen mir in allen Einzelheiten, was geschehen ist. Der Bus sei vollkommen ausgebrannt und nur wenige seien so glimpflich wie ich davongekommen.

»Dein Schutzengel hat gute Arbeit geleistet!«, sagt Fanysita sanft und lächelt. Es wärmt mir das Herz. Mit einer liebevollen Geste streicht sie mir sanft eine Haarsträhne aus der Stirn.

Du bisch in Sicherheit und wirsch geliebt, Katharina. Samsa ist einfach nur froh.

Jeden Tag besuchen mich meine drei Freunde und überbieten sich gegenseitig mit Liebesbeweisen für mich. Bis zu meiner Entlassung vergeht eine knappe Woche. Anstelle einer stationären Reha vereinbaren sie mit den Ärzten für mich einen »Verwöhn«-Aufenthalt bei Rosita und eine ambulante Physiotherapie in der Nähe. Fanysita schlägt außerdem vor, ich könne mir überlegen, ob ich mich lieber auf Pacos Hazienda verarzten und pflegen lassen will. Sie schaut mich verschmitzt an, aber ich signalisiere ihr mit den Augen ein entschiedenes »Nein!«

Dank einer Unmenge von Tabletten verringert sich bald der psychische Stress und die Schmerzen in der Halswirbelsäule werden erträglicher. Mamacita Rosita – mein Mama-chen Röschen liest mir jeden Wunsch von den Augen ab, weicht kaum von meinem Bett und verhält sich dabei vollkommen unaufdringlich. Das liebe ich so an ihr. Es war gut, mich für ihre Pflege zu entscheiden, in ihrem Haus finde ich die nötige Ruhe, um mich zu erholen.

Fanysita und Paco-chen besuchen mich beide im Wechsel und versichern mir ununterbrochen, wie sehr ich von allen vermisst werde. Viele Patienten fragten nach der deutschen Homöopathin mit den schönen blauen Augen, sogar der cholerische Padre. Ich muss lachen und fühle mich wie auf Wolke sieben. Jede Faser meines Seins genießt die Fürsorge, in die ich gebettet bin. Unzählige zärtliche, kleine Berührungen liebkosen mich.

Trotz alledem keimt in mir der Gedanke, nach Hause zu fliegen. Ich sehne mich plötzlich nach dem beständigeren und sicheren Leben in Deutschland zurück. Zum ersten Mal in meinem

Leben klopft das Heimweh in mir an. Trotz all der liebenden Zuwendung, die ich erfahre, vermisse ich auf einmal meine Familie und Freunde. Ich möchte deren Vertrautheit und meine Muttersprache um mich haben, insbesondere den heimatlichen Dialekt, in dem ich mich ohne Anstrengung ausdrücken und mit einem Wort alles auf den Punkt bringen kann. Wenn meine Freundin Carmen »Mei Föhl« sagt, können wir lachen, dann spüre ich Zugehörigkeit und auch, dass ich klein und groß sein darf und sie in mich hineinsieht.

In den vielen Stunden der ruhenden Genesung wird mir dieser innere Wandel immer klarer. Ich spüre eine Gewissheit in mir wachsen, dass es Zeit wird, mich zu verabschieden. Ich träume vor mich hin, von den schönen Jahreszeiten in meiner Heimat, der vertrauten Landschaft mit all den bekannten Anblicken und Geräuschen. Manchmal schluchze ich in mein Kopfkissen, wenn das Heimweh wellenartig in mir aufsteigt, aber ich merke auch, dass ein Teil meiner Sehnsucht nach Deutschland daher kommt, dass ich mich überfordert fühle von ständiger Anpassung, von Streik und Vulkangewalt, von all dem, was mich befremdet und auch tief erschüttert. Ich spüre eine tiefe Frage, auf die ich keine Antwort weiß: Passe ich überhaupt in dieses Land und passt dieses Land zu mir? Seit Monaten habe ich nicht mehr in mein Tagebuch geschrieben, doch jetzt bin ich fast erleichtert, dass ich es herausholen kann, um mir von der Seele zu schreiben, was auf mir lastet:

Das Land, in dem ich bin,

wird fremd und fraglich.

Brüchig, was bisher getragen.

Erschütterung und Ungewissheit umkreisen mich.

Gehen oder Bleiben?

Eine Wahl steht an.

Rosita kommt leise herein und setzt sich neben mich. Sie schaut mir beim Schreiben über die Schulter. Während ich versuche, ihr auf Spanisch mitzuteilen, was ich geschrieben habe, spüre ich ganz deutlich die Anstrengung, genau das zu sagen, was ich fühle. Sie hört mir aufmerksam zu und schweigt dann lange mit mir. Unser Schweigen dehnt sich in die Länge, bis ich in ihren Augen Tränen glitzern sehe.

»Catalina, Lieb-chen, es tut mir so leid«, sagt sie mit ruhiger, aber fester Stimme. »Das Leben hier, in Ecuador, ist wie unser Wetter: sehr variabel! Entweder du liebst es oder du musst gehen.« Dann steht sie auf und geht leise in Richtung Tür.

Ich schaue ihr nach, fühle eine tiefe Wahrheit in dem, was sie gesagt hat. Ich bin ihr dankbar dafür, es ist, als habe sie mir die Augen geöffnet, um zu mehr Klarheit zu kommen. Auch wenn ich momentan nicht genau weiß, ob ich dieses »variable« Leben wirklich noch lieben kann, es noch will, wird die Bedeutung des Wörtchens »noch« immer größer.

Später bringt mir Rosita ihre köstliche Kartoffelsuppe mit Avocado und Käse. Es ist eines meiner Lieblingsgerichte. Während ich Löffel um Löffel genieße, erzählt sie mir vom Äquator. An einem einzigen Tag erlebe man dort jedes Wetter, außer Schnee. Man spreche deshalb von »Tageszeiten-Klima«. Man kleide sich nach dem Zwiebel-Prinzip, auch innerlich. Ich verstehe nicht ganz, was sie mir damit sagen will. Wahrscheinlich bietet sie mir eine Lösung an, einen Weg, um hier in Ecuador glücklich zu werden. Doch ich bin nicht offen für diese Möglichkeit, nicht jetzt. Ich fühle mich erschöpft und überwältigt von allem, was ich erlebt und letztlich sogar überlebt habe. Ich hätte sterben können, denke ich, innerlich zitternd. Die zurückliegenden Monate haben mir mehr Schrecken eingejagt und mehr Dramatik in mein Leben gebracht als die letzten zehn Jahre in Deutschland. Ich schluchze laut auf.

»Das Leben wird auch wieder ruhiger«, versucht Rosita mich in ihrer schlichten Art zu trösten. »Nach Regen kommt Sonnenschein, nach Pech das Glück, und die Hoffnung stirbt zuletzt!« Sie wirft mir eine Kusshand zu und lässt mich allein.

Du hosch halt g'nug vom Abenteuer, aber was willsch wirklich? Was würd dich jetzt glücklich machen? Ach Samsa, ich weiß keine Antwort darauf. *Wie wärs, wenn du erst mal wieder regelmäßig meditiersch?* Inmitten von all dem Trubel wie ein Fels in der Brandung? *Des brauchsch hier no viel mehr als dahoim in Deutschland oder in am Kloschter im Himalaya. Und mach dir nix vor, so a anhaltend ruhiges Leabe wär eh nix für di, Katharina!* Kluge Samsa!

Vier Wochen nach dem Unfall erlaubt mir der Arzt, das brettharte Monstrum von Halskrause endlich abzulegen. Ich bin über die Maßen erleichtert, doch was danach kommt, grenzt noch mehr an elende Schinderei: einmal täglich Intensiv-Physiotherapie.

»Catalina, du musst dich in den Schmerz hineinentspannen, sonst bringt das nichts!«, ist einer der Sätze, mit denen mich Enrique, der Therapeut, triezt. Bei allem Charme, den er zweifelsfrei an den Tag legt, ist er unerbittlich. »Weiter, da geht noch was!«, ruft er mir ständig ins Ohr.

Der faule Hund in mir und der wehleidige Trotz liegen mit der Einsicht in Enriques Ratschläge im heftigen Clinch. Ich kann nicht mehr, vor allem, weil es so wehtut, ob ich nun die Zähne zusammenbeiße oder nicht. Flehend sehe ich ihn an und hoffe inständig, dass er mich aus der Übung entlässt.

»Ich weiß, was du jetzt brauchst, Catalina. Eine Salsa oder Cumbia wäre jetzt genau das Richtige!« Er ist Kolumbianer, sein Akzent ist mir bereits aufgefallen.

»Ich kann aber Cumbia nicht tanzen«, widersetze ich mich, doch er lässt mich damit nicht durchkommen.

»Kein Problem, dann lernst du es eben.«

Tatsächlich, schon bei den ersten Klängen bin ich hin und weg, vergessen ist die Folter der Bewegungsübung. Mit wiegenden Hüften bewegt sich Enrique zu der Musik aus den Lautsprechern. Hin und wieder vergewissert er sich mit einem Blick über die Schulter, ob ich ihn beobachte. Natürlich folgt ihm mein Blick. Seine rabenschwarzen Augen strahlen mit dem makellosen Weiß seiner Zähne um die Wette. Er streckt mir die Hände entgegen und verbeugt sich galant.

»Das ist genau die Art von Therapie, die ich jetzt brauche!«, strahle ich jetzt auch.

Enrique ist hocherfreut, er wächst sichtlich um mehrere Zentimeter. Ich auch.

»Catalina, meine Königin, mas emoción – mehr Gefühl!«, spornt er mich an. Ich bin schlagartig verwirrt und verstehe nicht, was er von mir will. Verflogen ist meine Freude am Tanz, ich bleibe stehen. »Was ist los, Königin-chen?«

Wenn er wüsste, wie mich das anstrengt! Sie jubeln, lobhudeln, übertreiben ständig alle Gefühle, auch das Schimpfen, Jammern, Klagen und Weinen. Was sind das nur für Menschen? Ich kann nicht auf Knopfdruck jeden an meinen Gefühlen teilhaben lassen. Ich kann einfach nicht.

»Indianer kennen keinen Schmerz, so habe ich es gelernt!«, sage ich mit einem halbherzigen Lächeln. »Und ein volles Herz einfach so auszuschütten, gehört nicht unbedingt zu den Stärken der Deutschen, schätze ich!«

Enrique schüttelt fassungslos den Kopf, sein Blick wird ernst und forschend.

»Du machst es dir viel zu schwer, Catalina, und mir übrigens auch.« Er scheint enttäuscht oder frustriert zu sein. Für mich wird die Verwirrung nur noch größer. Was hat das mit ihm zu tun? Fragend blicke ich ihn an. »So erfahre ich ja nie, wer du wirklich bist und wie es in dir aussieht, Catalina. Du bleibst eine Fremde für mich.«

Du für mich auch, trotz deiner Gefühlsausbrüche, denke ich innerlich, sage aber nichts mehr. Stattdessen schaue ich auf die große Uhr an seinem Handgelenk. Ich bin heilfroh, dass die Stunde vorbei ist. Plötzlich ist mir wieder alles zu viel, einfach alles. Ablehnung steigt in mir hoch, ich will mich weder an fremde Regeln anpassen noch mein Leben ständig aufs Spiel setzen und schon gar nicht mein Innerstes vor anderen ausbreiten.

Stopp, stopp, stopp!, grätscht Samsa in meine emotionale Verfassung. *Koine Verallgemeinerungen, Katharina, keine Unterstellungen! Denk an den Tumi: Du kannsch es annehmen oder auch it. Du bisch frei, koi Mensch verlangt Anpassung.* Danke für die Erinnerung, sie holt mich wieder auf den Boden der Tatsachen zurück. Doch wirklich klären kann ich es in mir nicht, ob ich dazugehören will.

»He, Catalina? Hier spielt die Musik! Das ist so typisch für dich: Du denkst und denkst und denkst ...« Enrique steht mir immer noch gegenüber und wedelt jetzt mit seinen Händen vor meinem Gesicht. »Siehst du, nach außen wirkst du total ausgeglichen, aber ich möchte gern wissen, wie es in dir aussieht.«

Das wirst du aber nicht, mein Lieber!, sage ich innerlich zu mir selbst, das ist privat! Ich will jetzt nicht auch noch unter seine psychotherapeutischen Fittiche geraten. Ich drehe mich reflexhaft auf dem Absatz um, rufe ihm lapidar einen nichtssagenden Gruß zu und gehe. Allerdings werde ich seinen letzten Satz nicht so schnell los, wie ich draußen bin. Was bleibt, ist ein ambivalentes Gefühl.

Ich fahre zurück zu Rosita, um ihr anzukündigen, dass ich morgen den Bus nach Ibarra nehmen werde, um Teresitas Familie zu besuchen, vielleicht auch Aida und Miguel von der Sprachenschule. Sie mustert mich besorgt und will wissen, ob ich mir die mehrstündige Busfahrt schon wieder zutraue. Natürlich ist mir bang davor, doch alles in mir sehnt sich nach einem Ortswechsel. Die Angst überwindet nur der, der sich ihr stellt, denke ich und nicke ihr zu. Genau das will ich tun, aber im Moment möchte ich nicht zu viele Worte darum machen.

»Gott segne dich, Catalina!« Rosita bleibt wie immer auf ihre wohltuende Art ganz auf meiner Seite.

»Wie wunderschön dieses Land ist!«, sage ich zu meinem Sitznachbarn mit Blick auf die Berge, die tiefen Canyons, dazwischen die silbrig-grünen Eukalyptuswälder und ultrablauen Seen. Ich bin in Ecuador verliebt, und das ist die reine Wahrheit – auch.

»De donde eres – Woher kommst du?«, will der Mann wissen. Er ist neugierig, warum ich so gut Spanisch spreche.

Kurz erzähle ich von meiner Arbeit in Quito, doch zu mehr habe ich einfach keine Lust. Er interpretiert meine Einsilbigkeit richtig und schließt bald die Augen, um mich in Ruhe zu lassen. Ich bin ihm dafür dankbar, verweile aber mit den Augen auf seinem Gesicht: Er ist ungefähr in meinem Alter, sieht ausnehmend gut aus, elegant und seriös. Mein Blick wandert über seinen Nadelstreifenanzug, das blütenweiße Hemd, die Seidenkrawatte in verschiedenen Rottönen. Auf seinen Knien liegt eine wunderschön gearbeitete Ledertasche. Er könnte Anwalt, Politiker, Banker oder sonst ein einflussreicher Geschäftsmann sein, jedenfalls strahlt er Geld und Macht aus. Warum jemand wie er mit dem öffentlichen Bus fährt, bleibt mir ein Rätsel. Ein fetter Privatwagen mit Vierrad-Antrieb und Fahrer wäre normaler.

Die einlullende Musik und der angenehme Fahrstil des Fahrers entspannen mich, meine Entscheidung fühlt sich richtig und gut an. Ich spüre keine Schmerzen und sitze bequem.

Alles beschtens. Du kannsch jetzt ruhig die Augen zumachen, Katharina. Samsas Empfehlung tut mir gut und zeitweise erlaube ich es mir auch, aber die lebendige Erinnerung an den Unfall fährt trotzdem mit. Ich versuche mich abzulenken, indem ich an die Menschen denke, die jetzt auf mich warten. Ob ich mit José und Washington oder mit Aida und Miguel tanzen gehen werde? Ob Teresita für mich einen guten Ehemann an der Hand hat? Ich muss laut auflachen, sodass der Mann neben mir erwacht und mich entgeistert anblickt.

»Perdon por la molestia – Sorry, dass ich Sie gestört habe.«

»No problema – Kein Problem«, sagt der Mann und macht eine gelassene Geste mit der Hand. »Ich bin Luis.«

»Catalina.«

Aus dem Radio tönt der Hit »Despacito«, und der Fahrer dreht auf volle Lautstärke. Luis singt mit sonorer Stimme mit, und bald haben alle rings um uns mit eingestimmt in das Lied. Zum Rhythmus lassen wir im Sitzen die Hüften kreisen. Genau das liebe ich an den Südamerikanern so.

»Gut, eine deutsche Latina an meiner Seite zu haben«, lacht Luis. »Morgen gehen wir beide tanzen, Chica.« Seine Augen blitzen mich an. Schauen wir mal, was morgen ist, denke ich im Stillen. Auf die charmante Ecuador-Art lässt mein Gesicht für ihn alles offen und ich singe kräftig das »Despacito – Langsamchen« mit.

Wie üblich, ruft unterwegs immer wieder jemand dem Fahrer zu, dass er aussteigen wolle. Meist auf offener Wegstrecke, denn reguläre Bushaltestellen sind eher die Ausnahme. Als der Bus diesmal hält und der Fahrgast mit Dank und Segenswünschen an den Fahrer aussteigt, steigen drei junge Männer zu. Einer von ihnen nimmt direkt vor mir in der ersten Reihe Platz, die beiden anderen drücken sich weiter nach hinten durch.

Nach kurzer Zeit höre ich hinter mir laut jemanden »Asalto! – Überfall!« rufen. Eine Sekunde später fuchtelt der Typ vor mir mit einer Pistole herum und bedroht den Fahrer. Von hinten brüllt jemand »Ruhe! Köpfe runter!« Sofort wird mir klar, dass ich hier nicht im Kino sitze. Das ist reales Leben, wieder einmal hat es mich erwischt!

Ich höre das Klatschen von Schlägen, laute Aufschreie. Frauen kreischen und Kinder weinen. Die Täter erteilen wütend und aggressiv Befehle, alle Wertgegenstände abzugeben. Ich drehe mich um und will nach hinten sehen. Genau in diesem Augenblick drückt jemand meinen Kopf gewaltsam nach unten. Gellender Schmerz durchzuckt meinen Nacken. Noch bevor ich etwas denken kann, hüllt mich eine Schwärze ein. Dann spüre ich, wie mir jemand den Rucksack unter den Händen wegreißt. Ich habe meine Gastgeschenke darin und die Taschenapotheke. Er fliegt genau wie die Gepäckstücke meiner Mitreisenden durch die offenstehenden Fenster oder Türen. Ich weiß sofort, dass alles verloren ist. Jeder wird grob angeschubst und angegrapscht, um Geld und Handys rauszurücken, Schmuck und Uhren abzulegen. Schließlich gibt der bewaffnete Mann vor mir dem Fahrer knappe Anweisungen. Der Bus hält kurz und die zwei Männer springen aus der hinteren Tür. Der Pistolenträger droht noch einmal mit lauter Stimme und springt ihnen nach.

Ich bin wie narkotisiert, oder bin ich jetzt schizophren geworden? Mein Verstand hat alles völlig sachlich registriert, doch in mir ist emotionale Leere. Ich stehe unter Schock.

Unser Busfahrer kutschiert uns noch etliche Kilometer, ohne das Scheinwerferlicht oder das Innenlicht einzuschalten. Es herrscht absolute Stille, alle scheinen wie erstarrt zu sein. Nur das leise Wimmern eines Babys ist zu hören. Endlich stoppt der Bus und das Licht geht an. Im selben Moment bricht ein unbeschreibliches Chaos aus: Weinen, hysterisches Schreien und Klagen, aggressives Schimpfen. Luis reißt mich schluchzend in seine Arme. Es ist wie in einem Schmierentheater. Mir erscheinen die Reaktionen völlig übertrieben, und das bringt mich noch zusätzlich durcheinander. *Was die vielleicht z'viel haben, hosch du z'wenig.*

Luis legt seinen Kopf auf meine Schulter. Weinkrämpfe schütteln ihn, er schluchzt, stöhnt und jammert.

»Oh, Dios mio! Oh, Dios mio! – Oh, mein Gott!«, brüllen ständig Leute um uns herum.

Als Luis seinen Kopf noch ein bisschen tiefer gräbt, fast in meine Brust, schlägt selbst Samsa Alarm: *So, jetzt reicht's aber g'wiss mit dem Ecuador, Katharina. Du nimmsch den nächschten Flieger hoim, basta!*

Einige Fahrgäste und der Fahrer selbst drängen sich jetzt um mich und wollen wissen, ob ich verletzt sei. Ich verneine mit Kopfschütteln und schiebe Luis vorsichtig, aber bestimmt zurück in seinen Sitz. Vielen Frauen wurden anscheinend die Ohrringe ausgerissen, denn es läuft Blut in kleinen Rinnsalen an ihrem Hals herab und hinterlässt dunkelrote Spuren auf der Kleidung. Einer der Männer hat ein blutunterlaufenes Auge. Ich erschrecke gewaltig bei diesem Anblick und dadurch kehrt auch wieder Gewahrsein in meinen Körper zurück. Gottlob habe ich heute weder Kette noch Ohrringe angelegt, als ich losfuhr. Nur die Uhr und ein Ring sind verloren. Das meiste Geld habe ich Dank Rositas Beharrlichkeit am Körper versteckt. Am meisten trauere ich dem Inhalt meines Rucksacks nach, der homöopathischen Apotheke und meinem Testgerät. Ein tiefer Stich in meiner Brust ist zu fühlen, als mir einfällt, dass ich auch mein Tagebuch auf die Verluste-Liste setzen muss. Darin stehen nicht nur meine Reiseeindrücke, sondern auch alle Namen, Anschriften und Telefonnummern.

»Es hätte alles noch viel schlimmer sein können!«, sage ich so gelassen, wie es mir möglich ist, denn ich sehe, dass die Menschen um mich herum sich auf rührende Weise gerade um mich sorgen, mehr als um sich selbst.

»Wir bitten dich tausendmal um Verzeihung, Gringita. Denke bitte nicht schlecht von uns und von unserem Land!«, beteuert

Luis und wischt sich die Tränen mit seinem eleganten Jackett ab. Auch auf seinem Gesicht und am Hals sind Blutspuren. Ich sehe in ihm nichts mehr von dem eindrucksvollen Mann, der sich vorhin neben mich gesetzt hat. Eine Woge von Mitgefühl durchströmt mich, und ich will ihn trösten wie eine Mama ihren kleinen Sohn. Nur seine sachliche Stimme hält mich davon ab: »Ich bin bei der Polizei in Quito, und mir fehlen jetzt höchst wichtige Dokumente, die in meinem Gepäck waren. Glaub mir, hier blüht der Drogenhandel mit Kolumbien.«

Wenn Luis ein Polizist ist, denke ich, haben wir sicher gute Chancen, unsere Sachen zurückzubekommen. Doch er schließt es so gut wie aus. Hinter solchen Verbrechen stecke meist Armut, und leider machten viele Busfahrer sogar gemeinsame Sache mit diesen Bandidos – Schurken. Die anderen steigen mit ihm in eine fast heitere Diskussion ein. Sie streiten darüber, ob es unter den Polizisten mehr Diebe und Verbrecher gebe als unter normalen Bürgern. Ich kann es kaum glauben, aber im Nullkommanichts wird aus dem schrecklichen und gefährlichen Überfall ein banaler Vorfall für sie. Ich verstehe ihr Lachen und Scherzen nicht, denn für mich bleibt nicht nur das Thema ernst, sondern auch meine Stimmung. Aber diese Ecuadorianer mit ihrer bemerkenswert dicken seelischen »Hornhaut« bekommen eine Menge Sympathie-Punkte von mir.

»Ecuador ist ein schönes Land, Gringita«, sagt plötzlich jemand zu mir, der sich anscheinend schon wieder erholt hat von dem Schock.

»Normalerweise ist es auch ein sicheres Land. Nur ganz selten werden Busse überfallen«, beteuert eine Dame mittleren Alters mit der ehrlichsten Miene, die ich mir vorstellen kann.

Einerseits finde ich es toll, wie sehr sie ihr Vaterland lieben und vor mir verteidigen. Ich kann verstehen, dass sie einen guten Eindruck machen wollen vor mir, der Ausländerin. Aber andererseits kann ich auch nicht nachvollziehen, wie sie es schaffen, ein solch bedrohliches Erlebnis so schnell zu den Akten zu legen. *Die sind es halt g'wohnt, Katharina, dass nix sicher ist!*

Mit großer Verspätung komme ich spät in der Nacht an meinem Ziel an. Washington erwartet mich voller Aufregung. Ich will ihm sofort von dem Überfall erzählen, doch mein Spanisch ist im »Irgendwo« des Gehirns eingefroren. Mühsam suche ich nach Worten. Andere Fahrgäste kommen mir zu Hilfe und klären ihn umfassend auf. Sie loben meine Gelassenheit und behandeln mich wie einen Star, den sie jetzt an die richtige Adresse übergeben können.

»Du stehst noch unter Schock, Catalina, du Arme. Du brauchst jetzt Salsa und eine Caipirinha!« Washington ist zwar jung, aber vor allem ein Mann der Tat.

Ecuadorianer haben echt Nerven! Nach Tanzen ist mir jetzt überhaupt nicht, doch ich wüsste auch nichts Besseres, außerdem fehlt mir die Kraft, zu widersprechen. Statt mich also von ihm in die Obhut Teresitas bringen zu lassen, stehe ich schon bald in einer Salsa-Disco. Die ohrenbetäubend laute Musik weicht den Schock in meinen Gliedern auf und nach etlichen Tänzen rückt der Überfall endlich auch für mich in eine erste Phase des Vergessens. Ich verausgabe mich total, der Schweiß brennt auf meiner Haut und mein T-Shirt ist zum Auswringen.

»Jetzt siehst du wieder nach Catalina aus und bist nicht mehr das Gespenst, das ich vorhin abgeholt habe«, ruft mir Washington auf der Tanzfläche zu, er sieht selbstzufrieden aus und unbetrübt.

»Siehst du, Bewegung hilft immer!«, rufe ich zurück, meine es aber nicht ganz ernst.

Wir tanzen voller Leidenschaft, toben uns aus, bis ich körperlich nicht mehr kann. Als ich sage, dass ich genug habe, zieht mich Washington so sanft wie möglich durch das Gedränge von der Tanzfläche. Zärtlich flüstert er mir zudringliche Nettigkeiten ins Ohr und bedeckt meine Augenlider mit kleinen Küssen. Ich bin plötzlich so müde, dass ich nur noch heimgehen und schlafen will. Er kann es zwar nicht lassen, mich weiter zu umgarnen, doch er verabschiedet sich tatsächlich brav vor dem Gästezimmer im Haus seiner Eltern. Es ist weit nach Mitternacht.

Am nächsten Morgen empfängt mich die ganze Familie aufgeregt am Frühstückstisch. Sofort geht die Vaterlandsarie wieder los. Sie bedauern und beteuern, wollen sich entschuldigen und versöhnen. Doch meine eigenen ernsthaften Fragen nach den Hintergründen der Kriminalität gehen darin unter. Niemand gibt mir darauf eine Antwort, sondern lenkt ab, schaut weg oder geht. Ich bin gefrustet. *Du weisch doch, Katharina: Gesicht wahren isch alles.* Ja, ich weiß.

Meine Gastgeber verwöhnen mich nach allen Kräften. Ihre Liebe und Fürsorge, die aufmerksamen Worte und zärtlichen Berührungen beschenken mich Stunde um Stunde. Juan Carlos, als Familienoberhaupt, legt mir feierlich und unter dem Applaus der anderen am Abend eine hübsche neue Uhr ums Handgelenk.

»Catalina, bitte denke jedes Mal, wenn du auf die Uhr schaust, an uns«, turtelt Teresita in ihrer generösen Art.

Ich freue mich sehr über diese Geste und bedanke mich mit mehrfachen Versicherungen, die Uhr stets in Ehren zu halten. Doch tief in mir bin ich gar nicht richtig da, irgendetwas ist zerbrochen. Vielleicht ist es die Illusion, hier für immer leben zu können? Mein Vertrauen in dieses Land, dieses Volk, in das Leben hier hat unübersehbar tiefe Risse bekommen. Mein Wunsch, Land und Leute so tief wie möglich kennenzulernen, ist gestorben. Vielleicht bin ich auch nur aus einem Zauber aufgewacht. Alles steht im krassen Gegensatz zueinander: die Liebenswürdigkeit und die Gewaltbereitschaft dieser Menschen, die magische Schönheit der Natur und die Katastrophen.

Wir sitzen auf der opulenten Außenterrasse und der Wind weht lau die herrlichsten Blütendüfte herüber. Im engsten Kreis dieser Familie fühle ich mich sicher und friedlich, doch jetzt weiß ich genau, dass es Sicherheit nicht gibt. Ich weiß es auf eine andere Art als sie, die hier leben.

»Ich weiß jetzt, was mich in diesem Land am meisten fasziniert«, höre ich mich plötzlich selbst laut sagen. Fragend schauen mich alle an. »Es ist die äußere Schönheit und eure offenen Herzen. Ihr habt euch etwas Kindliches bewahrt, alles ist unmittelbar und stark. Zerstörung und Liebe fließen ständig ineinander, Chaos und Ordnung wechseln sich in kürzester Zeit ab. Es sind keine Gegensätze, sondern alles ergänzt sich im Wechsel. Um hier bestehen zu können, hilft einer Gringa wie mir nur ein starker Geist und großes Vertrauen in das Leben.«

»... und Liebe, Catalina, Liebe am meisten!«, ergänzt Washington.

»Ein Hoch auf die Liebe!« Teresita erhebt ihr Glas, um auf die Liebe anzustoßen.

Alle erheben ihre Gläser. Es gibt die Hochs auf die Menschen und die Hochs auf Ecuador und Deutschland.

»Deutschland ruft mich zurück«, singe ich, mich selbst damit überraschend, in die Hochs hinein, sodass alle mich verdutzt anschauen und still werden. Plötzlich ist alles ganz klar. »Ich bin hier, um mich von euch zu verabschieden. Ich fliege nach Hause.« Ich sehe in ihre ernsten Gesichter und bin mir in diesem Augenblick vollkommen sicher, dass die Zeit für mich gekommen ist.

Juan Carlos küsst meine Hand und streichelt die Uhr an meinem Arm.

»Catalina, dann ist das dein Abschiedsgeschenk von uns. Behalte uns als liebenswerte Menschen in Erinnerung.«

Jetzt, wo es laut ausgesprochen ist, spüre ich auch, dass ich nicht länger bleiben werde in Ibarra. Dieser Abschied war der einzige Grund, noch einmal hierherzukommen. Ich bitte Teresita, Aida und Miguel bei Gelegenheit Grüße auszurichten, denn ich könne sie nicht mehr besuchen. Alles, was mir jetzt am Herzen liege, sei eine Möglichkeit, noch einmal Taita Espíritu aufzusuchen. Sie bietet mir sofort an, mich von Ricardo zu ihm in die Berge fahren zu lassen. Ihre Großzügigkeit kennt wirklich keine Grenzen.

Ich erwache aus einem langen, traumlosen Schlaf. »Go, Katharina, go!«, höre ich deutlich die barsche Stimme des Geshe in meinem Kopf. Wie auf Knopfdruck erhebe ich mich aus dem Bett und stelle mich unter die warme Dusche, um ganz wach zu werden. Unten im Haus höre ich reges Treiben in der Küche.

Ich bin glücklich, meine Entscheidung ist getroffen, die Würfel sind gefallen. Und ich werde in wenigen Minuten von herzlichen Menschen beim Frühstück empfangen. Danach werden sie mich gefühlt stundenlang umarmen und mich dem besten Chauffeur der Welt anvertrauen. Wenn ich Glück habe, werde ich gegen Mittag in der Hütte von Väterchen Geist sitzen, und etwas in mir weiß genau, dass er mir etwas mit auf den Heimweg geben wird, das für mich von Bedeutung ist.

»Ich war schon viele Male bei Taita Espíritu«, sagt Ricardo, als wir losfahren. Ich winke und winke mit ausgestrecktem Arm durch das offene Beifahrerfenster, bis Teresitas Familie hinter der violetten Blütenpracht der Bougainvillea meinem Blick entschwindet. »Er ist unser bester Heiler und Schamane, zumindest im Hochland.«

Interessiert drehe ich mich meinem Fahrer zu. Ich wusste gar nicht, dass Väterchen Geist bekannt ist wie ein bunter Hund. Auf Ricardos Frage hin, woher ich ihn kenne, schildere ich lebhaft meine erste Begegnung mit dem Schamanen, vor allem erzähle ich von den eindrucksvollen Fragen, die er mir gestellt hat.

»Ja, Catalina, er weiß, was er sagt, fragt und tut. Er ist ein mächtiger Mann der weißen Medizin«, sagt Ricardo mit unüberhörbarem Stolz. Ich werde neugierig und will wissen, was er mit »weißer Medizin« meint. Ricardo wirft mir einen prüfenden Blick zu. »Wir haben auch Zauberer, die mit dunklen Energien arbeiten. Vor ihnen sollte man sich hüten!«

Wir steigen eine sandige Anhöhe hinauf.

»Das ist ein anderer Weg als der, den ich das letzte Mal gegangen bin. Sind wir auch richtig?«, keuche ich.

Ricardo nickt nur. Der Wind zerrt an meiner Kleidung, plötzlich einsetzender Eisregen nimmt mir die Sicht. Die kleinen Körner piksen durch die dünne Hose, und ich bin froh über meine warme Jacke und die Mütze. Der Anstieg scheint mir nicht nur verdammt mühsam zu sein, sondern auch herausfordernder als damals, aber vielleicht täuscht mich die Erinnerung. Wir setzen einen Schritt vor und rutschen zwei zurück, weil der Boden extrem glatt ist. Ich hefte meinen Blick auf Ricardos rote Jacke, damit ich ihn nicht aus den Augen verliere. Alleine hätte ich keine Chance, den Weg zu finden. Ohne auch nur einmal stehen zu bleiben, geht er langsam und in stringentem Tempo vor mir her. Ich hingegen finde in keinen Rhythmus, einmal gehe ich zu schnell, dann muss ich wieder innehalten, damit ich zu Atem komme. Ich habe den Eindruck, mir den Besuch bei Väterchen Geist verdienen zu müssen. *So a Schmarrn!* Samsa hat recht. Ricardo wartet jedes Mal, bis ich nachkomme. Er reckt dann den Daumen anerkennend hoch und sagt etwas Anerkennendes, doch der Wind trägt seine Worte weg.

»Wir sind jetzt auf knapp 4.000 Metern Höhe, Catalina.« Ricardo legt seine Hände auf meine Schultern und sieht mich direkt an. »Daran bin ich auch nicht gewöhnt, aber wichtig ist, einen gleichmäßigen Schritt zu halten.« Er ist blass um die Nase, und aus dieser Nähe sehe ich plötzlich die sonst nicht sichtbaren Zeichen des Klimas: Auf seinen hervorstehenden Wangenknochen sind dunkelrote Stellen, wahrscheinlich von Verbrennungen oder Erfrierungen, und tiefe Furchen haben sich in seine Gesichtshaut eingegraben. »Gleich haben wir es geschafft, Catalina! Vamos, weiter, das letzte Stück noch!«

So unvermittelt der Eisregen gekommen ist, so schnell hört er auf. Selbst der Wind ist auf einmal nicht mehr so scharf, sondern wie ein sanftes Streicheln. Der Himmel hat den grau-schwarzen Schleier abgelegt und trägt jetzt zartes Blau.

Taita Espíritu sitzt vor seiner Hütte, sie erscheint mir noch armseliger als beim ersten Besuch. Aufmerksam blickt er uns entgegen. Was er wohl denkt bei unserem Anblick?

»Ich habe uns über ›Energía mental – Mentalkraft‹ angemeldet«, scherzt Ricardo.

Die beiden Männer umarmen sich und klopfen sich gegenseitig auf die Schultern. Es sind wohl Albereien auf Quichua, die zwischen ihnen hin- und herfliegen. Lachend wenden sie sich mir zu und mustern mich eindringlich, wechseln Blicke. Ich wundere mich, dass ich nicht unsicher werde, sondern eindeutig das Gefühl habe, heimgekommen zu sein.

Väterchen Geist erforscht mich mit seinem Blick, und ich spüre seine Herzenswärme, die mich umhüllt und erfüllt. Zuneigung schwappt wogend zwischen uns hin und her, noch immer haben wir kein einziges Wort gewechselt. Er lockert die Schultern, legt mir die Hände um das Gesicht und betrachtet es eine kleine Ewigkeit. Dann berührt seine Nasenspitze die meine. Ich rieche ein würziges Gemisch aus Tabak und Kräutern und ziehe es in tiefen Zügen ein. Er setzt einen Schritt nach hinten und bricht das Schweigen:

»Catalina, die Ketten sind abgefallen, du bist frei!«

Ich stehe wie vom Donner gerührt da, mit den Augen nach Erklärungen suchend.

»Du verstehst mich! Du kannst gehen oder in Ecuador bleiben. Ganz einfach!«

Woher weiß er, dass ich mit dem Gedanken spiele, nach Deutschland zurückzugehen? Wieder schaut er mich schweigend an, ich spüre, dass er in mein Herz sieht.

»Du meinst, es ist letztendlich egal, was ich mache?«, frage ich ungläubig.

»Du hast mich verstanden!«

Taitas Blick hat jetzt etwas Zwingendes, und der scharfe Ton lässt mich auf subtile Weise zusammenzucken. Ich fühle mich ertappt und bin auch beleidigt, weil er derart emotionslos sagt, dass ich machen kann, was ich will. Habe ich mir vielleicht tatsächlich unbewusst gewünscht, er würde mich bitten, zu bleiben? Ich überlege, was das alles zu bedeuten hat, doch mit meinem Verstand komme ich nicht weiter. Ich muss tiefer in mich hineinlauschen, da hinein, wo ich verstehen kann, von welchen Ketten er spricht: in mein Herz.

»Eines sage ich dir noch zum Abschied, Catalina.« Sein Blick ist jetzt wieder weich und seine Stimme mitfühlend. »Du hast viel Kraft in dir, auch Mut und großes Vertrauen. Nur dein Verstand übernimmt zu oft das Zepter. No pienses, Catalina! – Nicht denken!« Er durchschaut mich ganz und gar, aber diesmal lasse ich es geschehen, denn ich fühle, wie gut mir sein Korrektiv tut. Plötzlich fängt er an zu lachen, als sei ihm ein Witz eingefallen. Ich lache unwillkürlich mit. »In Ecuador hast du gelernt, dich für die Überraschungen des Lebens zu öffnen. Deine Liebesfähigkeit ist tiefer als je zuvor, dafür musstest du erst nach Ecuador kommen.«

Sprachlos staune ich ihn an. Ich weiß, dass er die Wahrheit spricht.

Ich nicke wortlos.

Er nickt wortlos.

Er und Ricardo wechseln ein paar Worte in ihrer Muttersprache. Noch vor einiger Zeit hätte ich mich dabei ausgeschlossen gefühlt, aber auch das hat sich verändert. *Wieder was g'schafft.*

Des Leaba gibt dir scho die Chancen zum Wachsen. Wir bleiben noch eine Weile vor Taitas Hütte sitzen, teilen ein Stück Brot und ein paar Früchte miteinander und blicken schweigend in die Weite der Anden. Es gibt nichts zu sagen, nur das Fühlen von Übereinkunft, von Nichts-Tun. Alles in meinem Körper entspannt sich, mein Geist kommt zur Ruhe, und die Anwesenheit Taitas scheint in meinem Herzen eine noch tiefere Öffnung zu bewirken, ein süßes Strömen.

Schließlich machen Ricardo und ich uns bereit für den Abstieg. Väterchen Geist umarmt zuerst seinen Freund, dann tritt er auf mich zu. Mit wenigen Worten sage ich ihm auf meine Weise leise Dank, und er bittet mich darum, mich segnen zu dürfen.

Wieder nicke ich nur.

Mögen die Kräfte der Erde in dir wirken,
dir Stabilität schenken im Innen und Außen.
Mutter Erde sorgt für dich wie für alle ihre Kinder.
Mögen dich die Kräfte des Wassers reinigen und erneuern,
sodass du dich vom Lebensfluss tragen lässt
und dich und andere freigibst.
Mögen die Kräfte des Feuers Altes in dir verzehren,
damit Neues aus der Asche geboren wird.
Möge hell in dir die Liebesflamme lodern.
Mögen die Kräfte der Luft
dir die Freiheit des Geistes schenken.
Mögest du in dir Weite und Leichtigkeit spüren.

Tränen strömen sturzbachartig über mein Gesicht. Ein weiterer Ring, der mein Herz gebunden haben musste, ohne dass ich es wusste, löst sich jetzt und fällt in den Schoß von

Pachamama – sie nimmt alles auf und wandelt alles. Ich falte meine Hände vor der Brust und verneige mich vor Taita Espíritu. Jedes Wort wäre zu viel.

Als wir etwa hundert Meter gegangen sind, kann ich nicht widerstehen, mich nach Väterchen Geist umzudrehen, doch er ist verschwunden. »Kommen und Gehen sind lediglich ein kleiner Fliegenschiss im großen Ganzen«, hat Carmen einmal gesagt. Warum mir das gerade jetzt wieder einfällt? Taita Espíritu bin ich nur zweimal begegnet, und doch ist er mir Freund und Lehrer geworden. Er wird seinen Weg gehen, wie Ricardo und ich auch, wie alle in der Gastfamilie in Ibarra, in Quito oder daheim in Deutschland. Wie alle Erdenkinder. Schritt für Schritt. Manchmal eilig, manchmal verweilend. Was soll's?

Drei Schalen zum Abschied

Soeben hat mich Ricardo nach einer sehr komfortablen Fahrt mit der Limousine direkt vor meiner Haustür in Quito abgesetzt. Da ich kein Gepäck mehr habe, außer ein paar Nettigkeiten, die mir Teresita in eine Tüte eingepackt hat, steuere ich als Erstes Fanysitas Wohnung an. Ich treffe bei ihr auch auf Paco, die zwei sitzen gemütlich bei einer Turumba zusammen. Zur Begrüßung springt mir der Hallodri entgegen, nimmt mich in die Arme und wirbelt mich einmal im Kreis herum. Sein Gesicht drückt diese Art von Autorität aus, auf die ich im Handumdrehen allergisch reagiere. Ich schaue ihn giftig an.

»Catalina, meine Schöne«, versucht er mich zu besänftigen, »du machst ein Gesicht, als hättest du in eine Zitrone gebissen.« Dann wechselt er mit Fanysita bedeutungsvolle Blicke, die zwei nicken sich einvernehmlich zu und lachen.

»Wir haben von Rosita erfahren, dass du nach Deutschland zurückkehren willst. Aber so einfach lassen wir dich nicht ziehen.« Fanysita schaut mich streng an. Meine Güte, die Buschtrommeln waren schnell.

Ich greife zu einem Glas und nehme mir von der Turumba, sie schmeckt ausgezeichnet und meine Laune bessert sich etwas.

»Du musst erst ankommen, bevor du gehen kannst«, erklärt Paco mir die Lage, doch ich verstehe das Bild nicht ganz. Ich weiß nicht, was die zwei vorhaben, aber es scheint für sie beschlossene Sache zu sein, mich hierzubehalten. Ich bin auf der Lauer, denn Pacos rigorose Geste bedeutet mir, mich erst einmal hinzusetzen, was so viel heißt wie: Das hat doch wohl noch Zeit, Catalina, jetzt bleibst du erst mal hier bei uns! Tatsächlich macht mich seine rätselhafte Anspielung etwas neugierig. Ich muss erst richtig hier ankommen, bevor ich nach Hause gehen kann? Dieser Gedanke entwaffnet mich etwas, doch ich steige nicht wirklich darauf ein. »Schau, meine Liebe«, versucht er es weiter, »natürlich bist du vollkommen frei, nach Deutschland zu fliegen, aber unser Land hat dir noch vieles zu schenken. Gib dir und uns doch noch etwas Zeit, es zu entdecken. Es liebt dich!«

Ich werde nachdenklich. Manchmal sind es diese ungewöhnlichen Ausdrücke der Ecuadorianer, die mich plötzlich aus der Reserve locken. Dieses Land liebt mich? Würde ich das auch von Deutschland sagen? Pacos Behauptung weckt wie durch Zauberhand meine Neugier, und Samsa scheint vergnügt bei der Idee: *Warum sollsch dem Land auch koine Chance gebe? Rein theoretisch hasch alle Zeit der Welt, Katharina.* Unsere Blicke begegnen sich und verweilen jetzt ruhig ineinander. In seinem Gesicht liegen Wärme und Güte. Die Grenze zwischen uns löst sich auf, und meine Sorgenfalten auf der Stirn entspannen sich langsam.

»Weißt du, Catalina, dass in dir ein Schatz liegt? Du bist unsere Liebe, du bist unsere Sonne.« Paco strahlt mich voller Begeisterung an, gleich zieht er mich wieder an sich. Ich lasse es geschehen und atme genussvoll seinen frischen herben Duft nach Zitronenverbene und Eukalyptus ein. In mir wird es weich und nachgiebig. Wir lachen und wir prosten uns fröhlich zu.

»Ein Hoch auf dich, Catalina, Celeste, Dorada«, singt Fanysita.

Meine Güte, nie zuvor bin ich so oft gefeiert worden wie hier, in Ecuador, und das mitten im Alltag, ohne besonderen Grund oder Anlass.

Paco hat sich mit mir für den nächsten Tag verabredet, um mir eine besondere Sehenswürdigkeit in Quito zu zeigen. »Das musst du unbedingt sehen, Catalina, bevor wir dich in deine Heimat zurückfliegen lassen«, hat er gesagt und die Tour einfach beschlossen. Mir war es recht. Samsa auch.

Würdevoll, wie die Königin von Quito, nehme ich in Pacitos knallrotem Sportwagen Platz. Aus dem offenen Cabrio werfe ich der winkenden Fanysita übermütig eine Serie von Handküssen zu. Ecuador meint es wieder gut mit mir. Wir fahren zur »Capilla del Hombre – Kapelle des Menschen«. Oswaldo Guayasamin habe sie entworfen und es seien bedeutsame Kunstwerke von ihm dort ausgestellt. Seit Geraldo im Zusammenhang mit der Praxisverschönerung von ihm gesprochen hat, habe ich große Lust, seine Arbeiten zu sehen. Wie wunderbar, dass ich diese Gelegenheit noch bekomme.

Der runde, moderne und schlichte Bau erinnert mich an die Tempel der Inka. Paco klärt mich darüber auf, dass in diesem Gebäude vor allem ein kompletter Überblick über die lateinamerikanische Geschichte und das kulturelle Erbe des Landes gegeben werde. Für ihn sei es das eindrucksvollste und bedeutendste Museum Ecuadors.

»Guayasamin starb im Jahr 1999, ich habe ihn persönlich kennengelernt«, sagt er beiläufig, aber nicht ohne Stolz.

Der ebenerdige Raum im Innern der Kapelle ist in der Mitte nach unten und oben offen. Man schaue sowohl in die »Hölle«

der indigenen Völker wie auch in ihren »Himmel«, lässt Paco mich wissen. Der Bilderzyklus »Weg der Tränen« zeige vor allem ihre Unterdrückung und ihr Elend. Ich betrachte die ausgemergelten Gestalten mit ihren weit geöffneten Augen, die großen Münder, aus denen stumme Schreie nach Freiheit dringen. Die Hände sind überdimensional dargestellt, besonders sie berühren mich zutiefst.

»Meine Ahnen sind ein geschundenes Volk, das immer wieder aufgestanden ist«, sagt Paco, und ich spüre seine echte Betroffenheit, er weint still nach innen. »Ich war dabei, als die Kapelle 2002 mit einem großen Festakt eingeweiht wurde«, fährt er fort, bemüht, die Stimme zu halten. »Fidel Castro, die Staatspräsidenten von Ecuador und Venezuela, der Friedensnobelpreisträger Adolfo Pérez Esquivel und viele andere hielten Reden. Der Höhepunkt der Feierlichkeiten war für mich das Entzünden der ewigen Flamme für die Menschenrechte. Seitdem brennt sie hier. Schau, Catalina!« Sein Finger weist zu der Stelle, wo das ewige Licht flackert.

Während ich ihm zuhöre, sehe ich in seinem Profil das Erbe seiner Väter: die charakteristische Nase und Stirn. Pacos gesamte Erscheinung vermittelt gebündelte Kraft, aber seine Tränen haben mir eine Tür zu seinem Inneren geöffnet. Wie konnte ich jemals wütend auf ihn sein, denke ich in diesem Augenblick, diese Menschen sind wirklich erstaunlich.

Als wir wieder ins Freie treten, blendet mich das flirrende Sonnenlicht. Der Himmel ist wolkenlos blau, der Cotopaxi grüßt zu uns herüber und ich schaue auf die schöne Skyline von Quito, auf entzückende Villen mit wunderschönen Gärten und auf kleine Häuser. Hand in Hand schlendern wir durch die parkähnlichen Außenanlagen der Kapelle. An den knorrigen Ästen eines Baumes hängt ein Vielerlei von Tafeln, Spiegeln und Kugeln. Wir bleiben stehen, um davor zu verweilen. Ein großer Tonkrug gehört zu dem seltsamen Ensemble, er weckt meine Aufmerksamkeit.

»Darin sind die sterblichen Überreste von Guayasamin.«

Wir atmen gemeinsam die Zeitlosigkeit dieses Ortes ein. Paco zieht mich herunter, wir setzen uns an den Stamm des Lebensbaumes. Ich spüre, dass der Künstler, wie alle Verstorbenen, anwesend ist, oder seine Seele, sein Geist. Der Wind lässt sanft die Spiegel aneinander klingen. Ich sauge den Zauber des Ortes auf und spüre, wie alles andere zurücktritt. Es ist, als verschmelze ich mit diesem kräftigen Baum an meinem Rücken. Ich spüre den Fluss seiner Säfte. Mein Blick wandert zu den starken Ästen über mir und bleibt auf einer kleinen Tafel hängen, sie schwingt anmutig hin und her. Ich kann eine kleine Handschrift erkennen und frage meinen Begleiter, ob er es lesen könne.

»›Samai‹«, entziffert er. »Das bedeutet Atem, Seele, Kraft, Macht und Leben. Hast du schon die Rückseite gesehen?« Ich wende die kleine Tafel. Ein kleines Wort steht darauf: »Geh« – ohne Ausrufezeichen, ohne Punkt. Es trifft mich voll und ganz, einfach und schlicht. Es bestätigt mich in der Richtigkeit meiner Entscheidung. *Des Leabe stellt Fragen und des Leabe gibt Antworten, Katharina.*

Auf der Rückfahrt macht mir Paco einen überraschenden Vorschlag:

»Weißt du, Catalina, anzukommen, bevor man geht, bedeutet in unserer Tradition, alles Gute wie einen Schatz einzusammeln. Nimm dir dafür ein bisschen Zeit. Ich besorge dir zwei getöpferte Schalen, um alles zu würdigen, was du hier in Ecuador empfangen und gegeben hast. Erinnere dich an alles und lege je ein Maiskorn für das, was du gegeben hast, in die eine Schale, in die andere legst du je eine getrocknete Bohne für das, was du bekommen hast. Wenn beide Schalen gefüllt sind, feiern wir dein Abschiedsfest bei mir auf der Hazienda. Du kannst dazu einladen, wen du willst. Einverstanden?«

Immer wieder verblüfft mich die Einfachheit, mit der hierzulande tiefe Erfahrungen behandelt werden. Trotz der überbordenden Dramatik und der hohen Emotionalität im Allgemeinen schaffen es diese Menschen, am Ende alles buchstäblich in irgendein geeignetes Gefäß zu bringen. Was für eine schöne Idee, das Gute in Schalen zu sammeln. Ich danke Paco für sein großzügiges Angebot und gebe ihm einen Kuss auf die Wange. Er strahlt wie ein Honigkuchenpferd.

Erst später, als ich in meinem Bett liege, drängt die Frage hoch, was ich mit den schlechten Erfahrungen anfangen soll. Dazu hat Paco kein Wort gesagt. Soll ich das alles etwa vergessen? Die Angst, die Bedrohlichkeit, ja, sogar die lebensbedrohlichen Ereignisse einfach ignorieren? *Schenk dem Schwierigen doch dei Mitg'fühl.*

Am nächsten Tag checke ich seit Langem mal wieder die Flut meiner E-Mails. Eine meiner Töchter schreibt: »Liebe Mami, ich bin schwanger, und ich kann mir nichts Schöneres vorstellen, als dir mein Kind nach der Geburt in die Arme zu legen ...« Wow!, das verschlägt mir fast den Atem. Mein erstes Enkelkind! Tränen lassen ihre weiteren Worte vor meinen Augen verschwimmen. Ich bin selig, habe Herzklopfen und könnte die ganze Welt umarmen. Übermütig schlage ich innerlich Purzelbäume, vor und zurück. Ich fühle mich federleicht. Alles hat sich wieder einmal wundersam gefügt, und erst jetzt kann ich den roten Faden darin erkennen: angefangen von meiner Begeisterung für dieses Land und seine Menschen, über die Schockerlebnisse und das Aufwachen in einer Welt, die ständig zur Aufmerksamkeit zwingt, über das Heimweh und das Gefühl, ausgeschlossen zu sein, bis zu der Gewissheit, immer eine Gringa zu bleiben. Letztlich fügt sich all dem die wichtigste Erfahrung an: zu lieben und geliebt zu werden. Ich bin in mir selbst ganz angekommen.

Fanysita gibt mir getrocknete Bohnen und Maiskörner in den Farben Weiß, Rot, Gelb und Lila. Weiß stehe für mein Wissen und Können, Rot für Situationen, in denen ich Liebe geschenkt habe, Gelb für das, womit ich andere glücklich gemacht habe und Lila für mein Teilen schmerzvoller oder trauriger Momente. Der tiefe symbolische Wert beeindruckt mich, doch ich beschließe, es für mich einfacher zu halten und jeweils die Farbe zu wählen, die mich in Bezug auf meine Erinnerung intuitiv anspricht, um dabei nicht zu sehr ins Denken abzurutschen.

Jeden Tag nehme ich mir einen kleinen Zeitabschnitt meiner Reise vor. Ich wünsche mir manchmal, mein Tagebuch zur Hand nehmen zu können, doch es ist für immer verloren und liegt womöglich in irgendeinem Straßengraben. So muss ich die Schätze des Nehmens und Gebens aus meinem Gedächtnis bergen. Wie kostbare Edelsteine lege ich sie in Form der Körner in die Schalen, die mir Paco geschenkt hat. Sie füllen sich zusehends, und irgendwann muss ich staunend feststellen, dass ich Nachschub an Bohnen brauche. Ich habe offensichtlich mehr bekommen als gegeben.

Nach acht Wochen sind beide Schalen randvoll. Fanysita klopft mir anerkennend auf die Schulter.

»Du könntest noch eine dritte Schale füllen«, sagt sie gelassen, »mit dem, wodurch du uns das Leben schwer gemacht hast.«

Irritiert schaue ich ihr zu, wie sie eine dritte Schale holt und vor mich hinstellt. Soll ich jetzt auch noch Gewissenserforschung betreiben? Soll ich mir Gedanken darüber machen, was ich falsch gemacht oder anderen zugemutet habe? Zuerst sträubt sich mein Stolz vehement gegen diese Idee, doch dann mahnt auch eine leise, kaum wahrnehmbare Stimme:

Lass zum Beispiel deinen Unmut, deine ständigen Vergleiche und Beurteilungen hier. Du hasch it nur deine Schutzengel auf die Probe g'stellt, Katharina.

Mir fällt dazu ein, dass ich Carmen vor ihrem Abschied mein Leid vorgeheult habe, ich denke an die feinen Damen, die ich durch meine Urin-Kosmetik brüskiert habe, und an Fanysita, die ich allein dadurch beim Streik gefährdet habe, dass ich eine Gringita bin. Eine Erinnerung reiht sich an die andere. Selbstredend, dass sich auch diese Schale kontinuierlich füllt.

Bei dieser Gelegenheit taucht auch mein »Tumi«-Traum wieder auf, seine Bedeutung ist mir noch immer nicht ganz klar. Oft habe ich das Gefühl gehabt, ich sei ganz dicht dran, doch dann entzog sich die Erkenntnis wieder. »Nimm du das Messer, bevor es andere tun« ist einer von Fanysitas Sprüchen. Sollte ich etwa aggressiver sein, Angriff und Verteidigung üben? Ich weiß inzwischen, dass alle Männer, mit denen ich näher in Kontakt kam, ein Messer bei sich trugen, sogar der spanische Padre, Paco und Taita Espíritu. Vielleicht ist es hier generell sinnvoll, ein Messer mit sich zu führen. Aber ich bin nicht sicher, ob der Tumi nicht etwas ganz anderes bedeutet. Ich will darauf vertrauen, dass sich mir die wahre Botschaft des Traums mit der Zeit offenbart, und wenn nicht jetzt, dann irgendwann.

Ich halte weiter Rückschau: Warten-Können und Flexibilität habe ich hier reichlich üben können. Mein stures Beharren auf Abmachungen oder Aussagen ist auf ein gesundes Maß zusammenschrumpft. Wie oft habe ich erlebt, dass eine Situation, die anfangs verfahren und aussichtslos erschien, sich plötzlich wie von Zauberhand auflöste. Ein Beispiel dafür ist der Padre, der mich zunächst kompromittierte und mir dann ausgerechnet Fanysita schickte, diese große, wunderbare Perle. Sie hat umsichtig für mich gesorgt und mich aus nicht durchschaubaren Situationen gerettet, sie hielt stets alle Fäden in der Hand. Aus Chaos war immer wieder Ordnung entstanden, wenn auch vielleicht nur für kurze Zeit.

Es kichert und gluckst in mir. Ob Fanysita auch zwischen mir und Paco den Faden spinnt? Jedenfalls ist die Beziehung zwischen ihm und mir gerade nicht nur entspannt, sondern es schwingt eine satte Prise Anziehung mit. Was habe ich ihm anfangs alles unterstellt, sogar für möglich gehalten, er lasse das Baby absichtlich sterben!

Die Schale mit dem, womit ich anderen das Leben schwer machte, füllt sich noch mehr.

Ich stelle fest, dass aus einer beruflich überaus engagierten Katharina eine genussvoll im Zentrum des Lebens stehende Catalina geworden ist. Nicht umsonst liegt Quito am »Mittelpunkt der Erde«, jedenfalls nach dem Glauben eines indigenen Stammes hier. Die größte und beste Veränderung jedoch ist viel unsichtbarer: Die oberkritische, ständig bewertende Samsa hält sich immer mehr im Hintergrund.

Das Büro der Fluggesellschaft hat ausgerechnet heute geschlossen, dabei habe ich mir vorher telefonisch die aktuellen Öffnungszeiten geben lassen. Na ja, ich bin noch in Ecuador, wie könnte es anders sein? Beim dritten Anlauf gibt es tatsächlich einen offenen Schalter. Im Handumdrehen ist mein Ticket nach Deutschland gebucht, und seltsamerweise verursacht das sofort eine unangenehme Schwere und Wehmut in mir, das Heimweh dagegen spüre ich fast gar nicht. *Isch doch klar, Katharina, koiner hat g'sagt, dass der Abschied leichtfallen wird.* Okay, Samsa, wir haben noch eine Woche Zeit.

Fanysita und Paco treffen sich jeden Tag, um Einzelheiten für mein Abschiedsfest zu besprechen. Was die beiden miteinander auskarteln, halten sie gründlich vor mir geheim, auf keine meiner neugierigen Fragen erhalte ich eine Reaktion. Stattdessen stellen sie mir tausend Fragen, die ich brav beantworte. Sie bitten mich vor allem um die Namen meiner Wunschgäste. Die sind schnell genannt: Rosita als Erste, aber bitte ohne ihren Deutschen Schäferhund, die Besitzer meines vegetarischen Lieblingsrestaurants, Geraldo und meine Arbeitskollegen. Gern hätte ich meine Freunde Aida und Miguel dabei, aber sie sind zurzeit selbst auf einer weiten Reise, in Europa. Das Leben ist manchmal verrückt. Teresitas Familie hat mich bereits verabschiedet. Roberto, Maria, Marco, meine Regenwald-Familie und Taita Espíritu leben zu weit weg und können unmöglich herkommen. Sicher wird das Abschiedsfest für mich eine starke emotionale Herausforderung werden, hoffentlich muss ich nicht die ganze Zeit über in mein Taschentuch schniefen.

Die nächsten Tage nutze ich vielfältig: Ich räume in der Praxis auf, verabschiede mich von meinen Patienten. Ich nehme mir viel Zeit, um mit ihnen zu reden, zu lachen und vor allem auf dem Boden zu essen. Sie verströmen so viel Herzlichkeit an mich, dass ich am Ende davon ganz vollgesogen bin. In den frühen Morgenstunden sitze ich auf meinem kleinen Terräss-chen und genieße die noch frische Luft des erwachenden Tages, die betörenden Düfte der Blüten aus den umliegenden Gärten und Gärtchen. Ich meditiere sozusagen meinen inneren Abschied. An den späten Nachmittagen, bevor ich hinübergehe zu Fanysita, die darauf besteht, jeden verbleibenden Tag mit mir gemeinsam zu essen, schlendere ich noch ein paar Mal durch die Straßen, um das dichte Geschwätz der Leute ganz in mich aufzunehmen, so wie ihr Lachen, Tuscheln und oft auch heftiges Wettern oder Zürnen. Nachts liege ich lange wach und lasse all die wechselnden Stimmungen, die in meinem Herzen auftauchen, durch mich hindurchziehen. Jeder Augenblick ist intensiv und wichtig für mich.

Es ist so weit, der letzte Tag ist angebrochen, mein letzter Tag nach so langer Zeit in Ecuador, früher das andere Ende der Welt für mich, jetzt ist es auch ein Stück Heimat geworden. Er präsentiert sich von der schönsten Seite: tiefblauer Himmel, garniert mit schneeweißen Wölkchen, Sahnetupfern gleich, und eine lachende Sonne. Sie streichelt warm meine Haut, und ich bin total aufgeregt. Das Wenige, was von meinem ursprünglichen Gepäck noch übrig ist, steht bereit.

Pünktlich kommen Fanysita und ich bei Paco, an. Die Festgesellschaft erwartet uns schon vollzählig, ich traue meinen Augen kaum. Ich steige aus dem Auto, frenetischer Applaus, »Hoch-soll-sie-leben«-Rufe und Tausende Rosenblätter auf dem Weg begrüßen mich. Her mit dem Taschentuch! Genau das hatte ich befürchtet. Pacos Mamacita, die elegante Doña Mercedes, reicht mir eine kleine rosa Geschenktüte, auf der sich dunkelrote Herzchen mit Strahlenkranz aneinander reihen. Ich kann mir nicht verkneifen, gleich hineinzuschauen. Eine extra weiche Rolle Toilettenpapier befindet sich darin. Ich verstehe nicht gleich, aber sie macht eine unmissverständliche Geste: Sie ist für die Tränen. Wie Verbündete lächeln wir uns an. Dass alle Gäste schon da sind, bringt mich etwas in Verlegenheit, denn insgeheim und nach meinen bisherigen Erfahrungen habe ich mit mindestens einer Stunde Verspätung gerechnet. Jetzt zeigen sie mir aber, dass ich ganz auf sie zählen kann ... *und auch solltesch, Katharina.*

»Dir zu Ehren, Catalina, Celeste, Dorada. Heute haben wir die deutsche Uhrzeit«, höre ich Geraldo prusten. Ich lächle in mich hinein und freue mich riesig über diese schöne Geste. Wir diskutieren ein Weilchen über das Thema »Pünktlichkeit«, zwar kontrovers, doch herzlich. Dann kündigen sich »Mariachis« mit kraftvollen und beschwingten Klängen an und kippen uns glücklicherweise aus dem Denken. Ich blicke genüsslich auf die Musiker, sie sind im mexikanischen Stil gekleidet und nähern sich mir stolz im Gänsemarsch, spielen mit Blechblasinstrumenten und Geigen temperamentvoll auf. Ich muss es ihnen lassen: Sie legen einen Beifall heischenden Auftritt hin. Ich liebe diese Art von Musik, zwar nicht immer und überall, aber jetzt zum Auftakt des Festes ist sie einsame Spitze! Die Trompeten jubilieren, die Geigen schmeicheln sich ins Ohr, die Melodien sind schwungvoll, gefühlvoll, voller Herz und ... ich genieße Pacos Arm, der sich um meine Taille legt.

Der Stehempfang ist vorbereitet. Auf kleinen, hohen Tischen hat Fanysita mit meinen Kollegen kunstvolle Türme aus Energiekugeln nach dem Rezept des deutschen Doktor-chens aufgebaut. Ihre berühmte Turumba duftet verlockend aus XXL-Krügen, doch zum Anstoßen schenkt Geraldo zunächst Champagner aus, der wie zuckersüßes Blubberwasser schmeckt. Gottlob sehe ich weit und breit nicht das übliche »Lebenswasser« kreisen, doch ich täusche mich gewaltig. Kaum sind die Sektgläser leer, beginnen mehrere Flaschen Rum zu Trinksprüchen und Lobreden auf mich von einem Mund zum anderen zu wandern. Ich lasse die anderen einfach trinken und opfere meinen Schluck auf bewährte höfliche Art und Weise Pachamama. Klugerweise halte ich mich an Turumba, nur so bleiben meine Beine erfahrungsgemäß leicht. Heute will ich mich noch einmal ordentlich beim Tanzen verausgaben. Wer weiß, wann ich wieder dazu komme.

Die Frauen stehen etwas abseits und scheinen etwas Wichtiges zu bereden. Für die Männer ist es Ehrensache, einen Tanz per Abklatschen mit mir auf dem gepflegten, weichen Rasen hinzulegen. Die Herren bilden einen Kreis um uns und rufen ihr kraftvolles »Hepa!« Sie lassen uns und das Leben hochleben. Sicher glüht die Begeisterung aus meinen Poren.

Plötzlich fällt mir ein, dass ich für den Spaß beim Salsa-Tanzen keine Bohne in die Schale gelegt habe. Wie konnte ich das vergessen? Auch die Mädels in der Salsa-Disco sind mir entfallen, sie haben mir das »Werben« der hiesigen Männer erklärt. Hätte ich doch noch ein paar Bohnen dabei! *Du hosch jetzt dran denkt und des reicht vollkommen. Alles isch guat, Mädle.* Ich vergesse die Bohnen und lasse mich kräftig von den Männern herumwirbeln.

Nach ein paar Runden stößt El doctor Paco feierlich zwei Gläser aneinander. Die Musiker unterbrechen sofort ihr Spiel, und auch unter den schnabbeligsten Gästen kehrt Stille ein.

»Bring jetzt bitte deine Schalen, Catalina!«

Mein Gott, die habe ich in meiner Wohnung vergessen! Gestresst schaue ich zu Fanysita rüber, die mir mit beruhigender Geste bedeutet, dass alles in Ordnung sei.

»Ich habe für dich an deine Opfergaben gedacht, meine Liebe. Sie sind im Auto, ich hole sie schnell«, flüstert sie mir im Vorbeihechten zu. Flink wie ein Wiesel rennt sie zum Parkplatz.

Fanysita braucht keine fünf Minuten, als sie zurückkommt, bin ich bereits umringt von meinen Gästen. Sie legt mir auf jeden Handteller eine Schale.

»Puh, haben die ein Gewicht!«, stöhne ich und komme mir fast wie Justitia vor.

Paco springt hinzu, legt seine Hände unter meine.

»Gemeinsam tragen sie sich besser, meine Schöne.«

Ich lächle ihn an, doch sein Blick ist in die Ferne, auf ein Irgendwo gerichtet. Ich begreife sofort, dass der Stimmungsmodus gewechselt hat, und tatsächlich: Eine ernste, wehmütige Melodie erklingt aus der Richtung der Band. Es will schon nach meinem Herzen greifen, doch da schiebt sich eine vollkommen andere Szene vor mein inneres Auge: Ich sehe die flinken bayerischen Mädels, die auf dem Oktoberfest in München eine stattliche Anzahl Bierkrüge in den Armen tragen. Nur mit größter Anstrengung kann ich ein Kichern unterdrücken und so ernst bleiben wie meine Freunde, die inzwischen alle eine fast tragische Miene aufgesetzt haben. Sie stehen im Kreis um Paco und mich herum und singen ein Lied zu der Melodie, dessen Text ich nur in Bruchstücken verstehe. Trotz Pacos Unterstützung brauche ich alle Kraft, um die Schalen zu halten, deren Gewicht sich von Minute zu Minute zu vervielfachen scheint. Ich vermute, dass es mehr ist als nur das faktische Gewicht, das ich hier spüre. Die darin verborgenen Inhalte übertragen ihren Gehalt in meine Hände.

Der Moment ist gekommen, die Schalen abzustellen. Musik und Gesang stoppen abrupt. Dann geht alles so schnell, dass ich nicht weiß, wie mir geschieht. Paco zieht seine Hände zurück, verpasst mir einen kräftigen Rempler ... und die Schalen fallen auf den Boden. Ich bin fassungslos. Scherben und Körner liegen vermischt auf der Erde. Ich stehe da und weiß nicht, was ich tun soll. Tränen brechen heraus und Wut tobt in mir, ein tiefes Aufschluchzen steigt, noch ehe ich es zurückhalten kann, laut aus meiner Kehle.

Paco und Fanysita ermuntern mich im Duett:

»Weine! Weine nur!«

»Weine, Catalina! Weine!«

Darauf haben meine Tränendrüsen wohl nur gewartet: Alle Schleusen öffnen sich und ich weine wie ein Schlosshund. Ich bin untröstlich und lasse meiner Ohnmacht ihren Lauf, denn ich habe augenblicklich keine Widerstandskraft mehr, mich zu beherrschen. Offensichtlich aber bin ich die Einzige, die sich so erschrocken zeigt. Langsam begreife ich, was geschehen ist. Sanft und behutsam drückt Paco meinen Kopf an seine Schulter und Fanysita streicht mit zärtlich geflüsterten Worten über meine Haare.

Nach gefühlten Stunden setzt die Musik mit leisen Klängen wieder ein. Paco schiebt mich ein Stück von sich weg und sieht mir in die Augen:

»Catalina, du hast Pachamama dein Opfer dargebracht. Alles, worüber du in Ecuador geweint hast, jetzt gerade weinst oder in der Zeit bis zu deinem Heimflug, tränkt unsere Mutter Erde. Pachamama öffnet sich dafür und wandelt deine Tränen in

Segen. Bedenke: Nur die Form, nur das Äußere wandelt sich, das Leben selbst geht weiter.«

Ich sehe mich im Kreis um und lese in allen Augen nur Liebe, Güte und Wohlwollen. Mein Herz weitet sich, es verschmilzt mit den Herzen der Menschen hier und mit allem, was ist. Der Kreis um mich schließt sich enger. Liebevoll und sachte werde ich an den Schultern meiner Freunde vor- und zurückgeschoben. Es ähnelt einem Wiegen, das ich bald wirklich zu genießen beginne. Der Schock ist vorüber, ich schließe die Augen. Ich bin sicher und gehalten, überlasse mich dem Geschehen. Ich bin frei und beschützt zugleich.

Zeit und Raum verschmelzen im Miteinander, verlieren jede Bedeutung.

Friedvolle Ewigkeit dehnt sich aus.

»Jetzt noch eine deiner bewährten Energieübungen, Catalina!«

Geraldos Aufforderung wird von lautem Händeklatschen unterstrichen. Augenblicklich tauche ich wieder in der Gegenwart auf, ich muss mich kurz sammeln und schwanke ein wenig. Meine Gäste rücken von mir ab, und Fanysita wischt mir die Spuren der Tränen behutsam aus dem Gesicht. Ich blicke in die erwartungsfrohen Augen meiner Gäste und kann nur staunen, immer wieder staunen. Für sie ist das Switchen von einem Moment zum anderen eine Leichtigkeit, reine Gewohnheit. Ich gebe mir einen inneren Ruck, um sie nun meinerseits zu beglücken:

»Wir stärken jetzt unsere Lebenskraft!«, rufe ich mit voller Stimme. »Wir stärken unseren Lebensmut und unsere Lebensfreude.« Ich richte mich auf, nehme einen tiefen Atemzug und bringe mich in Position.

»Wir beginnen mit der Lebenskraft, wir rufen ›AAA‹ oder ›OOO‹ und beklopfen die Brust.« Alle machen mit.

»Mehr, mehr!«, »Zugabe!«, schreien sie und überbieten sich gegenseitig in der Lautstärke.

»Tarzan ist gut!«, ruft ein junger Student aus der Garagen-Praxis. Übermütig betrommelt er seine Brust.

»Genug, genug!«, rufe ich, um bei der Sache zu bleiben. »Der Lebensmut will auch etwas! Wir legen beide Hände auf das Herz.« Meine Freunde greifen sich gefühlvoll an die Brust, Frauen wie Männer. Sie drücken fest auf ihre Herzen, als gelte es, ihre Liebe zu beweisen. »Ja, gut so!«, lobe ich sie. »Beim Ein-atmen verschränken wir die Hände im Nacken. Mit dem Aus-atmen schleudern wir sie mit einem kraftvollen ›Jaaa!‹ nach vorne und stampfen gleichzeitig energisch auf die Erde.«

Ich sehe in strahlende Gesichter. Nichts würden sie lieber tun als das, was ich sage. Sie atmen geräuschvoll, werfen die Hände, stampfen wie die Wilden.

»Und jetzt stärken wir unsere Lebensfreude! Wir schwingen unsere Hände so lange in die Luft zum Himmel hinauf, bis die Fingerspitzen kribbeln. Dann sagen wir einander mit dem Dau-men-hoch-Zeichen: ›Du bist spitze! Wir alle sind spitze! Die Erde ist spitze! Der Himmel ist spitze!‹ und was uns ansonsten noch einfällt.«

Die Salven der satten, dröhnenden »Spitze«-Rufe pushen das Stimmungsbarometer bis ins Unermessliche. Paco greift zur Gi-tarre und beginnt, dazu eine Melodie zu spielen, die ihnen einen Rhythmus gibt. Ich weiß nicht, wie lange wir alle so dastehen und die Hände dem Himmel entgegenstrecken, während wir das Leben mit unseren Rufen buchstäblich auf die Spitze trei-ben. Ohne irgendein Kommando, nur durch das Stiller-Werden

der Gitarre, schwillt der Hype wieder ab. Wir keuchen und schütteln unsere Körper aus, bis Stille und Sammlung ganz einkehren.

Paco legt das Instrument beiseite und stellt sich in die Mitte
unseres Kreises, er verbeugt sich vor mir und beginnt einen feierlichen Vortrag:

Wir haben dich gerufen, Catalina.
Du hast uns gehört, bist gekommen und hast unser Leben
geteilt.
Du hast heilloses Chaos, Unbeständigkeit,
leere Worte und Verstellung erlebt.
Aber so ist es hier.
Du hast Liebe, offene und versteckte Gewalt,
Feindlichkeit, Trunkenheit, stinkende Armut
und großen Luxus kennengelernt.
Aber so ist es hier.
Wir haben dir unsere Herzen und unsere Liebe geschenkt.
Aber so sind wir.
Du hast nach Sicherheit, Verbindlichkeit und Beständigkeit
gesucht
und sie im Innern gefunden.
Unzählige Male hat dich das Leben bis ins Mark hinein he-
rausgefordert.
So ist das Leben.
Du bist eingetaucht in Schrecken, Angst und Verwirrung
und nie untergegangen.
Du bist aufgetaucht
aus einem starken, wissenden, mitfühlenden Herzen.
Du bist ins Leben gesprungen
und im Urvertrauen gelandet.

Du hast uns Ausdauer, Beständigkeit,
Gründlichkeit, Verbindlichkeit und Ordnung gezeigt.
Wir haben dich gelehrt,
das Leben so zu lieben, wie es ist.
Möge alles Gute, das du uns gegeben hast,
tausendfach zu dir zurückkehren.

Unter tosendem Applaus überreicht er mir als Abschiedsgeschenk ein wunderschönes Aquarellbild. Es zeigt eine zart
und luftig gemalte Marktszene in Blau- und Gelbtönen. Auf der
beigefügten Karte steht in feinen Zierbuchstaben:

»Einen geschwisterlichen Gruß und eine Umarmung von uns
allen, Catalina.

Wir wünschen dir, dass du dich immer an die Erde und den
Himmel hier,

an unsere heiligen Berge, an die Musik des Wassers und des
Windes erinnerst

und an deine Geschwister in Ecuador.

Wähle immer das, was Heilung, Freude und Liebe schenkt.

Für immer bist du in unseren Herzen.«

Schon während des Fluges sehnt sich jede Faser meines Seins nach Ecuador zurück, ein brennender Schmerz erfasst mich ganz und gar. Wie ein großer Knoten sitzt er im Brustraum, und jeder Atemzug bereitet mir Mühe. Ich fühle mich wie zweigeteilt, denn etwas in mir freut sich auch unbändig auf das Wiedersehen mit meiner Familie und den Freunden, darauf, unkompliziert und differenziert sprechen zu können, alles unumwunden sagen zu können, was mich bewegt, ohne in meinem Hirn nach den passenden Vokabeln zu kramen und sie doch zu verpassen. Ich stelle mir vor, dass in Deutschland alles gepflegt sein wird und vorbildhaft geregelt, und ich weiß jetzt schon, dass es mich schockieren wird, nicht auf die losgelöste, ansteckende Emotionalität zu treffen, an die ich mich inzwischen nicht nur gewöhnt habe, sondern die ich auch lieben gelernt habe. Offene Herzlichkeit und tiefe Nähe, schamlose Berührungen, kindliche Begeisterung und überschäumende Lebensfreude, die Liste ist endlos. Ich nehme mir fest vor, all das als Geschenk mit nach Hause zu bringen und zu bewahren, den unübertrefflichen Optimismus, die unbekümmerte Neugier, die fantastische Leichtigkeit und ultimative Kreativität, mit jeder Lebenslage positiv umgehen zu können.

Vielleicht übertreibe ich aber auch maßlos, oder ich über-
schätze mein Vermögen, mit diesen gnadenvollen Fähigkeiten
bestehen zu können, wenn der normale Stress wieder einsetzt.
Ich friere bei dem Gedanken, der deutsche Ernst könne mich
wieder schnell im Griff haben. Viele sorgenvolle Fragen über-
wältigen mich, während ich weit über den Wolken schwebe und
Südamerika hinter mir lasse. Ich habe keine Ahnung, wie genau
sich mein Neuanfang gestalten wird, wo ich wohnen werde, ob
ich wieder als Therapeutin arbeiten werde. Was würde geschehen, wenn ich erst einmal ohne Arbeit im teuren Deutschland
leben müsste?

*Slowly, slowly, Katharina! Du wirsch it untergehen, alles wird
guat.*

Samsas Trost ermutigt mich, die Stunden hier oben, die so
sind wie im Nirwana, für Meditation zu nutzen, um mich zu
sammeln und aus der inneren Stille Kraft zu schöpfen. Ich
schließe die Augen und spüre meine Atemzüge. Ich muss jetzt
weder etwas tun noch wissen noch fertige Antworten finden.

Die Stimme des Flugbegleiters unterbricht meine Übung, vorsichtig hat er mich an der Schulter berührt, wohl weil er dachte,
ich schlafe.

»Verzeihung, möchten Sie lieber Huhn oder Pasta essen?«

Meine Sitznachbarinnen reichen freundlich das Tablett mit
den üblichen kleinen Plastiktöpfchen zu mir durch. Neugierig
öffne ich einen Deckel nach dem anderen, es duftet köstlich,
sieht appetitlich aus, doch ich verspüre keinerlei Hunger. Dabei
hätte ich vor dem Abflug noch ein ganzes Hühnchen in Curry-
soße verspeisen mögen. Lustlos stochere ich in den Nudeln
herum, picke ein wenig vom Salat. Rotwein wäre jetzt gut, sage

ich leise, mehr zu mir selbst. Er wird mein unruhiges Herz besänftigen und mich tief und fest schlafen lassen. Meine Sitznachbarinnen greifen den Vorschlag eigenmächtig auf und bestellen für sich gleich mit. Fröhlich prosten wir uns zu und lassen Ecuador hochleben.

Jede Flugstunde bringt mich meiner Heimat näher. Als ich aufwache, zeigt der Monitor an, dass wir in knapp fünfzig Minuten in Amsterdam sind. Dort werde ich genügend Zeit für einen leckeren Cappuccino und einen Apfelkuchen mit Sahne haben. Ich werde mich in einer der großen Parfümerien mit einem zitronigen Duft besprühen, und dann ist es nur noch ein kleiner Hüpfer zum Zielort München. Wolken ziehen am Fenster vorbei, geben nur zögerlich den Blick auf den Flughafen frei. Der aufmerksame Seitenblick meiner Sitznachbarin ruht auf mir, dann kramt sie in ihrem handgewebten Beutel, auf dem »Otavalo – Ecuador« steht, und zieht umständlich ein kleines Schächtelchen aus Bast heraus. Sie hält es mir hin. Ich öffne und bewundere eine wunderhübsche Kette.

»Sie ist aus Menschenhaar geflochten, der Anhänger ist ein präpariertes Blatt aus dem Regenwald. Das Symbol darauf bedeutet ›Kraft‹.«

»Oh, ›Samai‹? Das ist wunderschön. Vielen Dank.« Vor Freude wird mir warm ums Herz, ohne zu zögern gebe ich ihr einen herzhaften Kuss auf die Wange.

Ab jetzt wird es für mich ein Leben vor und ein Leben nach Ecuador geben. Diese Kette verbindet beide. Ich lege sie mir gleich um und lasse mich ausgiebig bewundern. Ab jetzt habe ich eine Heimat und eine zweite Heimat. Wir lachen, freuen uns auf das, was kommt, jeder auf seine Weise. Ich jedenfalls wünsche mir, dass ich das Beste aus Ecuador mit dem Besten in Deutschland verbinden kann. *A g'sunde Mischung aus Verstand und Herz, Katharina, des isch richtig leaba.*

Kurz vor der Landung in München lacht mir der Herbst vollmundig entgegen. Mein Gott, denke ich, er ist so wunderschön, das habe ich fast vergessen. Von oben sehe ich die Bäume in Gelb, Gold und Rot leuchten, das satte Grün der Wiesen ruft mir ein »Willkommen« zu. Ich erhasche einen kurzen Blick auf die bayerischen Alpen.

Im S-Bahn-Bereich des Flughafens prallt die geballte Oktoberfeststimmung auf mich, die üblichen Stimmungs- und Schunkellieder tönen aus meist rauen Kehlen.

Auf und nieder, immer wieder. Immer wieder.
So ham'mes früher g'macht, so mach mer's heut.

Ich bin wieder daheim und fühle mich fremd wie eine Andenpflanze in einem siedend heißen Weißwurst-Topf. Bierdunst und der Geruch von Schweiß schwappen zu mir herüber. Wo ist denn nur der »Reset«-Knopf? In mir summt noch eine ganz andere Musik, die des Anden-Windes, wo es einen Mann gibt, der nach Zitronenverbene duftet. *Tief durchatmen, du bisch jetzt hier, so isch des Leaba und überall tuat ma andersch. Nimm den Zug hoim, wie es g'plant hascht.*

Gesagt, getan. Ein Schnellzug bringt mich ins heimatliche Allgäu. Am Bahnhof wuchtet ein angetrunkener junger Mann grölend meinen Koffer auf den Bahnsteig und vermutet, darin lägen Mühlsteine. Ich muss lachen, das meiste davon sind die Mitbringsel.

»Vergelt's Gott«, sagt er zu mir, noch bevor ich ihm danken kann.

»Segne es Gott«, erwidere ich ganz automatisch, die Redensart meiner Kindheit.

Der Bahnsteig ist brechend voll, mit suchendem Blick nach einem bekannten Gesicht schiebe ich mich Richtung Ausgang, doch keiner meiner Lieben ist gekommen. Ich bin maßlos enttäuscht. Ringsum begrüßen sich Menschen mit Umarmungen und Küssen, ich stehe verloren und unbeachtet mitten unter ihnen. Ich schlucke.

Alles isch möglich, nix isch sicher! Jetzt nimmsch dir halt a Taxi und fährsch zu deiner Freundin. Bei der kannsch bleiba, so lang du willsch. Samsa, die Pragmatikerin.

Mit erhobenem Kopf steuere ich die Taxen an. Plötzlich vernehme ich Rufen und Schreien:

»Hey, Mutti, hier sind wir!«

»Katharina! Hallo!«

»Willkommen daheim!«

Alle meine Lieben kommen lachend auf mich zu, umarmen mich und strahlen um die Wette.

»Die verlorene Tochter ist zurück!«, kommentiert meine Mutter.

Epilog

»Wie lange waren Sie denn dort?«

»Ein langes Jahr.«

Ich schaue angestrengt zum Fenster hinaus. Der Abschieds-schmerz ist in mir hochgespült, er schnürt mir die Kehle zu. Um das Schweigen zu überbrücken, streiche ich meine Haare hinter die Ohren. Eine der beiden deutschen Frauen beim Latino-Treff in meiner Heimatstadt legt liebevoll ihre Hand auf meinen Unterarm.

»Geht es Ihnen nicht gut?«

Ich schüttle den Kopf und schlucke, mühsam quetsche ich heraus, dass ich in Ecuador viele interessante und aufregende Erfahrungen gesammelt hätte, nicht nur bei der Arbeit im öffentlichen Gesundheitsdienst, sondern besonders im Zusammenleben mit den Menschen. Ich erzähle nichts von den Schockerlebnissen, die es reichlich gegeben hatte, nur, dass mich die Ankündigung meines ersten Enkels heimgerufen hatte.

»Am liebsten wäre mir, wenn ich in beiden Ländern leben könnte, aber ich fürchte, die Entfernung ist für einen solchen Spagat zu groß.«

»Vielleicht auch nicht«, sagt die eine Dame lächelnd. »Sie könnten kulturelle Botschafterin oder Brückenbauerin sein.«

Ehe ich darauf etwas erwidern kann, erzählt die andere davon, seit über zwanzig Jahren als Sozialarbeiterin im Deutschen Entwicklungsdienst im Regenwald Perus tätig zu sein. Jetzt sei sie wegen eines Todesfalls nach Deutschland gekommen.

»Wie lange wollen Sie insgesamt noch in Peru bleiben?«, will ich wissen.

»Wahrscheinlich für immer«, sagt die erste. »Wir haben den Absprung zurück nach Deutschland verpasst. Wir kämen sicher mit dem Leben hier nicht mehr zurecht.«

»Das gelegentliche Heimweh bleibt natürlich«, ergänzt die andere Dame. »Es bleibt wie der Schatten bei Sonnenschein.«

»Weihnachten ist es immer besonders stark«, gibt auch die erste zu. »Jetzt müssen Sie uns aber nicht so traurig anschauen. Wir genießen die Freiheit, zu leben, wo und wie wir wollen. Für uns stimmt es so und macht Sinn. Das allein zählt.«

Bewundernd schaue ich die beiden an, erhebe mein Glas und proste ihnen zu.

»Das klingt wunderbar, ich freu mich für Sie beide. Ich selbst stehe vor einem Neuanfang.«

»Gibt es etwas, das Ihnen Sorgen bereitet?«, fragt die erste Dame mit gütiger Stimme.

»Ja, schon, am meisten, dass ich hier vom Heimweh nach Ecuador überwältigt werde, nachdem mich dort das Heimweh nach Deutschland überwältigt hat. Es ist irgendwie verrückt.« Ich hole tief Luft, sehe, wie sie verständnisvoll nicken. »Im Moment fürchte ich erst mal, von anderen mit neugierigen Fragen gelöchert zu werden oder dass so getan wird, als wäre ich niemals weg gewesen. Ich weiß auch gar nicht, ob ich all dem noch gewachsen bin: das Konsumdenken, ständige Entscheidungen bei ständigem Überangebot, hoher Leistungsdruck. Ich bin noch nicht einmal sicher, ob ich überhaupt beruflich wieder Fuß fassen kann.«

»Wo sind Sie denn jetzt untergekommen?«, forscht sie nach, als könne darin eine brauchbare Antwort liegen.

»Bei einer Freundin, aber vielleicht gehe ich auch nach Berlin, Hamburg oder München.« Ich höre mich so reden und wundere mich. Niemals zuvor ist mir in den Sinn gekommen, in die Großstadt zu ziehen. Ich bin eine waschechte Landpomeranze, oder nicht? Aber jetzt bin ich ja vogelfrei. »Alles ist möglich, nichts ist sicher«, sage ich ganz automatisch und die Damen lachen sofort wie auf Knopfdruck.

Dass mir dieser Spruch inzwischen so eingefleischt ist, beschwingt mich plötzlich auf wundersame Weise. Offen sein, offen bleiben für das, was sich zeigt, nicht mehr und nicht weniger ist jetzt nötig. Ich nicke Samsa innerlich zu.

Wie ein exotischer Schmetterling fliege ich in Gedanken im Salsa-Rhythmus in Deutschland herum. Ich schmecke fast die köstliche Turumba Fanysitas am Gaumen. Dann fordert mich ein Latino zum Tanz auf, erst auf Spanisch, dann auf Deutsch.

Aus tiefstem Herzen danke ich all den vielen Menschen, die das Werden dieses Buches auf ihre jeweils einmalige Art und Weise begleitet haben.

Ihr habt mich vor allem Freiheit, Geduld und Vertrauen gelehrt.

Christina Karrer, Jahrgang 1946, wuchs in einem engen Allgäuer Tal auf. Schon als Kind wollte sie wissen, was sich hinter den begrenzenden Bergen befand. Später erforschte sie generell, was hinter dem Offensichtlichen verborgen ist.

Als Dozentin in der Erwachsenenbildung und als Therapeutin war und ist es ihr Herzenswunsch, Menschen zu fördern auf ihrem Weg zu einem Mehr an Gesundheit und innerem Gleichgewicht. Sie lebte und arbeitete acht Jahre in den Anden in Ecuador und ist heute wieder im Allgäu, bei ihren Wurzeln angekommen. Dieses Buch ist autobiografisch geprägt und spiegelt die Essenz ihrer Erfahrungen wider.

Ihr Lebensmotto lautet:
Und dennoch ein »Ja« zur Fülle des Lebens!

www.ingramcontent.com/pod-product-compliance
Lightning Source LLC
Chambersburg PA
CBHW051059030726
47504CB00006B/1691